청소년을 위한

천일야화

청소년을 위한 천일야화

세에라자드와 함께하는 천 하루의 이슬람 여행

초판 1쇄 발행 2020년 4월 5일
초판 2쇄 발행 2021년 9월 10일

엮은이 앤드루 랭
옮긴이 박일귀
해 설 이희수
그린이 헨리 J. 포드, 르네 불
펴낸이 이영선
책임편집 이현정

편집 이일규 김선정 김문정 김종훈 이민재 김영아 김연수 이현정 차소영
디자인 김회량 이보아
독자본부 김일신 정혜영 김민수 박정래 손미경 김동욱

펴낸곳 서해문집 | 출판등록 1989년 3월 16일(제406-2005-000047호)
주소 경기도 파주시 광인사길 217(파주출판도시)
전화 (031)955-7470 | 팩스 (031)955-7469
홈페이지 www.booksea.co.kr | 이메일 shmj21@hanmail.net

ⓒ 서해문집, 2020
ISBN 978-89-7483-016-8 43890

이 도서의 국립중앙도서관 출판예정도서목록(CIP)은 서지정보유통지원시스템 홈페이지(http://seoji.nl.go.kr)와 국가자료공동목록시스템(http://www.nl.go.kr/kolisnet)에서 이용하실 수 있습니다.(CIP제어번호: CIP2020011459)

청소년을 위한

천일야화 ☾

세에라자드와
함께하는
천 하루의 이슬람 여행

헨리 J. 포드, 르네 불 그림
이희수 해설
박일귀 옮김
앤드루 랭 엮음

서해문집

들어가며

전설은 할머니가 손주들에게 들려주는 옛이야기와 비슷합니다. 전설이 얼마나 오래되었는지, 처음에 누가 이것을 지었는지 아무도 모르지요. 노아의 아들인 셈과 함과 야벳의 자녀들은 방주에서, 헥토르의 어린 아들은 트로이라는 도시에서 옛이야기를 들었을 것입니다. 어떤 이야기는 모세 시대 이집트에서 기록되었을 테고요.

각 지역의 사람들은 저마다 다른 방식으로 옛이야기를 전하는데요, 실제로는 내용이 항상 동일합니다. 아프리카의 줄루족이나 희망봉에 사는 사람이 하는 이야기와 북극 지방의 이누이트가 하는 이야기는 사실상 같아요. 등장인물이 입고 있는 옷이 지방마다 다르듯 문화나 풍습만 다르지요. 더운 지방에서는 등장인물이 사자와 맞닥뜨리고 추운 지방에서는 곰과 맞닥뜨리는 것이 다를 뿐, 전설에는 수많은 왕과 왕비가 등장합니다. 그도 그럴 것이 옛날에는 나라마다 왕이 있었으니까요.

여러 세대에 걸쳐 이어져 내려온 전설은 오늘날 거의 모든 언어로 전해지고 있습니다. 그중 하나인 '천일야화'는 동방 지역의 전설이지요. 아시아·아라비아·페르시아 지역에 살던 사람들이 어린이가 아니라 어른을 위해 나름대로 창작한 이야기입니다. 처음부터 책으로 인쇄되지는 않았고, 전문 이야기꾼이 하는 이야기를 성인 남녀들이 즐겨 들었습니다. 이야기꾼은 '바그다드나 인도에 사는 선량한 이슬람교도'와 같은 캐릭터를 창조해 이야기를 좀 더 재미있게 꾸몄지요.

천일야화의 주된 배경은 '하룬 알 라시드Hārūn al-Rashīd'라는 위대한 칼리프Khalīfah(이슬람 제국 최고 통치자의 칭호)가 통치하던 시대(서기 786~809)입니다. 칼리프와 늘 함께하던 대재상 자파르도 바르메시드 가문에 속하는 실존 인물이었어요. 대재상은 칼리프에 의해 매우 잔인하게 사형당했지만, 그 이유는 아직까지 아무도 모릅니다. 천일야화는 칼리프가 세상을 떠난 뒤 꽤 오래 지나서 지금의 이야기로 만들어졌기 때문에 당시에 어떤 일이 있었는지 정확히 아는 사람은 없습니다. 일부 작가들이 이야기를 기록하기 시작하면서 체계가 잡혔을 뿐입니다.

이야기가 기록된 시기는 14세기 잉글랜드의 왕 에드워드 1세가 스코틀랜드의 왕 로버트 1세와 전쟁을 치를 때쯤으로 추정됩니다. 그런데 시간이 흐르면서 이야기 속에 군더더기가 많이 추가되었고 시詩도 많이 수록되었어요. 물론 이 책에서는 군더더기와 시를 넣지 않았습니다.

　프랑스와 영국 사람 들은 앤 여왕과 조지 1세 시대(1700년대) 전까지 천일야화에 관해 거의 알지 못했습니다. 프랑스의 동양학자 앙투안 갈랑Antoine Galland(1646~1715)이 천일야화를 프랑스어로 번역하자, 옛이야기를 매우 좋아하던 사람들이 이 아랍의 전설을 최고라며 극찬하기 시작했지요. 그들은 무덤에 사는 악귀 '굴'이나 사람 잡아먹는 정령 이야기를 좋아했고 마법을 부릴 줄 아는 공주 이야기도 좋아했습니다.

　신드바드의 모험 이야기는 호메로스의 《오디세이아》에서 나온 것으로 여겨지는데, 사실 동방에서 발전시켜 유럽으로 다시 보낸 이야기라 할 수 있습니다. 한때 젊은이들이 한밤중에 앙투안 갈랑을 찾아가 이 신비한 모험 이야기를 들려달라며 소동을 벌였다고 하네요. 이후 프랑스어판 《천일야화》는 다시 여러 언어로 번역되는데요. 애터베리라는 영국의 주교는 이야기가 허무맹랑하고 비도덕적이라고 비난했다가 나중에 자신이 지나치게 엄격했던 것을 반성했다고 합니다.

　이 책은 앙투안 갈랑의 《천일야화》를 편역한 것입니다. 시나 지루한 내용을 삭제했고, 주저리주저리 길게 늘어지는 부분도 축약하거나 생략했습니다.

　여섯 살 때 처음으로 노란색 표지의 여섯 권짜리《천일야화》를 읽은 기억이 떠오르네요. 많은 어린이와 청소년들이 저처럼 이 책을 통해 알라딘이나 신드바드와 함께 신나는 모험을 떠나며 행복한 시간을 보냈으면 좋겠습니다.

앤드루 랭

차례

들어가며 • 004

동서양 문명이 녹아 든 천년의 고전,《천일야화》• 012

천일야화의 시작 ──────────────── 019

상인과 요정 지니 이야기 ────────── 029

첫 번째 노인과 암사슴 이야기

두 번째 노인과 검은 개 두 마리 이야기

어부 이야기 ─────────────────── 049

그리스 왕과 의사 두반 이야기

• 남편과 앵무새 이야기

• 벌 받은 재상 이야기

검은 섬의 젊은 왕 이야기

세 탁발승 이야기 ───────── o81

첫 번째 탁발승 이야기

두 번째 탁발승 이야기

• 시샘 많은 남자와 시샘 받는 남자 이야기

세 번째 탁발승 이야기

항해자 신드바드의 모험 ───────── I53

신드바드의 첫 번째 항해

신드바드의 두 번째 항해

신드바드의 세 번째 항해

신드바드의 네 번째 항해

신드바드의 다섯 번째 항해

신드바드의 여섯 번째 항해

신드바드의 일곱 번째 항해

키 작은 꼽추 이야기 ———————————— 215

이발사의 다섯째 형 이야기

이발사의 여섯째 형 이야기

카마르알자만 왕자와 바두르 공주의 모험 ———— 251

누레딘과 페르시아 미녀 이야기 ———————— 307

알라딘과 요술 램프 ———————————— 341

바그다드의 칼리프, 하룬 알 라시드의 모험 ———— 371
　　장님 바바 압달라 이야기
　　시디 누만 이야기

바그다드 상인 알리 코지아 이야기 ———— 405

마법의 말 이야기 ———— 423

막냇동생을 시기한 두 언니 이야기 ———— 455

동서양 문명이 녹아 든 천년의 고전,
《천일야화》

'아라비안나이트'로도 불리는 《천일야화》는 청소년들이 가장 많이 읽는 세계 고전 중 하나입니다. 이국적인 분위기를 물씬 풍기는 흥미진진한 이야깃거리와 상상을 자아내는 독특한 문화가 녹아 있기 때문이지요. 동시에 이슬람 문학의 중심이고 아랍인들의 삶과 정서를 이해하는 데 빼놓을 수 없는 작품입니다.

그렇지만 우리에게 이슬람은 생소합니다. 잘못 알려진 것도 많습니다. 18억 인구, 57개 이슬람 국가에 기반한 세계 최대 단일 문화권임에도 불구하고 말이에요. 이처럼 세상은 동양과 서양으로만 구성되어 있지 않습니다. 지구촌 4분의 1에 해당하는 또 다른 세상, 이슬람 세계를 이해함으로써 넓고 깊은 세상을 하나 더 알 수 있다면 그것보다 큰 기쁨이 어디 있겠어요. 바로 《천일야화》를 읽는 이유지요.

'천일야화'는 '천 하룻밤 동안의 이야기'란 뜻이에요. 옛 아랍인들에게 '1000'이란 숫자는 셀 수 있는 마지막 숫자였어요. 그래서 하나를 보탠 '1001'은 무한대를 의미했지요. 끝없이 펼쳐지는 이야기보따리, 그것이 곧 《천일야화》입니다. 어린 시절 읽었던 이야기들을 떠올려 볼까요? '신드바드의 모험', '알리바바와 40인의 도둑', '알라딘과 요술 램프' 등 아랍의 모험담들은 우리에게 알 수 없는 세상에 대한 경이로움과 감탄을 주고, 우리를 신비의 세계로 안내했지요.

이외에도 180편의 큰 줄거리와 100여 편의 소주제가 천 하룻밤에 걸쳐 전개됩니다. 이 작품의 시작은 6세기경 페르시아의 설화집인 '천의 이야기(하자르 아프사나Hazar Afsana)'로 알려져 있어요. 아랍인들의 입에서 입으로 전해진 시기는 850년경이고, 10세기 중엽에 마수디와 이븐 나딤이라는 두 아랍 작가가 '천의 이야기'를 아랍어로 번역한 후 '천일밤'이라는 제목으로 소개하면서 널리 퍼지게 되었지요. 이 책은 아랍의 이야기뿐 아니라 세상의 모든 신화와 전설을 망라하고 있습니다. 인도나 페르시아의 이야기가 주축을 이루고 있고, 여기에 아랍적이고 이슬람적인 요소들이 보태져 있지요.

그렇게 아랍 서민 문학의 금자탑으로 우뚝 선 《천일야화》의 중심 무대는 현재 이라크의 수도인 바그다드입니다. 시기는 이슬람 제국의 압바스 왕조에서 가장 위대한 통치자였던 '하룬 알 라시드'가 다스리던 8~9세기경으로 추정됩니다. 이때 아랍은 이슬람 제국의 전성기로서 세 대륙에 걸친 영토의 정복과 다양한 문물의 유입으로 활력에 넘쳐 있었습니다. 노아의 아들 셈의 자손이라 전해지는 셈족의 유목 문화에 페르시아·이집트·인도 문화가 이입되고, 고대 그리스-로마 문화가 아랍어로 재해석되어 흡수되었지요. 요컨대 바그다드라는 문화 용광로 속에 녹아 든 세계 각지의 문화 요소를 그대로 반영하고 있는 작품이 바로 《천일야화》입니다. 인류의 모든 대중적 문학 장르가 총망라되어 있다는 점에서, 명실공히 세계 문학의 금자탑이라 해도 손색이 없을 정도입니다.

《천일야화》는 '세기의 기서奇書' 라는 칭호에 걸맞게 고전적인 장중함을 그대로 간직하고 있습니다. 절대자 알라에 대한 경건함, 절대왕권에 대한 복종 등이 특유의 아름답고도 유장한 문체와 어우러지면서 왕조 시대의 고전미를 그대로 맛볼 수 있게 해 줍니다. 구성의 치밀함과 끈기도 놀랄 만하지요. 처녀들을 왕비로 삼은 후 하룻밤 자고는 다음 날 반드시 죽이고야 마는 술탄을 찾아간 셰에라자드가 그와 동생 디나르자드에게 밤마다 한 소절씩 신기한 이야기를 들려주는데, 이야기가 어찌나 재미있던지 술탄이 2년 반이 넘도록 처형을 미루다 결국 자기 행동의 부당함을 깨닫게 된다는 줄거리인데요. 천 한 가지 소재로 구성된 결정적인 장면들이 하나같이 클라이맥스로 끝이 납니다. 다음 이야기를 듣고 싶어 죽이지 못하게 해야 하니 조금이라도 재미가 없으면 안 되었겠지요.

셰에라자드가 포악한 술탄을 천 하루 동안이나 묶어 둘 수 있었던 것은 이야기에 세상의 온갖 진기한 역사와 전설을 담았기 때문이기도 합니다. 이런 형태로 완성된 시기는 이집트와 터키의 민간에서 전해 내려온 언어·생활·풍속이 가미되며 내용이 더욱 풍부해진 16세기경으로 보여요. 아주 많은 숫자를 '1001'로 표현하는 비잔틴제국과 오스만제국의 영향 아래 천일 밤의 이야기가 천 하룻밤 이야기로 바뀌게 되는 시기도 이때입니다.

그러나 《천일야화》는 정작 본고장인 아랍-이슬람 문화권에서 크게 주목받지 못했어요. 표준어와 정형화된 문체에 지나치게 의존한 지식인들이 정통 아랍 문화만을 중시하면서, 문학적 과장과 상상력으로 포장되고 대담한 성적 표현으로 도덕의 틀을 뛰어넘는 대중설화와 서민 문학을 비교양적인 것으로 비하하는 풍조 때문이었지요.

《천일야화》는 오히려 유럽에서 선풍적인 인기를 끕니다. 프랑스의 앙투안 갈랑이라는 동양학자가 1704년부터 프랑스어 번역본을 공개하면서부터 시작되지요. 그가 죽고 1717년에 열두 권으로 마무리가 된 후에도 관심은 식지 않았습니다. 마르드뤼스는 새로운 프랑스어판을 선보였고 독일의 리트만은 아랍어 원전의 분위기를 가장 잘 전달했다고 평가받는 판본을 출판했어요. 19세기에 들어서 유럽의 강대국들이 중동 지역에 본격적으로 진출해 식민지를 만들 즈음엔 영어와 독일어, 덴마크어판이 연이어 출간되었습니다. 그렇게 《천일야화》는 여러 언어로 번역되어 유럽 사회의 호기심을 자극했습니다. 그중 영국의 탐험가 리처드 버턴의 번역본은 동방에 대한 당시 유럽인들의 막연한 동경과 환상을 충족시켰습니다.

유럽 대중이 《천일야화》의 내용과 형식을 접하게 된 최초의 계기는 십자군 전쟁입니다. 십자군 전쟁은 겉으로는 기독교와 이슬람의 충돌로 보일지 모르지만, 사실 서구와 동방이 직접 만나면서 중세 유럽 사회가 동방의 선진 문화에 커다란 자극을 받게 된 결정적 원인이었습니다. 지중해 연안 도시들을 통해 향료와 진귀한 상품들은 물론 비잔틴과 소아시아(지금의 터키), 당시 이슬람의 지배를 받고 있던 에스파냐 등지의 패션과 일상생활 방식까지 들어왔지요.

유럽 상층부가 이집트·시리아·페르시아·투르키스탄·캅카스 지역의 카펫, 코르도바와 모로코의 금박 직물과 채색된 가죽 제품, 알메리아의 은 수예 섬유, 무르시아와 말라가의 실크 등을 수입하며 이슬람 열풍이 불었습니다. 아랍-이슬람의 정교한 실내장식, 화초와 아랍어 서체를 활용한 아라베스크 문양은 15세기까지 유럽 예술에 반향을 일으켰어요. 특히 튀니지, 모로코를 거쳐 에스파냐에서 독특한 형태로 발전된 이슬람 건축 양식이 유럽 고딕 양식과 결합하며 새로운 건축 사조가 등장했습니다.

이런 분위기에서《천일야화》는 르네상스 시기 유럽의 문학에 영향을 미쳤습니다. 조반니 보카치오의《데카메론》을 비롯한 14~16세기 이탈리아 소설,《캔터베리 이야기》를 쓴 14세기 영국 시인 제프리 초서의 작품들, 심지어 16~17세기 셰익스피어의 일부 작품에서조차《천일야화》의 흔적이 엿보입니다. 이러한 영향은 18세기 이후 더욱 분명한 모습으로 나타납니다. 에드거 앨런 포의 소설《셰에라자드의 1002일째 이야기》가 대표적인 작품이지요.

이슬람이 꽃피운 학문과 문화는 유럽 르네상스의 단단한 지식 원동력이 되었습니다. 중세 인류 최고의 학문의 전당이었던 바그다드의 '지혜의 집(바이트 알 히크마Bayt al-Hikmah)'에 학자 수천 명이 모여 연구하고 강의하며 새로운 지식을 지구촌 구석구석으로 실어 날랐지요. 현재 우리가 일상에서 즐기는 커피, 오렌지, 시럽, 설탕, 셔벗 등이 바로 이슬람 세계에서 만들어진 말입니다. 대수학·천문학 같은 학문 이름, 음악 music·잡지magazine·관세tariff·수표check라는 용어도 이슬람 세계에서 통용되다 인류 사회로 퍼진 유산이에요.

이 문화의 파도는 중국을 거쳐 멀리 한반도의 신라 사회에까지 다다랐습니다. 8세기경 이스탄불과 바그다드, 장안과 경주 사이에는 비슷한 문화 공간이 펼쳐졌어요. 고려 말, 조선 초에는 당시 세계 최고 수준을 자랑하던 이슬람 공예와 철기 기술, 소주와 음식문화, 역법과 과학기술 등 다양한 문화적 요소들이 밀려들어와 우리 문화를 살찌웠습니다.

그럼 《천일야화》는 언제쯤 우리에게 소개되었을까요? 그 시기는 생각보다 훨씬 빨랐습니다. 1895년 '유옥역전'이라는 제목으로 알려졌어요. 벌써 120년이 넘었네요. 첫날밤 이야기 위주로 구성되어 있고, 제목은 주인공 셰에라자드의 중국식 이름인 '유옥역'에서 따온 것이라 하네요.

이렇게 이슬람은 인적·물적 교류를 통해 우리에게 적지 않은 영향을 끼쳐 왔습니다. 《천일야화》 또한 우리 청소년들이 아랍의 정서와 이슬람 문화를 익히는 데 좋은 길잡이가 되어 줄 것입니다. 이 상상력의 보물창고를 통해 다양한 세상의 이야기를 접하고, 이를 발전시켜 우리의 이야기로 만들고, 이후 더 넓은 세상으로 전하기를 고대합니다.

이희수
한양대 문화인류학과 교수

천일야화의
시작

고대 사산왕조*는 약 400년간 페르시아 지역을 포함해 갠지스강 너머 중국 국경에 이르는 영토를 통치했다. 사산왕조의 연대기를 보면 페르시아제국의 전성기를 이루었던 황제가 나온다. 백성들은 그를 사랑했고 이웃 나라들은 그를 두려워했다. 그는 세상을 떠날 때 이전 어느 시기보다 강성하고 번영한 제국을 아들에게 물려줬다.

　황제에게는 두 아들이 있었는데 형제는 우애가 남달랐다. 황제가 죽자 제국의 법에 따라 장남 샤리아르가 황위를 이어받았지만 형은 동생 샤즈만과 제국을 함께 통치할 수 없어 못내 아쉬웠다. 이 상황을 두고 볼 수 없었던 샤리아르는 10년 후 제국 영토에 속해 있는 타타르 왕국을 동생에게 떼어 줬다.

　샤리아르 황제에게는 세상 그 누구보다도 사랑하는 황비가 있었다. 황제는 황비와 함께하는 시간이 더할 나위 없이 행복했으며, 황비에게 아름다운 옷과 보석도 아낌없이 선물했다. 그런

＊ 이란 민족이 페르시아제국의 부흥을 꿈꾸며 서아시아에 세운 왕조. 로마와 중국 간 무역을 잇는 역할을 하며 메소포타미아와 동서 교역로를 지배했다.

데 몇 년이 지난 뒤 어느 날, 황제는 황비가 몰래 역모를 꾸미고 있다는 사실을 우연히 알게 되었다. 지극히 아끼고 사랑했던 만큼 황제가 느끼는 배신감은 이만저만이 아니었다. 그는 대재상에게 제국의 법에 따라 황비를 처형하라고 명령을 내렸다. 큰 충격으로 정신이 반쯤 나간 황제는 다른 여자도 황비처럼 사악할 것이라 여기고 여자들을 모두 없애면 세상은 그만큼 더 나은 곳이 될 것이라 믿었다. 그래서 매일 밤마다 새로운 신부와 하룻밤을 보낸 뒤 이튿날 아침이 되면 죽여 버리는 만행을 저지르기 시작했다. 대재상은 매번 다음 날이 되면 황제에게 신부를 구해다 바쳐야 했다. 황제의 명령에 따라 새 신부들을 죽여야 했지만 이 상황을 피할 도리가 없었다.

이처럼 잔혹한 황제의 행위로 도시 전체가 공포에 사로잡혔고 날마다 백성들의 울음소리와 탄식이 끊이지 않았다. 어떤 집에서는 딸을 잃은 아버지가 대성통곡하는가 하면, 또 어떤 집에서는 어머니가 자기 딸도 똑같은 일을 당할까 봐 두려워 몸서리쳤다. 전에는 백성들이 하나같이 샤리아르 황제를 추앙하고 축복했지만 이제는 그에게 온갖 저주와 욕설을 퍼부었다.

황제에게 마지못해 새 신부를 바쳐야 했던 대재상에게도 두 딸이 있었다. 큰딸은 셰에라자드이고 작은딸은 디나르자드였다. 디나르자드는 여느 여인처럼 평범했지만, 큰딸 셰에라자드는 보통 사람과 다르게 총명하고 용감했다. 일찍이 큰딸의 재능을 알아본 아버지는 철학, 의학, 역사, 교양 등 온갖 분야의 최고 교사들을 불러 셰에라자드를 교육시켰다. 셰에라자드는 지성과 교양 못지않게 미모도 몹시 뛰어났다.

어느 날 대재상은 자신의 기쁨이자 자랑인 큰딸과 이야기를 나누고 있었는데, 딸이 불쑥 이렇게 말했다.

"아버지, 제가 부탁드릴 게 있는데 들어주실 수 있나요?"

"온당하고 합당한 부탁이라면 못 들어줄 것도 없지."

"저는 황제 폐하께서 야만적인 행동을 하지 못하도록 막고 싶어요. 그래서 사람들이 이 끔찍한 공포에서 벗어나게 해 주고 싶어요."

"딸아, 생각은 참으로 기특하구나. 하지만 무슨 수로 저 포악한 황제를 막을 수 있겠느냐?"

"황제 폐하께 매일 새 신부를 보내는 분이 바로 아버지시잖아요. 그래서 부탁드리는데 저를 황제 폐하께 보내 주세요."

"오, 네가 지금 제정신으로 하는 말이냐?"

깜짝 놀란 대재상은 자기도 모르게 소리를 내질렀다.

"무슨 생각을 하고 있는 거냐? 황제의 신부가 된다는 것이 무슨 의미인지 너도 잘 알고 있지 않느냐!"

"네, 잘 알고 있습니다. 하지만 저는 두렵지 않아요. 제가 실패한다 해도 저의 죽음은 영광스러운 죽음으로 기억될 거예요. 만일 성공하면 이 나라를 위해 큰 공헌을 한 게 될 거고요."

"쓸데없는 소리 하지 마라! 이 아비는 절대 허락할 수 없다. 황제께서 네 가슴에 단검을 꽂으라고 명하시면 신하인 나는 명령을 그대로 따라야 한다. 아, 그게 아비로서 할 짓이겠느냐! 너는 죽음이 두렵지 않다고 하지만 네가 죽음으로써 이 아비가 당하게 될 끔찍한 고통도 좀 생각해 보려무나."

"아버지, 한 번 더 부탁드릴게요. 제발 저를 보내 주세요."

"아직도 고집을 부리는 거냐? 도대체 무엇 때문에 죽음을 자초하는 것이냐?"

큰딸은 아버지의 만류에도 절대 고집을 꺾지 않았다. 한참 시간이 흐른 뒤 대재상은 어쩔 수 없이 딸의 뜻을 받아들였다. 마음이 몹시 괴로웠지만 궁궐에 가서 황제에게 다음 날 저녁 딸을 데려오겠다고 아뢰었다.

대재상의 말에 소스라치게 놀란 황제가 물었다.

"어떻게 그대의 딸을 짐에게 데려올 생각을 하게 되었소?"

"폐하, 제 딸아이가 자청한 일입니다. 슬픈 운명 앞에서도 딸아이는 결코 뜻을 굽히지 않습니다."

"대재상, 분명히 말해 두지만 그대가 직접 딸의 목숨을 끊어야 하오. 그렇지 않으면 그대의 목이 날아갈 것이오."

"폐하, 무슨 일이 있더라도 소인은 폐하의 명령을 따르겠습니다. 저는 딸아이의 아비이나, 폐하의 뜻을 받들어야 하는 신하이기도 합니다."

황제도 대재상에게 좋을 대로 하라고 말했다.

대재상이 집으로 돌아와 딸에게 황제가 허락했다는 소식을 전하자 셰에라자드는 뛸 듯이 기뻐했다. 딸은 아버지에게 자신의 소원을 들어줘서 진심으로 감사하다고 말했지만 아버지는 여전히 침통한 기색이었다. 셰에라자드는 황제에게 자신을 시집보내는 걸 결코 후회하지 않을 것이라 말하고는 결혼 준비를 하러 자기 방으로 돌아갔다. 그리고 동생 디나르자드를 방으로 몰래 불렀다.

하녀들이 물러가고 방 안에 두 자매만 남자, 언니가 조용히 말을 꺼냈다.

"사랑하는 동생 디나르자드야. 이 거사를 치르는 데 네 도움이 필요할 것 같구나. 이제 나는 황제의 신부가 될 거야. 황제 폐하를 뵐 때 내가 마지막 소원으로 너도 신방新房에서 하룻밤을 같이 보낼 수 있게 해 달라고 요청할 거고. 만약 황제께서 소원을 들어주신다면 너는 동트기 한 시간 전에 나를 깨워서 이렇게 말하면 돼. '언니, 지금 자고 있지 않으면 해 뜨기 전까지 재미있는 이야기 좀 들려줘.' 그러면 내가 바로 이야기를 시작할게. 이 방법을 이용하면 황제 때문에 공포에 질려 있는 백성들을 구해 낼 수 있을 거야."

디나르자드도 기꺼이 언니가 말한 대로 하겠다고 대답했다.

시간이 되자 대재상은 셰에라자드를 궁궐에 데려가 황제의 방으로 인도했다. 방 안에 단둘이 있을 때 황제는 셰에라자드에게 얼굴을 가리고 있던 베일을 올리라고 명했다. 셰에라자드가 얼굴을 드러내자 황제는 여인의 미모에 감탄해 마지않았다. 하지만 셰에라자드의 고운 눈에는 눈물방울이 반짝이고 있었다. 황제는 걱정스러운 듯 셰에라자드에게 무슨 일이 있느냐고 물었다.

"황제 폐하, 저에게는 지극히 아끼는 여동생이 하나 있습니다. 바라건대, 오늘 밤 마지막으로 같은 방에서 함께 잘 수 있도록 허락해 주십시오."

샤리아르 황제는 셰에라자드의 청을 순순히 받아들였고, 그렇게 해서 동생 디나르자드도 신랑 신부의 방 안에서 함께 하룻밤을 보내게 되었다. 디나르자드는 동이 트기 한 시간 전 자리에서 일어나 약속한 대로 언니에게 말을 건넸다.

"언니, 지금 자고 있지 않으면 해 뜨기 전까지 재미있는 이야기 좀 들려줘. 언니의 이야기를 듣는 것도 이번이 마지막일 테니까."

샤리아르 황제, 셰에라자드, 디나르자드

셰에라자드는 동생에게 대꾸하지 않고 곧바로 황제에게 물었다.

"폐하, 제가 동생의 부탁을 들어줘도 되겠습니까?"

"물론, 그렇고말고."

이렇게 해서 셰에라자드의 천일야화千一夜話가 시작되었다.

상인과 요정 지니
이야기

옛날에 어마어마하게 많은 땅과 돈을 가진 상인이 있었습니다. 그는 가끔씩 일을 보러 먼 길을 떠나곤 했는데, 그날도 먼 곳에 볼일이 있어 빵과 대추야자 열매를 담은 작은 가방을 메고 말에 올라탔습니다. 먹을 것이 전혀 없는 사막을 지나가려면 비상식량이 꼭 필요했기 때문입니다. 상인은 볼일을 무사히 마치고는 다시 집으로 말 머리를 돌렸습니다.

집을 떠난 지 나흘째 되던 날, 상인은 쨍쨍 내리쬐는 햇볕을 피해 잠시 나무 그늘 밑에서 쉬어 가려고 했습니다. 큰 나무 밑에는 맑은 샘이 흐르고 있었지요. 상인은 말에서 내려 나무에 말을 묶어 두고 물가에 앉아 빵과 대추야자를 꺼내 먹었습니다. 소박한 식사를 마치고 맑은 샘물로 세수도 했습니다. 그런데 갑자기 거대한 요정 지니가 시퍼런 칼을 들고 씩씩거리며 이리로 오고 있는 것이 아니겠습니까!

"당장 일어나라! 네가 내 아들을 죽였으니 나도 네놈을 당장 죽여야겠다!"

지니의 무시무시한 목소리에 상인은 간담이 서늘했습니다. 흉악하게 생긴 괴물의 얼굴을 본 상인은 덜덜 떨리는 목소리로 입을 열었습니다.

"아아, 요정님. 제가 무슨 죽을 짓을 했습니까?"

"네가 내 아들을 죽이지 않았느냐! 그러니 나도 너를 죽여야겠다!"

"하지만 저는 아드님을 알지도 못하고 본 적도 없는데 어떻게 죽일 수 있겠습니까?"

"네가 이곳에서 바닥에 앉아 대추야자를 꺼내 먹으면서 돌멩이를 이리저리 던지지 않았느냐?"

"네, 그랬습니다만⋯⋯."

"내 아들이 지나가다가 네놈이 던진 돌멩이에 눈을 맞아 죽었단 말이다. 그러니 너도 죽어 마땅하지 않겠느냐?"

"아, 요정님. 용서해 주십시오!"

상인은 무릎을 꿇고 간절히 애원했습니다.

"난 절대로, 절대로 네놈을 용서할 수 없다!"

"제가 일부러 아드님을 죽인 것이 아닙니다. 그러니 제발 목숨만 살려 주십시오."

"그럴 수는 없다. 내 아들이 죽었듯이 너도 죽어야 마땅하다."

지니는 상인의 팔을 꽉 잡아 땅바닥에 엎드리게 하고는 큰 칼로 상인의 목을 내리치려고 했습니다.

자신의 결백을 절절하게 호소하던 상인은 자기가 없으면 아내와 아이들이 살 수 없다며 어떻게든 목숨을 부지하고자 했습니다. 지니는 칼을 높이 치켜든 채 상인의 말을 잠자코 듣고 있었습니다.

셰에라자드가 여기까지 이야기하는데 어느새 날이 밝아 있었다. 황제가 평상시처럼 아침 회의에 참석하려고 자리에서 일어나는 바람에, 이야기를 잠시 멈춰야 했다.

"언니, 이 이야기 정말 흥미진진해!"

"뒷이야기는 더 재미있어. 폐하께서 날 죽이지 않고 살려만 주신다면 내일 밤에도 얘기해 줄 수 있을 텐데……."

셰에라자드의 이야기를 흥미롭게 듣던 샤리아르 황제도 혼자 이렇게 중얼거렸다.

"오늘은 죽이지 않고 내일까지 기다려 주지. 어차피 이야기를 다 듣고 죽여도 상관없으니까."

한편 대재상은 딸을 보낸 뒤로 마음이 불안해 어찌할 바를 몰랐다. 하지만 황제가 회의실에 들어갈 때 예상했던 끔찍한 명령을 내리지 않자 깊은 안도의 한숨을 내쉬었다.

다음 날 아침, 디나르자드는 동이 트기 전에 언니에게 또 말을 걸었다.

"언니, 깨어 있으면 어제 했던 이야기를 계속 들려줄래?"

황제 역시 셰에라자드가 허락을 구하기도 전에 이렇게 말했다.

"요정 지니와 상인 이야기를 마저 해 봐라. 이야기가 어떻게 끝날지 몹시 궁금하구나."

그래서 셰에라자드는 이야기를 계속 이어 갔다. 새 신부는 아침마다 이야기를 들려줬고 황제는 이야기가 끝나기 전까지 그녀를 살려 두었다.

지니가 상인의 목을 치려 하자 상인은 다급하게 입을 열었습니다.

"한 말씀만 더 올리겠습니다. 제발 부탁이니 집에 가서 아내와 아이들에게 작별 인사를 하고 유언장을 쓸 수 있도록 시간 좀 주십시오. 그것만 끝내고 바로 돌아오겠으니 그때 저를 죽여 주십시오."

"괜히 소원을 들어줬다가 네놈이 다시 돌아오지 않으면 무슨 낭패냐!"

"하늘에 맹세코 반드시 돌아오겠습니다!"

"그럼 다시 돌아오는 데 얼마나 걸리겠느냐?"

"1년만 주십시오. 내일부터 딱 열두 달 뒤에 바로 이곳 나무 아래에서 요정님을 기다리겠습니다."

지니는 고개를 끄덕이더니 샘가에 상인만 남겨 두고 홀연히 사라져 버렸습니다. 정신을 차린 상인은 말을 타고 집으로 향했습니다.

집에 도착하자 아내와 아이들이 기쁘게 반겼습니다. 하지만 상인은 반가워하기는커녕 큰 소리로 꺼이꺼이 울기 시작했습니다. 가족들도 뭔가 큰일이 났다는 걸 금세 눈치챌 수 있었습니다.

"무슨 일이 있었는지 얘기해 보세요."

아내가 걱정스러운 표정으로 물었습니다.

"아아! 여보, 난 이제 1년밖에 살지 못하오."

남편이 흐느끼며 말했습니다.

남편은 요정 지니와 무슨 일이 있었는지, 그리고 왜 1년 뒤에 다시 돌아가 죽어야 하는지 모두 다 털어놓았습니다. 충격적인 소식을 들은 가족들은 깊은 근심에 빠졌고 집안은 온통 울음바다가 되고 말았습니다.

다음 날부터 상인은 주변을 정리하기 시작했습니다. 우선 그동안 진 빚을 모두 갚았습니다. 친구들에게는 선물을 보내고 가난한 사람들에게는 어마어마한 양의 구호품을 보냈습니다. 데리고 있던 노예들도 모두 풀어 주고 아내와 자식들에게도 재산을 나눠 줬습니다. 그렇게 1년이 쏜살같이 흘러 어느새 집을 떠나야 할 시간이 되었습니다. 상인은 가슴이 찢어지도록 아팠지만 가족들과 마지막 작별 인사를 하고 약속한 날짜에 맞춰 지니와 처음 만난 장소에 도착했습니다. 그는 말에서 내려 샘가에 앉아 비통한 심정으로 지니를 기다렸습니다.

바로 그때 한 노인이 암사슴 한 마리를 끌고 나타났습니다. 노인은 상인과 인사를 나눈 뒤 이렇게 말했습니다.

"상인 양반, 이 황량한 사막에서 왜 홀로 앉아 있는 거요? 그것도 사악한 요정 지니가 자주 출몰한다는 이곳에서 말이오. 여기에는 아름드리나무가 많긴 하지만 위험해서 그렇게 오래 머물 곳은 못 된다오."

상인은 자기가 여기로 오게 된 사연을 이야기해 줬습니다. 그러자 노인이 깜짝 놀라며 소리쳤습니다.

"아이고, 세상에 이런 일도 다 있나! 나도 상인 양반과 지니가 만나는 모습을 직접 보고 싶구려."

마음이 아픈 노인은 상인 옆에 털썩 주저앉았습니다.

두 사람이 이야기를 나누고 있는데 또 다른 노인이 다가왔습니다. 이 노인은 검은 개 두 마리를 끌고 왔습니다. 그는 앉아 있는 두 사람과 인사를 나누고는 여기서 무엇을 하고 있는지 물었습니다. 암사슴을 끌고 온 노인이 상인과 지니의 이야기를 전해 줬습니다. 그러자 두 번째 노인도 무슨 일이 벌어지는지 봐야겠다며 두 사람 옆에 자리를 잡고 앉았습니다. 얼마 뒤, 또 다른 노인이 나타났습니다. 세 번째 노인도 상인에게 왜 그렇게 죽을상을 짓고 있는지 묻더니 자초지종을 듣고는 지니와 상인이 만나는 모습을 봐야겠다며 사람들 옆에 앉았습니다.

　머지않아 상인과 세 노인은 멀리서 먼지구름같이 짙은 연기가 다가오는 것을 봤습니다. 연기는 점점 사람들이 있는 곳으로 와서 이내 요정 지니로 변했습니다. 손에 커다란 칼을 쥔 지니는 말없이 곧장 상인에게 다가가 팔을 꽉 붙잡으며 말했습니다.

　"일어나라! 네가 내 아들을 죽였듯이 나도 너를 죽여 주마!"

　상인과 세 노인은 눈물을 흘리며 신음하기 시작했습니다.

　그때였습니다. 암사슴을 끌고 온 노인이 갑자기 튀어나와 지니의 발 앞에 엎드려 이렇게 말했습니다.

　"오, 지니 요정님이시여. 잠깐만 진정하시고 제 이야기를 들어 주시겠습니까? 제가 데리고 다니는 암사슴에 얽힌 이야기를 들려드리겠습니다. 만약 제 이야기가 상인이 겪고 있는 일보다 더 놀랍다면, 바라건대 그의 죄 중 삼분의 일만이라도 용서해 주십시오."

　지니는 잠시 생각해 보더니 이렇게 대답했습니다.

　"좋아, 제안을 받아 주지."

첫 번째 노인과 암사슴 이야기

그럼 지금부터 제 이야기를 시작하겠으니, 부디 잘 들어 주시기를 바랍니다.

　사실 제 옆에 있는 이 암사슴은 저의 아내입니다. 저희는 아이가 없어서 여종의 아들을 양자로 삼았습니다.

하지만 아내는 여종과 아이를 무척 싫어했는데, 그 증오심을 감쪽같이 숨기고 살았습니다. 제 양아들이 열 살이 되던 해에 여행을 떠나게 된 저는 아내가 여종과 아이를 잘 지켜 줄 거라 믿고 제가 집을 비운 1년 동안 잘 보살펴 달라고 부탁했습니다. 하지만 그사이에 아내는 사악한 계획을 실행에 옮기고자 마법을 배웠습니다. 마법을 충분히 익힌 아내는 내 아들을 먼 곳으로 데려가 송아지로 바꿔 놓았습니다. 그러고는 송아지로 변신한 아들을 소작인에게 키우라고 넘겨 줬습니다. 여종도 암소로 변하게 해 소작인에게 맡겼습니다.

집으로 돌아온 저는 여종과 아이가 어디로 갔냐고 물었습니다. 그러자 사악한 아내는 비통한 척하며 이렇게 말했답니다.

"여종이 죽었어요. 그리고 아들은 두 달 동안 본 적이 없고 어디에 있는지 행방조차 알 수 없어요."

여종이 죽었다는 소식에 가슴이 아팠지만, 아들은 사라졌다고 했으니 빨리 찾아야겠다고 생각했습니다. 하지만 여덟 달이나 시간이 흘러도 아무런 소식을 듣지 못했습니다. 그렇게 어느새 바이람* 절기가 다가왔습니다.

저는 절기를 지내기 위해 소작인에게 희생제에 쓸 살진 소 한 마리를 가져오라고 했습니다. 소작인은 암소 한 마리를 끌고 왔지요. 그런데 그 암소가 다름 아닌 불쌍한 여종이었습니다. 암소를 묶고 막 죽이려고 하는데 암소가 애처롭게 울기 시작했습니

---

* 1년에 두 번 있는 이슬람교의 축제. 천사가 무함마드에게 《코란》을 가르친 신성한 달인 라마단이 끝난 후 행해진다. '이드 알피트르Īd al-Fiṭr(금식을 끝내는 축제)'와 '이드 알아드하Īd al-Adhā(희생제)'가 있다.

다. 눈에서는 눈물이 줄줄 흘러내리고 있었습니다! 너무도 기이한 일이라 불쌍한 마음이 들었고, 소작인에게 다른 암소를 가져오라고 시켰습니다. 그런데 옆에 있던 아내는 사악한 계획을 그르칠까 싶어 나의 약한 모습을 비웃으며 다그치더군요.

"지금 뭐 하시는 거예요? 얼른 이 암소를 죽이세요. 희생제에 쓸 가장 좋은 암소라고요."

저는 아내의 말을 듣고 다시 소작인에게 이 암소를 죽이라고 명령했습니다. 그러나 그 짐승의 울음소리와 눈물에 마음이 약해져 이렇게 말했지요.

"암소를 끌고 가서 자네가 죽이게. 나는 못 하겠네."

소작인은 암소를 죽여서 가죽을 벗겼습니다. 그런데 겉보기와는 다르게 살은 없고 뼈만 앙상했습니다. 저는 짜증이 났습니다.

"암소는 자네가 알아서 처리하게. 대신 살진 송아지가 있으면 가져오게."

소작인은 곧 살진 송아지를 가져왔습니다. 그 송아지가 제 아들이라는 사실은 까맣게 몰랐지요. 송아지는 목에 맨 밧줄을 끊고 저에게 오려고 안간힘을 썼습니다. 제 발 앞에 와서 머리를 땅에 대고 있었지요. 마치 저의 동정심을 자극하는 것 같았고, 목숨을 살려 달라고 애원하는 듯 보였습니다.

저는 앞서 암소의 눈물보다 이 송아지의 행동에 더 놀라고 감동을 받았습니다. 그래서 소작인에게 말했습니다.

"이 송아지를 다시 데려가서 잘 보살펴 주게나. 그리고 다른 놈으로 가져오게."

자신의 목숨을 구하려고 안간힘을 다하는 송아지

이 말을 듣자마자 아내는 고래고래 소리를 질러 댔습니다.

"당신, 지금 뭐 하자는 거예요? 이것 말고 다른 송아지는 제사에 쓸수 없어요."

"여보, 이 송아지는 죽일 수 없소."

이번에는 아내의 불평에도 아랑곳하지 않았습니다. 저는 다른 송아지를 죽여서 제물로 바쳤습니다.

다음 날, 소작인이 저를 찾아와 단둘이 할 이야기가 있다고 했습니다.

"나리께서 듣고 싶어 하실 만한 소식을 전하러 왔습니다. 제게 마법에 대해 좀 아는 딸이 있습니다. 그런데 어제 제가 나리께서 돌려보낸 송아지를 데리고 돌아왔을 때, 딸이 미소를 짓더니 곧이어 울기 시작하는 것이었습니다. 그래서 이유를 물으니 이렇게 대답하더군요."

"아버지, 이 송아지는 주인 나리의 아드님이에요. 아드님이 아직 살아 있는 것을 보고 기쁜 마음에 미소를 지었고, 어제 희생 제물로 죽임을 당한 그분의 어머니를 생각하니 눈물이 나왔어요. 이렇게 짐승으로 바꾼 건 두 모자를 싫어하는 부인의 짓이에요."

이 말을 듣고 깜짝 놀란 저는 곧장 소작인과 함께 그의 딸을 찾아갔습니다. 우선 외양간으로 가서 아들을 봤지요. 아들을 쓰다듬으니 말은 못 하고 눈만 껌뻑거렸습니다. 소작인의 딸이 오자 저는 아들을 원래 모습으로 되돌릴 수 있는지 물었습니다.

"네, 할 수 있어요. 다만 두 가지 조건이 있습니다. 하나는 아드님을 제 남편으로 삼게 해 주셔야 합니다. 또 하나는 아드님을 송아지로 만든 저 여자에게 벌을 내리도록 허락해 주셔야 합니다."

"첫 번째 조건은 들어주고말고. 지참금도 넉넉히 주마. 두 번째 조건도 들어주겠다. 다만 그 여자의 목숨만은 살려 주거라."

"알겠어요. 그럼 그 여자가 아드님에게 한 짓을 똑같이 되갚아 주겠습니다."

그러더니 소작인의 딸은 그릇에 물을 가득 채우고 알 수 없는 말로 주문을 외운 다음 그 물을 송아지에게 부었습니다. 그러자 송아지는 곧바로 사람으로 변했습니다.

"아들아, 사랑하는 내 아들아!"

기쁜 마음에 아들에게 입을 맞췄습니다.

"이 처녀가 너를 끔찍한 마법에서 구해 줬단다. 그 보답으로 너를 이 처녀와 결혼시키기로 약속했지."

아들도 기쁜 마음으로 결혼을 받아들였습니다. 소작인의 딸은 결혼식을 올리기 전에 아내를 암사슴으로 바꿔 버렸고요. 이 암사슴이 바로 제 아내입니다. 다른 모습보다 사슴이 그나마 낫다고 생각했습니다. 별 혐오감 없이 집 안에 둘 수 있으니까요.

그 후 아들은 홀아비가 되었고, 여행을 떠났습니다. 저는 지금 아들을 찾고 있고 제 아내를 다른 사람들의 손에 맡기고 싶지 않아 이렇게 데리고 다니고 있습니다. 어떠십니까? 제 이야기가 놀랍지 않으십니까?

"그래, 인정한다. 이 상인의 죗값 중 삼분의 일을 덜어 주마."

첫 번째 노인의 이야기가 끝나자, 검은 개 두 마리를 끌고 나타난 두 번째 노인이 지니에게 말했습니다.

"제가 겪은 일도 이야기해 드리겠습니다. 방금 들으신 이야기보다 더 놀라운 이야기라고 확신합니다. 제 이야기를 해 드리면 저 상인의 죄에서 삼분의 일을 또 용서해 주시겠습니까?"

"암사슴 이야기보다 더 놀라우면 그렇게 해 주마."

이렇게 해서 두 번째 노인의 이야기가 시작되었습니다.

두 번째 노인과 검은 개 두 마리 이야기

위대하신 지니 요정님이시여, 이 검은 개 두 마리와 저는 원래 한 형제입니다. 아버지께서는 돌아가시면서 저희에게 각각 1000시퀸*씩 남겨 주셨지요. 이 돈으로 세 형제는 모두 상인이 되어 같은 일을 했습니다. 가게를 연 지 얼마 되지 않아 여기 있는 검은 개 두 마리 중 하나인 큰형님은 해외로 나가 장사하기로 마음먹었습니다. 가지고 있던 모든 걸 팔아 나라 밖에서 판매할 상품을 구한 다음 오래 집을 비웠지요. 1년이 지나자 웬 거지가 제 가게에 나타났습니다. 그런데 거지가 이렇게 말하는 것이었습니다.

"나를 못 알아보겠느냐?"

거지의 얼굴을 자세히 들여다보니 아뿔싸, 해외로 나간 제 큰형님이었습니다! 저는 얼른 형님을 집으로 들어오게 하고는 사업이 어떻게 되었는지 물었습니다. 그러자 큰형님은 이렇게 말했습니다.

"제발 나에게 그런 질문을 하지 마라. 네가

※ 13세기 베네치아에서 발행된 금화. 아랍어로는 시카 sikkah 라고 한다.

보고 있는 지금 이 모습이 모든 걸 말해 주고 있다. 지난 1년 동안 나에게 찾아온 불행을 말하려면 너무도 고통스러울 거야.”

저는 당장 가게 문을 닫고 형님을 목욕탕으로 데려갔습니다. 그리고 가장 좋은 옷을 꺼내 입혀 드렸지요. 제 장부를 계산해 보니 자본금이 두 배로 늘어나 있었습니다. 즉 2000시퀸을 가지고 있었던 것입니다. 그래서 절반인 1000시퀸을 형님에게 드렸습니다.

“형님, 지난번에 잃은 돈은 잊어버리세요.”

형님은 기뻐하며 돈을 받았고, 예전처럼 함께 살았습니다.

얼마 지나 둘째 형님도 가지고 있던 물건을 팔고 해외시장으로 나가려 했습니다. 큰형님과 저는 둘째 형님을 만류하며 별의별 짓을 다 해 봤지만 아무 소용이 없었습니다. 결국 둘째 형님은 어느 대상隊商*무리에 합류해 길을 떠났습니다. 하지만 1년 후 예전의 큰형님처럼 거지 꼴로 돌아왔지요. 이번에도 저는 둘째 형님을 돌보며 벌어 놓은 1000시퀸을 드렸습니다. 둘째 형님은 그 돈으로 다시 가게를 열었습니다.

어느 날엔 두 형님이 저를 찾아와서 외국에 나가 장사를 하자고 제안하더군요. 처음에 저는 거절했습니다.

“형님들은 해외로 나가서 얻은 게 무엇이었죠?”

하지만 형님들은 5년간 끈질기게 저를 설득했고, 저는 마침내 항복하고 말았습니다. 그런데 해외로 나갈 준비를 하고 물건을 사야 할 시기가 되었을 때, 두 형님이 각자 저에게 받은 재산 1000시퀸을 다 써 버렸다는 사실을 알게 되었어요. 하지만 책망하지는 않았습니

* 사막이나 초원같이 교통이 발달하지 않은 지방에서, 낙타나 말에 짐을 싣고 떼를 지어 먼 곳으로 다니며 특산물을 교역하는 상인 집단. 카라반이라 불린다.

다. 제가 가지고 있던 6000시퀸을 절반으로 나눠서 형님들에게 1000시 퀸씩 주고 저도 1000시퀸을 가졌습니다. 나머지 3000시퀸은 집 안 한쪽 구석에 묻어 두었지요. 그리고 외국에 내다 팔 물건을 사서 배에 실었습니다. 이렇게 우리 삼 형제는 순풍에 돛을 달고 항해를 떠났습니다.

두 달 후, 우리는 어느 항구도시에 도착했습니다. 그 도시에 내려 물건을 아주 많이 팔았습니다. 번 돈을 가지고 그 지역의 물건을 사들인 다음 다시 항해를 떠나려고 막 닻을 올리려 할 때, 해변에서 남루한 옷을 입은 아름다운 여인을 보게 되었습니다. 여인은 제게 오더니 제 손에 입을 맞추고는 자기를 아내로 삼아 데려가 달라고 애원했습니다. 처음에는 내키지 않아 거절했지만, 여인이 워낙 애걸복걸하며 좋은 아내가 되겠다고 약속하기에 저는 결국 허락하고 말았습니다. 여인에게 예쁜 옷을 입히고 결혼식을 치렀지요. 그러고는 함께 배에 올라타 닻을 올렸습니다.

저는 항해하는 동안 아내의 장점을 발견하게 되었습니다. 그러면서 그녀를 점점 사랑하게 되었지요. 하지만 두 형님은 저의 성공을 시샘했고 급기야 저를 죽일 계획까지 세웠습니다. 어느 날 밤 우리 부부가 자고 있을 때 우리를 바닷속에 집어던진 것입니다. 그런데 알고 보니 제아내는 요정이었습니다. 이 요정은 제가 익사하지 않도록 바다에서 건져 섬 위로 옮겨 줬고, 날이 밝자 이렇게 말했습니다.

"해변에서 당신을 봤을 때 마음이 무척 끌렸어요. 그래서 당신이 얼마나 착한 사람인지 시험해 봤지요. 제가 남루한 모습으로 나타났던 것도 그런 이유예요. 이제 당신의 목숨을 구해 줬으니 저는 보상을 한 셈이네요. 그런데 당신의 형님들을 생각하면 분통이 터져요. 두 사람을 죽이기 전까지는 마음이 편치 않을 것 같아요.”

저는 요정이 제게 베푼 모든 일에 진심으로 감사했습니다. 하지만 그녀에게 형님들을 죽이지 말아 달라고 애원했지요.

제가 요정의 노여움을 달래 주자, 잠시 후 그녀는 저를 섬에서 고향 집 지붕으로 데려다 놓았습니다. 그러고는 이내 어디론가 가 버렸습니다. 저는 아래로 내려가 묻어 두었던 3000시퀸을 꺼냈습니다. 제 가게로 가서 문을 여니 어느새 이웃 상인들이 몰려와 제가 돌아온 것을 환영해 주더군요. 저녁이 되어 가게 문을 닫고 집으로 오는데 웬 검은 개 두 마리가 불쌍한 표정을 지으며 다가왔습니다. 제가 몹시 당황해하고 있을 때, 다시 요정이 나타나 말했습니다.

“너무 놀라지 마세요. 개 두 마리는 당신의 형님들이에요. 제가 형님들이 이런 모습으로 10년 동안 살도록 만들어 놓았어요.”

그리고 나서 요정은 자신의 소식을 어디서 들을 수 있는지 말해 주고 또 홀연히 사라졌습니다.

그 후로 거의 10년이 되었고 저는 지금 그녀를 찾으러 가는 길입니다. 지나는 길에 이 상인과 암사슴을 데리고 있는 노인을 만나서 이렇게 같이 있는 것이고요.

여기까지가 제 이야기입니다, 지니 요정님이시여! 아주 기묘한 이야기라고 생각하지 않으십니까?

지니가 “그래, 이번에도 인정한다. 상인에게 내릴 벌 중 삼분의 일을 덜어 주마”라고 대답하자 세 번째 노인도 지니에게 앞의 두 노인과 같은

지붕 위에 무사히 도착한 막내

조건을 요청했습니다. 지니는 세 번째 노인의 이야기가 앞의 두 노인의 이야기보다 더 신기하다면 상인의 죄 중 나머지도 용서해 주겠노라고 약속했지요.

그래서 세 번째 노인은 지니에게 자신의 이야기를 들려줬는데, 안타깝게도 저는 그 이야기를 알지 못해 폐하께 들려드릴 수가 없습니다.

다만 세 번째 노인의 이야기가 앞의 두 이야기보다는 훨씬 기묘하고 놀라웠다는 사실만은 알고 있습니다. 그래서 이야기를 듣고 놀란 지니는 세 번째 노인에게 이렇게 말했다고 합니다.

"상인의 죄 중에 나머지 삼분의 일도 용서해 주겠다. 너는 이 세 노인에게 감사해야 할 거야. 이들이 아니었다면 이미 저세상 사람이었을 테니까."

이렇게 말하고 지니가 사라지자, 상인과 세 노인은 뛸 듯이 기뻐했습니다. 물론 상인은 세 노인에게 감사 인사를 잊지 않았지요. 그들은 이제 각자 제 갈 길을 갔습니다. 상인은 아내와 아이들 곁으로 무사히 돌아왔고, 여생을 가족들과 행복하게 살았답니다.

폐하, 지금 들려드린 이야기가 재미있으셨겠지만, 이제까지와는 비교도 할 수 없을 만큼 흥미진진한 이야기가 있습니다. 바로 어부의 이야기입니다.

어부
이야기

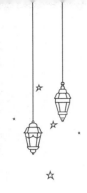

폐하, 옛날에 너무 늙고 가난해서 자기 아내와 아이들을 간신히 부양하며 살아가는 어부가 있었습니다. 그는 매일 아침 일찍 고기를 잡으러 나갔는데, 하루에 네 번 이상 그물을 던지지 않는 것을 원칙으로 삼았습니다.

아직 달빛이 비치는 어느 이른 아침에 해변으로 나간 어부는 옷을 벗고 그물을 던졌습니다. 얼마 후 그물을 끌어당겼는데 뭔가 묵직한 것이 느껴졌습니다. 물고기가 많이 잡혔다고 생각한 그는 속으로 몹시 기뻐했습니다. 그러나 그물에는 물고기 대신 죽은 당나귀 시체밖에 보이지 않아 실망이 컸지요.

그는 짜증이 났지만, 그래도 당나귀 때문에 망가진 그물 곳곳을 고친 뒤 두 번째로 그물을 던졌습니다. 그물을 끌어당기는데 이번에도 묵직한 느낌이 들어 물고기가 가득 차 있다고 생각했습니다. 하지만 쓰레기로 가득한 큰 바구니가 그물에 걸렸습니다. 어부는 약이 올랐습니다.

"아, 운명의 신이시여! 가족을 먹여 살리기 힘든 이 불쌍한 어부를 더 이상 놀리지 마십시오!"

그렇게 말하고는 쓰레기를 버리고 그물을 깨끗이 씻은 뒤 세 번째로 던졌습니다. 그러나 돌과 조개껍데기, 진흙 따위만 끌려 올라왔습니다. 절망에 빠진 어부는 마지막으로 그물을 던졌습니다. 물고기가 잡혔다는 생각이 들자 조심스럽게 그물을 끌어올렸습니다. 그런데 물고기는 안 보이고 이상한 구릿빛 항아리가 그물에 딸려 올라왔습니다. 무게가 꽤 나가는 것으로 보아 항아리 안에 뭔가 가득 차 있었습니다. 항아리는 뚜껑이 꽉 닫힌 채 납으로 밀봉되어 있었습니다. 어부는 기쁜 마음에 혼자서 중얼거렸습니다.

"이걸 주물공鑄物工에게 팔아야겠다. 그 돈이면 밀을 넉넉하게 살 수 있을 거야."

어부는 항아리를 요리조리 돌려 봤습니다. 달가닥 소리가 나는지 흔들어 보기도 했습니다. 하지만 아무 소리도 나지 않았습니다. 밀봉까지 된 항아리 안에 뭔가 중요한 것이 있지 않을까 생각한 그는 칼로 뚜껑을 열었습니다. 그런 다음 항아리를 뒤집어 봤지만 아무것도 나오지 않았습니다. 어부는 항아리를 앞에 놓고 주의 깊게 살펴봤습니다. 그런데 갑자기 짙은 연기 같은 것이 항아리에서 솟구쳐 나왔습니다. 놀란 어부는 자기도 모르게 뒷걸음질했지요. 이 연기는 하늘 위 구름까지 닿았고 바다와 해변 위에 넓게 퍼져 짙은 안개가 되었습니다. 어부는 몹시 당황해 그 자리에 얼음처럼 서 있었습니다. 항아리에서 나온 연기는 다시 한데 모이더니 이내 거대한 지니의 모습으로 변했습니다. 지니는 이 세상에서 키가 제일 큰 사람보다 두 배나 큰 거인이었습니다. 끔찍한 괴물이 눈앞에 나타나자 어부는 도망쳐야겠다고 생각했습니다. 그러나 너무 무서운 나머지 그 자리에서 한 발짝도 움직이지 못했습니다.

"위대한 요정인 나 지니는 그대의 모든 명령에 복종할 것이다."

이 말을 듣고 담력이 생긴 어부는 이렇게 말했습니다.

"이보시오, 무슨 말을 하는 거요? 당신에게 무슨 일이 있었는지, 그리고 왜 이 항아리에 갇혀 있었는지 어디 한번 얘기해 보시오."

그러자 지니는 어부를 거만하게 쏘아보며 말했습니다.

"좀 더 공손하게 말하라. 내가 그대를 죽이기 전에."

"아니! 왜 날 죽인다는 거요? 내가 당신을 항아리에서 풀어 준 걸 그새 잊었소?"

"잊지 않았지. 하지만 그렇다고 그대를 살려 줄 수는 없어. 다만 한 가지 호의는 베풀겠다. 어떻게 죽을 것인지 선택권을 주마."

"도대체 내가 당신에게 무슨 짓을 했다고 그러는 것이오?"

"나도 달리 어쩔 수가 없다. 그 이유를 알고 싶다면 내 이야기를 들려주지. 나는 요정들의 왕인 신에게 거역했다. 신은 나에게 벌을 주려고 이 구리 항아리에 나를 가두고 나오지 못하도록 뚜껑을 봉했지. 그러고는 항아리를 바다에 던져 버렸다. 나는 갇혀 있는 동안 누구든 나를 100년 안에 꺼내 준다면 그를 부자로 만들어 주겠다고 맹세했어. 그런데 100년이 다 지났는데도 아무도 나를 꺼내 주지 않더군. 그다음 100년 동안 갇혀 있을 때는 나를 구해 주는 사람에게 이 세상에 있는 모든 보물을 가져다줄 거라고 맹세했어. 하지만 이번에도 아무도 오지 않았지.

또 100년이 지나고 그다음 100년 동안에는 날 구해 준 사람을 왕으로 만들어 주고 그의 곁에서 매일 세 가지 소원을 들어주겠다고 맹세했어. 그런데도 나는 비참한 처지에서 빠져나올 수 없었다. 결국 나는 이렇게 오랫동안 갇혀 있는 신세에 화가 나서 누구든 나를 꺼내 주는 사람은 즉시 죽여 버리기로 맹세했어. 다만 죽음의 방식은 그가 선택하도록 허락하기로 했지. 오늘 그대가 날 꺼내 줬으니 어떻게 죽을지 선택하기만 하면 돼."

어부는 몹시 억울했습니다.

"당신을 꺼내 준 죄로 죽어야 하다니, 나는 운도 지지리 없군! 제발 목숨만은 살려 주시오."

"말했지만 그건 불가능해. 얼른 선택하라고. 시간 낭비하지 말고."

이때 어부는 머리를 굴려 묘책을 세웠습니다.

"죽음을 피할 수 없다면 죽겠소. 내가 죽는 방식을 선택하기 전에, 한 가지만 묻겠소. 당신은 정말 저 항아리 속에 갇혀 있었소? 당신의 명예를 걸고 대답해 주시오."

"그렇다. 항아리 속에 있었다."

"난 믿을 수 없소. 항아리는 당신의 발 한 짝도 들어가기 힘들 정도로 작은데, 어떻게 당신 같은 거구가 저 안으로 들어간단 말이오? 직접 들어가는 걸 보여 주기 전까지는 결코 믿을 수 없소."

그러자 지니는 다시 연기로 변하더니 바다와 해변에 넓게 퍼졌다가 하나로 모여 항아리 속으로 들어갔습니다. 항아리 속에서 지니의 목소리가 들려왔지요.

"어때, 이 의심 많은 어부 양반아. 난 지금 항아리 속에 있다. 이제야 믿겠느냐?"

어부는 대답 대신 뚜껑을 들고 재빨리 항아리 입구를 막아 버렸습니다. 그러고는 이렇게 소리쳤습니다.

"이제 당신이 나에게 용서를 구할 차례요. 어떻게 죽을지 선택도 해야 할 테고. 아니, 그럴 필요 없겠네. 난 항아리를 바닷속에 던져 버릴 거니까. 그리고 바닷가에 집을 짓고 살면서 여기서 그물을 던지는 어부들에게 경고해 줄 것이오. 자기를 꺼내 준 은인을 죽이겠다고 맹세한 사악한 요정을 조심하라고 말이오."

이 말을 들은 지니는 항아리에서 빠져나오려고 온갖 힘을 썼지만 그럴 수 없었습니다. 항아리 뚜껑에 마법이 걸려 있었기 때문이죠.

지니는 어떻게든 어부에게 속임수를 써서 나오려고 했습니다.

"뚜껑을 열어 주면 무엇이든 해 주겠다."

하지만 어부는 단호히 거절했습니다.

"됐소. 내가 당신의 말을 믿는다면, 어느 그리스 왕이 의사 두반을 대하던 것처럼 당신도 나를 그렇게 대할까 두렵소. 내가 이 이야기를 들려 줄 테니 잘 들어 보시오."

그리스 왕과 의사 두반 이야기

페르시아의 주만 지방에 그리스 왕이 살고 있었소. 이 왕은 나병(한센병) 환자였는데, 의사들이 병을 고치려고 온갖 시도를 했지만 아무런 효험이 없었소. 그때 뛰어난 의사 두반이 궁정에 찾아왔소.

두반은 수많은 언어에 통달해 있었고, 세상의 온갖 약초를 줄줄이 꿰고 있었다오. 그는 왕의 병 소식을 듣자마자 가장 단정한 옷으로 갈아입고 왕을 만나러 갔소.

"폐하, 아무도 폐하의 나병을 고치지 못했다고 들었습니다. 하지만 제 처방을 따라 주신다면, 약을 먹거나 바르지 않아도 병이 나을 수 있습니다."

왕은 이 제안을 받아들였소.

"이 병만 고쳐 준다면 그대의 자자손손이 영원토록 부자로 살게 해 주겠다."

두반은 집으로 돌아와 폴로* 스틱을 가져다가 손잡이 속을 파내고 거기에 약을 집어넣었소. 그리고 공도 만들었소. 이것들을 가지고 다음 날 왕에게 갔지.

의사는 왕에게 폴로 경기를 권했소. 왕이 그 말대로 말에 올라타 폴로 경기장으로 나서자 두반은 자기가 만든 스틱을 건네주면서 이렇게 말했다오.

"폐하, 이 스틱을 가지고 공을 치십시오. 폐하의 손과 온몸에 열이 오를 때까지 그렇게 하시면 됩니다. 손에서 나는 열 때문에 스틱 손잡이에 있는 약이 온몸으로 퍼질 것입니다. 그러면 궁전으로 돌아와서 목욕을 하고 잠자리에 드십시오. 내일 아침에 일어나면 병이 깨끗이 나아 있을 겁니다."

왕은 스틱을 들고 공을 따라 말을 달렸소. 왕이 공을 치면 함께 있던 신하들이 다시 공을 쳐서 돌려보내 줬소. 그렇게 공을 치다 보니 몸에 열이 오르기 시작했고, 온몸이 뜨거워지는

* 페르시아에서 티베트, 중국 등을 거쳐 인도와 영국으로 전해진 구기 종목.

걸 느낀 왕은 경기를 중단하고 궁전으로 돌아왔소. 그리고 의사의 말대로 목욕을 한 다음 잠자리에 들었지.

다음 날 아침, 왕은 기쁨과 놀라움에 사로잡혀 자리에서 일어났소. 나병이 깨끗이 나았던 것이오. 왕은 어전회의실로 들어갔소. 왕이 정말 효능을 봤는지 몹시 궁금했던 신하들은 일찍부터 나와 있었소. 그들은 완쾌된 왕을 보고는 기쁨을 감추지 못했소.

의사 두반도 어전에 엎드려 머리를 조아렸소. 왕은 두반을 자신의 옆자리에 앉게 하고는 모든 사람이 보는 앞에서 그의 공을 높이 치하했지. 그날 저녁에는 두반에게 화려한 궁중 예복을 입히고, 2000시퀸을 하사하기도 했소. 그다음 날에도 계속 호의를 베풀었다오.

왕에게는 탐욕스럽고 질투심 많고 성질이 고약한 대재상이 한 명 있었소. 그는 시간이 갈수록 이 의사를 시기하더니 결국 두반을 파멸에 몰아넣기로 마음먹었소.

대재상은 왕에게 은밀히 다가가 중요하게 할 이야기가 있다고 했소. 왕이 무슨 일이냐고 묻자 이렇게 말했지.

"폐하, 일국의 군주께서 아직 완전히 검증되지 않은 자를 그토록 신임하는 건 매우 위험한 일입니다. 폐하께서는 이 의사가 폐하를 암살하려고 잠입해 들어온 반역자라는 사실을 모르고 계십니다."

"나는 이 사람이 누구보다 믿음직스럽다. 그가 나를 해하려 했다면 왜 나를 치료해 줬겠는가? 다시는 그런 말을 입에 올리지 마라. 내가 보기에는 경이 그를 시기하고 있는 것 같다. 나와 이 사람을 이간질할 생각은 하지 말아라. 자신의 아들을 죽이려 하는 신드바드 왕을 막은 어느 재상 이야기가 떠오르는군."

왕의 말에 대재상은 궁금함을 참지 못했소.

"폐하, 그 재상이 신드바드 왕에게 어떤 말을 했는지 신에게 이야기해 주실 수 있겠습니까?"

"이 재상은 신드바드 왕에게 장모가 하는 말을 모두 믿어서는 안 된다고 하면서 이런 이야기를 들려줬다."

남편과 앵무새 이야기

옛날에 어느 착한 남자에게 아름다운 아내가 있었다. 그는 아내를 너무 사랑한 나머지 웬만해서는 떨어지려 하지 않았는데, 어느 날 갑자기 중요한 일이 있어서 아내 곁을 떠나게 되었다. 걱정이 된 그는 온갖 종류의 새를 파는 가게에 가서 앵무새 한 마리를 샀다. 이 앵무새는 말을 할 수 있을 뿐만 아니라 자기가 본 일을 그대로 이야기할 수 있는 재주가 있었지. 남자는 새장에 든 앵무새를 아내에게 주며 방에 두라고 말했다. 자기가 집을 비운 동안 앵무새를 잘 돌봐 달라고 부탁하면서. 그러고는 집을 떠났다가 돌아온 남자는 앵무새에게 그동안 무슨 일이 있었는지 물었다. 앵무새는 있었던 일을 그대로 이야기했고, 그걸 들은 남자는 아내를 꾸짖을 수밖에 없었다.

아내는 노예 중 하나가 남편에게 고자질했다고 생각했다. 하지만 노예들은 고자질한 건 자신들이 아니라 앵무새라고 말해 줬다. 결국 아내는 앵무새에게 복수를 해야겠다고 마음먹었다.

남편이 또 하루 동안 집을 비웠을 때, 아내는 한 노예를 불러 새장 밑에서 맷돌을 돌리게 하고, 다른 노예에게는 새장 위에 물을 뿌리게 했다. 또 한 노예에게는 앵무새 앞에서 거울을 들고 좌우로 움직이면서 촛불의 빛을 반사시키게 했다. 노예들은 밤새도록 이 일을 능숙하게 해냈다. 다음 날 집으로 돌아온 남편은 이번에도 앵무새에게 본 것을 이야기하라고 했다. 그러자 앵무새는 이렇게 대답했다.

"주인님, 밤새도록 천둥 번개가 치고 비가 내리는 바람에 얼마나 고통스러웠는지 모릅니다."

주인은 어젯밤에 비도 오지 않고 천둥 번개도 치지 않았다는 걸 잘 알고 있었다. 그래서 앵무새가 거짓말을 한다고 믿었지. 남자는 곧장 새장에서 앵무새를 꺼내 바닥에 세게 내동댕이쳤고, 그 바람에 앵무새는 죽고 말았다. 하지만 나중에 앵무새는 아무 잘못이 없다는 것을 알고 나서 뼈저리게 후회하게 되었다.

어부는 요정 지니에게 다음과 같이 말했답니다.

그리스 왕은 앵무새 이야기를 끝내며 대재상에게 말했소.

"의사 두반을 죽인다면 앵무새를 죽인 그 남편처럼 후회할 것이다."

그러자 대재상이 말했소.

"그깟 앵무새 한 마리의 죽음은 아무것도 아닙니다. 왕의 생명을 위해서라면 죄책감을 느끼지 않는 것보다 차라리 무고한 사람을 희생하는 것이 낫습니다. 그리고 한 점 의혹이 없는 일도 아닙니다. 의사 두반은 폐하를 암살하려 했습니다. 신은 그 의혹을 낱낱이 밝히고 싶습니다. 만약 제가 틀렸다면 어느 재상처럼 저도 벌을 달게 받겠습니다."

"그 재상은 벌을 받을 만한 일을 했는가?"
"폐하께서 허락하신다면 소신이 감히 이야기를 올리겠습니다."

벌 받은 재상 이야기

옛날에 사냥을 매우 좋아하는 아들을 둔 왕이 있었습니다. 왕은 가끔씩 왕자가 사냥을 나가도 좋다고 허락했습니다. 다만 재상에게 늘 왕자의 옆에 있으면서 눈을 떼지 말라고 명령했습니다. 어느 날 사냥을 나간 왕자는 사슴을 발견했습니다. 그는 재상이 자기 뒤를 알아서 따라오리라고 생각하고는 사슴을 뒤쫓기 시작했습니다. 그런데 너무 열심히 말을 달린 탓에 무리에서 벗어나 혼자가 되고 말았습니다. 제자리에 멈춰서 재상을 찾았지만 길을 잃었습니다. 한참을 헤매던 그는 길가에서 어느 아름다운 여인이 서럽게 울고 있는 모습을 발견했습니다. 고삐를 당겨 말을 세운 왕자는 여인이 누구인지, 이런 곳에서 무엇을 하고 있는지, 도움이 필요한지를 물었습니다. 그러자 여인이 대답했습니다.

"저는 인도 왕의 딸이에요. 말을 타고 가다가 그만 깜빡 잠이 들어 말에서 떨어지고 말았어요. 말은 멀리 달아났는데, 어디로 갔는지 모르겠어요."

왕자는 여인을 불쌍히 여겨 자기 뒤에 타라고 했습니다. 함께 폐허가 된 어느 집을 지날 때, 여인은 말에서 내려 그 집으로 들어갔습니다. 왕자도 여인의 뒤를 따라 집으로 들어갔지요. 그런데 충격적이게도 집 안에서는 이런 목소리가 들렸습니다.

"얘들아, 기뻐해라. 아주 살진 녀석을 데려왔단다."

그러자 또 다른 목소리가 들려왔습니다.

"엄마, 어디 있어요? 배고프단 말이에요."

왕자는 자신이 위험에 처했음을 단박에 알아차렸습니다. 인도 왕의 딸이라고 했던 여인은 사실 외진 곳에 살면서 사람을 꾀어 잡아먹는 괴물이었던 것입니다. 왕자는 몸서리치며 재빨리 말에 올라탔습니다. 그러자 가짜 인도 공주는 자신의 계략이 실패한 것을 깨닫고 이렇게 말했습니다.

"두려워하지 마세요. 당신은 뭘 원하죠?"

"난 길을 잃었소. 그래서 길을 찾고 있소."

"이쪽으로 곧장 가세요. 그러면 길을 찾을 수 있을 거예요."

왕자는 귀를 의심했지만, 있는 힘껏 말을 달렸습니다. 마침내 길을 찾아 무사히 아버지의 집으로 돌아간 왕자는 아버지에게 재상의 부주의로 자신이 곤경을 겪었다고 이야기했습니다. 화가 난 왕은 재상을 곧장 교수형에 처했습니다.

　대재상은 그리스 왕에게 이렇게 말했소.

　"폐하, 의사 두반의 경우를 생각해 보시기 바랍니다. 목숨을 돌보지 않으시면 그자를 믿었던 것을 후회하실 겁니다. 그자가 처방해 준 약이 때가 되어 폐하께 악영향을 미칠지 누가 압니까?"

　그리스 왕은 천성적으로 나약한 사람이었소. 대재상의 악한 의도를 눈치채지 못했을 뿐만 아니라 처음에 가진 확신을 고수할 정도로 의지가 단호하지도 않았소.

　"음, 대재상. 자네 말이 맞다. 두반이 나를 노리고 온 것 같다. 약 냄새만으로도 나를 충분히 죽이고도 남을 것이다. 이 상황을 어떻게 해야 할지 생각해 봐야겠군."

"폐하, 목숨을 보전하기 위한 가장 좋은 방법은 지금 당장 사람을 보내 그자의 목을 자르는 것입니다."

"나도 그렇게 생각한다."

왕은 그렇게 말하고 관리 한 명에게 두반을 데려오라고 명했소.

"나는 내 목숨을 살리기 위해 너를 죽이려고 이 자리로 불렀다."

의사는 자신이 죽을 거라는 말을 듣고 놀라움을 감추지 못했소.

"폐하, 제가 무슨 죄를 저질렀습니까?"

"듣자 하니 네놈이 나를 죽이러 온 첩자라고 하더구나. 그러니 내가 살려면 네놈을 죽여야 마땅하다."

왕은 옆에 있던 처형 집행관에게 명했소.

"여봐라, 이자를 당장 처형하라!"

이 잔인한 명령을 듣자 의사는 그 자리에서 무릎을 꿇었소.

"제 목숨을 살려 주셔야 폐하의 목숨도 보전하실 수 있습니다."

어부는 여기서 이야기를 잠깐 중단하고 지니에게 말했습니다.

어떻소. 그리스 왕과 두반 사이에 일어난 일이 지금 우리 둘 사이에서 일어난 일과 같지 않소. 그리스 왕은 눈곱만큼의 자비도 베풀지 않았고 처형 집행관은 두반의 두 눈을 가렸소.

함께 있던 신하들이 모두 두반의 목숨을 살려 달라고 요청했지만 헛수고였소. 의사 두반은 무릎을 꿇은 채 왕에게 말했소.

"폐하, 죽을 때 죽더라도 마지막으로 제 주변을 정리하고, 제가 가진 책들을 유용하게 쓸 수 있는 사람들에게 기부할 수 있도록 허락해 주십시오. 폐하께 드리고 싶은 책도 있습니다. 매우 귀한 책이므로 금고에 소중히 보관하셔야 합니다. 책에 신비한 내용이 많습니다. 제 목이 잘린 뒤에 폐하께서는 이 책을 여섯 장 넘기신 다음, 왼쪽의 세 번째 행을 읽으십시오. 그러면 잘린 제 머리가 폐하의 질문에 답을 할 것입니다."

그 책의 내용이 궁금해진 왕은 처형을 내일로 미루고 의사를 삼엄한 감시하에 집으로 돌려보내게 했소. 집으로 돌아온 두반은 주변을 정리했소. 다음 날, 궁정에는 두반의 처형 장면을 구경하려는 사람들이 구름 떼처럼 몰려들었소. 의사는 손에 큰 책을 들고 왕좌 앞에 나아갔소. 대야도 하나 가져왔는데 그 위에 책을 쌌던 보자기를 풀어 펼쳐 놓았소. 그러고는 왕에게 이렇게 말했다오.

"폐하, 이 책을 받아 주십시오. 그리고 제 머리가 잘리면 대야 위에 펼쳐 놓은 보자기에 올려놓으십시오. 곧바로 머리에서 피가 멈출 것입니다. 그런 다음 책을 펼치십시오. 제 머리가 폐하의 질문에 답할 것입니다. 하지만 폐하, 저는 정말 죄가 없으니 자비를 베풀어 주십시오."

"아무리 애원해도 소용없다. 네놈이 죽고 난 다음에 네 머리가 말하는 걸 보기 위해서라도 너를 죽여야겠다."

이렇게 말한 왕은 의사에게서 책을 건네받고 처형 집행관에게 처형을 지시했소.

두반의 머리는 야무지게 잘려 그대로 대야 안으로 떨어졌고, 그 즉시

책을 펼치라고 말하는 두반의 머리를 보고 놀란 사람들

피가 멈췄소. 그러더니 왕이 놀라 까무러칠 일이 벌어졌소. 두반의 머리가 눈을 번쩍 뜨고는 이렇게 말하지 않았겠소.

"폐하, 책을 펼치십시오."

왕은 두반이 시키는 대로 책을 펼치려 했지만 첫 번째 장과 두 번째 장이 달라붙어서 잘 넘어가지 않았소. 그래서 손가락에 침을 묻혔더니 종이가 좀 더 쉽게 넘어갔소. 그렇게 책을 여섯 장까지 넘겼는데, 막상 보니 아무것도 쓰여 있지 않았소.

"이봐, 아무것도 없지 않느냐."

"몇 장 더 넘겨 보십시오."

머리가 대답했소. 왕이 손가락에 침을 묻혀 책장을 계속 넘기자 책장에 발라 둔 독이 효과를 나타내기 시작했소. 왕은 눈이 풀리더니 그대로 왕좌 아래로 거꾸러졌소이다.

두반의 머리는 독이 퍼지는 것을 보고 왕이 곧 죽게 될 것을 알았소.

"폭군이여! 냉혹하고 불의한 자의 최후가 어떻게 되는지 똑똑히 봐라!"

말이 끝나기도 전에 왕은 이미 저세상 사람이 되었고, 두반의 머리도 눈을 감았소.

여기까지가 그리스 왕의 이야기입니다. 다시 어부와 요정 지니 이야기로 돌아가겠습니다.

어부가 말했습니다.

"그리스 왕이 의사를 죽이지 않았다면, 본인도 독살당하지 않았을 것이오. 지니 당신도 마찬가지요. 그러니 나는 당신을 바닷속으로 던져 넣겠소."

그러자 지니가 말했습니다.

"이보게, 그런 잔인한 짓은 하지 말아 줘. 옛날에 임마가 아테카에게 한 것처럼 나를 대하지 말게."

"임마가 아테카에게 어떻게 했소?"

"날 이 안에 가둬 놓고 이야기를 들을 수 있다고 생각하는가? 날 꺼내 주면 내가 자네를 부자로 만들어 주지."

어부는 가난에서 벗어날 수 있다는 희망에 마음이 약해졌습니다.

"그 약속을 지킨다면 항아리 뚜껑을 열어 주겠소. 설마 약속을 어기지는 않겠지."

지니는 다시 한 번 약속했고, 어부는 항아리 뚜껑을 열었습니다. 항아리에서 연기가 흘러나오더니 이내 지니의 형체로 변했습니다. 지니는 항아리를 바다로 뼁 차 버렸습니다. 어부가 놀라자 지니는 허허 웃으며 말했지요.

"두려워하지 말게. 나는 그냥 자네를 놀래 주려고 장난한 것뿐이야. 이제 내가 약속을 지킬 테니 그물을 들고 따라오게."

지니는 앞장서 걷기 시작했습니다. 어부도 불안한 마음을 떨치지 못한 채 따라갔습니다. 그들은 어떤 도시 앞을 지나 산을 넘었습니다. 산에서 내려오자 큰 들판이 펼쳐졌고, 거기에는 네 개의 산으로 둘러싸인 큰 호수가 있었지요. 호수에 도착하자 지니가 어부에게 말했습니다.

"그물을 던져서 고기를 잡게."

호수가 물 반 고기 반이었기 때문에 어부는 큰 수확을 기대하며 그물을 던졌습니다. 놀랍게도 물고기는 흰색, 붉은색, 파란색, 노란색 네 종류로 나뉘어 있었습니다. 어부는 색깔별로 한 마리씩 잡았습니다. 지금까지 본 적 없는 물고기를 보고 감탄을 금치 못했지요. 이 물고기들을 팔면 많은 돈을 벌 수 있을 거라 생각하니 절로 기뻤습니다.

"이 물고기들을 가져가 황제에게 보여 주게. 그러면 황제가 자네가 평생 번 돈보다 더 많은 돈을 줄 거야. 자네는 매일 이 호수에 와서 그물을 던질 수 있네. 단, 하루에 한 번만 던져야 하네. 그렇지 않으면 자네에게 불행이 찾아올 걸세. 내 말을 명심하면 자네는 여생을 행복하게 보낼 거야."

지니는 이렇게 말한 뒤 발로 땅을 차서 쩍 갈랐습니다. 지니가 땅속으로 사라지자 땅은 곧 다시 닫혔습니다.

지니의 말을 틀림없이 지키기로 한 어부는 그물을 두 번 던지지 않았습니다. 대신 발길을 돌려 물고기를 팔기 위해 황제가 있는 궁전으로 향했지요.

황제는 어부가 가져온 물고기를 보고 입이 떡 벌어졌습니다. 물고기를 한 마리씩 요리조리 살펴보고는 칭찬을 아끼지 않았습니다. 그러고는 대재상에게 말했습니다.

"솜씨가 뛰어난 요리사에게 이 물고기를 가져다주게. 보기가 좋으니 분명 맛도 좋을 거야."

대재상은 물고기를 요리사에게 전하며 말했습니다.

"황제께서 보내신 물고기 네 마리네. 자네더러 요리하라고 분부하셨네."

대재상이 임무를 수행하고 돌아오자 황제는 금화 400닢을 어부에게 하사하라고 명했습니다. 한번에 그만큼 큰 액수의 돈을 가져 본 적이 없던 어부는 자신에게 찾아온 행운이 꿈만 같았습니다. 당장 가족들을 위해 먹을 것을 샀고 남은 돈도 잘 사용했습니다.

이제 다시 주방으로 돌아가 볼까요? 주방에서는 아주 기이한 일이 벌어졌답니다. 요리사는 물로 깨끗이 씻은 물고기들을 기름 두른 프라이팬 위에 올렸습니다. 물고기 한쪽이 충분히 익었다고 생각하고는 반대쪽으로 뒤집었습니다. 그때, 주방 벽이 쫙 벌어지는 믿기 어려운 광경이 펼쳐졌습니다. 벽 속에서는 젊고 아름다운 여인이 나타났습니다. 꽃무늬를 수놓은 이집트식 비단옷을 입고, 귀고리와 진주 목걸이, 루비가 박힌 금팔찌로 치장한 여인이었습니다. 손에는 도금양이라는 나무로 만든 지팡이를 들고 있었지요.

너무 놀란 요리사는 그 자리에서 얼어붙어 버렸습니다. 여인은 프라이팬 쪽으로 가더니 지팡이로 물고기를 툭 건드렸습니다.

"물고기야, 물고기야, 너는 소임을 다했느냐?"

물고기가 아무런 대답이 없자, 여인은 되물었습니다. 그랬더니 물고기 네 마리가 일제히 머리를 쳐들고는 또렷한 목소리로 대답했습니다.

"네, 네, 당신이 계산을 하면 우리도 계산하겠습니다. 당신이 빚을 갚으면 우리도 빚을 갚겠습니다. 당신이 도망가면 우리가 이기는 것이니 기쁠 것입니다."

물고기들이 말을 마치자마자 여인은 프라이팬을 엎어 버리고는 다시 벽이 갈라진 틈새로 들어갔습니다. 벽은 금세 원상태로 돌아갔습니다.

요리사는 가까스로 정신을 차리고 잉걸불 위에 떨어진 물고기를 꺼냈습니다. 하지만 물고기가 숯덩이처럼 새까맣게 타서 황제의 상에 올

프라이팬을 뒤집어엎는 여인

릴 수 없었답니다. 요리사는 울먹이며 말했습니다.

"아! 폐하께 뭐라고 말씀드려야 하나? 노발대발하시겠지? 내 말은 믿지 않으실 거야."

요리사가 울고 있을 때 대재상이 찾아와 생선 요리가 준비되었는지 물었습니다. 요리사는 방금 전에 있었던 일을 이야기했고, 대재상도 무척 놀랐습니다. 대재상은 곧바로 어부를 불러 말했습니다.

"자네, 전에도 그랬던 것처럼 물고기 네 마리를 한 번 더 가져다주게. 문제가 생겨서 물고기를 황제께 바칠 수가 없네."

어부는 지니의 경고에 대해 말할 수 없었습니다. 대신 물고기를 잡는 곳이 멀어서 당장은 힘들고 내일 잡아 오겠다고 말했습니다.

다음 날 어부는 호수로 가서 그물을 던졌습니다. 그물에는 어제처럼 각기 다른 색깔의 물고기 네 마리가 잡혔습니다. 어부는 곧장 궁전으로 가서 약속대로 대재상에게 물고기를 건네줬습니다.

물고기를 가지고 주방으로 간 대재상은 이번엔 요리사와 함께 있기로 했습니다. 요리사는 어제처럼 물고기 네 마리를 요리하기 시작했습니다. 물고기의 한쪽이 익어서 뒤집자마자 벽이 갈라지더니 여인이 나타났습니다. 여인은 물고기들에게 어제와 같은 말을 건넸고 같은 대답을 들었습니다. 그러고는 이번에도 프라이팬을 뒤집어엎어 놓고는 사라졌습니다.

"이 모든 일을 황제 폐하께 알려야 해."

놀라운 광경을 목격한 대재상은 황제에게 쪼르르 달려가 자신이 목격한 일을 소상히 알렸습니다.

황제도 몹시 놀라 이 기묘한 장면을 직접 보고 싶었습니다. 그래서 어부를 불러 물고기 네 마리를 한 번 더 조달해 줄 것을 부탁했습니다. 어부는 사흘의 시간을 달라고 했습니다. 황제가 허락하자 그는 호수로 가서 그물을 던져 다시 각기 다른 색의 물고기 네 마리를 잡았습니다. 황제는 물고기를 잡아 온 어부에게 한 번 더 금화 400닢을 하사했습니다. 그리고 물고기를 받자마자 요리에 필요한 모든 도구를 자기 방으로 가져오라고 한 뒤 대재상과 함께 문을 걸어 잠갔습니다. 요리는 대재상 몫이었습니다. 물고기 한쪽이 다 익어 다른 쪽으로 뒤집자 방의 벽이 쩍 갈라졌습니다. 그런데 이번에는 젊은 여인이 아니라 흑인 노예가 나타났습니다. 이 흑인은 키가 엄청 크고 손에 커다란 초록색 막대기를 들고 있었습니다. 이 막대기로 물고기를 툭툭 치면서 무시무시한 목소리로 말했습니다.

"물고기야, 물고기야, 너는 소임을 다했느냐?"

물고기 네 마리가 일제히 머리를 쳐들더니 대답했습니다.

"네, 네, 당신이 계산을 하면 우리도 계산하겠습니다. 당신이 빚을 갚으면 우리도 빚을 갚겠습니다. 당신이 도망가면 우리가 이기는 것이니 기쁠 것입니다."

흑인 노예는 방 한가운데 있는 냄비를 뒤엎었습니다. 그러고는 거만한 태도로 벽 속으로 다시 돌아가 사라졌습니다.

"이 광경을 목격한 이상 가만히 있을 수가 없구나. 이 물고기는 뭔가 신비한 의미를 품고 있는 것 같다. 그게 뭔지 알아야 한다."

황제는 어부를 다시 불렀습니다.

"어부 양반, 자네가 잡아 온 물고기 때문에 몹시 심란하네. 물고기는 어디서 잡아 왔는가?"

"저기 보이는 산 너머에 있는, 네 개의 산으로 둘러싸인 큰 호수에서 잡아 왔습니다."

"대재상은 이 호수를 아는가?"

황제가 묻자 대재상이 대답했습니다.

"잘 모르겠습니다. 저 산 근처에서 꽤 여러 번 사냥을 했지만 호수가 있다는 말은 들어 본 적이 없습니다."

어부가 호수는 여기서 세 시간 거리에 있다고 말하자, 황제는 모든 신하에게 말에 오르라고 명령하고는 어부를 앞장세웠습니다.

황제 일행은 모두 산을 올랐습니다. 마침내 저 멀리 어부가 말한 호수가 보였습니다. 호수의 물이 맑아 네 가지 색의 물고기가 헤엄치며 노니는 모습을 볼 수 있었습니다. 한동안 호수 안을 들여다보는 사람들에게 황제는 호숫가에서 야영할 준비를 하라고 명령했습니다.

밤이 되자 황제가 대재상을 불렀습니다.

"나는 이 신비를 풀고야 말겠다. 나 혼자서 야영지를 빠져나갈 테니 대재상은 내 천막에 머물러 있다가, 내일 아침에 신하들이 오거든 내가 몸이 좋지 않아 지금 만날 수 없다고 하라. 내가 돌아오기 전까지 매일 그렇게 하라."

대재상은 황제에게 가지 말라고 설득했지만 소용없는 일이었습니다. 황제는 활동하기 편한 옷으로 갈아입고 칼을 찼습니다. 야영지가 조용해지자 혼자 몰래 길을 떠났습니다.

그는 네 개의 산 가운데 하나를 넘었습니다. 그리고 넓은 들판을 가로질렀습니다. 해가 뜨자 저 멀리 커다란 건물이 보였습니다. 좀 더 가까이 다가가서 보니 반들거리는 검은 대리석으로 지은 아름다운 궁전이었습니다. 겉이 거울처럼 매끄러운 강철로 덮여 있었습니다.

문은 반쯤 열려 있었습니다. 노크를 해도 아무도 나오지 않자 황제는 문 안으로 들어갔습니다. 넓은 뜰을 지날 때도 큰 소리를 여러 번 냈으나 아무런 인기척이 없었습니다.

황제는 비단 카펫이 깔려 있는 큰 홀로 들어갔습니다. 라운지와 소파는 메카*에서 온 태피스트리로 덮여 있었습니다. 벽은 금과 은으로 만든 아름다운 인도산 장식으로 치장되어 있었지요. 화려한 방 안에는 황금 사자들이 받치고 있는 분수가 있었습니다. 사자의 입에서 뿜어져 나오는 물은 다이아몬드와 진주처럼 반짝거렸고, 솟아오르는 물줄기는 아름답게 칠해진 반구형 천장에 닿을 듯 말 듯했습니다. 훌륭한 정원과 작은 호수와 숲이 궁전의 삼면을 감싸고 있었습니다. 나무에서는 새들의 노랫소리가 들려왔는데, 나무 그물망을 쳐 놓아 새들은 밖으로 도망가지 못했습니다.

그때 궁전 안에서 처음으로 누군가의 애처로운 울음소리가 들렸습니다. 귀를 기울이자 무슨 말을 하는지 알아들을 수 있었습니다.

"아! 죽고 싶어. 너무 불행해서 더 이상 살고 싶지 않아!"

황제는 누가 이토록 운명을 한탄하고 있는지 보려고 소리가 나는 쪽으로 다가갔습니다. 지상에서 약간 높은 곳에 있는 왕좌에 어느 잘생긴 젊은 남자가 호화로운 옷을 입고 앉아 있었습니다. 그의 얼굴에는 슬픔이 가득했지요.

황제는 젊은 남자에게 다가가 고개 숙여 인사를 건넸습니다. 젊은 남자도 목례를 했지만 자리에서 일어나지는 않았습니다.

* 사우디아라비아에 있는 무함마드의 탄생지. 홍해 연안에 위치한 도시다.

"귀공께서는 지체가 높으신 분 같은데 저는 일어나 예의를 갖출 수 없습니다."

"괜찮습니다. 나름의 사연이 있을 거라 생각합니다. 울음소리를 듣고 혹시 제 도움이 필요하지 않을까 싶어 여기까지 오게 되었습니다. 이 궁전은 누구의 소유입니까? 그리고 왜 텅 비어 있는 것입니까?"

젊은 남자는 황제에게 대답 대신 옷을 들어 올려 보였습니다. 그의 허리 아래는 검은 대리석이었습니다. 깜짝 놀란 황제는 어떻게 된 사연인지 이야기를 해 달라고 청했습니다.

"기꺼이 저의 슬픈 사연을 이야기해 드리지요."

젊은 남자가 이야기를 시작했습니다.

⁂

검은 섬의 젊은 왕 이야기

제 아버지는 이 나라의 왕 마흐무드입니다. 이 나라는 '검은 섬'이라고 불렸는데, 네 개의 산이 원래는 네 개의 섬이었기 때문입니다. 지금은 호수인 자리에 이 나라의 수도가 세워져 있었지요. 제 이야기를 들으시면 어떻게 이런 변화가 일어났는지 알게 되실 겁니다.

제 아버지는 예순여섯에 돌아가셨습니다. 저는 아버지의 뒤를 이어 왕이 되었고, 제가 사랑하는 사촌 누이와 결혼했습니다. 그녀도 저를 사랑했다고 생각합니다.

그런데 어느 날 오후 제가 선잠이 들었을 때, 저에게 부채질을 하며 더위를 식혀 주고 있던 왕비의 두 시녀 중 한 명이 다른 시녀에게 이렇게 속삭였습니다.

"왕비마마가 폐하를 더 이상 사랑하지 않으시다니 참 슬픈 일이야! 왕비마마는 마음만 먹으면 폐하를 죽일 수 있을 거야. 마법을 쓸 줄 아시니까."

저는 머지않아 두 시녀의 말이 사실이라는 걸 알게 되었습니다. 제가 왕비 몰래 그녀가 애지중지하던 흑인 노예에게 치명상을 입히자, 왕비는 정원에 궁전 하나를 지어 달라고 애걸복걸하더군요. 그녀는 거기에 그 노예를 옮겨 놓고 2년 동안 눈물을 흘리며 애도했습니다. 그래서 이 궁전이 '눈물의 궁전'이라 불리지요.

결국 저는 왕비에게 노예에 대한 미련을 그만 버리라고 간절히 부탁했습니다. 노예는 더 이상 말도 못하고 움직이지도 못했거든요. 왕비의 마법으로 그냥 목숨만 붙어 있었을 뿐입니다. 화가 난 왕비는 저에게 마법의 주문을 걸어, 보시는 것과 같이 반은 사람 반은 대리석으로 만들어 버렸습니다.

이 사악한 마녀는 인구도 많고 번영하던 수도를 지금처럼 호수와 사막으로 바꿨습니다. 네 가지 색의 물고기는 사실 이 도시에 살던 서로 다른 민족들이에요. 마녀는 저를 괴롭히려고 움직이지 못하는 저에게 이 모든 사실을 말해 줬지요. 이뿐만이 아닙니다. 매일 찾아와 버펄로 가죽으로 만든 채찍으로 저를 후려쳤습니다.

젊은 왕은 슬픈 사연을 마치고 다시 한 번 울음을 터뜨렸습니다. 이야기를 들은 황제도 가슴이 미어졌습니다.

"그 사악한 마녀가 어디 있고, 그녀가 목숨만 붙여 놓은 그 끔찍한 애인이 어디 있는지 말해 주십시오."

황제의 말에 젊은 왕이 답했습니다.

"저도 그녀가 어디에서 지내는지 모릅니다. 다만, 매일 동틀 무렵 저를 채찍질한 뒤에 그 노예가 여전히 말을 할 수 있는지 확인하러 갑니다."

"왕이시여, 제가 무슨 수를 써서라도 복수를 해 드리겠습니다."

두 사람은 마녀에게 복수할 가장 좋은 방법을 의논한 후 내일 실행하기로 했습니다. 황제는 휴식을 취했고, 젊은 왕은 마법에서 벗어날 생각에 가슴이 두근거렸습니다. 다음 날 동이 트자 황제는 자리에서 일어나 흑인 노예가 있는 궁전으로 갔습니다. 칼을 꺼내 노예에게 붙어 있던 가느다란 숨마저 끊어 놓은 뒤 시신은 우물에 내던져 버렸습니다. 그러고는 노예가 있던 침상에 누워서 마녀가 오기만을 기다렸습니다.

왕비는 평소처럼 젊은 왕을 먼저 찾아가 채찍으로 100대나 후려치고 흑인 노예가 있는 방으로 들어갔습니다. 사실은 황제가 그 자리에 있었지요. 왕비는 침상 가까이 가더니 이렇게 말했습니다.

"자기, 오늘은 좀 어때요? 제발 나에게 한마디만이라도 해 줘요."

"당신 남편이 울부짖고 신음하는 소리에 잠을 잘 수 없는데 어떻게 내가 더 나아질 수 있겠소?"

황제는 흑인 흉내를 내며 말했습니다.

"어머, 방금 말을 한 거예요?"

왕비는 기뻐서 소리를 질렀습니다.

"내 남편이 원래 모습으로 돌아오길 바라시나요?"

"그렇소. 어서 그를 풀어 주시오. 그래야 나도 저 신음 소리에서 해방될 테니까."

왕비는 곧장 물을 한 사발 떠서 주문을 외웠습니다. 그랬더니 마치 열을 가한 것처럼 물이 부글부글 끓어올랐습니다. 이 물을 젊은 왕에게 붓자 그는 본래 모습으로 돌아왔지요. 젊은 왕은 기뻐서 어쩔 줄 몰랐습니다. 하지만 마녀는 이렇게 말했습니다.

"이 궁전에서 당장 떠나라. 그리고 절대 돌아오지 마라. 내 눈에 띄는 날이 곧 너의 제삿날이 될 줄 알아라."

젊은 왕은 궁전을 떠나는 척하면서 황제의 계획이 어떻게 마무리되는지 보려고 몰래 몸을 숨겼습니다.

마녀는 '눈물의 궁전'으로 돌아와 말했습니다.

"자기가 바라는 대로 일을 끝냈어요."

"이것으로 나를 치료하기에는 부족하오. 매일 밤마다 물고기로 변한 사람들이 호수 밖으로 머리를 내밀고 복수하겠다며 울부짖고 있소. 어서 가서 그들도 원래 모습으로 돌려놓으시오."

마녀는 서둘러 호수로 가서 마법의 주문을 외웠습니다. 그러자 물고기들이 성인 남자와 여자, 어린아이로 변했습니다. 도시의 집과 상점 들은 다시 사람들로 가득해졌습니다. 호숫가에서 야영하던 황제의 수행원들은 호수가 크고 웅장한 도시로 변한 것에 놀라움을 금치 못했습니다.

왕비는 마법을 풀자마자 다시 궁전으로 돌아왔습니다.

"이제 괜찮아요?"

왕비가 물었지요.

"가까이 오시오. 좀 더 가까이."

흑인 흉내를 내는 황제의 말에 왕비는 순종했습니다. 이때였습니다. 황제가 갑자기 침상에서 튀어 오르더니 칼로 왕비를 두 동강 내 버렸습니다. 그러고는 젊은 왕을 찾아 나섰습니다.

"기뻐하십시오. 당신의 원수가 죽었습니다."

젊은 왕은 황제에게 감사하고 또 감사하다고 말했습니다.

"이제 나는 내 나라로 돌아가겠습니다. 여기서 얼마 멀지 않더군요."

"얼마 멀지 않다고요?"

검은 섬의 왕이 재차 말했습니다.

"여기서 황제 폐하의 나라까지 자그마치 1년 거리라는 걸 알고 계십니까? 이 도시가 마법에 걸려 있어서 몇 시간 만에 오셨던 겁니다. 제가 황제 폐하를 따라가겠습니다."

"나와 동행해 준다니 이보다 기쁜 일이 없습니다. 저에게는 자녀가 없으니 당신을 나의 후계자로 삼고 싶습니다."

황제와 젊은 왕은 함께 길을 떠났습니다. 황제는 검은 섬의 왕이 준 값진 보물을 가득 실었지요.

고국으로 돌아온 다음 날 황제는 신하들을 모두 모아 놓고 그동안의 자초지종을 설명했습니다. 그리고 젊은 왕을 자신의 후계자로 삼겠다고 선포했습니다. 신하들에게는 각자의 지위와 충성심에 걸맞게 선물을 하사했습니다.

젊은 왕과 황제를 이어준 장본인인 어부는 많은 돈을 받았습니다. 덕분에 그는 가족들과 함께 여생을 행복하게 살았답니다.

세 탁발승
이야기

⚜

폐하, 이번에는 칼리프 하룬 알 라시드께서 세상을 통치하던 시절의 이
야기를 들려드리겠습니다. 그 시절 바그다드에는 어느 짐꾼이 살고 있
었습니다. 그는 천한 일을 했지만, 총명하고 재치가 있는 사람이었습니
다. 어느 날 아침, 그는 평소처럼 같은 장소에서 바구니를 앞에 놓고 손
님을 기다리고 있었습니다. 이때 늘씬한 젊은 여인이 모슬린* 베일로
얼굴을 가린 채 나타났습니다.

"바구니를 들고 따라오세요."

여인의 아름다운 외모와 목소리에 반한 짐꾼은 흥겨운 마음으로 바
구니를 머리에 이고 따라나섰습니다. 기분이 좋아진 그는 혼자 중얼거
렸지요.

"아, 오늘 운수가 좋구나! 이런 손님을 다 만나다니!"

여인은 어느 집의 문 앞에 섰습니다.
굳게 닫힌 문을 두드리자 흰 수염을 길
게 늘어뜨린 노인이 나왔습니다. 여인은

---

* 흰색 무명. 티그리스 강변에 있
는 이라크의 도시 모술 Mosul 에서
직조한 데서 유래한 이름이다.

말없이 노인에게 돈을 건넸습니다. 노인은 여인이 무엇을 원하는지 아는 눈치였습니다. 다시 집으로 들어간 노인은 포도주가 담긴 큰 병을 가지고 나와 짐꾼이 들고 있던 바구니에 담았습니다. 여인은 짐꾼에게 따라오라고 손짓했고, 두 사람은 또다시 걷기 시작했습니다.

여인이 다음에 멈춘 곳은 과일과 꽃을 파는 상점이었습니다. 여기서는 사과, 살구, 복숭아 등 여러 종류의 과일과 함께 백합과 재스민같이 달콤한 향기가 나는 각종 꽃을 대량으로 구입했습니다. 상점에서 나온 여인은 정육점, 식료품점, 가금류 판매점을 돌았습니다. 결국 짐꾼은 불만이 폭발했습니다.

"손님, 이렇게 살 게 많았다면 저에게 미리 말씀을 하시죠. 그럼 제가 말이나 낙타라도 끌고 오지 않았겠습니까?"

하지만 여인은 씽긋 웃어 보이며 아직 장 볼 것이 많이 남았다고만 말해 줬습니다. 그러고는 약재상에서 갖가지 향수와 향신료를 구매한 뒤, 웅장한 궁전 앞에 멈춰 섰습니다. 여인은 문을 조심스럽게 두드렸습니다. 문을 열고 나온 다른 여인도 짐꾼의 눈에는 눈부시게 아름다웠습니다. 분명히 여종의 신분은 아닌 것 같았습니다. 짐꾼은 집 안으로 안내하는 여인을 넋 놓고 쳐다봤습니다. 이때 그녀가 큰 소리로 말했습니다.

"왜 안 들어오고 있어? 이 불쌍한 남자분이 짐을 너무 많이 들고 있어서 금방이라도 쓰러질 것 같은데 말이야."

짐꾼이 여인과 함께 안으로 들어가자 문을 열어 준 여인이 다시 문을 닫았습니다. 세 사람은 회랑으로 둘러싸인 널찍한 안뜰로 들어갔습니다. 안뜰 한쪽 끝에는 높은 단상이 있었고, 그 위에는 흑단 기둥 네 개가 받치고 있는 호박(나무의 진 등이 굳어져 생긴 보석) 옥좌가 놓여 있었습니다.

)

집 안으로 안내하는 사디의 미모에 경탄하는 짐꾼

안뜰 한가운데에는 대리석으로 만든 대야가 있었는데, 황금 사자의 입에서 흘러나오는 물로 찰랑대고 있었습니다.

짐꾼은 주위를 둘러보며 감탄을 연발했습니다. 그런데 무엇보다 시선을 사로잡는 건 옥좌에 앉아 있는 세 번째 여인이었습니다. 그녀는 앞의 두 여인보다 미모가 훨씬 뛰어났습니다. 짐꾼은 앞의 두 여인의 태도를 보고 옥좌에 앉은 여인이 연장자일 거라고 생각했는데, 이 짐작은 틀리지 않았습니다. 이 여인의 이름은 조베이다였고, 문을 열어 준 여인은 사디, 장을 본 여인은 아미나였습니다.

조베이다의 말 한마디에 사디와 아미나는 짐꾼이 들고 있는 바구니를 잡고 땅바닥에 내려놓았습니다. 짐꾼은 무거운 바구니에서 해방되어 살 것 같았습니다. 바구니를 비우고 보수를 넉넉하게 받은 다음에도 짐꾼이 우두커니 서 있자 조베이다는 받은 돈이 부족하냐고 물었습니다. 짐꾼은 손사래를 치며 말했습니다.

"아, 부인, 보수는 이미 충분히 많이 받았습니다. 곧바로 자리를 떠나야 하는데 결례를 범했습니다. 하지만 이렇게 한꺼번에 절세미인 세 분을 보니 놀라지 않을 수 없었습니다. 부디 저의 실례를 용서해 주십시오. 그런데 남자 없이 여자들만 모여 있는 건 여자 없이 남자들만 모여 있는 것만큼 처량한 일이 아니겠습니까?"

짐꾼은 자신의 주장을 합리화하고자 몇 가지 이야기를 들려주면서, 자기가 저녁 식사 자리에 네 번째 사람으로 참여하게 해 달라고 간청했습니다.

여인들은 이 남자의 논리가 재미있어 잠깐 상의한 뒤에 저녁 식사에 함께하는 것을 허락했습니다.

"다만 우리가 당신의 요구를 들어주는 대신, 당신은 최대한 정중하게 행동해야 합니다. 그리고 우리가 하는 일이 누구에게도 알려지지 않도록 입단속을 철저히 해 주세요."

네 사람은 식탁에 함께 둘러앉았습니다. 식탁 위에는 아미나가 장을 본 재료로 만든 요리가 푸짐하게 차려졌습니다.

아미나는 음식을 한 입 먹더니 황금 잔에 포도주를 따랐습니다. 그녀는 첫 잔을 비우고 아랍의 관습에 따라 언니들의 잔을 채웠습니다. 짐꾼 차례가 되자, 그는 아미나의 손에 입맞춤을 하고 즉석에서 포도주를 칭송하는 노래를 만들어 불렀습니다. 짐꾼의 노래에 흥이 오른 세 여인도 노래를 불렀습니다. 화기애애한 식사 자리는 평소보다 더 오래 지속되었지요.

날이 저물자 사디가 짐꾼에게 말했습니다.

"이제 일어나 집으로 돌아가세요. 헤어져야 할 시간이 되었네요."

"아, 부인. 어떻게 지금 이 상태에서 일어나야 한다고 말씀하십니까? 훌륭한 포도주를 연거푸 마시고 여러분과 만나 흥겨운데 제가 어떻게 이 상태로 집을 찾아갈 수 있겠습니까? 내일 아침까지만 머물다 가게 해 주십시오. 술이 깨면 집으로 곧장 돌아가겠습니다."

"이 아저씨를 머물게 해 주세요. 우리에게 즐거움을 선사해 줬잖아요."

아미나가 짐꾼 편을 들어 줬습니다.

"동생아, 네가 원한다면 어쩔 수 없구나."

조베이다는 이렇게 대답하고는 짐꾼에게 말했습니다.

"단, 새로운 조건이 있어요. 여기에 머물려면 당신이 보게 되는 어떤 것에 관해서든 질문을 하지 않겠다고 약속해야 합니다. 만일 질문할 경우에는 유쾌하지 못한 소리를 들을지도 몰라요."

이렇게 약속이 이루어지고, 아미나는 먹을거리를 더 내왔습니다. 수십 개의 향초를 켜서 홀을 밝혔습니다. 그들은 다시 식탁에 앉아 먹고 마시고 노래하고 시를 읊기 시작했습니다. 모두가 즐거운 시간을 보내고 있는 이때, 밖에서 누군가 문을 두드리는 소리가 들렸습니다. 사디가 문을 열어 주려고 일어났습니다. 그녀는 곧 돌아와서 탁발승 세 명이 찾아왔다고 말했습니다. 그런데 세 명 모두 오른쪽 눈이 멀었고, 머리카락과 수염과 눈썹을 싹 밀었으며, 바그다드에는 처음 왔는데 밤이 되어 마땅히 묵을 곳이 없어 하룻밤만 재워 달라고 했다는 것이었습니다. 그리고 사디는 이렇게 덧붙였지요.

"예의 바른 사람들 같았어요. 또 얼마나 재미있게 생겼는지 몰라요. 함께하면 즐거운 시간을 보낼 수 있을 거예요."

조베이다와 아미나는 새로운 손님을 선뜻 받아들이기 어려웠고, 사디도 그 이유를 모르지 않았습니다. 하지만 사디가 간절하게 바라자 조베이다는 마지못해 허락하고 말았습니다.

"그렇다면 들어오게 해. 하지만 그들에게도 경고해야 해. 자신들과 관련 없는 일에 대해선 절대 말하지 않도록 말이야. 문 위에 쓰여 있는 것을 읽게 해."

문 위에는 금색 글자로 다음과 같이 쓰여 있었습니다.

'자신과 상관없는 일에 간섭하는 자는 달갑지 않은 말을 듣게 될 것이다.'

세 명의 탁발승은 집 안으로 들어와 정중하게 인사하며 여인들의 친절과 호의에 감사를 표했습니다. 여인들도 반갑게 맞이했습니다. 식탁에 막 앉으려던 탁발승들의 눈길이 짐꾼에게 머물렀습니다. 입고 있는 옷이 자신들과 많이 달랐고 머리와 수염도 깎지 않았습니다. 탁발승 중 한 명이 말했습니다.

"이분은 예전에 반란을 일으켰던 아랍의 승려들과 많이 닮았군요."

짐꾼은 술이 거나하게 취해 반쯤 잠이 든 상태였지만, 이 말을 듣고 화가 치밀어 올라 탁발승에게 소리쳤습니다.

"앉으시오. 남의 일에 간섭일랑 하지 마시오. 저 문 위에 있는 문구를 아직 안 읽어 봤소? 모든 사람이 똑같은 방식으로 살 필요는 없단 말이오."

"화내지 마시오, 선량한 양반. 기분을 상하게 했다면 사과하겠소."

탁발승이 점잖게 말했습니다. 다행히 언쟁은 잦아들었고 다시 먹을 것이 풍성하게 차려졌습니다. 어느 정도 배를 채운 탁발승들은 집에 악기가 있으면 여인들을 위해 음악을 연주해 주겠노라고 말했습니다. 여인들은 좋다고 했고, 사디가 악기를 가지러 갔습니다. 잠시 후 그녀는 두 종류의 플루트와 탬버린을 들고 나타났습니다. 탁발승들은 각자 좋아하는 악기를 집어 들고 누구나 잘 아는 음악을 합주하기 시작했습니다. 여인들은 이 음악에 맞춰 노래를 불렀고요. 가사가 재미있어서 이따금씩 웃음을 터뜨리기도 했습니다. 한창 흥겹게 노래를 부르고 있는데, 또다시 문을 두드리는 소리가 들렸습니다.

그날 저녁 칼리프는 비밀리에 궁전을 떠났습니다. 대재상 자파르와 호위대장 메스루르가 칼리프와 동행했습니다. 세 사람은 모두 상인 복장을 했습니다. 길을 가던 칼리프는 어느 집에서 들려오는 음악 소리와 웃음소리에 이끌렸습니다. 그 집에 들어가려고 대재상에게 문을 두드리라고 명했지요. 대재상은 그 집에 사는 여인들이 친구들과 즐겁게 놀고 있으니 방해해 봤자 좋을 게 없다고 말했습니다. 하지만 칼리프는 이미 그 집에 들어가기로 마음먹은지라 잔말 말고 명령을 수행하라고 했습니다.

이번에도 사디가 문을 열어 줬는데, 촛불에 비친 절세 미녀의 모습에 놀란 대재상은 허리를 숙여 인사했습니다.

"부인, 저희는 얼마 전에 모술에서 온 세 명의 상인입니다. 오늘 밤에 소란스러운 일을 당해 숙소로 돌아가지 못하고 있습니다. 숙소 문은 내일 아침까지 잠겨 있을 것입니다. 저희는 어찌할 바를 몰라 길거리를 헤매다가 불빛이 보이고 사람 목소리가 들려 댁의 문을 두드리게 되었습니다. 내일 동이 틀 때까지 피신처를 마련해 주실 수 있을까요? 호의를 베풀어 주신다면 저희가 온 힘을 다해 즐거운 시간을 보내실 수 있도록 돕겠습니다."

사디는 먼저 자매들과 상의해야 한다고 대답했습니다. 그녀는 자매들과 이야기를 나누고 다시 돌아와 세 사람을 들어오게 했지요. 상인으로 변장한 칼리프와 대재상과 호위대장은 집으로 들어와 여인들과 손님들에게 공손하게 인사했습니다. 집주인인 조베이다는 앞으로 나와 진지하게 말했습니다.

"이 집에 오신 걸 환영합니다. 하지만 한 가지 부탁의 말씀을 드리겠습니다. 여기서는 눈만 가지고 혀는 가져서는 안 됩니다. 여러분이 보는 것에 관해 어떤 질문도 하지 마시기 바랍니다."

"부인, 말씀대로 하겠습니다. 저희는 저희와 상관없는 일에 끼어들지 않습니다. 저희 일에만 관심이 있을 뿐입니다."

세 사람도 식탁에 앉았고, 모두가 새로운 방문객의 건강을 위해 건배했습니다.

대재상 자파르가 여인들과 이야기를 나누는 동안, 칼리프는 저 여인들이 누구인지, 또 세 명의 탁발승은 어쩌다가 애꾸눈이 되었는지 궁금했습니다. 그는 이유를 물어보고 싶은 마음이 굴뚝같았지만 조베이다와 한 약속 때문에 입을 다물 수밖에 없었습니다. 대신 세상에 있는 온갖 오락과 여흥에 관해서만 신나게 대화를 나눴습니다. 얼마 있다가 탁발승들은 벌떡 일어나 신기한 춤을 추기 시작했고, 다른 사람들도 그 춤을 보며 즐거워했습니다.

한바탕 춤판이 끝나자, 조베이다는 자리에서 일어나 아미나의 손을 잡으며 말했습니다.

"아미나, 우리가 밤마다 하는 의식을 치른다고 해서 여기 있는 분들이 뭐라고 하지는 않을 거야."

언니의 말뜻을 이해한 아미나는 접시와 유리잔, 악기 등을 모아서 가져가 버렸습니다. 사디도 빗자루로 홀을 쓸고 어지럽혀진 것을 정리했습니다. 그러면서 탁발승들을 한쪽에 있는 소파에 앉게 하고, 칼리프와 수행원들도 반대편에 앉혔습니다. 짐꾼에게는 자매들을 도와달라고 요청했지요.

곧 아미나가 의자를 하나 가지고 들어와 홀 한가운데 두었습니다. 그녀가 밀실 문으로 가서 짐꾼에게 따라오라는 신호를 보내자, 짐꾼은 쇠사슬로 목줄을 한 검은 개 두 마리를 끌고 와 홀 중앙에 가져다 놓았습니다. 탁발승들과 칼리프 사이에 앉아 있던 조베이다는 그제야 일어나 천천히 개들이 있는 곳으로 걸어갔습니다.

개를 채찍질하려고 준비하는 조베이다

"이제 임무를 수행하자."

깊은 한숨을 내쉰 그녀는 소매를 걷어붙이고 사디에게서 채찍을 건네받더니 짐꾼에게 말했습니다.

"개 한 마리는 아미나에게 주고 다른 하나는 나에게 주세요."

짐꾼은 명령대로 했습니다. 그러자 개가 날카롭게 울부짖으며 애원하는 눈빛으로 조베이다를 쳐다봤습니다. 하지만 그녀는 아랑곳하지 않고 숨이 찰 때까지 채찍으로 개를 때리고는, 짐꾼에게 목줄을 받아 쥐고 개의 두 앞발을 잡아 일으켜 세웠습니다. 여인과 개는 양쪽 모두 눈물을 흘릴 때까지 서로를 마주 봤습니다. 그러더니 조베이다가 손수건으로 개의 눈물을 부드럽게 닦아 줬습니다. 그녀는 개에게 입을 맞춘 뒤 목줄을 다시 짐꾼에게 건네주며 말했습니다.

"이 개를 밀실에 데려다 놓고 다른 개를 데려오세요."

두 번째 개도 똑같은 의식을 치렀습니다. 이 광경을 지켜보고 있던 사람들은 경악을 금치 못했습니다. 특히 칼리프는 왜 이런 기이한 짓을 하는지 알고 싶어 미칠 지경이었습니다. 대재상에게 물어보라고 신호를 보냈지만 그는 못 본 체하며 고개를 돌려 버렸습니다.

조베이다는 잠시 홀 중앙에 서 있었고, 마침내 사디가 다가오더니 언니에게 자리로 돌아가 앉아 달라고 말했습니다. 사디가 음악을 연주할 차례였습니다. 아미나는 황색 새틴으로 덮인 케이스에서 류트를 꺼내 사디에게 건네줬습니다. 사디는 반주에 맞춰 노래를 몇 곡 불렀습니다. 열창을 마친 그녀가 아미나에게 말했습니다.

"동생아, 이제 더는 못 부르겠어. 나 대신 불러다오."

아미나는 현을 퉁기면서 노래를 부르기 시작했습니다. 너무 열창한 나머지 거의 숨이 넘어갈 지경이었습니다. 결국 바닥에 고꾸라지고 만 그녀는 가슴이 답답해 숨을 들이쉬려고 옷을 찢어서 열었습니다. 놀랍게도 그녀의 목은 희고 보드라운 얼굴과는 달리 상처투성이었습니다.

탁발승들과 칼리프는 서로 쳐다보며 자매들에게 들리지 않게 속삭였습니다.

"이게 대체 무슨 의미입니까?"

칼리프가 물었습니다.

"우리도 모릅니다."

질문을 받은 탁발승이 말했습니다.

"뭐라고요! 여러분은 이 집 사람들이 아닙니까?"

"저희도 여러분이 오기 한 시간 전에 여기에 왔습니다."

탁발승들이 입을 모아 대답했습니다.

이제 모두의 시선이 짐꾼에게로 향했습니다. 이 기이한 일을 설명할 수 있을까 기대했지만 짐꾼 역시 알 길이 없다고 대답할 뿐이었습니다. 더 이상 궁금증을 참을 수 없었던 칼리프는 급기야 여인들에게 무슨 짓을 벌이고 있는 건지 물어보자고 했습니다. 하지만 앞일을 예견한 대재상은 집주인이 내건 조건을 잊지 말라고 간청하며 내일 아침이 밝으면 여인들을 잡아다 옥좌 앞에 데려올 수 있다고 귀띔했습니다. 그럼에도 이 말도 안 되는 상황을 가만히 두고 볼 수 없던 칼리프는 대재상의 조언을 묵살하고, 사람들과 좀 더 의논한 뒤 짐꾼에게 질문하는 일을 맡기기로 결정했습니다. 이때 갑자기 조베이다가 돌아보더니 열띤 목소리로 이야기를 나누는 남자들을 향해 말했습니다.

"무슨 문제 있나요? 뭘 그렇게 열심히 의논하고 있죠?"

그러자 짐꾼이 말했습니다.

"부인, 이분들이 저에게 왜 개를 채찍질하고 눈물을 흘렸으며, 또 졸도한 여인은 어쩌다가 그렇게 많은 상처를 입었는지 물어보라는군요. 이 모든 걸 대신 물으라고 했습니다."

조베이다는 정색하며 물었습니다.

"그게 정말입니까? 이 사람에게 그런 질문을 하라고 시켰느냐란 말입니다."

모두 그렇다고 대답했습니다. 단, 대재상 자파르만 침묵을 지켰지요.

조베이다는 계속해서 노기 띤 목소리로 말했습니다.

"이것이, 고작 이것이 내가 여러분에게 보인 호의에 대한 보답입니까? 여러분이 이 집에 들어오도록 허락하면서 내건 조건을 벌써 잊었단 말입니까? 여봐라!"

그녀는 손뼉을 세 번 쳤습니다. 그러자 어디선가 건장한 흑인 노예 일곱 명이 칼을 들고 나와 일곱 명의 남자 손님을 바닥에 내동댕이쳤습니다. 집주인의 명령이 떨어지면 당장이라도 이들의 목을 자를 기세였습니다.

일곱 남자는 이제 끝장났다고 생각했습니다. 칼리프는 대재상의 충고를 듣지 않은 걸 뼈저리게 후회했습니다. 그러면서도 그들은 의연하게 죽음을 받아들이기로 마음먹었습니다. 하지만 짐꾼은 예외였지요. 그는 조베이다에게 자기가 왜 다른 사람들의 잘못 때문에 이런 고통을 당해야 하냐며 항변했습니다. 그러면서 늘 불운을 가져오는 탁발승들만 없었다면 이런 불행은 일어나지 않았을 거라고 말했습니다. 마지막으로 죄인과 죄 없는 사람을 혼동하지 말고 제발 목숨만 살려 달라고 빌었습니다.

조베이다는 화가 머리끝까지 났지만, 한편으로 짐꾼이 애원하는 모습에 웃음을 참기 힘들었습니다. 그녀는 짐꾼은 제쳐 두고 다른 남자들에게 다시 이렇게 말했습니다.

"당신들의 정체가 무엇입니까? 사실대로 말하지 않으면 살아남을 생각은 더 이상 하지 마십시오. 보아하니 지체 높은 양반들 같지도 않고 왕후장상도 아닌 것 같은데. 만일 그런 사람들이었다면 우리를 좀 더 배려했을 텐데 말입니다."

선천적으로 참을성이 부족한 칼리프는 자신의 목숨이 화가 난 이 여인의 손에 달려 있다는 생각에 누구보다도 고통스러웠습니다. 하지만 칼리프는 그녀의 말을 들으면서 안도의 한숨을 내쉬었습니다. 여인이 자신의 이름과 신분을 알면 감히 자기를 죽이지 못할 거라고 확신했기 때문이지요. 그래서 옆에 있던 대재상에게 자신들의 신분을 알리라고 속삭였습니다. 그러나 주인보다 현명한 대재상은 그들이 받은 치욕이 세상에 알려지는 걸 막기 위해 그저 이렇게 대꾸할 뿐이었습니다.

"우리가 당할 만한 일을 당하고 있을 뿐입니다."

그러는 동안 조베이다는 탁발승 세 명이 모두 애꾸인 것을 보고 서로 형제인지 물었습니다.

"아닙니다, 부인. 우리는 피를 나눈 형제가 아닙니다. 다만 동일한 삶의 길을 가는 사람으로서 한 형제일 뿐입니다."

세 탁발승 중 한 사람이 대답했습니다. 그러자 여인은 셋 중 다른 한 사람에게 물었습니다.

"그럼 세 사람은 날 때부터 한쪽 눈이 멀었습니까?"

"아닙니다. 저는 다른 사람들에겐 절대 일어나지 않을 법한 너무도 기막힌 사연 때문에 이렇게 되었습니다. 그 일을 겪고 나서 저는 머리카락과 눈썹과 수염을 밀고 이 옷을 걸쳤습니다."

조베이다는 다른 두 탁발승에게도 동일한 질문을 던졌고, 역시나 같은 대답을 들었습니다. 그런데 마지막에 대답한 탁발승은 이렇게 덧붙였지요.

"부인, 이 이야기에 흥미를 가지실지 모르겠지만, 저희는 천한 신분이 아니라 셋 다 왕의 아들입니다. 그리고 아버지인 왕들은 세상 사람들의 존경을 받고 있습니다."

이 말을 들은 조베이다는 화가 조금은 누그러져 노예들에게 말했습니다.

"이들을 풀어 줘라. 하지만 이 자리에서 떠나지는 말도록. 우리에게 자신의 이야기와 이 집에 오게 된 사연을 들려주는 사람은 건드리지 마라."

짐꾼은 자신의 사연을 이야기해야 이 끔찍한 상황에서 벗어날 수 있다는 것을 깨닫고는, 여인의 말이 끝나기 무섭게 치고 들어왔습니다.

"부인께서는 이미 제가 어떻게 여기까지 오게 되었는지 잘 알고 계십니다. 그래서 제 이야기는 금방 끝날 것입니다. 오늘 아침 부인의 동생분께서 손님을 기다리고 있던 저를 짐꾼으로 고용했습니다. 동생분을 따라 여기저기 상점을 돌아다니며 바구니를 가득 채워 이 집에 가져왔지요. 여러분께서 친절하게 맞아 주셔서 저는 감개무량할 따름입니다. 이것이 제 이야기입니다."

조베이다는 걱정스럽게 쳐다보고 있는 짐꾼에게 고개를 끄덕이며 말했습니다.

"가도 좋습니다. 앞으로 다시는 우리를 만나지 않도록 조심하십시오."

"아, 부인. 여기 조금만 더 머물다 가면 안 되겠습니까? 다른 사람들은 제 이야기를 들었지만, 저는 아직 저 사람들의 이야기를 듣지 못했습니다."

그러고는 여인이 허락하기도 전에 소파 한 귀퉁이에 궁둥이를 붙이고 앉았습니다. 나머지 사람들은 양탄자 위에 쭈그려 앉았고, 흑인 노예들은 벽 앞에 일렬로 늘어서 있었습니다.

탁발승 중 한 사람이 세 여인의 우두머리인 조베이다를 바라보며 자기 이야기를 시작했습니다.

⚜

첫 번째 탁발승 이야기

부인, 제가 오른쪽 눈을 잃고 탁발승의 옷을 입게 된 사연을 이야기해 드리겠습니다. 저는 사실 한 나라의 왕자로 태어났습니다. 부왕께는 형제 한 분이 계셨는데, 이분도 이웃 나라를 다스리고 있었습니다. 숙부께서는 딸과 아들 두 자녀가 있었고, 아들은 저와 동갑내기였습니다.

제가 어느 정도 자라자 아버지는 매년 두 달 정도 숙부의 나라에 머물러도 된다고 허락해 주셨습니다. 그래서 저는 제 사촌과 친해지고 돈독한 우정을 쌓게 되었습니다. 마지막으로 봤을 때, 그는 어느 때보다 저를 기쁘게 맞아 줬고 정성스럽게 연회를 베풀기까지 했습니다. 식사를 마치자 사촌은 제게 이렇게 말했습니다.

"사촌! 자네는 저번에 방문한 이후로 내가 무슨 일을 해 왔는지 전혀 상상하지 못할 걸세. 자네가 떠나고 나서 나는 수많은 인부를 데리고 내가 직접 설계한 건물을 지었다네. 그 건물이 이제 완공되어 나는 거기서 살려고 하네. 자네에게 그 건물을 보여 주고 싶네만, 두 가지만 맹세해 주게. 나를 믿어 주게나. 그리고 비밀을 지켜 주게."

저는 조금도 망설이지 않고 당연히 그러겠노라고 약속했습니다. 그러자 그는 조금만 기다리라 하고는 잠시 후에 화려한 옷을 입은 아름다운 여인을 데려왔습니다. 하지만 그녀가 누구인지 이름조차 알려 주지 않았습니다. 저는 속으로 아무것도 묻지 않는 게 좋다고 생각했지요. 우리 세 사람은 식탁에 둘러앉아 이런저런 이야기를 나누며 서로의 건강을 위해 건배했습니다. 그런데 갑자기 사촌이 저에게 말했습니다.

"사촌! 우리는 이제 시간이 없네. 이 여인을 내가 알려 준 장소까지 데려다주게. 거기에는 새로 지은 돔처럼 생긴 무덤이 보일 거야. 두 사람은 그 안에 들어가 내가 올 때까지 기다리게. 곧 따라가겠네."

저는 그와 약속한 대로 여인을 데리고 달빛에 의지해 사촌이 말한 그 장소를 찾아갔습니다. 사촌도 머지않아 조그만 물병, 곡괭이, 석회를 담은 작은 자루를 들고 나타났습니다.

사촌은 곡괭이로 묘 한가운데 있는 빈 묘당을 부수기 시작했습니다. 그리고 부순 돌들을 하나하나 옮겨 한쪽에 쌓아 두었습니다. 돌을 다 치우고 나서는 땅을 팠는데, 그 아래 작은 문이 보였습니다. 문을 들어 올리자 아래에 나선형 계단이 있었습니다. 사촌은 여인에게 말했습니다.

"여기가 바로 내가 말한 장소로 통하는 길이오."

여인은 아무 대답도 하지 않고 조용히 계단으로 내려갔습니다. 사촌도 그 뒤를 따라 내려갔습니다. 그런데 그가 입구에서 저를 보면서 이렇게 말하더군요.

"사촌! 나를 도와줘서 얼마나 고마운지 모른다네. 그럼, 잘 지내게!"

"그게 도대체 무슨 말인가? 나는 지금 어떤 상황인지 전혀 모르겠네."

제가 소리치자 그는 이렇게 대답할 뿐이었습니다.

"더 이상 묻지 말아 주게. 오던 길로 돌아가도록 하게."

사촌은 그 이상 아무 말도 하지 않았습니다. 저는 몹시 혼란스러워하며 궁전으로 돌아와 잠자리에 들었습니다. 다음 날 아침, 저는 간밤에 있었던 일이 떠올랐습니다. 분명 꿈을 꾼 거라고 생각해 하인을 보내 사촌을 만날 수 있는지 물어보게 했습니다. 아니나 다를까 왕자는 어젯밤 궁전에서 잠을 자지 않았다고 했고 저는 소름이 돋았습니다. 부랴부랴 어제 그 공동묘지로 찾아갔습니다. 그런데 아뿔싸, 무덤들이 모두 비슷하게 생겨서 어제 그 묘당을 찾을 수 없지 뭡니까! 무려 나흘 동안 뒤졌지만 아무런 성과가 없었습니다.

당시 제 숙부는 여러 날 동안 사냥을 하느라 궁전에 계시지 않았습니다. 언제 돌아오실지 기약도 없었습니다. 그래서 저는 신하들에게 왕이 돌아오면 사과의 뜻을 전해 달라고 부탁하고 다시 집으로 돌아가기로 했습니다. 신하들은 사라진 왕자 때문에 근심이 가득했습니다. 저는 왕자가 어디로 갔는지 말하고 싶어 입이 근질근질했지만 맹세한 바가 있어 침묵을 지켰습니다.

아버지의 궁전으로 돌아왔을 때, 이상하게 궁전 문 앞에 평소보다 호위병들이 많아 보였습니다. 그들은 궁전으로 들어가려는 저를 에워쌌습니다. 제가 호위병들에게 이게 무슨 짓이냐고 묻자 끔찍한 소식을 전해 줬습니다. 군대가 반란을 일으켜 부왕을 죽였고, 대재상이 왕위에 올랐다는 것입니다. 게다가 저는 새 왕의 명령에 따라 체포된 것이었습니다.

사실 이 반역자는 어린 시절부터 저를 증오했습니다. 이유는 이렇습니다. 한번은 제가 새를 향해 활을 쏘았는데, 화살이 빗나가 재상의 눈에 박히고 말았습니다. 저는 하인을 보내 위로의 뜻을 전했을 뿐만 아니라 제가 직접 찾아가 사과하기도 했습니다. 하지만 아무 소용이 없었습니다. 그가 평생 저에게 품어 온 깊은 앙심이 권력을 잡게 되자 폭발했습니다. 감옥에 갇혀 있던 저를 찾아와 그 자리에서 제 오른쪽 눈을 뽑아 버린 것입니다. 이것이 제가 애꾸가 된 사연입니다.

그런데 이 역적은 여기서 그치지 않았습니다. 저를 큰 궤짝에 가두고, 광야로 데려가 머리를 자른 다음 시체를 독수리 밥으로 던져 놓으라고 처형 집행관에게 명령했습니다. 집행관은 궤짝을 말에 싣고 다른 한 사람과 함께 광야로 갔습니다. 다행스럽게도 그들은 그렇게 마음이 모진 사람처럼 보이지 않았습니다. 제가 눈물을 흘리며 살려 달라고 애원하자 그들도 저를 불쌍히 여겼습니다.

결국 처형 집행관이 입을 열었습니다.

"신속히 이 왕국을 떠나십시오. 그리고 절대로 돌아와서는 안 됩니다. 당신뿐 아니라 우리의 목숨까지 날아갈 것입니다."

저는 그에게 진심으로 감사했고, 비록 한쪽 눈은 잃었지만 더 큰 불행을 피할 수 있어 다행이라고 스스로를 위로했지요.

끔찍한 일을 당하고 사방이 적들로 우글거리는 상황인지라 저는 조심스럽게 다닐 수밖에 없었습니다. 대체로 낮에는 외딴곳에서 쉬고 밤에 걸어서 이동했습니다. 그러고는 마침내 제 신변을 확실히 보호할 수 있는 숙부의 나라에 도착했습니다.

숙부는 아무런 흔적도 없이 행방불명된 아들을 심히 걱정하고 있었습니다. 게다가 제가 처한 신세를 보자 가슴 아파했습니다. 숙부와 저는 얼싸안고 한없이 눈물을 흘렸습니다. 결국 저는 사촌과 한 맹세를 깨는 것이 도리라고 생각했습니다. 그래서 조금도 지체하지 않고 알고 있던 모든 것을 숙부께 말씀드렸습니다. 저의 말 덕분에 숙부의 고통이 약간 덜어지는 것 같았습니다.

"조카야, 네가 해 준 이야기 때문에 조금은 희망이 생기는구나. 나는 내 아들이 묘당을 짓고 있다는 걸 알고 있었다. 그리고 거기가 어딘지도 대충 알 것 같구나. 하지만 그 녀석이 너에게 비밀을 지켜 달라고 부탁했다 하니, 우리 둘만 그 장소로 찾아가는 게 좋을 것 같다."

숙부와 저는 변장한 뒤에 몰래 정원 문을 빠져나와 공동묘지로 향했습니다. 사촌이 사라진 지점에 도착해 그토록 찾기 어려웠던 묘당을 용케 찾았습니다. 우리는 묘당 안으로 들어가 나선계단으로 연결되는 작은 문을 발견했습니다. 하지만 사촌이 석회로 문을 밀봉한 탓에 문이 쉽게 열리지는 않았습니다.

어렵사리 문을 연 뒤 숙부가 앞장서 들어갔고 그 뒤를 제가 따랐습니다. 계단을 다 내려가자 일종의 대기실 같은 공간이 나왔는데, 짙은 연기로 가득해 아무것도 보이지 않았습니다. 그럼에도 우리는 연기를 뚫고 큰 방으로 들어갔습니다. 처음에는 그저 텅 비어 보였습니다. 방에는 환하게 불이 켜져 있었는데, 순간 우리는 저쪽 끝에서 높은 단 하나를 발견했습니다. 그 위에는 왕자와 여인의 시신이 반쯤 타 버린 채 누워 있었습니다. 마치 불에 던졌다가 완전히 재가 되기 전에 꺼내 놓은 것 같았습니다.

이 끔찍한 광경을 보고 저는 기절할 지경이었습니다. 그런데 숙부는 놀라기는커녕 그 앞에서 화를 냈습니다.

"내 아들이 이 여인에게 애정을 품었다는 사실은 알고 있었다. 하지만 절대 혼인할 수 없는 여인이었지. 나는 아들의 생각을 돌리려고 세상에서 가장 예쁘다는 공주들을 소개해 줬지만 거들떠보지도 않았다. 이제 이 둘은 지하 무덤에서 끔찍하게 죽음으로써 하나가 되었구나."

숙부는 이렇게 말하면서 흐느껴 울기 시작했고, 사연을 들은 저도 옆에서 눈물을 흘리지 않을 수 없었습니다.

마음을 추스르고 나서 숙부가 저를 안으며 말했습니다.

"조카야, 내 아들 녀석보다 훨씬 훌륭한 네가 나에게 왔으니, 이제 나는 저 못난 짓을 저지른 놈은 잊어버릴 생각이다."

우리는 다시 계단을 올랐습니다.

아무도 눈치채지 못하게 다시 궁전으로 돌아왔는데, 머지않아 북과 나팔, 심벌즈 소리가 시끄럽게 울렸습니다. 그와 동시에 지평선 위로 짙은 먼지구름이 올라오는 게 보였습니다. 거대한 군대가 다가오고 있었습니다. 제 아버지를 몰아내고 왕이 된 대재상이 이번에는 숙부의 나라를 차지하려고 침략해 오는 것이었습니다.

도성은 적의 포위 공격을 막아 낼 준비가 거의 되어 있지 않았습니다. 저항해 봤자 별 소용이 없었고, 이내 성문이 열리고 말았습니다. 숙부는 젖 먹던 힘까지 다해 싸웠지만 결국 죽임을 당했습니다. 전세가 기울자 저는 비밀 통로를 통해 궁전을 빠져나왔고 믿을 만한 신하의 집으로 피신했습니다.

기구한 운명에 처해 큰 슬픔에 빠진 저는 제 자신을 지키는 안전한 방법은 단 하나밖에 없다고 생각했습니다. 아무도 알아보지 못하게 머리와 눈썹, 수염을 밀고 탁발승의 옷을 입은 채 떠돌아다니는 것이었습니다. 저는 몇몇 도시들을 지나 드디어 명성 높고 강력한 군주이신 칼리프 하룬 알 라시드의 제국에 도착하고 나서야 비로소 안심할 수 있었습니다. 저는 이 슬픈 이야기를 듣고 저를 불쌍히 여겨 주실 위대한 군주 앞에 엎드려 도움과 보호를 요청하자고 생각했습니다.

몇 달 동안 떠돌아다닌 뒤, 저는 이 도성의 성문에 도착했습니다. 해가 뉘엿뉘엿 지자 어느 쪽으로 발걸음을 옮길지 정하려고 자리에 멈춰 섰습니다. 바로 그때 여기 있는 다른 탁발승을 만난 것입니다. 그가 먼저 인사를 건네기에 제가 말했습니다.

"당신도 나처럼 이방인 같아 보이는구려."

그는 그렇다고 대답했는데, 이때 세 번째 탁발승이 나타났습니다. 그도 바그다드에 처음 온 이방인이었습니다. 저희는 그 자리에서 의형제를 맺었고, 어떤 운명이든 함께하자고 결의했습니다.

날이 저물어 저희는 어디서 밤을 보내야 할지 몰랐습니다. 하지만 행운의 별이 우리를 이 집으로 인도했고, 하룻밤만 재워 달라고 부탁드렸을 때 부인들께서 감사하게도 저희에게 호의를 베풀어 주셨습니다.

부인, 여기까지가 제 이야기입니다.

"이야기가 마음에 듭니다. 언제든 가도 좋습니다."

조베이다가 말했습니다.

그런데 이 탁발승도 좀 더 머물게 해 달라고 간청했습니다. 두 동료 탁발승과 다른 세 사람의 이야기를 듣고 싶어서였지요.

두 번째 탁발승 이야기

부인, 제가 오른쪽 눈을 잃게 된 사연을 말씀드리려면 제 인생 전체를 이야기해야 합니다.

저는 막 젖을 떼고 걷기 시작할 때부터, 또래에 비해 유난히 빨리 배우고 명민했습니다. 부왕은 이런 제게 심혈을 기울여 교육을 시켰습니다. 저는 글을 읽고 쓰는 법부터 배웠고, 그다음에는 우리 종교의 경전인 《코란》을 공부했습니다. 《코란》을 더 깊이 이해하기 위해 개인 교사와 함께 권위 있는 주석서를 탐독했습니다. 그리고 예언자 무함마드가 전한 말씀을 모조리 외우는 데 열성을 다했습니다. 역사도 공부했고 시와 작시법, 지리와 연대기도 배웠습니다. 왕자로서 받아야 할 신체 훈련도 게을리하지 않았지요. 그중 제가 가장 능통한 분야는 아랍 서예였습니다. 이미 제 실력은 저를 가르친 스승들을 뛰어넘었습니다. 저의 재능에 대한 명성은 멀리 인도까지 퍼졌습니다.

그래서 저에게 관심을 보이던 인도의 술탄*은 제 아버지에게 많은 선물과 함께 사절을 보내 저를 인도로 파견해 줄 것을 요청했습니다. 아버지는 강력한 군주와 친교를 맺기를 원했고, 제 견문이 넓어지는 기회라고 생각하셨기 때문에 요청을 흔쾌히 받아들이셨습니다. 곧 저는 사절과 함께 인도로 떠났습니다. 길이 멀고 험한 탓에 사절단은 소규모로 꾸렸습니다. 물론 술탄에게 바칠 진귀한 선물을 낙타 열 마리에 가득 실었지요.

여행을 떠난 지 한 달 정도 지났을 무렵이었습니다. 우리는 저 멀리서 먼지구름을 일으키며 다가오는 무리를 보았습니다. 쉰 명 가까이 되는 도적 떼였습니다. 우리 쪽은 머릿수가 그 절반도 되지 않았고 낙타 열 마리도 딸려 있어 싸움 상대가 되지 못했습니다. 그래서 그들에게 우리가 누구고 어디로 가고 있는지 알려서 겁을 주려고 했습니다. 하지만 도적들에겐 씨알도 먹히지 않았습니다. 자기들은 알 바가 아니라며 비웃더니 우리를 무참히 공격했습니다.

저는 마지막까지 싸웠지만 결국 부상을 입었습니다. 더 이상 저항해 봐야 소용없는 일이었습니다. 제 부하들은 모두 포로가 되었고, 저는 말에 박차를 가해 간신히 도망쳐 나올 수 있었습니다. 하지만 제 말도 옆구리에 상처를 입어 달리다가 쓰러져 죽고 말았지요. 결국 홀로 살아남은 저는 아무도 추격해 오지 않는다는 걸 확인했습니다. 도적들이 노획물을 서로 가지려고 싸우느라 쫓아오지 않는 것 같았습니다. 덕분에 안심할 수 있었지요.

저는 아주 낯선 나라에 도착했습니다. 도적놈들에게 또다시 잡힐까 봐 큰길로 다닐 엄두는 내지 못했습니다. 다행히 상처가 크지 않아 천으로 싸매고 계속 걸으며 산기슭에 있는 어느 동굴에 이르렀습니다. 거기서 편하게 밤을 보내

* 이슬람 제국의 최고 통치자인 칼리프의 권한을 위임받아 특정 지역을 군사·정치적으로 지배하는 무슬림 통치자의 칭호.

기로 하고 오는 길에 따 놓은 열매로 배를 채웠습니다.

저는 어디가 어디인지도 모른 채 한 달 가까이 돌아다녔습니다. 그리고 마침내 어느 아름다운 도시의 외곽에 도착했습니다. 도시에는 개울이 굽이굽이 흘렀고 햇볕이 따사로웠습니다. 사람들과 다시 만날 수 있다는 생각에 지금 제가 처한 처량한 상황을 잠시나마 잊을 수 있었습니다. 제 얼굴과 손은 새까맣게 탔고 옷은 누더기가 되어 있었습니다. 신발은 다 낡고 헤져 맨발이나 마찬가지였지요.

저는 시내로 들어가 지금 제가 어디에 있는지 물어보려고 어느 옷가게 앞에 멈췄습니다. 재단사는 저를 겉모습과 달리 범상치 않은 사람으로 봤는지, 가게에 들어와 앉게 했습니다. 저도 제 사연을 모두 들려줬습니다. 그런데 이야기를 귀 기울여 듣던 재단사는 제게 위로는커녕 근심만 더 안겨 줬습니다.

"조심하십시오. 저에게 들려준 이야기를 누구에게도 전해서는 안 됩니다. 이 나라를 다스리는 왕은 당신 아버지와 철천지원수이기 때문입니다. 당신이 자기 영토에 들어왔다는 걸 알면 해를 끼칠 게 분명합니다."

저는 재단사에게 감사를 표하면서 어떤 충고라도 그대로 따를 것이라고 말했습니다. 그는 굶주린 저에게 먹을 것을 가져다줬을 뿐만 아니라 집에서 묵을 수 있도록 허락했습니다.

며칠을 쉬자 여행으로 쌓인 피로가 완전히 회복되었습니다. 재단사는 저에게 생계를 위한 기술을 가지고 있는지 물었습니다. 우리 종교에서는 일국의 왕자라면 혹시 모를 역경에 대비해 스스로 생계를 유지할 만한 기술을 미리 배워 놓는 관습이 있습니다. 저는 문법과 시에 능하고 특히 서예를 잘한다고 대답했습니다. 그러자 재단사가 이렇게 대꾸했습니다.

"여기서 그런 건 아무짝에도 쓸모없습니다. 제가 조언 하나 드리지요. 우선 간편한 옷으로 갈아입으세요. 힘깨나 쓰실 것 같으니 숲으로 가서 시장에 내다 팔 땔나무를 해 오십시오. 그러면 먹고살 정도로 돈벌이는 할 테고, 그렇게 좋은 날이 다시 올 때까지 기다릴 수 있을 테죠. 손도끼와 끈은 제가 드리겠습니다."

참 쓰디쓴 조언이었지만 살려면 달리 방도가 없었습니다. 이튿날 아침 재단사는 저를 가난한 나무꾼들에게 소개하면서 같이 데려가 달라고 부탁하더군요. 첫날인데도 저는 땔나무를 웬만큼 팔 수 있었고, 어느새 전문가가 다 되었습니다. 벌이도 충분해서 재단사에게 빌린 돈도 갚을 수 있었습니다.

저는 그렇게 나무꾼으로 1년 넘게 살았습니다. 그러던 어느 날 평소보다 더 깊이 숲속으로 들어갔고, 경관이 멋진 곳에 이르러 나무를 베기 시작했지요. 나무 밑동을 자르는데 땅바닥에 쇠고리가 보였습니다. 자세히 살펴보니 쇠고리는 쇠로 만든 문에 달려 있었습니다. 저는 흙을 치우고 쇠문을 들어 올렸습니다. 그러자 지하로 연결된 계단이 나왔습니다. 저는 호신용으로 쓸 손도끼를 손에 꽉 쥐고 망설임 없이 계단으로 내려갔습니다. 바닥에 이르자 큰 공간이 나왔는데, 지상의 어느 궁전보다도 눈부시게 밝았습니다. 긴 회랑 양쪽에 벽옥으로 된 기둥들이 있었고, 기둥머리는 금으로 장식되어 있었습니다. 회랑 저편에서는 어느 여인이 저를 맞으러 오고 있었습니다. 여인의 미모가 너무도 뛰어나서 저는 다른 건 모두 잊고 그녀에게 푹 빠져 버렸습니다.

저는 여인의 수고를 덜어 주려고 급히 달려가서 고개 숙여 인사했습니다.

"당신은 누구신가요? 인간인가요, 아니면 정령인가요?"

"부인, 저는 인간입니다. 정령과는 아무런 상관이 없습니다."

그러자 여인이 한숨을 내쉬며 물었습니다.

"그럼 무슨 일로 여기까지 오셨죠? 저는 이 궁전에서 25년 동안 살았는데, 당신이 저를 찾아온 첫 번째 인간이에요."

여인의 황홀한 미모와 세련된 품위에 고무된 저는 용기를 내어 말했습니다.

"부인, 질문에 대답하기 전에, 이 만남이 큰 고통 속에 있는 저에게 위로가 될 뿐만 아니라 제가 당신을 더 행복하게 만들어 줄 수 있을 것 같아 얼마나 고마운지 말하고 싶습니다."

이렇게 말하고는 제가 누구이며 어떻게 여기에 오게 되었는지 이야기했습니다.

제 이야기를 들은 여인은 더 깊은 한숨을 내쉬며 말했습니다.

"아, 왕자님이 추측한 것처럼 저는 이 웅장한 궁전에 어쩔 수 없이 죄수처럼 갇혀 지내고 있습니다. 저는 그 유명한 '흑단의 섬'에 살던 공주예요. 부왕께서는 저를 사촌 왕자와 결혼시키려고 하셨지요. 그런데 결혼식을 올리던 날, 한 정령이 나타나 저를 납치했고 저는 기절한 채 여기까지 끌려오게 되었어요. 오랫동안 저는 그저 눈물만 흘리며 지낼 뿐이었습니다. 그런데 세월이 약인지라, 저는 어느새 정령과 함께 사는 것에 적응하고 말았습니다. 옷이나 보석도 원 없이 가지고 있고요. 25년 동안 정령은 열흘에 한 번씩 찾아왔습니다. 도움이 필요할 때는 제 방 입구에 있는 부적을 만지면 정령이 바로 나타납니다. 정령이 다시 오려면 아직 닷새나 남았으니 저는 그동안 저를 찾아 주신 손님을 대접하고 싶습니다."

저는 여인의 아름다움에 눈이 멀어 그녀의 제안을 거절할 생각은 꿈에도 하지 못했습니다. 공주는 저를 목욕탕으로 안내하고 제 신분에 어울리는 호화로운 옷을 준비해 줬습니다. 그리고 화려한 인도산 융단으로 장식된 방에서 최상급의 요리를 대접했습니다.

다음 날 둘이서 저녁 식사를 할 때, 취기가 오른 저는 더 이상 참지 못하고 공주에게 이 지하 감옥 같은 곳에서 벗어나 햇빛이 밝게 비치는 지상으로 돌아가자고 애원했습니다. 그러자 공주는 이렇게 대답했습니다.

"왕자님이 바라시는 대로 할 수 없어요. 대신 여기서 저와 함께 행복하게 지내면 되잖아요. 열흘에 한 번씩 정령이 찾아오는 날에만 숲속에 숨어 계시면 돼요. 알다시피 정령은 질투가 심해서 어떤 남자도 제게 다가오는 걸 허락하지 않거든요."

"공주님, 그놈의 정령이 무서워서 그런 거군요. 저는 하나도 무섭지 않아요. 저 부적도 산산조각 내 버리겠습니다! 그놈이 내 주먹맛을 봐야 정신을 차릴 거예요. 맹세컨대, 제가 그놈을 단단히 혼쭐내겠습니다."

제 무모한 짓이 어떤 결과를 가져올지 뻔히 알고 있는 공주는 제발 부적을 건드리지 말라고 애원했습니다.

"부적을 건드리면 우리 둘 다 파멸할 거예요. 정령은 제가 당신보다 잘 알아요."

하지만 이미 저는 술에 잔뜩 취해서 제정신이 아니었습니다. 결국 부적을 발로 걸어차 산산조각 내고 말았지요.

부적이 부서지기 무섭게 궁전은 칠흑처럼 어두워졌고, 무시무시한 소리가 들려왔습니다. 궁전은 금방이라도 무너질 듯 심하게 흔들렸습니다. 술이 깬 저는 그제야 제가 무슨 짓을 했는지 깨달았지요.

"공주님, 이게 대체 무슨 일이죠?"

공주도 공포에 질렸지만 저를 먼저 걱정해 줬습니다.

"아아, 어서 도망가세요. 안 그러면 죽어요!"

저는 공주의 충고대로 계단을 뛰어올라갔는데, 손도끼를 깜빡했습니다. 그러나 이미 때는 늦었지요. 궁전이 갈라지더니 정령이 모습을 드러냈어요. 정령은 공주에게 다짜고짜 화를 냈습니다.

"무슨 일이냐? 왜 나를 불렀느냐?"

"심장이 조금 아파 술을 한두 모금 마셨어요. 그런데 어지러워 발을 헛디뎠다가 부적이 있는 곳으로 넘어졌지 뭐예요. 정말이에요."

"내 앞에서 감히 뻔뻔하게 거짓말을 하는 거냐? 그럼 이 손도끼와 남자 신발은 뭐지?"

"저도 처음 보는 거예요. 당신이 급히 오는 바람에 어디선가 정신없이 들고 온 거겠죠."

정령은 더 이상 대구하지 않고 욕설과 구타를 퍼부었습니다. 공주의 비명과 신음 소리가 제 귓가에도 들려왔습니다. 저는 호화로운 옷을 벗고 제가 어제 입고 온 남루한 옷으로 갈아입었습니다. 숲속에 있던 제 짐을 찾아서 다시 재단사에게 돌아갔습니다. 저는 수치심과 슬픔에 가슴이 찢어질 듯 아팠습니다.

제가 오랫동안 보이지 않아 걱정했던 재단사는 저를 무척 반겼습니다. 하지만 저는 그동안 무슨 일이 있었는지 말하지 않았고, 서둘러 방으로 들어와 저의 어리석음을 한탄했습니다. 이렇게 슬픔에 젖어 있는 저에게 재단사가 와서 말했습니다.

"아래층에 웬 노인이 찾아왔습니다. 길에서 손도끼와 신발을 주웠는데 당신의 동료 중 하나가 주인을 알려 줬다며 가져왔습니다. 내려와서 직접 받는 게 좋을 것 같네요."

이 말을 들은 저는 아연실색할 수밖에 없었습니다. 다리가 떨려 좀처럼 움직일 수 없었습니다. 제가 방에서 나오지 않자 재단사는 왜 그러는지 이유를 물어보려고 방문을 열었습니다. 그때, 한 노인이 나타났습니다. 손에는 제 손도끼와 신발을 들고 있었지요.

"나는 정령들의 왕 이블리스의 외손자다. 이 손도끼와 신발이 네 것이냐?"

정령은 제게 대답할 시간도 주지 않았습니다. 사실 너무 놀라서 아무런 대꾸도 하지 못했겠지요. 그는 저를 붙잡더니 번개 같은 속도로 하늘로 솟구쳐 날아올랐습니다. 그러더니 다시 빛의 속도로 땅에 내려왔습니다. 그가 발을 구르자 땅이 갈라졌고 우리는 땅속에 있는 마법의 성으로 들어갔습니다. 흑단의 섬의 아름다운 공주가 있는 그 궁전 말입니다. 하지만 제가 마지막으로 본 모습과는 너무나도 달랐습니다. 공주는 피투성이가 된 채 바닥에 쓰러져 슬피 울고 있었습니다.

"배신자야, 이 남자가 네 애인이냐?"

정령이 소리쳤습니다.

공주는 고개를 천천히 들어 슬픈 눈으로 저를 바라봤습니다.

"본 적도 없는 사람입니다. 그가 누군지 전혀 모릅니다."

"뭐라고! 저 인간 때문에 네가 고통을 받고 있는데 전혀 모르는 사람이라고?"

"처음 보는 사람인데 제가 왜 거짓말을 해서 저 사람을 죽게 만들어야 하죠?"

"그렇다 이거지?"

정령은 칼을 빼어 들며 이렇게 말했습니다.

"그럼 이 칼로 저자의 목을 베어라."

"아, 저는 지금 칼을 들 힘도 없습니다. 그리고 힘이 있다 한들 제가 왜 죄 없는 사람을 죽여야 하나요?"

"내가 시키는 일을 거부한다는 건 너 스스로 죄를 지었다는 걸 인정하는 셈이다."

정령은 이렇게 말하고 저를 쳐다봤습니다.

"그럼 너는 이 여자를 알고 있느냐?"

"제가 어떻게 알겠습니까?"

저도 공주가 보여 준 신의 있는 태도를 취할 수밖에 없었습니다.

"전에 본 적이 없는데, 어떻게 알겠습니까?"

"좋다. 모르는 사람이라면, 저 여자의 머리를 베어라. 그러면 네 말을 믿고 너를 풀어 주도록 하겠다."

"좋습니다."

저는 손에 칼을 받아 들고 공주에게 두려워하지 말라는 눈빛을 보냈습니다. 목숨을 바칠 사람은 그녀가 아니라 제 자신이라는 걸 알리려 했지요. 공주가 감사하다는 표정을 짓자 저는 더욱 용기를 얻어 칼을 땅에 내동댕이쳤습니다.

"제가 알지도 못할 뿐만 아니라 거의 다 죽어 가는 여인을 죽인다면

공주를 죽이라고 명령하는 정령

그것처럼 어리석은 일이 또 어디 있겠습니까? 그렇게 한다면 저는 살아갈 자격도 없습니다. 어차피 저는 당신 손안에 있으니 당신 뜻대로 하십시오. 하지만 저는 당신의 그 무자비한 명령에는 순종하지 않겠습니다."

"그래, 이제 둘이서 같이 나에게 덤벼들겠다는 거냐? 그럼 너희가 어떻게 되는지 맛보기를 보여 주지."

정령은 이렇게 말하더니 칼로 공주의 한쪽 팔을 잘라 버렸습니다. 그녀는 이제 남은 한 팔로 저에게 영원한 작별 인사를 하게 되었습니다. 저는 이 참혹한 광경에 잠깐 의식을 잃고 말았습니다.

다시 정신을 차린 저는 정령에게 이처럼 잔인한 상황에서 살아 있느니 차라리 목숨을 끊어 고통에서 벗어나게 해 달라고 애원했습니다. 하지만 정령은 제 소원에 아랑곳하지 않고 단호하게 말했습니다.

"정령이 배신한 여자를 어떻게 다루는지 똑똑히 봤겠지. 내가 마음만 먹으면 너도 저승길로 보내겠지만, 이번만은 자비를 베풀어 주마. 개, 당나귀, 사자, 새 중에 하나를 고르면 그 짐승으로 바꿔 주겠다."

이 말을 들은 저는 정령의 분노를 누그러뜨릴 수 있겠다는 희망을 희미하게나마 가졌습니다.

"오, 정령님! 제 목숨을 없애지 않으시려거든 제발 너그러이 저를 살려 주십시오. 이 세상에서 가장 선량한 어떤 사람이 자신을 질투한 이웃을 용서해 준 것처럼, 제발 저를 용서해 주시길 간곡히 부탁드립니다."

정령은 제 말에 흥미를 보이더니 두 이웃의 이야기를 듣고 싶다고 했습니다.

괜찮으시면 부인께도 그 이야기를 들려드리도록 하겠습니다.

시샘 많은 남자와 시샘 받는 남자 이야기

적당한 규모의 어느 도시에 두 남자가 살고 있었습니다. 두 사람은 서로 이웃이었지요. 그런데 한 남자가 다른 남자를 증오했고 몹시 시샘했습니다. 시샘 받는 불쌍한 남자는 더 이상 마주치지 않아야 시샘 많은 사람이 자신을 잊을 거라고 생각해 이사를 가기로 마음먹었습니다. 그래서 집과 세간을 팔고 그리 멀지 않은 다른 도시로 이사를 갔습니다. 도시 근교에 큰 정원과 적당한 크기의 안뜰이 있는 집을 구했습니다. 안뜰에는 오래된 우물이 하나 있었습니다.

선량한 남자는 좀 더 조용한 삶을 살기 위해 수도승의 옷을 입고, 집 안에 수도승을 위한 독방을 여러 개 만들어 놓았습니다. 수도승들이 몰려들기 시작하면서 남자의 집은 곧 수도원이 되었습니다. 그의 덕성이 세상에 전해지자 많은 사람들이, 심지어 높은 신분에 있는 사람들까지도 그를 만나서 기도를 부탁하기 위해 찾아왔습니다.

물론 머지않아 그의 명성은 시샘 많은 남자의 귀에까지 들어갔습니다. 이 사악한 인간은 선량한 수도승을 무슨 수를 써서라도 가만두지 않겠노라고 굳게 다짐했습니다. 그는 자기 집과 사업을 내팽개치고 새로 생긴 수도원을 찾아갔습니다. 선량한 수도승은 이 시샘 많은 인간을 따뜻하게 맞아 줬지요. 시샘 많은 남자는 선량한 수도승과 단둘이 매우 중요한 문제를 상의하고자 여기까지 왔다고 둘러댔습니다.

"우리 이야기를 다른 사람들이 엿들을 수 있습니다. 날이 저물었으니 다른 수도승들은 각자의 방으로 들어가라고 말해 주시면 좋겠네요."
선량한 수도승은 그가 바라는 대로 해 줬습니다. 둘만 남게 되자 시샘 많은 남자는 긴 이야기를 늘어놓기 시작했습니다. 두 사람은 이리저리 정원을 거닐며 이야기를 나누다가 우물 가까이에 이르렀습니다. 그런데 갑자기 시샘 많은 남자가 수도승에게 다가오더니 그를 붙잡아 우물 아래로 떨어뜨려 버렸습니다. 의기양양해진 남자는 증오의 대상이 사라져 더 이상 불안하지 않게 된 걸 자축했지요.

하지만 착각에 지나지 않았습니다! 오래된 우물에는 인간이 아닌 요정과 정령 들이 살고 있었던 것입니다. 우물로 떨어진 수도승은 그들이 받아서 바닥에 내려놓은 덕분에 아무런 상처도 입지 않았습니다. 수도승은 어두운 우물 안에서 아무것도 볼 수 없었지만 뭔가 기이한 일이 벌어졌다는 사실은 직감했습니다. 우물 바닥에 처박혀 죽을 목숨이었는데 멀쩡히 살아 있으니 말입니다. 그가 쥐 죽은 듯이 누워 있는데, 누군가의 목소리가 들렸습니다.

"우리가 죽음에서 구해 준 사람이 누군지 알아?"

"아니, 누군데?"

다른 목소리들이 들렸습니다.

그러자 처음에 질문한 이가 대답했습니다.

"내가 알려 줄게. 마음이 순수하고 착한 이 사람은 살던 곳을 버리고 이 집으로 왔어. 자신을 시샘하던 이웃의 마음이 치유되길 바라면서 말이지. 하지만 시샘 많은 사람의 증오는 곧 극에 달했고, 결국 선량한 사람을 죽이려고 여기까지 찾아온 거야. 우리가 도와주지 않았다면 그는 이미 저세상 사람이 되었겠지. 내일 술탄께서 이 경건한 수도승을 찾아올 거야. 자기 딸, 그러니까 공주를 위한 기도를 요청하러 말이야."

"공주에게 무슨 문제가 있어서 수도승의 기도가 필요한 거지?"

다른 이가 물었습니다. 그러자 다시 처음 말했던 이가 대답했습니다.

"공주는 지금 딤딤의 아들인, 메문이라는 정령의 손아귀 안에 있어. 하지만 공주를 구할 방법은 아주 간단해! 이 수도원에는 꼬리 끝이 하얀 검은 고양이가 있어. 고양이 꼬리에 있는 흰 털 일곱 가닥을 뽑고 그중 세 가닥을 불태워 그 연기를 공주의 머리에 쏘이면 돼. 그러면 공주는 딤딤의 아들 메문에게서 해방될 거고, 메문은 공주 주변에 다시는 얼씬거리지 못할 거야."

요정과 정령 들의 이야기가 끝났지만 수도승은 그들이 한 말을 가슴 깊이 새겼습니다. 날이 밝자 그는 우물 벽에서 깨진 부분을 육안으로 확인하고 쉽게 밖으로 올라올 수 있었습니다.

선량한 수도승에게 무슨 일이 일어났는지 짐작도 하지 못한 다른 수도승들은 그가 다시 나타나자 매우 기뻐했습니다. 그는 어제 온 손님이 자신의 목숨을 해하려 했다는 이야기를 동료 수도승들에게 들려주고 자기 방으로 들어갔습니다. 어젯밤에 우물 속에서 말한 검은 고양이가 오늘 아침에도 평상시처럼 주인을 찾아오자, 수도승은 검은 고양이를 무릎에 앉히고 기회를 노려 꼬리에 있는 흰 털 일곱 가닥을 뽑았습니다. 뽑은 털은 따로 잘 보관해 두었지요.

아침 해가 떠오른 지 얼마 되지 않았을 때, 공주를 구할 수만 있다면 무슨 일이든 하려는 술탄이 대규모의 수행원을 대동한 채 수도원 입구에 도착했습니다. 수도승들은 술탄을 극진히 모셨습니다. 술탄은 지체하지 않고 선량한 수도승을 따로 불렀습니다.

"내가 왜 이곳에 왔는지 알고 있소?"

"네, 폐하. 제가 알고 있는 게 사실이라면, 공주님의 병환을 고칠 수 있는 영광을 베푸시려고 이곳에 오셨습니다."

"그렇소. 당신이 내 딸이 앓고 있는 이상한 병을 낫게 해 준다면 내 목숨이라도 내놓겠소."

"폐하께서 공주를 이곳으로 오라고 해 주시면 제가 치료할 수 있는 일인지 살펴보겠습니다."

희망으로 가득 찬 술탄은 곧바로 사람을 보내 가능한 한 빨리 공주를 데려오게 했습니다. 공주는 두꺼운 베일로 가려져 있어 수도승들은 그녀의 얼굴을 보지 못했습니다. 선량한 수도승은 공주의 머리 위로 불타는 화로를 들고 고양이 꼬리털 세 가닥을 그 위에 올렸습니다. 털이 불에 타자마자 끔찍한 비명 소리가 들렸습니다. 하지만 아무도 그것이 무슨 소리인지 알 수 없었습니다. 오로지 선량한 수도승만 딤딤의 아들 메문의 비명 소리라는 걸 알았습니다. 공주는 내내 무슨 일이 벌어지고 있는지 모르는 듯했습니다. 하지만 이제는 손으로 베일을 들어올려 얼굴을 공개했습니다.

"제가 지금 어디 있는 거죠? 어째서 제가 여기에 있는 거예요?"

그녀는 당혹스러워하며 물었습니다.

술탄은 공주의 목소리를 듣자 기뻐하며 딸을 껴안았습니다. 수도승의 손에 입을 맞추기까지 했습니다. 그리고 죽 늘어서 있는 신하들을 돌아보며 이렇게 말했습니다.

"내 딸을 살려 준 이 사람에게 내가 무슨 상을 내려야 하겠소?"

신하들은 공주의 배우자가 되어야 한다고 입을 모아 말했습니다.

"그게 바로 내 생각이오. 지금 이 시간부터 그대를 나의 사위로 삼겠소."

이런 일이 있고 얼마 후, 대재상이 세상을 떠나자 후임으로 선량한 수도승이 임명되었습니다. 하지만 수도승은 그 자리에 오래 있지 못했습니다. 머지않아 술탄도 후사 없이 세상을 떠났고, 군대 지도자와 종교 지도자 들이 선량한 수도승을 술탄으로 추대했기 때문입니다. 온 백성이 새 술탄을 기쁘게 맞이했습니다.

이제 술탄이 된 선량한 수도승은 어느 날 신하들을 거느리고 거리를 행차했습니다. 그러다 술탄의 행차를 구경하려고 몰려든 군중 속에서 시샘 많은 남자를 발견했습니다. 그는 대신 한 명을 부르더니 귓속말을 전했습니다.

"저기 서 있는 사람을 나에게 데려오시오. 그가 놀라지 않도록 각별히 조심해야 하오."

대신이 분부대로 시샘 많은 사람을 술탄 앞에 데려오자 술탄이 말했습니다.

"여보게, 이렇게 다시 보게 되어 반갑네."

그러고는 옆에 있던 관리에게 말했습니다.

"내 금고에서 금화 1000닢을 가져와서 이 사람에게 주도록 하라. 또 내 창고에 있는 값진 물건을 수레 스무 대에 실어 이 사람의 집에 가져다줘라. 그리고 호위병들이 이 사람을 집까지 안전하게 모시게 하라."

술탄은 시샘 많은 사람과 작별을 고하고 행차를 계속 이어 갔습니다.

저는 이야기를 마친 뒤, 흑단의 섬의 공주를 죽인 정령에게 이야기의 교훈을 말해 줬습니다.

"오, 정령님. 이 관대한 술탄은 자신의 목숨을 노린 시샘 많은 사람을 용서했을 뿐만 아니라, 그에게 풍성한 선물까지 안겨서 보냈습니다."

하지만 정령은 이미 마음을 굳게 먹은 듯 좀처럼 누그러지지 않았습니다.

"여기서 쉽게 빠져나갈 생각은 하지도 마라. 내가 네놈에게 해 줄 수 있는 건 목숨만 붙여 놓는 것이다. 내 심기를 건드린 놈이 결국 어떻게 되는지 사람들에게 똑똑히 보여 주겠다."

말이 끝나기 무섭게 정령은 나를 억세게 붙잡았습니다. 궁전의 지붕이 열리자 그는 저를 잡고 하늘 높이 솟구쳤습니다. 얼마나 높이 올라갔는지 땅이 손바닥만 하게 보일 정도였습니다. 그리고 다시 빛의 속도로 땅에 내려와 어느 산꼭대기에 발을 디뎠습니다.

정령은 허리를 구부려 흙을 한 줌 쥐더니 몇 마디 중얼거린 다음 제 얼굴에 뿌리며 외쳤습니다.

"이제 인간의 형체를 벗고 원숭이의 형상을 입어라."

그러고 나서 정령은 곧바로 사라져 버렸습니다. 저는 이렇게 낯선 땅에서 원숭이로 변한 채 살게 되었습니다.

산에서 내려와 바다 옆에 있는 넓은 평지에 이르니 해안에서 조금 떨어진 곳에 정박한 큰 배 한 척이 보였습니다. 저는 기뻐서 어쩔 줄 몰랐습니다. 바다는 파도 하나 없이 잔잔했습니다. 그래서 큰 나뭇가지를 꺾어다 바다 위에 띄우고 그 위에 폴짝 올라탔습니다. 그리고 작은 나뭇가지로 노를 저어 배가 있는 곳까지 갔습니다.

갑판 위에 있던 사람들은 노를 저으며 다가오는 원숭이를 호기심 어린 눈으로 쳐다봤습니다. 저는 밧줄을 잡고 갑판 위로 기어올라갔습니다. 그렇게 정령의 손에서 간신히 죽음을 모면했지만 이 선원과 상인 들은 오히려 이렇게 말했습니다.

"저 녀석을 바다에 빠뜨려야겠어!"

한 사람이 소리쳤습니다.

"망치로 대가리를 부숴 버리자!"

다른 사람이 고함을 쳤습니다.

"내가 활로 뚫어 버릴게."

또 다른 사람이 외쳤습니다.

제가 선장에게 달려가 그의 옷을 잡고 살려 달라고 하지 않았다면, 분명 누군가의 손에 죽임을 당했을 겁니다. 선장은 이런 저를 보자 동정심이 생겼는지 제 머리를 쓰다듬었습니다. 그러고는 자기가 이 원숭이를 돌볼 것이니 어느 누구도 건드리지 말라고 엄포를 놓았습니다.

약 50일을 항해한 끝에 우리는 어느 큰 도시에 닻을 내리게 되었습니다. 곧 우리 배 주위로 작은 배들이 몰려왔는데, 배를 타고 있는 상인들을 만나러 오거나 단순히 큰 배를 구경하려고 오는 사람들로 가득 차 있었습니다. 그 작은 배들 사이로 관리 몇 명을 태운 배가 다가왔습니다. 그들은 배에 있는 상인들과 만나기를 청했고, 이 나라의 술탄께서 환영의 뜻으로 보낸 사람들이라고 알렸습니다. 그리고 상인들에게 각자 두루마리 위에 글씨를 써 달라고 부탁했습니다.

"특이한 제안을 하는 이유가 따로 있습니다. 얼마 전 대재상께서 세상을 떠났는데, 그분은 우리나라 최고의 명필이셨습니다. 술탄께서는 대재상의 뒤를 이을 만큼 서예 실력이 탁월한 인물을 찾고 계십니다. 아직까지 걸맞은 사람을 찾지 못했지만 여전히 희망을 놓지 않고 계시지요."

나름대로 서예에 자신 있는 상인들은 차례차례 두루마리에 글씨를 써내려갔습니다. 그들이 글씨 쓰기를 모두 끝내자 저는 앞으로 쪼르르 달려가 두루마리를 낚아챘습니다. 상인들은 제가 두루마리를 바다에 던지는 줄 알고 기겁했지만, 얌전히 두루마리를 들고 있자 그제야 안도의 한숨을 내쉬었습니다. 그리고 제가 두루마리에 글씨를 쓰고 싶다는 몸짓을 보이자 몹시 놀란 표정으로 저를 내려다봤습니다.

이때 선장이 말했습니다.

"저 녀석이 원하니 마음대로 하게 내버려 두시오. 종이를 엉망으로 만들면 벌을 내리겠소. 하지만 내 예상대로 정말 글씨를 쓸 수 있다면, 저 녀석은 내가 이제껏 본 원숭이 중에 가장 똑똑한 녀석이오. 그래서 내 아들로 삼을 생각이오. 죽은 내 아들은 저 원숭이만도 못한 녀석이었소!"

선장이 말을 마치자, 저는 붓을 들고 아랍인들이 사용하는 여섯 종류의 서체*를 일필휘지로 써내려갔습니다. 게다가 각각의 서체로 술탄을 칭송하는 시를 지어 썼습니다. 제가 글씨를 쓰자 다른 상인들의 글씨는 빛을 잃고 말았습니다. 그 나라에서 저보다 아름다운 글씨를 쓰는 사람은 없었습니다. 제가 글씨를 다 쓰자 관리들은 두루마리를 가지고 술탄에게 돌아갔습니다.

술탄에게 다른 상인들의 글씨는 눈에 들어오지도 않았습니다. 그는 제가 쓴 글씨를 가리키며 이 글씨의 주인에게 최대한 값비싼 재료로 만든 옷을 입히고 호화롭게 장식한 말에 태워 궁전으로 모셔오라고 명령했습니다.

하지만 관리들은 술탄의 명령을 듣자 키득거리기 시작했습니다. 그러더니 곧 웃음

---

* 아랍 서체는 이슬람에서 건축 다음으로 중요하게 여기는 장식 예술이다. 특히 《코란》에 자주 쓰이는 서체는 고도의 규칙성과 화려함을 자랑한다.

을 참고 말했습니다.

"폐하, 부디 소신들의 무례를 용서해 주십시오. 하지만 그 글씨는 사람이 쓴 것이 아니라 원숭이가 쓴 것입니다."

"원숭이라고?!"

"네, 폐하. 원숭이가 쓴 글씨가 확실합니다."

"그럼 그 원숭이를 데려오시오. 가능한 한 빨리!"

명을 받은 관리들은 다시 배로 돌아와 선장에게 왕의 칙서를 보여 줬습니다. 선장은 "폐하가 진짜 주인이십니다"라고 말하더니 저를 떠나보냈습니다.

관리들은 저에게 화려한 옷을 입히고 저를 멋지게 장식된 말 위에 태워 궁전으로 향했습니다. 술탄은 대신들에게 둘러싸여 옥좌에서 저를 기다리고 있었습니다.

궁전으로 가는 길목에선 집집마다 수많은 사람들이 문과 창문 너머로 얼굴을 내밀고 호기심 어린 눈으로 저를 쳐다봤습니다. 사람들의 환호와 함성을 들으며 어느새 궁전에 도착한 저는 술탄이 앉아 있는 옥좌 앞으로 가서 세 번 머리를 숙여 인사를 올리고는 바닥에 엎드렸습니다. 거기에 있던 사람들은 모두 어떻게 원숭이가 술탄을 알아보고 격식을 차릴 수 있는지 그저 놀라워할 따름이었습니다. 저는 말만 못했을 뿐이지 궁중 예절을 하나도 빠뜨리지 않고 완벽하게 지켰습니다.

술탄은 신하들을 물러가게 했습니다. 이제 술탄과 저 둘만 남았고, 옆에는 시종장과 어린 시종 하나가 있었습니다. 술탄은 저를 다른 방으로 데려간 다음 음식을 내오라고 명했습니다. 그러고는 저에게 식탁에서 같이 음식을 먹자고 손짓했습니다. 저는 순종하는 의미로 자리에서 일어나 바닥에 입을 맞추고 식탁에 마련된 제 자리에 앉았습니다. 당연한 말이지만, 음식은 최대한 조심히 절제하며 먹었습니다.

그릇을 치우기 전에 저는 손짓으로 방 한쪽에 있던 서예 도구를 제 앞에 놓아 달라는 의사를 표현했습니다. 술탄에게 감사하는 마음을 담아 복숭아 위에 시를 썼고 술탄은 너무 놀라 할 말을 잃은 듯 보였습니다. 또 술을 마신 잔 위에도 똑같이 시를 썼습니다. 그러자 술탄이 혼잣말로 중얼거렸습니다.

"아, 이 정도의 글씨라면 사람 중에서도 최고의 경지에 이른 것 아닌가! 그런데 이것이 한낱 원숭이의 작품이라니!"

식사가 끝나자 술탄은 시종장에게 장기판을 가져오라고 명했습니다. 그리고 저에게 장기를 둘 줄 아느냐고 물어봤지요. 저는 바닥에 입을 맞추고 손을 머리 위로 올려 폐하와 한 수 겨룰 수 있는 기회를 주셔서 영광이라고 제 마음을 표현했습니다. 첫 번째 시합은 술탄이 이겼지만, 두 번째와 세 번째는 제가 이겼습니다. 술탄의 얼굴이 시무룩해 보여 저는 위로의 시를 지어 바쳤습니다.

술탄은 저의 뛰어난 재주에 매료되어 저를 누구에게든 보여 주고 싶어 했습니다. 그래서 옆에 있던 시종장에게 말했습니다.

"가서 '미의 여왕'이라 불리는 내 딸을 데려오게. 혼자 보기 아깝구나."

시종장은 인사를 하고 나가더니 얼마 있지 않아 공주를 데려왔습니다. 공주는 방에 들어서자마자 재빨리 베일로 얼굴을 가렸습니다.

"아바마마, 왜 저에게 외간 남자와 함께 있다고 미리 언질을 주시지 않으셨습니까?"

"무슨 말을 하는지 모르겠구나. 여기에는 너를 보좌하는 시종장과 어린 시종, 그리고 나만 있을 뿐이다. 그런데 어찌 베일로 얼굴을 가리고 이 아비를 책망하고 있느냐?"

"아바마마의 말씀은 틀렸습니다. 이 원숭이는 진짜 원숭이가 아닙니다. 이분은 이블리스의 외손자인 정령의 마법에 걸려 원숭이로 변한 왕자입니다."

공주의 말에 술탄은 또 한 번 놀랐고, 어안이 벙벙해져 저를 다시 쳐다봤습니다. 저는 말을 할 수 없었기 때문에, 손을 머리 위에 얹어 공주의 말이 사실이라고 시인했습니다.

"딸아, 그런데 어떻게 그걸 알 수 있었느냐?"

술탄이 물었습니다.

"아바마마, 어린 시절 저를 돌보던 시녀는 뛰어난 마법사였습니다. 그녀는 저에게 일흔 가지 마법을 가르쳐 줬지요. 저는 마법으로 눈 깜짝할 사이에 이 도시를 대양大洋 한가운데로 옮길 수 있어요. 또 어떤 사람이 마법에 걸려 있는지 한눈에 알아볼 수 있고 누가 마법을 걸었는지도 알 수 있답니다."

"내 딸에게 그런 신묘한 재주가 있는지 몰랐구나!"

"아바마마, 알면 도움이 되는 재주가 많지만, 그래도 함부로 떠벌리고 다니면 안 될 것 같아 말씀을 못 드렸습니다."

"그럼, 이 왕자의 마법도 풀 수 있느냐?"

"물론입니다. 할 수 있어요."

"그렇다면 원래 모습으로 돌려놓아다오. 나로서는 이보다 더 기쁜 일이 없을 것 같구나. 나는 이 사람을 대재상으로 삼고 너와 결혼시키고 싶단다."

마법에 걸려 원숭이로 변한 왕자를 보고
베일로 얼굴을 가리는 공주

"아바마마의 분부대로 하겠습니다."

미의 여왕은 자기 방으로 돌아가더니 히브리문자가 날에 새겨진 칼을 들고 왔습니다. 그러고는 술탄, 시종장, 어린 시종 그리고 저까지 네 사람을 왕궁의 은밀한 안뜰로 데려갔습니다. 우리는 안뜰을 둘러싼 회랑 사이에 있게 하고, 자신은 안뜰 중앙에 서 있었습니다. 거기서 큰 원을 그린 다음 그 안에 아랍어로 뭔가를 써넣었습니다.

준비를 마친 공주는 원 중앙에 서서《코란》에 나오는 구절을 반복해서 암송했습니다. 그러자 주위가 천천히 어두워지더니 땅이 금방이라도 무너질 것 같은 느낌이 들었습니다. 이블리스의 손자인 정령이 느닷없이 거대한 사자의 모습으로 나타난 것입니다. 우리는 공포에 질리고 말았습니다.

"이런 하룻강아지 같으니라고!"

공주는 사자의 모습을 한 정령을 보자 다짜고짜 혼을 냈습니다.

"네놈이 감히 흉측한 모습으로 나타나 나에게 겁을 주려고 하는 것이냐!"

"그러는 너야말로 우리가 서로 절대 간섭하지 않기로 한 약속을 깰 셈이냐?"

정령도 지지 않고 맞섰습니다.

"이 망할 정령아! 약속을 깬 쪽은 바로 너라고!"

공주가 소리쳤습니다.

"나를 괴롭힌 대가가 무엇인지 똑똑히 보여 주마."

사자는 말을 마치기 무섭게 큰 아가리를 벌려 공주를 삼키려고 달려들었습니다. 하지만 공주는 예상한 듯 몸을 틀어 사자의 공격을 피했고,

어느새 사자 갈기를 한 가닥 뽑아서 주문을 외웠습니다. 그러자 갈기 한 가닥이 시퍼런 칼로 변했고, 공주는 사자의 머리를 단칼에 뎅강 잘라 버렸습니다. 몸통은 어디로 갔는지 모르게 사라지고 사자 머리만 남았습니다. 머리는 곧바로 커다란 전갈로 변했습니다. 공주도 즉시 뱀으로 변해 전갈과 한바탕 치열한 싸움을 벌였습니다. 전갈은 점점 수세에 몰리자 이번에는 독수리로 변해 날아가 버렸습니다. 그 순간 뱀도 더 강한 독수리로 변신해 하늘로 솟구쳐 오르며 쫓아갔습니다. 두 독수리는 우리의 시야에서 사라지고 말았습니다.

우리는 모두 불안에 떨며 그 자리에서 꼼짝달싹하지 못하고 있었습니다. 그때였습니다. 땅이 갈라지더니 우리 앞에 얼룩 고양이가 털을 바짝 세우고 소름끼치게 울어 대면서 튀어나왔습니다. 바로 뒤에 늑대가 쫓아오더니 고양이를 거의 잡을 듯했습니다. 하지만 고양이는 다시 벌레로 변신해 나무에서 떨어진 석류 속으로 파고들어갔습니다. 석류는 호박만큼 크게 부풀어 오르더니 회랑 지붕 위로 두둥실 떠올랐습니다. 그러다가 다시 안뜰 바닥에 떨어져 박살이 났지요.

그사이 늑대는 수탉으로 변해 석류씨를 하나씩 쪼아 먹기 시작했습니다. 수탉은 씨를 다 먹고 우리 쪽을 향해 날개를 푸드덕거렸습니다. 마치 남은 씨가 더 없냐고 묻는 것 같았습니다. 그런데 별안간 수탉의 시선이 작은 수로 옆에 떨어진 씨앗 하나로 향했습니다. 수탉은 잽싸게 씨앗을 향해 돌진했지만, 부리로 쪼기도 전에 씨앗이 수로로 굴러떨어지더니 물고기로 변신했습니다. 수탉은 물고기를 쫓아가며 강꼬치고기로 변했습니다. 그들은 두 시간 동안 물속에서 쫓고 쫓기는 사투를 벌였습니다. 끔찍한 비명 소리가 들려왔지만 우리는 아무것도 볼 수 없었습니다.

정령과 공주는 한참 만에 물 밖으로 나와 원래 모습으로 돌아왔지만, 둘 다 입에서 화염을 토하는 바람에 혹시라도 궁전에 불이 옮겨붙지 않을까 노심초사했습니다. 우리는 곧 더 급박한 상황에 처하게 되었습니다. 정령이 엉겨 붙어 싸우던 공주를 뿌리치더니 우리 쪽으로 달려든 것입니다. 공주가 뒤따라 붙어 정령의 공격을 막지 않았다면 우리의 운명은 여기서 끝장날 뻔했습니다. 물론 피해가 없었던 건 아닙니다. 술탄은 수염이 불에 탔고 얼굴이 그슬렸습니다. 시종장은 재가 되고 말았습니다. 그리고 저는 불똥이 튀는 바람에 한쪽 눈을 잃었습니다. 저와 술탄이 이제 죽었구나 생각하고 있을 때 "이겼어요, 이겼어!" 하는 소리가 들려왔습니다. 공주의 목소리였습니다. 정령은 공주의 발밑에 한 줌의 잿더미로 변해 있었습니다.

공주는 비록 지쳐 있었지만, 아무 상처도 입지 않은 어린 시종에게 물 한 잔만 가져오라고 시켰습니다. 잔을 받아 든 공주는 주문을 외우더니 제 얼굴에 물을 뿌리며 말했습니다.

"마법에 걸려 원숭이로 변한 거라면 원래 인간의 모습으로 돌아와라."

저는 순식간에 다시 인간의 모습으로 돌아왔습니다. 물론 눈 한쪽은 여전히 돌아오지 못했지요.

공주에게 무릎을 꿇고 감사하다고 말하고 싶었지만, 공주는 제게 그럴 시간조차 주지 않고 아버지인 술탄에게 서둘러 말했습니다.

"아바마마, 저는 정령과 싸워서 이겼지만 너무 비싼 대가를 치르고 말았어요. 불길이 제 심장을 뚫고 들어가는 바람에 이제 얼마 살지 못해요. 제가 수탉으로 변했을 때 마지막 씨를 얼른 알아채고 먹었다면 이런 일은 없었을 텐데 말이에요. 정령은 최후의 발악을 한 것이었고, 그때까지도 저는 무사했었어요. 하지만 기회를 놓치면서 저는 어쩔 수 없이 불을 사용할 수밖에 없었고, 그렇게 정령에게 제가 한 수 위라는 사실을 보여 줬지요. 놈은 죽었지만, 저에게도 죽음이 빠르게 다가오고 있어요."

공주의 말을 들은 술탄은 흐느끼며 말했습니다.

"내 딸아! 지금 이 아비의 심정이 어떤지 아느냐! 내가 이렇게 살아 있는 게 신기할 따름이다. 시종장은 불에 타서 재가 되어 버렸고, 네가 구해 준 왕자도 한쪽 눈을 잃고 말았는데 말이야."

술탄은 목이 메어 더 이상 말을 잇지 못했습니다. 우리 모두 눈물만 흘릴 뿐이었습니다.

그런데 갑자기 공주가 비명을 질렀습니다.

"불에 타요, 제가 불에 타고 있어요!"

결국 죽음이 그녀를 견딜 수 없는 고통에서 벗어나게 했습니다.

부인, 제가 이 끔찍한 장면을 보고 얼마나 마음이 아팠는지 이루 말할 수 없습니다. 비명횡사한 공주의 희생으로 인간이 되느니 차라리 원숭이로 평생 살아가는 게 낫겠다고 생각했습니다. 딸을 잃은 술탄도 슬픔을 가누지 못했고 공주를 존경하던 신하들도 함께 애통해했습니다. 이레 동안 온 나라가 공주의 장례를 치렀고, 재가 된 공주의 시신이 안장된 거대한 묘가 조성되었습니다.

공주의 장례가 끝난 뒤 중병에서 어느 정도 회복된 술탄은 저에게 사람을 보냈습니다. 정중하지만 솔직하게 이야기를 전하더군요. 저의 존재가 딸의 죽음을 생각나게 할 테니 왕국에서 떠나 다시는 돌아오지 말라는 부탁이었습니다. 저는 당연히 술탄의 명령에 복종했고, 제 신분을

감추고자 수염과 눈썹과 머리를 밀고 탁발
승의 옷을 입었습니다. 정처 없이 여러 나
라를 떠돌아다니다가 '신자들의 사령관'*

* 군 통수권자로서의 칼리프
를 상징하는 칭호로, 2대 칼리
프 우마르 때부터 사용되었다.

이신 칼리프를 만나 뵙고자 여기 바그다드에 오기로 결정했습니다.

부인, 여기까지가 제 이야기입니다.

폐하, 이제 세 번째 탁발승이 자신의 이야기를 들려줬습니다.

세 번째 탁발승 이야기

제 이야기는 앞선 두 탁발승의 이야기와는 많이 다릅니다. 두 사람은 운
명의 장난으로 한쪽 눈을 잃었지만, 저는 제 잘못으로 애꾸가 되었으니
까요.

제 이름은 아기브입니다. 카시브라고 불리는 왕의 아들이지요. 부왕
은 큰 나라를 통치했고 그 수도는 세상에서 가장 아름다운 항구도시였
습니다.

아버지의 뒤를 이어 왕위에 올랐을 때, 저는 먼저 내륙 지방을 둘러
봤습니다. 그다음으로는 민심을 얻기 위해 수많은 섬을 돌아다녔지요.
섬을 순회하며 항해의 재미를 맛보고, 곧 좀 더 먼 바다로 나가고 싶어
져 큰 배들로 이루어진 함대를 준비하라고 명령했습니다. 어느 정도 준

비가 되자 저는 탐험을 시작했습니다. 처음 40일 동안은 바람도 알맞고 날씨도 좋았습니다. 하지만 41일째 되는 날 밤부터 폭풍우가 몰아쳐 무려 10일 동안 거친 바다 위를 표류했습니다. 조타수는 방향을 잡지 못해 당황하고 있었습니다. 한 선원이 주위에 섬이 보이는지 확인하려고 돛대 꼭대기에 올라갔습니다. 그는 바다와 하늘밖에 보이지 않았지만 배 뒤쪽에 크고 거무스름한 것이 보인다고 보고했습니다.

이 말을 듣자 얼굴이 하얗게 질린 조타수는 가슴을 치며 저에게 이렇게 말하더군요.

"아이고, 폐하. 우리는 망했습니다. 망했다고요!"

조타수는 몸을 부르르 떨었습니다. 시간이 지나 조금 안정을 찾은 그에게 저는 무슨 이유로 그렇게 무서워하는지 물었습니다. 그러자 조타수는 우리가 항로를 너무 벗어난 바람에 내일 정오 즈음에는 저 거무스름한 것 가까이에 이르게 될 것이라고 했습니다. 그것은 바로 '검은 산'이었습니다. 이 산은 자석 광산이라서 배에 있는 모든 쇠붙이와 못을 끌어당긴다고 했습니다. 우리가 검은 산에 가까이 가면 자력磁力 때문에 배에 있는 모든 쇠붙이와 못이 뽑혀 나가 산에 철썩 달라붙을 것이고, 그러면 배는 그대로 와해되어 바다 밑으로 가라앉을 것이라 했습니다. 바다 쪽을 향하고 있는 산비탈이 시커멓게 보이는 이유가 바로 이것이었습니다.

그는 계속해서 설명했습니다. 산비탈은 매우 가파르고, 정상에는 기둥들이 받치고 있는 청동 돔이 하나 있다고 하더군요. 돔 꼭대기에는 청동으로 된 기마상이 서 있다고 했습니다. 기사는 상체에 갑옷을 두르고 있는데, 그 위에는 이상한 문구가 새겨져 있다고 말했습니다. '이 청동상이 돔 위에 있는 한, 배들은 산 밑에서 죽음을 피하지 못할 것'이라고 적혀 있다는 것입니다.

말을 하던 조타수는 다시 울음을 터뜨리기 시작했습니다. 다른 선원들도 인생의 마지막 시간이 다가오고 있다고 느꼈고, 그래서 동료들끼리 서로 유서를 써서 주고받았습니다.

다음 날 아침, 조타수의 예측대로 우리는 검은 산에 가까이 끌려갔고 배에 있던 모든 못과 쇠붙이가 뽑혀서 산으로 날아가 버렸습니다. 못과 쇠붙이는 무시무시한 소리를 내며 산에 철썩철썩 달라붙었습니다. 배는 산산이 조각나 바닷속으로 가라앉았고 선원들도 물에 빠져 죽었습니다. 저 혼자 둥둥 떠다니는 널빤지를 간신히 붙잡고 해안으로 떠밀려 갔습니다. 신기하게 아무 상처도 입지 않았습니다. 저는 다행히 산꼭대기로 이어지는 계단이 시작되는 곳에 상륙했습니다. 계단 좌우에는 사람이 발을 디딜 만한 공간이 전혀 없었습니다. 계단조차 너무 좁고 가파른 탓에 조금이라도 세찬 바람이 불어왔다면 저는 분명 바다로 빠졌을 겁니다.

산 정상에 이르니 조타수가 말한 그대로 청동 돔과 그 위의 청동상을 볼 수 있었습니다. 하지만 너무 피곤하고 지쳐 있던 저는 그것들을 슬쩍 보기만 했을 뿐 그대로 돔 밑으로 들어가 순식간에 잠에 빠져들고 말았습니다. 꿈을 꿨는데, 어느 노인이 나타나 저에게 이렇게 말하더군요.

"아기브, 잘 들어라. 잠에서 깨면 바로 발밑을 파 봐라. 그러면 청동으로 만든 활과 납으로 만든 화살 세 개가 있을 거다. 기마상에 대고 화살을 쏘아라. 그러면 기사는 바다로 굴러떨어질 것이고, 말은 네 옆으로 쓰러질 것이다. 활과 화살을 파냈던 곳에 말을 묻어라. 이렇게 하면 바다가 일어나 산을 덮을 것이다. 물이 차오르면 금속으로 된 어떤 사람이 양손에 노를 들고 작은 배를 타고 너에게 올 것이다. 너는 배에 올라타 그 사람이 가는 대로 따라가면 된다. 무사히 고국으로 돌아가더라도 절대로 알라신의 이름을 입에 올려서는 안 된다."

노인의 말이 끝나자 꿈에서 깨어난 저는 안도의 한숨을 내쉬었습니다. 곧장 땅을 파서 활과 화살을 꺼냈습니다. 세 번째 화살까지 쏘니 기사는 요란한 소리와 함께 바다에 빠졌고 순식간에 바닷물이 차올랐습니다. 말을 땅속에 묻자 한 사내가 탄 배 한 척이 저에게 다가왔습니다. 저는 말없이 배 위에 올라타 앉고 아흐레 동안 쉬지 않고 노를 저었습니다. 수평선 너머에 육지가 보이기 시작했습니다. 저는 너무 기쁜 나머지 노인이 한 말을 잊고는 이렇게 말해 버렸습니다.

"알라신께 찬미를! 알라신께 찬미를!"

말이 채 끝나기도 전에 배와 사내는 물속으로 가라앉았습니다. 저는 혼자 물 위에 둥둥 떠 있었습니다. 가장 가까운 육지까지 가기 위해 밤낮으로 헤엄쳤지만 기력이 소진되어 이젠 틀렸다고 생각하고 있을 때, 갑자기 강한 바람이 일더니 집채만 한 파도가 저를 휩쓸어 해안가에 던져 놓았습니다. 안전하게 땅으로 올라온 저는 곧바로 옷을 벗어 햇볕에 말려 두었고, 따뜻한 땅 위에 몸을 눕히고 휴식을 취했습니다.

다음 날 아침, 다시 옷을 주워 입고 제가 어디에 있는지 살펴보기 시작했습니다. 이 섬에는 저만 있는 것 같았습니다. 과일나무가 울창하고 샘물도 흐르는 천혜의 자연환경이었지만 고국에서는 상당히 떨어져 있는 듯했습니다. 그런데 의기소침할 시간도 없이 이 섬으로 다가오고 있는 배 한 척이 보였습니다. 그 배에 탄 사람들이 친구일지 적일지 알 수

거꾸러지는 청동 기마상

없어 저는 굵은 나무 뒤로 숨었습니다.

배가 작은 포구로 들어오더니, 거기서 열 명가량의 노예가 삽과 곡괭이를 들고 내렸습니다. 노예들은 섬 중심부로 가서 한참 땅을 판 뒤에 작은 문 같은 것을 열었습니다. 다시 배로 돌아가 두세 차례 각종 가구와 식량을 날랐습니다. 마지막에는 노인 한 명과 열네댓 살 먹은 잘생긴 소년을 데리고 나왔습니다. 그들은 모두 작은 문 안으로 들어갔고, 몇 분 뒤에 도로 올라왔는데 아까 그 소년은 보이지 않았습니다. 노예들은 문을 닫고 원래대로 다시 흙을 덮었습니다. 일을 마친 사람들은 또 배를 타고 바다로 향했습니다.

배가 시야에서 사라지자마자 저는 나무 뒤에서 나와 소년이 매장되어 있는 곳으로 달려갔습니다. 땅을 파니 고리가 달린 큰 돌이 나왔습니다. 돌을 들어 올리자 아래 공간으로 이어지는 돌계단이 보였습니다. 계단을 따라 내려가니 화려한 양탄자와 가구로 꾸며진 큰 방이 있었습니다. 태피스트리로 장식된 쿠션 위에 앉아 있던 소년은 이런 곳에 웬 낯선 사내가 나타나자 잔뜩 겁에 질린 표정이었습니다. 저는 소년을 안심시키려고 곧장 입을 열었습니다.

"그대가 누구인지 모르겠지만, 놀라지 마시오. 나는 한 나라의 왕이자 왕의 아들이기도 하오. 따라서 그대를 해치지 않을 것이오. 오히려 생매장된 그대를 이 무덤에서 꺼내 줄 수 있을지도 모르오."

제 말에 소년은 안심하는 표정을 지으며 말했습니다.

"왕자님, 제가 이곳에 갇힌 이유를 들으시면 너무도 기이해 아마 놀라실 겁니다. 아버지는 토지와 배, 보석 등을 많이 가진 부자 상인이었습니다. 하지만 재산을 물려줄 자식이 없어 늘 안타까워하셨지요. 그러던 어느 날 아버지는 다음 해에 아들이 태어나는 꿈을 꿨습니다. 실제로 제가 태어나자 왕국 안에 있는 모든 점성술사를 찾아가 운세를 물었지요. 그런데 하나같이 동일한 이야기를 했습니다. 아들이 아무 탈 없이 살다가 열다섯 살이 되면 위험에 처하는데 피할 길이 없다고 말입니다. 하지만 그 위기만 잘 지나가면 장수할 수 있다고 했습니다. 이에 덧붙여 '검은 산' 꼭대기에 있는 청동 기마상을 카시브 왕의 아들인 아기브가 쓰러뜨릴 것인데, 그날로부터 50일 후에 그가 저를 죽일 것이라고 했습니다! 이 예언에 아버지는 큰 충격과 고통에 빠지셨습니다. 그럼에도 저를 정성스럽게 교육시키셨지요. 얼마 전에 저는 열다섯 번째 생일을 맞았습니다. 그리고 바로 어제, 아버지는 아기브 왕자가 열흘 전에 청동 기마상을 바다에 빠뜨렸다는 소식을 전해 들었습니다. 그래서 저를 미리 만들어 놓은 이 지하실에 숨기고 40일이 지난 다음에 다시 꺼내 주겠노라고 약속하셨습니다. 저는 두렵지 않습니다. 제아무리 아기브 왕자라도 저를 찾아 여기까지 올 리는 없을 테니 말입니다."

소년의 이야기를 듣는 동안 저는 제가 이 순진한 아이를 죽일 것이라는 괴상망측한 예언을 속으로 비웃었습니다. 저는 그 소년과 잘 지낼 뿐만 아니라 보호해 주겠다는 약속도 했습니다. 소년의 아버지가 돌아오면 그 배를 타고 고국으로 돌아가게 해 달라고 부탁까지 했지요. 그리고 소년이 놀랄까 봐 제가 아기브 왕자라는 사실을 굳이 알리지 않았습니다.

우리는 이런저런 대화를 나누며 여러 날을 함께 보냈습니다. 저는 그가 재치도 있고 똑똑한 젊은이라는 걸 알게 되었습니다. 그래서 그의 하인이 되기로 자처하면서 대야에 세숫물을 받아 주고 식사 때는 식탁에 음식도 차려 줬습니다. 소년은 곧 저를 좋아하게 되었고, 그렇게 우리는 39일 동안 즐거운 시간을 보냈습니다.

우리가 만난 지 40일이 되는 날 아침, 소년은 죽음의 운명이 비켜 가는 것에 무척 기뻐하며 감사했습니다.

"아버지께서 곧 오실 거예요. 목욕할 수 있게 더운물을 준비해 줄 수 있나요? 깨끗한 옷으로 갈아입고 아버지를 맞을 준비를 해야겠어요."

저는 소년의 분부대로 물을 준비했고 심지어 씻겨 주기까지 했습니다. 목욕이 끝난 뒤 소년은 나른했는지 다시 침대로 들어가 잠을 청했지요. 다시 잠에서 깨어났을 때, 소년이 저에게 멜론과 설탕을 가져다달라고 말했습니다. 먹고 다시 기운을 좀 차리려고 했던 거지요.

저는 좋은 멜론 하나를 골랐는데, 그걸 자를 칼이 보이지 않았습니다. 두리번거리는 저를 보면서 소년이 말했습니다.

"내 머리 위에 있는 코니스(천장 가장자리를 장식하기 위해 돌려댄 띠)를 한 번 보세요. 거기에 칼이 있을 거예요."

칼이 놓인 위치가 높아서 저는 침대 덮개 위로 무릎을 꿇고 올라가야 했습니다. 아슬아슬하게 칼은 잡았지만 그 자리에서 미끄러지는 바람에 그만 들고 있던 칼로 소년의 심장을 찌르고 말았습니다.

저는 이 끔찍한 상황에 놀라 미친 듯이 비명을 질렀습니다. 너무나 슬퍼서 바닥을 구르며 옷을 찢고 머리를 쥐어뜯었습니다. 그의 아버지를 만나면 살인자로 처벌받을 게 뻔했으므로 출입구를 막고 있던 돌문을 열고 나와서 재빨리 다시 문을 닫고 흙을 덮었습니다.

이 일을 거의 마칠 즈음 바다 저편에서 배 한 척이 섬을 향해 다가오고 있었습니다. 결백을 증명할 도리가 없던 저는 다시 근처 나무 뒤로 몸을 숨겼지요.

배가 섬에 도착하자 노인과 그의 노예들은 서둘러 지하 방 입구로 걸어갔습니다. 그들은 입구에 있던 흙이 파헤쳐진 흔적을 보고 안색이 변했습니다. 조용히 문을 열고 아래로 내려가 소년의 이름을 불렀습니다. 잠시 아무 소리도 들리지 않았습니다. 그러다가 갑자기 찢어질 듯한 비명 소리가 공기를 타고 전해졌습니다. 곧 노예들이 기절한 노인을 데리고 방 밖으로 나왔습니다. 노인을 제가 숨어 있던 나무의 그늘에 눕혔지요. 온갖 애를 써서 깨우려 했지만 노인은 꼼짝도 하지 않았습니다. 노인이 의식을 되찾았을 때 노예들은 무덤을 파고 있었습니다. 그들은 거기에 소년의 시신을 묻고 다시 흙을 덮었습니다.

그런 다음 노예들은 지하실에 있던 가구들을 모두 꺼내 배에 실었습니다. 그리고 나뭇가지를 엮어서 들것을 만들어 거동이 불편한 노인을 배로 옮겼습니다. 배는 돛을 펴고 바다로 멀어져 갔습니다.

그렇게 저는 또 혼자가 되었습니다. 한 달 동안 날마다 섬을 어슬렁거리며 탈출할 방법을 모색했지요. 그러던 어느 날 해수면이 낮아졌는지 제가 갇혀 있던 섬의 면적이 훨씬 커졌고, 섬에 인접해 있던 본토와의 거리가 매우 가까워진 듯했습니다. 저는 가슴이 두근거리기 시작했습니다. 좀 더 관찰해 보니 본토와 섬 사이에 있는 바다가 걸어서 건널 수 있을 만큼 얕아 보였습니다.

개펄과 바닷속 모래를 밟으며 섬에서 본토까지 먼 거리를 걸었습니다. 다시 마른땅을 밟을 즈음에는 이미 많이 지쳐 있었습니다. 그때 저 멀리 붉은 구리로 지어진 성이 제 눈을 사로잡았습니다. 처음에는 불이 활활 타오르고 있는 줄 알았지요. 전 최대한 서둘러 발걸음을 옮겼습니다. 열심히 걸어서 성 앞에 도착했을 땐, 감탄을 금치 못했습니다. 이제 껏 본 건물 중에 가장 훌륭했기 때문입니다. 넋을 놓고 성을 바라보고 있는데 덩치 큰 노인이 젊은이 열 명과 함께 나타났습니다. 젊은이들은 모두 미남이었고 특이하게도 오른쪽 눈이 애꾸였습니다.

오른쪽 눈이 먼 사람 열 명이 함께 걸어오는 장면은 구리로 만든 성 만큼이나 흔치 않은 광경이었습니다. 무슨 기막힌 사연으로 저들이 함 께 모여 있을까 궁금해하고 있는데, 그들이 저를 반갑게 맞아 주면서 어 떻게 여기까지 오게 되었는지 물었습니다. 저는 이야기가 좀 길어서 모 두 자리에 앉으면 기꺼이 들려주겠다고 했지요. 제 사연을 모두 들은 젊 은이들은 성으로 함께 가자고 청했고, 저는 흔쾌히 받아들였습니다.

우리는 수없이 늘어선 방을 지나서 큰 홀에 들어갔습니다. 홀 안에 는 열 명의 젊은이들을 위한 푸른색 소파가 놓여 있었는데, 소파는 의 자뿐 아니라 침대 역할도 했습니다. 중앙에는 노인을 위한 소파가 따로 마련되어 있었지요. 소파 여분이 없어서 그들은 저를 바닥에 깔린 양탄 자 위에 앉혔습니다. 그리고 무엇을 보더라도 질문하지 말라고 당부했 습니다.

조금 있다가 노인이 일어나 저녁 식사를 가져왔고, 배가 고픈 저는 허겁지겁 열심히 먹었습니다. 저녁 식사가 끝나자 젊은이 중 하나가 아 까 해 준 이야기가 너무 놀라우니 다시 들려달라고 하더군요. 이야기를 끝마쳤을 때 젊은이들은 이제 자야 할 시간이라며 노인에게 뭔가를 가 져오라고 했습니다. 그러자 노인은 밀실에 들어가서 푸른 천으로 덮인 대야 열 개를 꺼내 왔습니다. 그러더니 젊은이들에게 대야와 불붙이개 를 하나씩 나눠 줬습니다.

푸른 천을 벗긴 대야에는 재와 석탄가루, 그을음이 담겨 있었습니다. 젊은이들은 이것을 한데 섞더니 머리와 얼굴에 온통 칠했습니다. 그러고 나서 가슴을 치고 통곡하며 이렇게 소리쳤습니다.

"이것은 우리의 게으름과 악함의 결과다!"

기이한 의식은 밤을 꼬박 새며 치러졌습니다. 의식이 끝나자 그들은 아무렇지도 않은 듯 얼굴을 깨끗이 씻고 새 옷으로 갈아입은 뒤 잠자리에 들었습니다.

이 광경을 지켜보고 있던 저는 무슨 일인지 궁금해 미칠 지경이었지만 입을 꾹 다물고 있었습니다. 그러나 다음 날 우리가 산책을 나갔을 때 저는 이렇게 말했습니다.

"여러분, 더 이상 여러분과의 약속을 지키지 못하겠습니다. 입이 근질거려서 미쳐 버릴 것 같아요. 여러분은 멀쩡한 분들 같은데 왜 미친 사람들처럼 이상한 행동을 하셨습니까. 제가 무슨 일을 당하더라도 이 질문만은 꼭 해야겠습니다. 도대체 왜 얼굴에 검은 칠을 하는 겁니까? 그리고 어째서 모두 한쪽 눈을 잃게 되었습니까?"

하지만 그들은 저와 상관없는 질문은 하지 말라고 했고, 그냥 신경 쓰지 말고 마음을 편히 먹으라고만 했습니다.

그날 우리는 다른 이야기를 나누며 하루를 보냈습니다. 그런데 밤이 되자 젊은이들은 어제와 똑같은 의식을 치렀습니다. 저는 정말 간절하게 이 모든 게 대체 무엇을 의미하는지 알려 달라고 애원했습니다.

그러자 그들 중 하나가 대꾸했습니다.

"우리가 질문에 대답하지 않는 건 순전히 당신을 위해서입니다. 우리가 처한 불행한 운명으로부터 당신을 지켜 주려고 그런 것입니다. 하지만 그럼에도 우리와 운명을 같이하고 싶다면 우리도 어쩔 도리가 없군요.”

저는 궁금증을 해소할 수만 있다면 어떤 결과도 받아들일 준비가 되어 있다고 대답했습니다. 그러자 그는 제가 눈을 잃을 수도 있다고 말해 줬습니다. 그리고 이미 정원이 차서 자기들과 함께할 수 없다고 했습니다. 저는 이들과 떨어지고 싶지 않지만 그래도 제 결심을 뒤집지는 않겠다고 약속했습니다.

젊은이 열 명은 저의 확고한 결심을 듣더니, 양 한 마리를 잡아 죽인 다음 그 칼을 저에게 건넸습니다. 머지않아 쓸모가 있을 거라면서요.

“우리는 당신을 양가죽 안에 넣고 꿰맬 것입니다. 그러면 ‘로크’라는 거대한 새가 와서 양의 가죽을 쓴 당신을 낚아채서 하늘 높이 올라갈 겁니다. 그렇다고 놀랄 필요는 없습니다. 이 새는 당신을 어느 산꼭대기에 안전하게 올려놓을 테니까요. 당신을 땅에 내려놓으면 칼로 양가죽을 찢고 나오세요. 로크는 당신을 보자마자 놀라서 날아가 버릴 거예요. 그럼 산을 내려오세요. 온갖 금과 보석으로 치장된 성이 보일 것입니다. 성문은 항상 열려 있으니 그냥 들어가면 됩니다. 그런데 여기서 우리가 무엇을 봤고 우리에게 무슨 일이 일어났는지 묻지는 마십시오. 직접 가면 알게 되니까요. 다만 해 줄 수 있는 이야기는 거기에 간 탓에 우리가 애꾸눈이 되었고, 매일 밤 이렇게 속죄 의식을 치르게 되었다는 것입니다.”

젊은이들은 저를 양가죽 안에 넣고 힘들여 가죽을 꿰매고는 자신들의 거처로 돌아갔습니다. 얼마 있다가 로크가 나타나 큰 발톱으로 저를 낚아채 산꼭대기에 올려놓았습니다. 이 거대한 흰 새는 코끼리도 자기

둥지로 옮길 정도로 힘이 무척 강하다고 알려져 있습니다.

제 발이 땅에 닿는 순간 저는 칼로 양가죽을 찢고 빠져나왔습니다. 로크는 저를 보자마자 놀라 큰 날개를 퍼덕이며 날아가 버렸습니다. 그 뒤로 저는 젊은이들이 말한 성을 찾기 시작했습니다.

반나절을 헤맨 끝에 전혀 상상치도 못한 아름다운 성을 발견하게 되었습니다. 성문을 들어서니 넓은 정사각형 뜰이 나타났습니다. 희귀한 나무로 만든 아흔아홉 개의 문과 금으로 만든 문 하나가 뜰 주위를 에워싸고 있었습니다. 열려 있는 각각의 문 안으로는 훌륭한 정원과 풍성한 창고가 얼핏 보였습니다.

저는 바로 앞쪽에 보이는 열린 문으로 들어갔습니다. 문 안쪽에는 넓은 홀이 있었는데, 그곳엔 예쁘게 차려입은 완벽한 미모의 여인들 마흔 명이 의자에 기대앉아 있었습니다. 그들은 저를 보자마자 일어나 반갑게 환영 인사를 하며 맞아 줬습니다. 왠지 제가 그 여인들보다 형편없는 사람 같다는 생각이 들었지만, 그들은 저를 데려다가 자신들보다 높은 자리에 앉게 했습니다. 이뿐만이 아니었습니다. 한 명은 저에게 멋진 옷을 입혀 줬고, 또 다른 여인은 대야에 은은한 향기가 나는 물을 받아와 제 손을 씻겨 줬습니다. 다른 사람들은 제가 먹을 진수성찬을 준비하느라 분주했습니다. 별미 음식과 귀한 포도주를 먹고 마신 뒤, 여인들은 저를 둘러싸고 제 모험담을 들려달라고 애걸복걸했습니다.

지금까지 겪은 일을 이야기하고 나니 어느새 날이 어둑해졌습니다. 여인들은 엄청나게 많은 촛불을 들고 방 안으로 들어왔는데, 오히려 낮 시간보다 더 밝은 듯했습니다. 우리는 말린 과일과 육포 등 다양한 안주와 술로 저녁을 먹은 뒤, 노래하고 춤추며 즐거운 시간을 보냈습니다.

얼마나 재미있던지 시간이 어떻게 가는지 모를 정도였습니다. 한 여인이 자정이 다 되었다고 알려 주고 나서야 저는 잠자리에 들어야겠다고 생각하게 되었습니다. 그녀는 저를 따로 마련한 방으로 안내했습니다. 잘 자라는 인사와 함께 저는 단잠에 빠졌습니다.

이후 서른아홉 날을 첫날과 다름없이 즐겁고 호사롭게 보냈습니다. 마흔 번째 되는 날 아침에도 여인들은 제 방에 들어와 안부 인사를 전했는데, 평소처럼 밝고 웃는 표정이 아니라 눈물을 흘리는 모습을 보였습니다.

"왕자님, 우리는 이제 떠나야 해요. 우리에게 힘든 일이 이것 말고 또 뭐가 있겠어요. 아마 우리는 다신 보지 못할 수도 있어요. 다만, 왕자님이 충분한 절제력을 가지고 있다면 또 다른 만남을 기대해 볼 수는 있어요."

"여인들이여, 지금 무슨 이상한 소리를 하고 있는 것이오? 이해할 수 있게 설명 좀 해 보시오."

그러자 여인들 중 한 명이 말했습니다.

"좋아요. 말씀드릴게요. 사실 우리는 왕의 딸들입니다. 왕자님이 보시다시피 이 성에서 함께 지내고 있지요. 하지만 매년 이맘때가 되면 마흔 날 동안 우리가 해야 할 어떤 의무 때문에 이곳을 떠나 있어야 해요. 그 의무는 밝힐 수 없습니다. 떠나기 전에 열쇠 꾸러미를 드리고 갈게요. 방마다 하나씩 열어 보면 우리가 없는 동안에도 심심하지는 않을 거예요. 다만 한 가지만 부탁할게요. 왕자님의 평안과 행복을 위해 '황금문'만큼은 절대 열어서는 안 됩니다. 그 문이 한 번 열리면 우리는 영원히 작별을 고해야 한답니다."

여인들에게 대접받는 아기브

저는 눈물을 흘리며 약속을 반드시 지키겠다고 장담했습니다. 여인들은 저를 꼭 안아 준 뒤에 길을 떠났습니다.

저는 매일 두세 개씩 새로운 방문을 열어 봤습니다. 방마다 온갖 진기한 것들이 가득해 여인들이 없어도 따분할 틈이 없을 정도였습니다. 어떤 방에는 과일을 심어 놓은 정원이 펼쳐져 있었습니다. 제 부왕이 가꾸는 정원의 과일과는 비교도 할 수 없을 정도로 크고 싱싱한 과일이 열려 있었습니다. 또 어떤 방에는 장미, 재스민, 수선화, 히아신스, 아네모네 등을 비롯해 이름 모를 수천 가지 꽃들이 만발해 있었습니다. 그 외에도 온갖 종류의 아름다운 새들이 지저귀는 새장이 있었고, 진귀하고 영롱한 보석들을 쌓아 놓은 창고 방도 있었습니다. 어느 방의 문을 열든 완벽한 세계가 펼쳐져 있었습니다.

서른아홉 날은 제가 생각했던 것보다 빨리 지나갔고, 이제 공주들이 성으로 돌아오기로 한 날이 밝았습니다. 황금 문을 제외하고 모든 방의 문을 열고 돌아봤기 때문에 이제 더 이상 저에게 즐거움을 줄 만한 것이 없었습니다. 저는 그 금지된 장소 앞에서 아름다운 황금 문을 바라보며 서 있었습니다. 그러다가 좋은 생각이 떠올랐습니다. 문만 열어 놓고 방 안으로 들어가지 않는 것이었습니다. 안에 펼쳐진 놀라운 세계를 밖에서 눈으로 보는 것만으로 충분히 즐거울 것 같았습니다.

그래서 제 양심을 부정하며 황금 문의 열쇠를 돌렸습니다. 문을 열자마자 어떤 기분 좋은 냄새가 저를 덮쳤고, 저는 문턱을 넘다가 그만 기절하고 말았습니다. 이 순간에도 경각심을 갖기보다 잠시 신선한 공기를 마시며 정신을 차린 뒤 방 안으로 돌진했습니다. 방은 넓었고 천장은 아치형이었습니다. 황금 촛대 위 불을 밝힌 양초에서는 알로에와 용연향*이 향내를 풍겼습니다. 천장에는 황금과 은으로 만든 등이 실내를 환하게 밝히고 있었습니다.

이런 진기한 물건들이 방 안에 가득했지만, 저는 한쪽에 있는 검은 말에 유난히도 눈이 갔습니다. 제가 본 어떤 짐승보다도 멋지고 잘생긴 말이었습니다. 말은 놀라운 솜씨로 제작된 커다란 황금 안장과 황금 재갈로 치장되어 있었습니다. 여물통 한쪽 칸에는 깨끗한 보리와 깨가 담겨 있었고, 다른 칸에는 장미수가 채워져 있었습니다. 저는 말을 바깥으로 끌어낸 다음 안장에 폴짝 올라타 고삐를 흔들었습니다. 하지만 녀석은 전혀 움직일 생각을 하지 않았습니다. 마구간에서 가져온 회초리로 살짝 때리자, 통증을 느낀 말은 숨겨 두었던 날개를 활짝 펴더니 저를 태우고 하늘로 곧장 날아올랐습니다. 꽤 높은 곳까지 올라간 뒤에 다시 땅으로 재빨리 내려왔습니다. 어느 성의 테라스 위로 내려왔는데, 말이 심하게 요동치는 바람에 저는 안장 밖으로 내동댕이쳐졌습니다. 그리고 말이 휘두른 꼬리가 제 오른쪽 눈을 후려쳤습니다.

저는 거의 반 기절한 상태가 되었습니다. 다시 몸을 일으켰을 때, 문득 열 명의 젊은이가 경고했던 말이 생각났습니다. 말은 하늘 위 구름 속으로 사라져 버렸습니다. 저는 테라스를 벗어나 헤매다가 어느 홀에 이르렀습니다. 푸른색 소파 열 개가 놓여 있었습니다. 다름 아닌 로크에게 납치되기 전에 머물렀던 그 홀이었습니다.

처음에 들어갔을 때는 열 명의 젊은이들이 없었습니다. 그러나 곧 노인과 함께 젊은이들이 홀로 들어왔습니다. 저를 반갑게 맞아 줬지만 제가 겪은 불행에 대해 놀라는

* 향유고래에서 채취하는 송진 비슷한 향료. 사향(머스크)과 같은 향기가 있다.

테라스에 아기브를 두고 날아가는 검은 말

기색은 별로 보이지 않았습니다. 그들은 제게 이렇게 말했습니다.

"당신이 겪은 모든 일을 우리도 겪었습니다. 공주들이 없는 동안 황금 문을 열지 않았더라면 우리는 여전히 행복한 나날을 보내고 있을지도 모릅니다. 당신 또한 우리처럼 현명하지 못해서 결국 우리와 똑같은 형벌을 받게 되었지요. 여기서 우리와 함께 지내면서 고행을 했으면 하는 마음입니다. 하지만 이미 말씀드렸듯이 정원이 가득 차서 그건 불가능합니다. 그러니 여기를 떠나서 바그다드의 궁정으로 가세요. 거기서 당신의 운명을 결정해 줄 분을 만날 수 있을 겁니다."

그들은 저에게 가는 길을 알려 주며 작별 인사를 했습니다.

오는 길에 저는 수염과 눈썹과 머리를 삭발하고 탁발승의 옷을 입었습니다. 긴 여정 끝에 오늘 저녁 이 도시에 도착해 성문에서 나와 같은 처지가 된 두 탁발승을 만난 것입니다. 우리는 모두 같은 쪽 눈이 애꾸가 된 것에 놀랐습니다. 하지만 어쩌다 이런 불행을 겪게 되었는지 길게 이야기할 여유는 없었지요. 부인들께 호의를 베풀어 주시기를 간청할 시간밖에는 없었습니다. 그리고 이렇게 저희를 따뜻하게 맞아 주셨고요.

세 번째 탁발승이 이야기를 마치자, 조베이다가 세 탁발승에게 말했습니다.

"여러분이 가고 싶은 곳 어디든 가세요. 세 사람 모두 용서하겠습니다. 단, 지금 당장 이 집을 떠나길 바랍니다."

항해자
신드바드의 모험

칼리프 하룬 알 라시드가 통치하던 시절, 바그다드에 힌드바드라는 가난한 짐꾼이 살고 있었습니다. 무더운 어느 날, 힌드바드는 도시 이 끝에서 저 끝으로 무거운 짐을 나르고 있었습니다. 아직 반도 채 오지 않았는데 벌써 지친 기색이 역력했지요. 그러다 어디선가 산들바람이 불어오고 바닥에는 장미수가 뿌려져 있는 곳에 이르렀습니다. 그는 근처 저택 앞 그늘에 짐을 내려놓고 자리에 앉았습니다. 휴식을 취하는 데 이보다 더 좋은 장소는 없다고 생각했지요.

열려 있는 저택 창문에서 퍼지는 알로에 향과 달콤한 향내가 길 위에 뿌린 장미수 향기와 한데 어우러졌습니다. 저택 안에서는 온갖 악기로 연주하는 흥겨운 음악이 흘러나왔고, 새들이 즐겁게 지저귀는 소리도 들려왔습니다. 식탁에 가득한 산해진미에서 풍기는 맛있는 냄새가 코를 자극하고 입안 가득 군침이 돌게 했습니다. 짐꾼은 저택 안에서 한바탕 잔치가 벌어지고 있는 게 분명하다고 생각했습니다. 이 앞을 좀처럼 다닐 일이 없던 그는 태어나서 처음 본 이 멋진 저택엔 과연 어떤 사람이 살고 있는지 궁금해졌습니다. 궁금증을 풀기 위해 화려하게 차려입고 저택 앞에 서 있는 하인들에게 다가갔지요. 그중 한 명에게 저택 주인의 이름이 무엇인지 물었습니다.

"뭐라고요? 바그다드에 산다면서 태양이 비치는 모든 바다를 돌아다닌 그 유명한 항해자 신드바드를 모른다고요?"

하인은 놀란 눈을 하고 반문했습니다.

짐꾼도 엄청난 부자인 신드바드의 이름을 익히 들어 알고 있었습니다. 비참한 자신의 처지와 비교하니 신드바드를 부러워할 수밖에 없었습니다. 그는 하늘을 바라보며 크게 소리 질렀습니다.

"만물을 지으신 창조주여, 보십시오. 신드바드와 저의 인생이 이렇게나 다르지 않습니까. 저는 매일 뼈 빠지게 일해도 제 가족에게 형편없는 빵 쪼가리 하나 먹이기 힘든 상태입니다. 그런데 저 운 좋은 신드바드는 온 천지에 돈을 펑펑 쓰고 호강하면서 살고 있습니다! 대체 그 사람은 무슨 일을 했기에 이런 좋은 팔자를 허락하시고, 저는 이런 고달픈 인생을 살게 하십니까?"

짐꾼은 고통과 절망에 빠져 이성을 잃은 사람처럼 발로 땅을 쿵 하고 굴렀습니다. 바로 이때 저택에서 하인 한 명이 나와 그의 팔을 잡고 말했습니다.

"저를 따라오시죠. 주인님께서 하실 말씀이 있다고 하십니다."

힌드바드는 갑작스러운 부름에 적잖이 놀랐습니다. 방금 전에 아무렇게나 내뱉은 말이 신드바드의 심기를 건드린 건 아닌지 걱정되었습니다. 그래서 길거리에 자기 짐을 놔두고 그냥 갈 수 없다며 에둘러 핑계를 댔습니다. 하인은 짐은 알아서 맡아 줄 테니 걱정하지 말고 어서 들어가라고 재촉했고, 짐꾼은 어쩔 수 없이 저택 안으로 들어가게 되었습니다.

그는 하인을 따라 어마어마하게 큰 홀에 이르렀습니다. 거기에는 수많은 사람들이 온갖 귀한 재료로 만든 좋은 음식이 가득한 식탁에 둘러앉아 있었습니다. 상석에는 풍채 좋고 범상치 않은 인물이 흰 수염을 길게 늘어뜨리고 앉아 있었습니다. 뒤에는 많은 하인들이 시중을 들고 있었습니다. 이 사람이 바로 그 유명한 신드바드였습니다. 엄청난 광경에 놀란 짐꾼은 덜덜 떨며 자리에 모인 지체 높으신 분들에게 고개 숙여 인사했습니다. 신드바드는 그에게 이리 오라고 손짓하며 자기 오른쪽에 앉게 했습니다. 그러더니 짐꾼의 접시에 손수 음식을 덜어 주기도 하고 귀한 포도주를 따라 주기도 했습니다. 어느 정도 식사를 마칠 즈음 신드바드는 친근한 목소리로 새로 온 손님에게 이름과 하는 일이 무엇인지 물었습니다.

"저는 짐꾼으로 일하는 힌드바드라고 합니다."

짐꾼이 대답하자 신드바드가 말했습니다.

"만나서 반갑네. 여기 계신 다른 분들도 나처럼 자네 덕분에 즐거운 시간을 보냈네. 그런데 아까 바깥 길거리에서 했던 말이 무슨 뜻인지 알고 싶네만."

잔치를 시작하기 전, 신드바드는 열린 창문을 통해 짐꾼이 투덜거리는 소리를 들었고, 그래서 이 자리에 초대했던 것입니다.

이 질문에 당황한 힌드바드는 머리를 숙이며 대답했지요.

"나리! 제가 너무 지치고 기분이 좋지 않아 쓸데없는 말을 지껄였던 것 같습니다. 부디 너그럽게 용서해 주십시오."

"오! 나는 그런 일로 나무랄 만큼 앞뒤가 꽉 막힌 사람이 아니네. 오히려 그대가 처한 상황을 이해하고 공감하고 있지. 그런데 그대가 나에 대해 뭔가 오해하고 있는 게 있어서 그걸 바로잡아 주고 싶네. 그대는 내가 아무런 고생이나 노력 없이 부를 얻었다고 생각하는 것 같은데, 실은 전혀 그렇지 않아. 나는 오랜 세월 온갖 고통과 위험을 겪어 낸 뒤에 비로소 지금처럼 행복한 삶을 누리게 된 것일세."

신드바드는 좌중을 둘러보며 말을 이었습니다.

"여러분, 장담컨대 내가 겪은 모험은 엄청나서 아무리 탐욕스러운 사람도 바다를 항해하면서까지 부를 얻으려 하지 않을 것입니다. 여러분도 아마 일곱 번에 걸친 나의 험난한 항해 이야기를 어디선가 얼핏 들었을 것입니다. 그 이야기가 궁금할 테니 이번 기회에 소상히 들려드리겠습니다."

신드바드는 결국 짐꾼 때문에 이 이야기를 하는 것이었으므로, 모험담을 시작하기 전에 하인을 시켜 길가에 있는 그의 짐을 옮겨 놓게 했습니다. 이제 짐꾼도 이야기를 들을 준비가 되었습니다.

신드바드의 첫 번째 항해

나는 부모님에게서 상당히 많은 재산을 물려받았는데, 젊었을 때 어리석어 멋모르고 온갖 방탕한 생활에 시간을 낭비했습니다. 그러다 정신을 차리면서 돈은 관리하지 않으면 금방 사라진다는 사실을 깨달았습니다. 또 늙은 나이에 가난한 것만큼 불행한 일도 없다고 생각했습니다. 그래서 남아 있는 재산을 가장 잘 활용할 수 있는 방안을 궁리해 냈습니다. 집에 있던 물건들을 모두 경매에 부쳐 판 다음, 해상무역을 하는 상인들에게 접촉해서 그들과 함께 발소라에 배를 마련한 것입니다.

배에 올라탄 우리는 페르시아만을 통해 인도양으로 나아갔습니다. 페르시아만은 왼편에 페르시아 해안을, 오른편에는 '풍요로운 아라비아'*를 끼고 있지요. 처음에는 배가 불안하게 흔들려 뱃멀미를 했지만, 빠르게 회복된 뒤로는 더 이상 멀미를 겪지 않았습니다.

여러 섬에 들러 상품을 팔거나 교환하던 어느 날, 바람이 갑자기 잦아지면서 배가 바다 한가운데 멈춰 서게 되었습니다. 근처에는 푸른 풀밭 같은 조그마한 섬이 수면 위로 살짝 올라와 있더군요. 선장은 돛을 접은 후, 원하는 사람은 잠깐 저 섬에 갔다 와도 된다고 했습니다. 나는 몇 사람과 함께 섬에 내려 걷기도 하고 둘러앉아 불을 피워 놓고 음식을 먹기도 했습니다.

그런데 갑자기 섬이 심하게 진동하는 바람에 우리는 화들짝 놀랐습니다. 이때 배에 남아 있던 사람들이 얼른 배 위로 올라오라고 소리쳤습니다. 우리가 섬이라고 생각했던 게 사실은 잠자는 고래의 등이었던 것입니다. 거룻배에 가까이 있던 사람들은 바로 거기에 올라탔고, 다른 사람들은 물에 뛰어들어 헤엄쳤습니다. 하지만 나는 고래가 갑자기 바다 깊숙이 들어가는 바람에 이러지도 저러지도 못하다가 불을 때려고 가져온 나뭇조각을 간신히 붙잡았습니다. 미풍이 불자 배는 돛을 올렸고 거룻배를 타고 온 사람과 헤엄

* 아라비아에서 가장 번영했던 지역인 아라비아반도 남부를 가리키는 말이다.

쳐서 온 사람 들을 배 위로 끌어올렸습니다. 하지만 파도에 떠밀려가는 나는 아무도 구해 주지 못했습니다. 온종일 파도와 사투를 벌이다가 밤이 되자 이제는 어쩔 수 없이 죽어야 하나 절망했습니다. 이미 기진맥진해 나뭇조각에 몸을 의지할 뿐이었습니다. 그런데 다음 날 아침이 밝자 나는 운 좋게도 어느 섬에 표류해 있었습니다.

해안 절벽은 몹시 높고 가팔랐지만 다행히 땅 밖으로 돌출된 나무뿌리를 잡고 마침내 땅 위로 올라왔습니다. 나는 그대로 쭉 뻗었고 해가 중천에 뜰 때까지 거의 죽은 듯이 누워 있었습니다. 그러다 몹시 배가 고파져서 주변을 둘러보다가 먹을 만한 풀과 깨끗한 샘물을 찾아 어느 정도 기력을 회복할 수 있었습니다. 기운을 차린 뒤 섬을 더 돌아다녔는데, 목초지 같은 풀밭 위에 웬 말 한 마리가 말뚝에 매여 있는 걸 발견했습니다. 가만히 서서 말을 쳐다보는데 땅속에서 사람 목소리가 들렸습니다. 잠시 후 어떤 남자가 나타나 나에게 어쩌다 이 섬에 오게 되었는지 물었습니다. 내가 지금까지 겪은 일을 이야기하자, 그 남자는 자신이 이 섬의 군주인 미라주의 마부라고 했습니다. 매년 마부들이 왕의 말들을 데려와 이 목초지에서 풀을 뜯게 한다고 말했습니다. 그는 나를 마부들이 모여 있던 동굴로 데려갔고 나에게 먹을 것을 챙겨 줬습니다. 그들은 내일 군주에게 돌아갈 참이라 오늘 이렇게 만난 게 행운이라고 했습니다. 그들의 도움 없이는 사람들이 사는 곳까지 가는 길을 결코 찾을 수 없기 때문이지요.

이튿날 우리는 아침 일찍 길을 떠나 그 나라의 수도에 도착했습니다. 왕은 나를 따뜻하게 맞았고, 내가 여기까지 오게 된 사연도 귀 기울여 들어 줬습니다. 게다가 나를 잘 보살피고 필요한 것을 제공해 주겠다고 했습니다. 나는 나와 같은 상인들을 찾아다녔습니다. 수도가 바닷가에 위치한 곳이라 외국에서 온 상인들이 특히 많았기 때문입니다. 나는 바그다드의 소식을 알고 있거나 함께 돌아갈 만한 사람이 있지 않을까 기대했습니다. 그동안 만나는 사람들에게서는 온갖 흥미로운 소식을 전해 들었습니다. 나의 고국에 관한 다양한 질문에 답해 주기도 했지요. 미라주 왕의 영토인 카셀이라는 작은 섬에도 가 봤습니다. 그곳에는 데지알이라는 정령이 산다는 소문이 퍼져 있었습니다. 선원들은 밤에 그 섬에서 북소리가 들린다고 말했습니다. 하지만 나는 그 섬으로 가는 도중에 길이가 100미터 가까이 되는 물고기들 말고는 본 것이 없었습니다. 덩치만 컸지 겁이 많아서 갑판을 두드리는 소리에 놀라 도망가 버리더군요. 길이가 50센티미터 정도 되는 어떤 물고기는 머리 모양이 꼭 올빼미 같았습니다.

여행에서 돌아온 뒤 어느 날, 나는 부두에 닻을 내리고 짐을 부리는 배 한 척을 봤습니다. 상인들은 짐을 창고로 옮기느라 분주했습니다. 좀 더 가까이 가서 보니 짐들에 내 이름이 적혀 있었습니다. 내가 발소라에서 배에 실었던 짐들이 확실했습니다. 선장도 보였습니다. 그는 분명 내가 이미 저세상 사람이라고 생각했을 겁니다. 나는 그에게 다가가 이 짐들이 누구 것이냐고 물었지요.

"내 배에 신드바드라고 하는 바그다드 상인이 타고 있었소. 그런데 어느 날 다른 선원들과 어떤 섬에 내렸는데, 글쎄 그게 섬이 아니라 바다에 떠 있는 거대한 고래가 아니었겠소. 고래 등에서 불을 피우자 깜짝 놀란 고래는 바닷속으로 들어가 버렸고, 그 바람에 여러 사람이 물에 빠져 죽고 말았소이다. 안타깝게도 그중 한 명이 신드바드였다오.

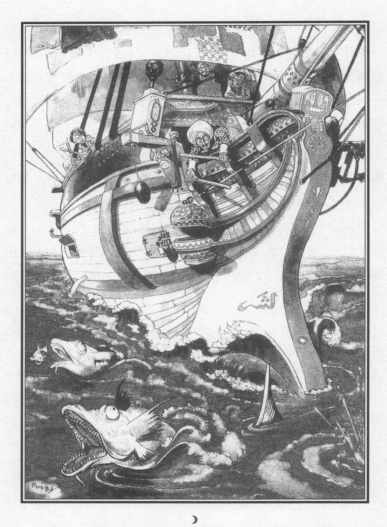

갑판을 두드리는 소리에 달아나는 물고기들

이 물건은 그의 것인데 내가 대신 팔아서 그의 가족에게 돈을 돌려주려고 하오.”

“선장님! 제가 바로 그 신드바드입니다. 선장님이 죽었다고 생각한 바로 그 사람 말입니다. 이 물건들은 제 것입니다.”

내 말을 들은 선장은 깜짝 놀라 소리쳤습니다.

“아, 이런, 말세로다! 요즘엔 믿을 사람 하나 없구나. 내 두 눈으로 신드바드가 물에 빠져 죽는 걸 똑똑히 봤소. 그런데 뻔뻔하게도 당신이 신드바드라고 하는 거요? 당신을 정직한 사람이라고 생각했는데, 지금 남의 물건을 가로채려고 끔찍한 거짓말을 하는 것이오?”

“진정하시고 제 말 좀 들어 보세요.”

“말해 보시오. 어디 들어나 봅시다.”

나는 어느 섬에 표류해 왕의 마부들을 만나고 궁전에서 대접받게 된 이야기를 해 줬습니다. 그러자 선장은 의심하는 표정을 거두기 시작했습니다. 때마침 도착한 다른 선원들이 무사히 살아남은 나를 단번에 알아보고는 기뻐했습니다. 그제야 선장도 내 모습을 알아봤지요.

선장은 나를 끌어안으며 외쳤습니다.

“당신이 그 위험에서 살아났다니 신께 감사드리오. 이 물건들은 당신 것이니, 가져가서 원하는 대로 하시오.”

나는 선장의 정직함에 감사하며 답례로 내 물건 중 몇 가지를 선물하려 했지만 그는 한사코 사양했습니다. 미라주 왕에게도 가장 좋은 물건을 골라 바쳤습니다. 내가 물건을 다 잃어버린 줄 알았던 왕은 처음에 무척 놀랐습니다. 하지만 어떻게 내 물건들을 기적적으로 되찾았는지 이야기하자 기쁜 마음으로 나의 선물을 받고, 더 많고 귀한 선물로 되돌려 줬습니다. 나는 내 물건들을 샌들, 알로에 나무, 장뇌, 육두구, 정향, 후추, 생강으로 교환해 배에 잔뜩 싣고 고향으로 돌아와 발소라에서 무려 10만 시퀸을 벌었습니다. 가족들은 누구보다 기쁘게 나를 맞아 줬고 나는 뜨거운 눈물을 흘렸습니다. 땅과 노예를 산 나는 지난 고생을 모두 잊어버린 채 가족과 행복하게 지낼 저택을 지었습니다.

신드바드는 여기서 이야기를 멈췄습니다. 그리고 악사들에게 다시 음악을 연주하라고 시켰습니다. 잔치는 저녁때까지 계속되었습니다. 짐꾼이 돌아갈 시간이 되자, 신드바드는 100시퀸이 들어 있는 지갑을 건네며 말했습니다.

"힌드바드, 이걸 받으시오. 오늘 집에 돌아갔다가 내일 다시 오면 내 모험 이야기를 더 들려주겠소."

짐꾼은 신드바드가 베푼 아량에 어쩔 줄 몰라 하며 집으로 돌아왔습니다. 그의 아내와 아이들은 그날의 행운에 감사할 따름이었습니다.

다음 날 힌드바드는 옷을 차려입고 신드바드의 집을 찾아갔습니다. 신드바드는 두 팔 벌려 환영했지요. 다른 손님들도 모두 도착하자 음식이 나오고 흥겨운 잔치가 이어졌습니다. 이때 신드바드가 손님들에게 말했습니다.

"여러분, 나의 두 번째 모험담을 들려드릴 테니 잘 들어주십시오. 어제 했던 이야기보다 더 흥미진진할 것입니다."

신드바드의 두 번째 항해

어제 말씀드렸듯이, 나는 첫 번째 여행에서 돌아온 뒤로 남은 생을 바그다드에서 조용히 보내려고 했습니다. 하지만 머지않아 한가로운 생활에 싫증이 났고, 한 번 더 항해를 떠나고 싶은 마음이 불 일듯 일어났습니다.

그래서 방문할 곳에 팔 만한 물건을 구한 뒤 믿을 만한 상인들과 함께 훌륭한 배를 타고 두 번째 항해를 떠났습니다. 우리는 이 섬 저 섬 돌아다니며 교역해 많은 이득을 남겼습니다. 그러던 어느 날, 우리는 한 섬에 도착했습니다. 사방이 과일나무로 뒤덮여 있고 샘물도 풍부했지만 집은커녕 사람 그림자도 보이지 않았습니다. 동료들이 여기저기 돌아다니며 꽃과 과일을 따고 있을 때, 나는 그늘에 앉아 가져온 음식과 포도주를 마음껏 즐겼습니다. 그러다 개울물이 졸졸 속삭이는 소리를 들으며 깜빡 잠이 들고 말았습니다.

얼마나 오래 잠을 잤는지 모르겠지만, 눈을 떠 보니 나 혼자 남아 있고 배는 온데간데없이 사라졌습니다. 나는 미친 사람처럼 절망스러운 비명을 내지르며 이리저리 뛰어다녔습니다. 저 멀리 수평선 너머로 배의 돛이 사라지는 것을 보자 편안하게 집에 있지 못한 나 자신을 책망하게 되었습니다. 하지만 후회해 봤자 소용없다는 걸 잘 알기에 이 섬에서 탈출할 방법을 찾기로 했습니다. 우선 높은 나무에 올라가 바다 쪽을 쳐다봤습니다. 별다른 것이 보이지 않아 다시 육지 쪽으로 눈을 돌렸고, 하얗게 반짝이는 커다란 것이 나의 시선을 사로잡았습니다. 그러나 너무 멀리 있어 그게 무엇인지 알 수는 없었습니다.

나무에서 내려와 먹던 음식을 다시 싸들고 한달음에 하얀 물체가 있는 곳으로 달려갔습니다. 가까이 다가가서 보니 엄청난 크기의 흰 공 같았습니다. 촉감은 매끄럽고 부드러웠습니다. 발 디딜 곳이 없어 위로 올라가지는 못했습니다. 둘레를 빙 돌면서 혹시 입구가 있는지 살펴봤지만 아무것도 보이지 않았습니다. 걸음 수를 세어 보니 오십 걸음은 족히 넘는 것 같았습니다. 어느덧 해가 지려고 하는데, 갑자기 하늘이 까맣게 변했습니다. 거대한 먹구름이 순식간에 하늘을 덮는 줄 알았습니다. 알고 보니 어마어마한 크기의 새가 공중을 맴돌고 있었습니다. 선원들이 가끔 말하는 '로크'라는 새가 떠올랐습니다. 내가 본 거대한 흰 공은 바로 그 새의 알이었습니다.

아니나 다를까 새는 날개로 알을 품으려고 천천히 내려와 자리를 잡았습니다. 나는 알 옆에 바짝 움츠리고 있었는데 나무 몸통만 한 새의 다리가 바로 눈앞에 있었습니다. 머리에 감고 있던 터번을 풀어 내 몸을 새의 다리에 단단히 동여맸습니다. 다음 날 아침 로크가 어디론가 날아가 나를 이 적막한 무인도에서 벗어나게 해 주길 바랐습니다. 그리고 정확히 바라던 대로 되었습니다. 동이 트자마자 새는 하늘로 날아올랐습니다. 땅이 보이지 않을 정도로 까마득히 높이 올라갔습니다. 그러다 갑자기 무서운 속도로 하강하는 바람에 나는 거의 의식을 잃을 지경이었습니다. 로크가 땅에 내려오자 나는 서둘러 터번을 풀어 녀석에게서 떨어졌습니다. 그러자 녀석은 커다란 뱀 한 마리를 쪼아서 물고는 날갯짓 몇 번 만에 하늘 높이 솟구치더니 금세 시야에서 사라져 버렸습니다. 주위를 둘러보니 여기도 떠나온 무인도만큼이나 황량하기 그지없더군요.

나는 깊고 좁은 계곡에 있었는데, 구름까지 뚫고 올라갈 정도로 높은

신드바드를 나르는 로크

거대한 뱀들의 계곡 안에 있는 신드바드

산으로 둘러싸인 곳이었습니다. 산은 절벽이나 다름없이 가파르고 바위투성이라 오르기도 쉽지 않았습니다. 골짜기에서 빠져나갈 길을 찾으며 이리저리 돌아다니던 나는 지천에 깔린 다이아몬드를 발견했습니다. 눈으로 보는 것만으로도 몹시 기뻤는데, 그것도 잠시였습니다. 저쪽에 수많은 뱀들이 우글대고 있었습니다. 몸통이 얼마나 크고 길었던지 가장 작은 녀석조차 코끼리를 쉽게 삼킬 수 있을 정도였습니다. 뱀들은 낮에 바위 동굴 안에 숨어 있다가 밤이 되면 슬슬 기어 나왔는데, 아무래도 천적인 로크 때문인 것 같았습니다.

나는 낮 동안에는 계곡 이곳저곳을 돌아보다가 땅거미가 지면 작은 동굴로 기어들어가 숨었습니다. 그러고는 입구를 바위로 단단히 틀어막았습니다. 거기서 배도 채우고 드러누워 잠을 청하기도 했습니다. 하지만 뱀들이 밤새 기어 다니면서 쉭쉭거리는 소리를 내는 바람에 무서워서 거의 뜬눈으로 밤을 지새워야 했습니다. 아침이 밝으면 뱀들은 굴로 다시 돌아갔고 나는 덜덜 떨며 동굴 밖을 나와 골짜기를 돌아다닐 수 있었습니다. 가는 길마다 다이아몬드가 발에 채었지만 내가 처한 상황에서는 모든 것이 부질없었습니다. 밤새 잠을 자지 못해 피곤한 나는 바위에 걸터앉았습니다. 그런데 이번에도 눈을 감지 못했습니다. 하늘에서 뭔가가 내 옆에 쿵 하고 떨어졌기 때문입니다.

그건 크고 신선한 고깃덩어리였습니다. 절벽 위 여러 군데에서 고깃덩어리가 몇 개 더 떨어졌습니다. 예전에 어떤 상인들이 다이아몬드 계곡에서 보석을 꺼내려고 교묘한 방법을 사용한다는 이야기를 선원들에게 들었을 땐 그저 재밌자고 꾸며 낸 이야기라 생각했는데, 이제 보니 진짜였던 것입니다. 이 상인들은 독수리가 새끼를 부화시키는 시기에

계곡으로 와서 커다란 고깃덩어리를 계곡 아래로 던졌습니다. 높은 데
서 떨어진 고깃덩어리에 뾰족한 다이아몬드가 박혔습니다. 독수리들이
고기를 낚아채 배고픈 새끼들이 있는 둥지로 가져가는 바로 그때, 상인
들은 요란하게 고함치면서 독수리를 쫓아내고 보물을 얻어 갔습니다.

그전까지는 살아서 빠져나갈 가능성이 보이지 않아 이 계곡이 내 무
덤이 될 거라고 생각했는데, 이제 용기를 갖고 탈출 방법을 찾기 시작했
습니다. 다이아몬드 중에 최대한 굵직한 것들을 모아서 먹을 것을 넣고
다니던 가죽 가방에 넣었습니다. 그 가방을 허리띠에 단단히 묶었습니
다. 그리고 내 등에 가장 알맞은 크기의 고깃덩어리를 터번으로 고정시
켜 동여맸습니다. 그 상태로 독수리가 오기만을 기다렸습니다. 곧 내 머
리 위로 독수리들이 날개를 펄럭이는 소리가 들려왔습니다. 그중 한 녀
석이 내가 묶여 있는 고깃덩어리를 낚아채 둥지로 옮겨 놓았습니다. 기
다리던 상인들은 둥지로 다가가며 소리를 질러 독수리를 쫓아냈습니
다. 그러다 나를 발견한 그들은 경악했고 동시에 실망감을 감추지 못했
습니다. 나에게 왜 자신들의 다이아몬드를 훔쳤냐며 따지고 들었습니
다. 나는 개중에 가장 화가 나 보이는 사람에게 말했습니다.

"내가 지금까지 받은 고통을 알게 되면 당신은 나에게 좀 더 친절하
게 대할 거요. 다이아몬드는 나와 당신, 그리고 여기 모든 사람이 나눠
가질 만큼 충분하오."

이렇게 말하면서 그에게 다이아몬드를 보여 줬습니다. 나의 모험담
과 계곡을 빠져나온 묘책이 궁금했던 사람들이 나를 둘러쌌습니다. 그
들은 나를 자신들의 거처로 안내하고 내가 가져온 다이아몬드를 확인
했습니다. 그들은 평생토록 장사를 하면서도 이보다 크고 아름다운 보

석을 본 적이 없다고 했습니다.

　나는 상인들이 각자 독수리 둥지를 하나씩 맡고 있다는 것을 알게 되었습니다. 그래서 내가 내린 둥지를 맡은 상인에게 다이아몬드를 마음껏 가져가라고 말했습니다. 그런데 그는 다이아몬드 한 개로 만족했습니다. 그것만으로도 충분히 고생하지 않고 살 수 있다고 했습니다. 나는 상인들과 며칠을 함께 지냈고, 그들이 집으로 돌아갈 때도 동행했습니다. 우리가 지나가는 산에는 무시무시한 뱀들이 우글거리고 있었지만 다행히 녀석들을 피해서 마침내 해안가에 이르렀습니다. 거기서 우리는 배를 타고 로하섬으로 이동했습니다. 그 섬에는 녹나무들이 자라고 있었는데 나무 그늘에 사람 백 명은 족히 들어갈 정도로 컸습니다. 녹나무 윗부분에 구멍을 내고 거기서 흘러나오는 수액을 그릇에 받아 굳히면 곧 '장뇌'라는 물질이 됩니다. 수액이 다 빠져나간 나무는 죽고 말지요.

　이 섬에서 우리는 코끼리보다는 작고 물소보다는 큰 짐승인 코뿔소를 봤습니다. 콧등에 길이가 50센티미터 정도 되는 단단한 뿔이 하나 있는데, 밑에서 꼭대기까지 금이 나 있었습니다. 사람 모양의 흰색 줄도 그어져 있었고요. 코뿔소가 코끼리와 싸울 때면, 코끼리를 뿔로 찌른 상태에서 머리 위로 번쩍 들어 올립니다. 하지만 코끼리의 피가 흘러 코뿔소의 눈에 들어가고, 그 탓에 눈이 멀어 버린 코뿔소는 땅바닥에 쓰러지고 맙니다. 그러면 어디선가 로크가 날아와 발톱으로 두 짐승을 움켜쥐고 날아가 새끼에게 먹이로 줍니다. 말도 안 되는 일 같지만, 믿기지 않으면 직접 로하섬으로 가서 확인해 보시기 바랍니다. 이 섬에는 기상천외한 일들이 더 많지만 여러분이 이야기를 듣는 게 피곤할까 봐 그냥 넘어가도록 하겠습니다.

섬을 떠나기 전 나는 다이아몬드 하나를 그 지역의 좋은 산물과 교환 했습니다. 집으로 돌아오는 길에 그 물건을 팔아 엄청난 이윤을 남겼고 요. 마침내 우리는 발소라에 도착했고, 나는 곧장 바그다드로 돌아왔습 니다. 오자마자 우선 가난한 사람들에게 아낌없이 적선했지요. 그런 다 음 온갖 고초를 통해 얻은 부를 누리며 평온하게 살았습니다.

신드바드는 이렇게 두 번째 항해 이야기를 들려주고 힌드바드에게 다 시 100시퀸을 주면서 다음 날 또 와서 세 번째 항해 이야기를 들으라고 했습니다. 집으로 돌아간 손님들은 모두 다음 날 같은 시간에 나타났습 니다. 물론 짐꾼도 빠지지 않았습니다. 그는 벌써 지난날의 고된 노동과 가난의 고통을 잊은 듯 보였습니다. 이번에도 잔치가 끝날 즈음 신드바 드는 손님들 앞에 서서 세 번째 항해 이야기를 들려줬습니다.

신드바드의 세 번째 항해

안락한 생활을 하면서, 나는 두 번의 항해에서 겪은 위험들을 얼마 지 나지 않아 모두 잊게 되었습니다. 더군다나 아직 젊고 패기가 넘치는 나이였기에 뭔가 또 일을 벌이고 싶었습니다. 그래서 바그다드에서 진 귀한 물건을 구입해 발소라로 갔고, 거기서 다른 상인들과 함께 배에 올라 먼 나라로 떠났습니다. 우리는 여러 항구를 돌면서 많은 이익을 남겼습니다.

그러던 어느 날이었습니다. 바다 한가운데서 폭풍을 만나 배가 전혀 알 수 없는 곳으로 떠다녔습니다. 그렇게 여러 날이 지나 우리는 어느 낯선 섬의 항구에 도착했습니다. 선장이 근심 어린 낯빛으로 말했습니다.

"난 웬만하면 이 섬에는 닻을 내리고 싶지 않소. 이 섬을 비롯한 주변의 섬들에는 털북숭이 야만인들이 살고 있소. 그들은 분명 우리를 공격할 테고, 우리는 이 난쟁이들이 무슨 짓을 해도 저항하지 못할 것이오. 메뚜기 떼처럼 몰려다닐 뿐만 아니라 만일 우리가 그들 중 하나를 죽이면 나머지 무리가 달려들어 우리를 끝장내고 말 것이오."

선장의 말에 선원들은 경악을 금치 못했고, 곧 그의 말이 거짓이 아님을 알게 되었습니다. 흉측한 야만인들이 떼로 나타났는데, 하나같이 키가 60센티미터 정도로 작았고 붉은 털이 온몸을 뒤덮고 있었습니다. 놈들은 바다로 뛰어들어 곧장 우리 배 쪽으로 다가왔습니다. 우리가 알 수 없는 말을 지껄이면서 밧줄을 붙잡고 민첩하게 배의 옆구리를 타고 올라왔습니다.

여러분도 공포에 질려 옴짝달싹 못하는 우리의 모습을 상상할 수 있을 것입니다. 우리는 그들을 감히 막을 수 없었을 뿐 아니라 단 한마디도 입 밖에 내지 못했습니다. 놈들은 돛을 접고 닻을 연결한 줄을 끊어 버리더니 배를 육지에 대고는 우리를 모두 내리게 했습니다. 그러고는 그들이 왔던 곳으로 배를 끌고 가 버렸습니다! 우리가 내린 섬은 뱃사람이면 누구나 피하고 싶어 하는 곳이었습니다. 그 이유는 곧 알게 될 것입니다.

　우리는 해안을 떠나 섬 안쪽으로 이리저리 돌아다니면서 먹을 만한 열매와 풀을 찾았습니다. 섬에서 탈출은 못하더라도 가능한 한 오랫동안 살아남아야겠다고 생각했지요. 그런데 저 멀리 멋진 궁전 같은 것이 보였습니다. 우리는 몹시 지친 상태였지만 힘겹게 발걸음을 옮겼습니다. 도착해 보니 웅장하고 튼튼한 성이 세워져 있었습니다. 흑단으로 만든 문을 밀고 안뜰로 들어갔습니다. 커다란 홀로 이어지는 입구에서 우리는 눈앞에 펼쳐진 광경을 보고 공포로 얼어붙을 수밖에 없었습니다. 한쪽에 뼈 무더기가 잔뜩 쌓여 있었던 것입니다. 그것도 사람 뼈였습니다. 다른 쪽에는 셀 수 없이 많은 구이용 꼬챙이가 널려 있었습니다. 우리는 겁에 질려 덜덜 떨기만 할 뿐 입도 발도 떼지 못했습니다.

　해가 뉘엿뉘엿 지자 어디선가 큰 소리가 요란하게 들려왔습니다. 갑자기 홀의 문이 벌컥 열리더니 무시무시한 거인이 나타났습니다. 거인은 야자나무만큼이나 컸으며 온몸이 시커먼 외눈박이였습니다. 얼굴 중앙에 있는 눈은 마치 이글거리는 숯불 같았습니다. 이빨은 길고 날카로웠고, 아랫입술은 축 처져 가슴팍까지 내려왔습니다. 귀는 코끼리 귀를 닮았는데 어깨를 덮을 정도로 널찍했습니다. 손톱은 독수리 발톱 같았습니다.

　이 끔찍한 광경 앞에서 우리는 죽은 사람처럼 기절하고 말았습니다. 정신을 차리고 보니 거인은 무서운 눈으로 우리를 한 사람 한 사람 살펴보고 있었습니다. 그러더니 팔을 쭉 뻗어 내 목덜미 쪽 옷깃을 잡고 들어 올리더니 이리저리 돌려 봤습니다. 그런데 내가 너무 깡말라서였는지 다시 내려놓고는 다른 사람들을 같은 식으로 살펴보는 것이었습니다. 마침내 선장 차례가 되었는데, 거인은 그가 우리 중에 가장 뚱뚱

하다는 걸 알아채고는 한 손으로 그를 들고 꼬챙이에 꿰었습니다. 그러더니 그대로 큰 불에 통째로 구웠습니다. 거인은 그것으로 저녁 식사를 마친 뒤 드러눕더니 천둥소리보다 시끄럽게 코를 골면서 잠을 잤습니다. 우리는 두려워서 몸을 사시나무 떨듯 하며 밤새 누워 있었습니다. 날이 밝자 잠에서 깬 거인은 밖으로 나갔고 우리만 성안에 남게 되었습니다.

거인이 확실히 떠난 걸 확인한 우리는 끔찍한 운명 앞에서 한탄하기 시작했습니다. 홀 안은 우리가 울부짖는 소리로 가득 찼습니다. 우리는 머릿수가 많고 거인은 혼자였지만 감히 그 괴물을 죽일 생각을 하지 못했습니다. 사실상 불가능한 일이라고 생각한 것입니다. 그러나 그렇게 하지 않고서는 살 수 있는 방법이 없었습니다. 우리는 체념한 채 하루 종일 섬을 돌아다니며 열매 같은 먹을거리를 구했습니다. 밤이 되자 몸을 피할 곳이 마땅찮아 거인의 성으로 돌아왔습니다. 해가 지면 거인도 돌아와 우리 중 하나를 잡아먹고는 코를 골며 잠에 빠졌다가, 동이 트면 어제처럼 우리를 남겨 놓고 또 밖으로 나갔습니다. 이 끔찍한 현실을 지켜보며 몇몇 동료는 비참한 최후를 기다리느니 차라리 절벽에서 뛰어내려 바다에 빠져 죽는 게 낫다고 말했습니다. 하지만 내가 동료들에게 탈출 계획을 말해 주자 그들도 찬성하며 즉시 시도하자고 했습니다.

"형제들이여, 알다시피 해안가에는 뗏목을 만들 만한 나무들이 지천으로 널려 있습니다. 우선 뗏목을 몇 개 만들어서 적당한 곳에 놔둡시다. 만약 우리 계책이 성공하면 우리를 구해 줄 배가 지나갈 때까지 참고 기다리면 됩니다. 만약 실패하면 재빨리 뗏목을 타고 이 섬을 떠나야 합니다. 물론 뗏목을 타고 바다에 나가는 건 위험하지만, 이 섬에 남기보다는 바다로 나가야 목숨을 구할 기회가 더 많아질 겁니다."

동료들은 모두 내 말에 동의했고, 그날 바로 세 사람씩 탈 수 있는 뗏목을 여러 개 만들었습니다. 해 질 녘이 되자 우리는 성으로 돌아왔고, 머지않아 거인도 돌아왔습니다. 그날 밤에도 동료 하나가 무참히 희생되었지요. 하지만 복수의 시간이 곧 다가왔습니다! 거인은 끔찍한 식사를 마친 뒤 잠을 자려고 드러누웠고, 코 고는 소리가 들리자 나와 동료 아홉 명은 조용히 일어나 꼬챙이를 하나씩 들고 불에 시뻘겋게 달궜습니다. 그런 다음 신호에 맞춰 한꺼번에 거인의 눈을 찔러 장님으로 만들어 버렸습니다. 거인은 비명을 지르며 우리 중 아무라도 잡으려고 사방을 방방 뛰어다녔지만, 우리는 거인이 오지 못할 곳으로 몸을 피해 납작 엎드렸습니다.

우리를 찾지 못한 거인은 손을 더듬거리며 문을 찾더니 시끄럽게 울부짖으며 달아나 버렸습니다. 거인이 떠나자 우리는 서둘러 성에서 나와 뗏목이 있는 쪽으로 가서 상황을 예의 주시했습니다. 날이 밝았을 때 거인이 보이지 않고 울부짖는 소리도 더 이상 들리지 않으면 죽은 것으로 간주하고 이 섬에서 안전하게 지내면 된다고 생각했습니다. 물론 위험한 뗏목을 탈 필요도 없었지요. 하지만 이를 어쩝니까! 아침이 오자 거인이 우리 앞에 모습을 드러냈습니다. 그것도 덩치가 비슷한 다른 두 거인의 부축을 받고 있었습니다. 그 뒤로는 수많은 거인들이 무리 지어 따라오고 있었지요. 우리는 곧장 뗏목에 올라타 젖 먹던 힘까지 다해 노를 저었습니다. 거인들은 먹이가 탈출하는 것을 보고 큰 바위를 집어서 던졌습니다. 내가 탄 뗏목 말고는 모두 바위에 격침되었습니다. 동료들이 전부 물에 빠져 죽어 갔지만 내가 도울 수 있는 방법은 전혀 없었습니다. 나와 두 동료는 죽을힘을 다해 노를 저어 거인들의 공격이 미치지 않는 곳까지 다다랐습니다. 하지만 우리는 바다 한가운데서 바람과 파도에 맞서 싸워야 했습니다. 그날 밤낮으로 바다와 사투를 벌인 끝에, 이튿날 아침 근처 섬을 발견했고 기쁜 마음으로 상륙할 수 있었습니다.

그 섬에서 우리는 맛 좋은 열매를 찾아 주린 배를 채우고 바닷가에서 잠을 청했습니다. 그런데 갑자기 쓱쓱 하는 소리가 들려 잠에서 깨고 말았습니다. 거대한 뱀이 모래 위를 기어 우리 쪽으로 오면서 내는 소리였습니다. 놈은 재빠르게 다가오더니 도망갈 틈도 주지 않고 동료 하나를 잽싸게 물었습니다. 동료는 빠져나오려고 소리를 지르며 몸부림쳤지만, 뱀은 먹잇감을 힘껏 감아서 목구멍으로 삼켜 버렸습니다. 그사이 다른 동료와 나는 걸음아 나 살려라 하며 새로 등장한 괴물에게서 멀리 떨어진 곳까지 도망쳤습니다. 그리고 키 큰 나무로 올라가 몸을 피했습니다. 밤이 되어 잠이 들었는데, 또다시 뱀이 쉭 소리를 내며 다가오는 바람에 눈을 번쩍 떴습니다. 결국 놈은 나무를 기어올라 내 밑에 있던 동료를 삼키고는 사라졌습니다. 겁에 질린 나는 산송장이 되고 말았습니다.

해가 뜬 다음 나무에서 내려온 나는 동료들을 모두 앗아 간 이 끔찍한 운명에서 벗어날 수 없을 것만 같았습니다. 그래도 산 사람은 살아야 하니, 목숨을 구하기 위해 무슨 일이라도 해 보자고 마음먹었습니다. 하루 종일 마른 가지와 갈대, 가시덤불 등을 있는 대로 긁어모았습니다. 그것으로 다발을 여러 개 만들어서 단단히 쌓아 일종의 텐트를 지었습니다. 나는 고양이를 피해 쥐구멍에 숨은 쥐처럼 그 텐트 속에 쭈그리고 앉았습니다. 뱀이 나를 잡아먹으려고 다시 찾아와 나의 은신처 주변을 기어 다니며 들어갈 구멍을 찾았으니, 내가 얼마나 무서운 밤을 보냈는지 여러분도 상상할 수 있을 겁니다. 뱀이 혹시라도 틈을 비집고 들어오진 않을까 내내 두려웠지만 다행히 내 텐트는 촘촘하게 짜여 있어 쉽게 들어올 수 없었습니다. 결국 날이 밝자 뱀은 배도 채우지 못한 채 다시 자기 굴로 들어갔습니다. 하지만 나는 살아 있어도 산 목숨이 아니었습니다. 밤새 두려움에 떨고 유독한 뱀의 숨결 때문에 숨도 제대로 쉬지 못했습니다. 나는 텐트에서 나와 바다로 기어 내려왔습니다. 다시 공포의 밤을 보내느니 절벽에서 떨어져 죽는 편이 낫겠다고 생각했습니다. 그런데 바로 그 순간, 배가 지나가는 것을 봤습니다. 나는 힘껏 소리 지르며 터번을 흔들었고, 다행히 선원들은 나의 존재를 알아봤습니다.

그들은 거룻배 한 척을 보냈습니다. 내가 배에 오르자 선원과 상인들은 어쩌다가 이 황량한 섬에 갇혔는지 물었습니다. 이야기를 모두 들은 사람들은 가장 좋은 음식을 주면서 나를 따뜻하게 보살펴 줬습니다. 선장은 누더기가 된 내 차림을 보고 옷 한 벌을 선뜻 건넸습니다. 우리는 얼마 동안 여러 섬을 돌아다니다가 마침내 살라하트섬에 도착했습니다. 백단향이라는 나무가 무척 많은 섬이었습니다. 배는 그곳에 정박했고, 나는 상인들이 거기서 팔거나 교환할 물건들을 내리는 모습을 보고 있었습니다. 그때 선장이 다가오더니 이렇게 말했습니다.

"형제여, 이 배에 물건이 좀 있는데 예전에 내 배를 탔던 사람의 것이오. 그는 이미 죽어서 내가 대신 팔아 보려고 하오. 번 돈은 그의 가족들을 만나면 줄 생각이오. 혹시 이 물건으로 장사 좀 해 줄 수 있소? 수고한 대가는 따로 챙겨 드리겠소."

나는 아무 일도 하지 않고 있는 게 싫어서 기꺼이 선장의 요청을 받아들였습니다. 그러자 선장은 배의 물건 목록을 관리하는 사람을 불렀습니다. 그가 와서 내가 맡은 물건에 누구의 이름을 적어야 하는지 묻자 선장은 이렇게 대답했습니다.

"항해자 신드바드라고 적으시오."

놀란 나는 선장의 얼굴을 자세히 봤습니다. 바로 두 번째 항해 때 탔던 배의 선장이었습니다. 비록 세월이 지나 외모가 많이 변했지만 알아볼 수 있었습니다. 그는 내가 죽었다고 믿고 있으니, 날 알아보지 못하는 건 어쩌면 당연한 일이었는지 모릅니다. 내가 물었습니다.

"선장님, 이 물건 주인이 신드바드라는 사람입니까?"

"그렇소, 신드바드가 주인이오. 그는 바그다드 사람이고 발소라에서 내 배를 탔소. 물통을 채우려고 어느 섬에 잠깐 머물렀다가 떠났는데, 불행히도 네 시간이 지난 뒤에야 그가 배에 없다는 걸 알게 되었소. 그때는 바람이 세차게 불어서 다시 돌아갈 수가 없었소."

"선장님은 그가 죽었다고 생각하십니까?"

"물론, 그렇소!"

"선장님! 제 얼굴을 자세히 보십시오. 제가 그 섬에서 잠이 들어 낙오한 신드바드입니다!"

선장은 놀란 눈으로 나를 뚫어지게 보더니 마침내 나를 알아봤습니다. 내가 살아 있다는 사실에 무척 기뻐했지요.

"어쨌든, 부주의로 생긴 내 마음의 짐이 사라져 기쁘오. 이제 당신의 물건들을 가져가시오. 내가 당신의 물건을 팔아 남긴 이윤도 가져가시오. 앞으로 일이 번창하길 바라오."

우리는 이 섬 저 섬을 돌아다녔고, 나는 정향과 계피, 각종 향신료를 구입했습니다. 항해 길에 길이와 폭이 10미터나 되는 거북이와 마주치기도 했습니다. 암소처럼 생긴 물고기도 봤는데, 비늘이 두꺼워 방패를 만드는 데 사용한다고 했습니다. 어떤 물고기는 형태나 색깔이 낙타처럼 생긴 것도 있었습니다. 우리는 다시 발소라에 도착했고, 나는 셀 수 없이 많은 돈을 들고 바그다드로 돌아갔습니다. 그중 상당량을 가난한 사람들에게 나눠 줬고, 남은 돈으로는 땅을 더 샀습니다. 이렇게 나의 세 번째 항해는 막을 내렸지요.

신드바드는 이야기를 마치고 힌드바드에게 100시퀸을 더 줬습니다. 힌드바드를 비롯한 손님들은 집으로 돌아갔고, 다음 날 다시 그 자리에 모두 모였습니다. 잔치가 끝나고 집주인은 모험담을 이어 갔습니다.

신드바드의 네 번째 항해

세 번째 항해를 마치고 나는 집에서 부유함을 누리며 편안하게 지냈습니다. 하지만 집에만 갇혀 있으니 몸이 근질근질했습니다. 여전히 장사를 하고 싶었고 새롭고 기이한 것을 찾아 떠나고 싶었습니다. 결국 주변을 정리하고, 페르시아의 몇몇 지방을 돌아다니며 내가 방문할 다른 지역에서 장사할 물건을 사들였습니다. 준비를 끝내고 고향에서 멀리 떨어진 항구에서 배를 탔지요. 항해는 얼마간 순탄했습니다. 하지만 곧 사나운 폭풍우를 만나 배가 완전히 난파되고 말았습니다. 선장은 할 수 있는 모든 조치를 취했지만, 수많은 선원과 상인이 파도에 휩쓸려 익사했습니다. 운 좋게도 부서진 뱃조각에 매달린 몇몇만이 살아남아 근처 섬의 해안으로 떠밀려 갔습니다. 해안에서 간신히 육지로 기어올랐지만 지칠 대로 지쳐 다음 날 아침까지 그 자리에 쓰러져 있었습니다.

날이 밝자 우리는 섬 안쪽으로 들어갔습니다. 머지않아 옹기종기 모여 있는 오두막들이 보여 곧장 그 마을로 갔습니다. 그런데 마을에 살고 있는 흑인들이 여기저기서 나오더니 우리를 에워쌌습니다. 그들은 우리를 사로잡고는 몇 명씩 나눠서 각자의 집으로 끌고 갔습니다. 나와 동료 다섯 명도 어느 오두막집에 들어가게 되었지요. 흑인들은 우리를 땅바닥에 앉히고는 어떤 약초를 주며 먹으라는 신호를 보냈습니다. 그들이 약초에 손도 대지 않는 것이 수상했던 나는 먹는 척만 했습니다. 하지만 굶주린 동료들은 허겁지겁 약초를 입 안에 집어넣었고, 그들은 완전히 정신 나간 사람처럼 돌변했습니다. 쉴 새 없이 뭐라고 중얼거렸지만 한마디도 알아들을 수 없었습니다. 내가 말을 걸어도 알아듣지 못했습니다.

흑인들은 이어서 코코넛 기름으로 요리한 쌀밥을 큰 그릇에 담아서 내왔고, 이번에도 동료들은 정신없이 먹어 댔습니다. 하지만 나는 먹는 둥 마는 둥 했습니다. 식인종인 흑인들이 우리를 빨리 살찌워서 먹어 치우려는 속셈으로 보였기 때문입니다. 그리고 우려하던 일이 정확히 일어났습니다. 불쌍한 동료들은 이성을 잃은 나머지 불안함이나 두려움을 느끼지 못한 채 흑인들이 주는 대로 받아먹었고 동료들은 흑인들이 바라던 대로 포동포동 살찌기 시작했습니다. 그러나 나는 날이 갈수록

비쩍 말라만 갔습니다. 정신 줄을 놓지 않고 있었기에 앞으로 벌어질 일이 두려워 밥을 거의 먹지 않았기 때문이지요. 하지만 그 덕에 자유롭게 돌아다닐 수 있었습니다. 흑인들은 별로 신경 쓰지 않았고요. 그러던 어느 날, 그들은 모두 일하러 떠나면서 늙은이 한 명만 남겨 나를 감시하게 했습니다. 나는 탈출할 기회를 엿보다가 숲속으로 뛰어들어갔습니다. 노인은 고래고래 소리를 지르며 뒤따라왔지만, 뒤도 안 돌아보고 열심히 달려 그 노인네를 따돌릴 수 있었습니다.

이레 동안 계속 발걸음을 옮겼고, 날이 어두워질 때만 멈춰서 휴식을 취했습니다. 그동안 주로 코코넛으로 허기와 갈증을 달랬습니다. 여드레째 되는 날, 나는 해안가에 이르렀고 후추 열매를 따는 백인 한 무리를 발견하게 되었습니다. 그 섬에는 후추 열매가 지천이었습니다. 백인들이 하는 일을 보니 나에게 해를 끼치지는 않을 것 같아 안심하고 그들에게 다가갔습니다. 그들은 아랍어로 인사하면서 내가 누구이고 어디서 왔는지 물었습니다. 익숙한 언어를 들으니 너무 기뻤습니다. 나는 기꺼이 질문에 답했을 뿐만 아니라 배가 난파되고 흑인들에게 붙잡혀 있었던 이야기까지 들려줬습니다.

"그 흑인들은 사람을 잡아먹는 식인종이에요! 그런데 어떻게 탈출할 수 있었죠?"

탈출 과정을 상세히 이야기하자 백인들은 놀라 입을 다물지 못했습니다. 나는 백인들이 후추 열매를 원하는 만큼 딸 때까지 그들과 함께 있었고, 그들은 나를 자기 나라로 데려가 왕에게 소개했습니다. 왕은 나를 환대했지요. 왕에게도 이번 모험담을 들려줬더니 상당히 놀라는 눈치였습니다. 이야기를 마치자 그는 내게 먹을 것과 입을 것을 제공하고,

신하들에게 나를 신경 써서 보살피라는 분부를 내렸습니다.

　이 섬나라에는 인구도 많고 온갖 좋은 물품도 풍부했습니다. 수도에서는 교역도 활발하게 이루어지고 있었습니다. 나는 곧 이 섬이 고향처럼 푸근하게 느껴졌습니다. 게다가 왕이 특별히 아껴 준 덕분에 이 나라 사람들도 모두 나에게 친절을 베풀었습니다. 그런데 한 가지 특이한 점이 눈에 띄었습니다. 신분이 높은 사람이든 낮은 사람이든 모두가 재갈이나 등자*, 안장 없이 말을 타는 것이었습니다. 그래서 하루는 왕에게 왜 굴레와 등자를 사용하지 않느냐고 물었습니다. 그러자 이런 대답이 돌아왔습니다.

　“자네가 말하는 물건이 무엇인지 한 번도 들어 보지 못했네!”

　나는 곧바로 솜씨 좋은 장인을 찾아 안장틀을 만들게 했습니다. 그 위에 좋은 가죽을 씌우고 속을 푹신푹신하게 채웠습니다. 겉에는 금실로 자수를 새겨 꾸몄습니다. 열쇠공에게는 그림을 보여 주면서 박차를 만들게 했습니다. 이런 식으로 마구馬具를 만들어 왕에게 바치면서 어떻게 사용하는지 시범을 보였습니다. 그러자 왕은 매우 흡족해하면서 나에게 큰 상을 내렸습니다. 이후로 나는 다른 모든 왕족들에게도 마구를 만들어 줘야 했습니다. 그들이 답례로 준 값비싼 선물 덕분에 나는 곧 부자에 유명 인사가 되었습니다.

　그러던 어느 날 왕은 나에게 사람을 보내 다음과 같은 말을 전했습니다.

　“신드바드, 부탁 하나만 들어주게. 나와 내 신하들은 자네를 존경하네. 그래서 말인데, 여생을 우리와 함께 사는 게 어떤가.

* 말을 타고 앉아 두 발로 디디게 되어 있는 물건. 안장에 달아 말의 양쪽 옆구리로 늘어뜨린다.

내가 부유하고 아름다운 여인을 소개할 테니 아내로 받아 주길 바라네.
자네 고향은 잊어 주게나."

왕의 뜻은 곧 법이나 마찬가지였으므로 거절할 수 없었습니다. 나는
매력적인 신부를 맞이해 행복하게 살았습니다. 그럼에도 기회가 되면
다시 바그다드로 돌아갈 생각이었습니다. 모든 일이 순탄하던 어느 날,
이웃 남자의 아내가 세상을 떠나고 말았습니다. 나는 이웃 남자와 친분
이 깊었던 터라 마음이 무척 아팠습니다. 당연히 그를 위로하려고 조문
을 갔습니다. 그는 깊은 시름에 빠져 있었습니다.

"하늘이 자네를 도우실 걸세. 자네는 장수를 누릴 수 있을 거야."

내가 이렇게 위로하자 그가 괴로워하며 말했습니다.

"아, 앞으로 몇 시간도 못 살 텐데 그런 말이 무슨 소용 있겠나?"

"아니네, 아니야. 그렇지 않을 거야. 자네는 오래 살 거라 믿네."

"자네나 오래 살길 바라네. 나는 이제 다 끝났어. 장례가 끝나면 내
아내와 함께 무덤에 들어가야 하네. 산 남편은 죽은 아내와, 산 아내는
죽은 남편과 함께 무덤에 들어가는 것이 조상 대대로 내려오는 관습이
라네. 모두가 이 관습을 따르고 있지."

이야기가 끝나기 무섭게 이 불행한 이웃 남자의 지인과 친척들이 모
여들기 시작했습니다. 화려한 의복과 보석으로 치장된 시신은 뚜껑이
열린 관에 누여 있었습니다. 사람들은 곧 도시에서 조금 떨어진 높은 산
으로 시신을 운구하기 시작했습니다. 머리끝부터 발끝까지 검은 옷을
입은 남편도 비참한 심정으로 아내의 관을 뒤따랐습니다.

운구 행렬이 장지葬地에 도착하자 사람들은 관을 깊은 동굴 안으로
내려보냈습니다. 남편은 지인들과 작별 인사를 나눈 뒤 다른 관 속에 누

웠습니다. 관에는 빵 일곱 개와 물 주전자 하나가 놓여 있었습니다. 사람들은 남편의 관도 점점 깊숙한 곳으로 내린 다음 큰 바위를 굴려 동굴 입구를 막았습니다. 부부를 떠나보낸 그들은 울적한 마음을 안고 도시로 돌아왔지요.

이 장례식을 지켜본 내가 얼마나 충격을 받았을지 여러분도 아마 상상이 될 거라 생각합니다. 그 나라 사람들에겐 어릴 때부터 보던 풍습에 지나지 않았지만, 너무 놀란 나는 왕에게 내 생각을 말하지 않을 수 없었습니다.

"폐하, 저는 산 사람을 죽은 사람과 함께 매장하는 기이한 풍습을 보고 기절초풍할 뻔했습니다. 그동안 많은 곳을 여행해 봤지만 이처럼 잔인하고 끔찍한 법은 본 적이 없습니다."

"신드바드, 그래서 무슨 말을 하고 싶은 건가? 그건 이 나라 모든 사람에게 적용되는 법일세. 나도 아내인 왕비가 죽으면 함께 매장되어야 하네."

"하지만, 폐하. 이 법이 이방인에게도 적용되는 겁니까?"

"물론이지."

왕은 내 말의 의도를 알고 있다는 듯 입가에 살짝 미소를 보였지만 말투는 여전히 무정했습니다.

"이 나라에서 결혼한 사람이라면 누구도 예외는 없네."

나는 왕과의 면담을 마친 뒤 어깨가 축 처져 집으로 돌아왔습니다. 이때부터 마음이 편치 않았습니다. 아내가 눈곱만큼이라도 아프기만 하면 혹시 죽는 건 아닌지 노심초사했습니다. 그리고 우려하던 일이 실제로 일어나고야 말았습니다. 정말 아내가 시름시름 앓더니 며칠 만에 세상을 떠나고 만 것입니다. 산 채로 매장되는 건 식인종에게 먹히는 것 못지않게 끔찍한 일이었습니다. 절망스러웠지만 빠져나갈 구멍이 없었습니다. 화려한 옷과 보석으로 치장된 아내의 시신이 관 속에 누워 있었습니다. 나는 관을 따라 걸었고, 내 뒤로는 왕과 왕비, 신하들을 비롯한 기나긴 운구 행렬이 따랐습니다. 마침내 행렬은 장지가 있는 높은 산에 도착했는데, 산비탈 한쪽이 바다와 접하고 있었습니다.

그곳에서 마지막으로 왕과 신하들의 동정심을 일으켜 보고자 눈물로 애원했지만 소용없는 일이었습니다. 아무도 내 말에 대꾸하지 않았고 도리어 서둘러 장례식을 치를 뿐이었습니다. 어느새 나는 빵 일곱 개와 물 주전자 하나가 놓인 관 속에 누워 어두운 동굴 속으로 내려가고 있었습니다. 관이 바닥에 거의 닿을 즈음 머리 위로 큰 바위가 동굴 입구를 막았습니다. 내 인생도 이렇게 끝나는가 싶었습니다. 그런데 바위 틈새로 희미한 빛이 새어 들어오고 있었습니다. 덕분에 내가 처한 상황을 확인할 수 있었습니다. 나는 무수한 시체와 뼈 들이 여기저기 흩어져 있는 큰 동굴 안에 갇혀 있었습니다. 나처럼 산 채로 무덤에 들어온 사람들이 죽어 가면서 내는 숨소리가 희미하게 들려왔습니다. 돈과 모험에 빠져 이 지경이 된 나 자신에게 분노하고 절망해 소리를 질렀지만 이제는 소용없는 짓이었지요. 흥분이 가라앉자 빵과 물을 챙겼습니다. 시체가 썩으며 풍기는 악취 때문에 천으로 코를 틀어막고 땅바닥을 더듬거리며 동굴 끝으로 갔습니다. 그나마 그쪽 공기는 들이쉴 만했습니다.

나는 빵과 물이 다 떨어질 때까지 어둠과 절망 속에서 지내야 했습니다. 거의 굶어 죽을 지경에 이르렀을 때 머리 위를 막고 있던 큰 바위가 열리더니 동굴 속으로 관 하나가 들어왔습니다. 죽은 사람은 남자였습니다. 그 순간 나는 뒤따라오는 여자에겐 죽음밖에 기다릴 것이 없으니 내가 그녀의 고통을 줄여 줘야겠다고 생각했습니다. 여자의 관이 내려왔는데 이미 그녀는 공포에 질려 제정신이 아니었습니다. 나는 커다란 뼈다귀를 휘둘러 여자가 고통 없이 죽게 해 줬습니다. 덕분에 나도 빵과 물을 확보하고 목숨을 부지할 수 있었지요. 그 후로도 이런 식으로 식량을 얻어서 내 목숨은 끊어지지 않았습니다. 하지만 얼마나 오래 이 감옥에서 살아남을 수 있을지는 모르는 일이었습니다.

그러던 어느 날 뭔가 살아 있는 존재가 가까이 있다는 게 느껴졌습니다. 그 존재의 숨소리가 크게 들리는 쪽으로 가자, 어슴푸레한 형체는 나의 인기척 때문인지 벽의 틈새로 몸을 비집고 들어가 사라졌습니다. 있는 힘껏 쫓아간 나는 바위 사이의 좁은 틈을 간신히 지나갈 수 있었습니다. 느낌만으로는 수 킬로미터를 걸은 것 같았습니다. 드디어 희미한 빛이 보이기 시작했고, 나아가면 나아갈수록 빛은 점점 밝아 왔습니다. 동굴 밖으로 나와 눈앞에 펼쳐진 바닷가를 봤을 때, 나는 형용할 수 없는 기쁨에 사로잡혔습니다. 꿈이 아니라 생시였습니다. 내가 봤던 살아 있는 존재도 알고 보니 바다에서 동굴로 찾아들어온 작은 동물이었습니다. 그 동물이 달아나면서 동굴에서 빠져나오는 길을 알려 준 셈이었습니다. 혼자서는 절대 찾을 수 없는 길이었지요. 나는 주위를 빠르게 둘러봤습니다. 다행히 도시에서 나를 쫓아올 수 없을 만큼 안전한 장소였습니다.

큰 산이 바다와 도시 사이를 가로막고 있었고, 둘을 연결하는 길은 전혀 보이지 않았습니다. 상황을 확인한 뒤 나는 다시 동굴 속으로 들어

가 바닥에 수없이 널브러져 있는 다이아
몬드, 루비, 에메랄드 등 온갖 보물을 긁어
모았습니다. 이것들을 몇 꾸러미로 만들어
안전한 바닷가에 옮겨 놓은 다음 배가 지

*이슬람교도들이 집단 예배를
보는 건물. 신앙 공동체의 중심
지로서 군사, 정치, 사회, 교육 행
사 등이 열린다.

나가기만을 기다렸지요. 그렇게 이틀을 기다린 끝에 배 한 척을 봤습니다. 나는 기쁜 나머지 해안에서 배를 향해 손을 흔들며 소리를 질렀습니다. 마침내 선원들이 나를 알아봤습니다. 그들은 나에게 거룻배를 보내 줬고, 어쩌다가 이런 힘든 일을 당했는지 물었습니다. 나는 이틀 전에 배가 난파되었고 여기까지 짐 꾸러미와 함께 떠밀려 왔다고 말했습니다. 다행히 선원들은 주변을 탐색해 보지도 않고 내 이야기를 믿었습니다. 그들은 나를 배로 안내했고 짐 꾸러미들도 대신 들어 줬습니다. 갑판에 오르자 배를 지휘하느라 정신이 없던 선장은 나를 따뜻하게 맞았습니다. 내가 답례로 보석을 건넸지만 전혀 받을 생각이 없었습니다.

이후의 항해는 성공적이었습니다. 우리는 여러 나라를 방문해 각 지역의 뛰어난 상품들을 구매했고, 온갖 진귀한 물건을 가지고 바그다드에 돌아왔습니다. 이번에도 가난한 사람들에게 많은 돈을 적선하고 도시에 있는 모든 모스크*에 기부금도 냈지요. 이제는 가족과 친구들에게만 신경 쓰고 여생을 편하게 즐기며 살자고 마음먹었습니다.

신드바드는 여기서 이야기를 멈췄고, 청중은 네 번째 항해 이야기가 이전에 들은 어떤 모험담보다 흥미진진하다고 말했습니다. 사람들이 자리를 뜨고 힌드바드도 떠나려 하는데, 신드바드는 이번에도 그에게

100시퀸을 주면서 내일 다섯 번째 항해 이야기를 들으러 오라고 했습니다.

이튿날 시간이 되자, 신드바드의 집에 사람들이 찾아왔습니다. 잔치 음식을 전부 먹고 마신 뒤 신드바드가 이야기보따리를 풀어놓았습니다.

신드바드의 다섯 번째 항해

나는 지금껏 온갖 고생을 했지만 그래도 안락한 생활에 만족할 수 없었습니다. 금세 싫증을 느꼈고 다시 도전과 모험을 갈망했습니다. 결국 여행을 준비했는데, 이번에는 직접 배를 만들어서 가까운 항구에 정박시켰습니다. 어디든 가고 싶은 나라로 가고 싶었지만 무역할 만한 물품이 충분치 않았습니다. 그래서 각국의 여러 상인들을 짐과 함께 배에 태웠습니다. 돛을 활짝 펴고 순풍을 따라 항해를 시작했지요. 오랫동안 망망대해를 떠돌아다닌 끝에 이름 모를 무인도에 도착했습니다.

우리는 그 섬을 탐험해 보기로 마음먹었는데, 얼마 돌아다니지 않아서 로크의 알을 발견하게 되었습니다. 예전에 봤던 로크의 알만큼 컸고 머지않아 부화할 것 같았습니다. 이미 새끼 로크의 부리가 알을 깨고 있었기 때문입니다. 나는 옆에 있던 상인들에게 알을 건드리지 말라고 누누이 경고했지만, 그들은 내 말을 귓등으로 듣고는 손도끼로 알을 깨뜨려 새끼 로크를 죽이고 말았습니다. 곧 땅바닥에 장작불을 피우더니 새끼 로크를 난도질해서 불에 구워 먹더군요. 나는 옆에서 망연자실한 채 그대로 서 있었지요.

불길한 식사가 끝나기도 전에, 우리 위로 커다란 그림자 두 개가 드리워졌습니다. 눈이 휘둥그레진 선장은 새끼 새의 아비와 어미가 오고 있다고 소리치며 신속히 배에 타라고 재촉했습니다. 우리는 서둘러 배에 올라탔고 돛을 활짝 펼쳤습니다. 두 로크는 둥지 주변을 맴돌면서 알이 난자당한 현장을 보고 미친 듯이 울부짖었습니다. 잠시 후 새들이 시야에서 사라지자 우리는 무사히 빠져나온 줄 알고 가슴을 쓸어내렸습니다. 그런데 그것도 잠시, 두 로크가 다시 나타나더니 배를 향해 빠른 속도로 날아왔습니다. 발톱에는 우리에게 던질 커다란 바위가 하나씩 들려 있었습니다. 이 숨 막히는 순간, 로크 하나가 바윗덩어리를 떨어뜨렸습니다. 다행히 조타수가 방향을 꺾은 덕분에 배는 바위를 아슬아슬하게 피했습니다. 배 옆에 떨어진 바위가 얼마나 컸는지 물이 퍼져 튀어오르면서 바다의 바닥이 그대로 드러나 보일 정도였습니다. 하지만 안심하기에는 일렀습니다. 또 다른 로크가 들고 있던 바위가 정확히 배 위로 떨어졌기 때문입니다. 배는 형체를 알아보기 힘들 정도로 산산조각 났고, 사람들은 그대로 바닷속에 가라앉아 버렸습니다. 나도 바다에 빠졌지만 다행히 다치지는 않았습니다. 한 손으로 배의 파편 하나를 붙잡고 다른 손으로는 헤엄쳐서 어느 섬까지 떠내려갔습니다. 해안은 가파르고 바위도 많았지만, 푸른 풀밭을 찾아 안전하게 몸을 누일 수 있었습니다.

어느 정도 정신을 차리고 내가 있는 곳이 어딘지 살피기 시작했습니다. 마치 아름다운 정원 속에 들어온 것 같았습니다. 주변에는 울창한 나무들이 있었는데, 싱그러운 꽃이 피어 있고 잘 익은 열매들이 주렁주

렁 매달려 있었습니다. 그 밑에는 수정같이 맑은 개울이 졸졸졸 흐르고 있었습니다. 어둠이 내리자 아늑한 장소를 찾아 단잠을 잤지만, 이내 낯선 곳에 혼자 있다는 생각에 소스라치게 놀라 깨어나 주변을 두리번거렸습니다. 정말이지 집에서 마음 편히 지내던 시간이 그리워졌습니다. 그래도 아침 햇살을 맞이하며 재차 용기가 생겨났고 다시 한 번 숲속을 돌아다녀 봤습니다. 물론 무엇을 만날지 모르니 마음 한편에는 늘 두려움이 있었지요.

섬 안으로 좀 더 들어가자 강둑에 허리가 굽은 쇠약한 노인이 앉아 있었습니다. 처음에는 나처럼 난파선의 선원인 줄 알고 반가운 마음에 다가가 인사를 했는데 노인은 고개만 까닥거릴 뿐이었습니다. 여기서 무얼 하고 있는지 물으니 노인은 대답은 하지 않고 몸짓으로 강을 건너가 열매를 따고 싶다는 뜻을 전했습니다. 그러니 자기를 등에 업어 달라는 것이었습니다. 늙고 힘없는 노인이 불쌍해진 나는 그를 업고 강을 건넌 다음 그가 내리기 쉽게 강둑에서 몸을 낮췄습니다. 그런데 발을 딛고 내려오기는커녕(지금 생각해도 웃음이 납니다!), 노쇠해 보이던 이 인간이 잽싸게 내 어깨 위로 뛰어올라 두 다리로 목을 조르는 것이 아니겠습니까! 너무 세게 조르는 바람에 공포에 질린 나는 그만 정신을 잃고 바닥에 쓰러졌습니다.

정신이 다시 들었을 때도 그 노인네는 여전히 내 어깨 위에 앉아 다리로 목을 조르고 있었습니다. 숨을 쉴 수 있을 만큼 다리를 약간 느슨하게 풀어 주긴 했습니다. 늙은이는 깨어난 나를 보자마자 한쪽 다리로 쿡쿡 찔렀습니다. 자리에서 일어나 나무 밑으로 가라는 신호였습니다. 내가 시킨 대로 하자 노인은 나무에서 열매를 따서 먹었습니다. 그렇게 노인은 하루 종일 내 어깨 위에서 목을 감고 있었습니다. 밤이 되면 피곤해 죽을 지경이었습니다. 매일 아침 노인은 다시 발뒤꿈치로 나를 두드려 깨웠습니다. 나는 겨우 눈을 뜨고 분노와 울분을 참으며 이 끔찍한 노인의 꼭두각시가 되어야 했습니다.

그러던 어느 날, 한 나무 아래에 마른 호리병박 여러 개가 떨어져 있는 걸 발견했습니다. 나는 신이 나서 호리병박을 주워 내용물을 파냈습니다. 그런 다음 지천에 널려 있던 포도송이를 따서 그 즙을 박 속에 짜 넣었습니다. 포도즙을 가득 채운 호리병박은 나무 사이에 잘 세워 두었습니다. 그리고 며칠이 지난 뒤 이 못된 노인을 교묘히 유도해 다시 호리병박이 있는 장소로 왔습니다. 나는 호리병박을 낚아챈 후 잘 익은 포도주를 단숨에 들이켰습니다. 포도주 맛이 어찌나 기가 막히던지 지긋지긋한 시름도 잊어버린 채 콧노래를 부르며 덩실덩실 뛰어다녔습니다.

늙은 괴물도 내가 포도주를 마시고 평소보다 더 힘이 솟구친다는 걸 바로 눈치챘습니다. 그는 깡마른 손을 뻗어 호리병박을 쥐더니 포도주를 조심히 맛보고는 이내 마지막 한 방울까지 마셔 버렸습니다. 포도주는 독했을 뿐 아니라 양도 많았습니다. 호리병박이 굉장히 컸기 때문이지요. 술기운에 금세 흥이 오른 노인은 노래를 부르기 시작했고, 내 목을 조르던 강철 같은 다리에도 힘이 빠지고 있었습니다. 나는 이 기회를 놓치지 않고 노인을 힘껏 바닥에 내동댕이쳤습니다. 그는 다시는 움직이지 못했습니다. 나는 지옥 같은 늙은이에게 벗어난 기쁨에 한달음에 해안가로 뛰어내려왔습니다. 운 좋게도 그곳에는 과일과 물을 얻으려고 섬에 잠시 정박한 선원들이 있었습니다.

바다의 늙은이

그들은 내가 겪은 이야기를 듣자 놀라움을 감추지 못했습니다.

"당신은 '바다의 늙은이'에게 붙잡혔던 것입니다. 그 늙은이는 만나는 모든 사람의 어깨 위에 올라가 목 졸라 죽이는 괴물이지요. 그에게서 풀려났다니 정말 행운입니다. 이 섬은 그 늙은 괴물로 악명이 높아요. 그래서 누구든 동료 없이 혼자서는 섬에 들어가지 않지요."

선원들은 나를 배로 데려갔습니다. 선장은 나를 반갑게 맞았고, 우리는 곧 항해 길에 올랐습니다. 여러 날 후에 우리는 크고 번영한 도시에 이르렀습니다. 그곳의 건물들은 모두 훌륭한 석재로 지어져 있었습니다. 배에서 친해진 상인 하나가 나를 타지에서 온 상인들이 머무는 거처로 데려갔습니다. 그러고는 커다란 자루를 하나 주면서 거기 있는 사람들을 따라가라고 했습니다.

"저 사람들을 따라가 보세요. 가서 저 사람들이 하는 대로 하면 됩니다. 대신 절대로 저 사람들에게서 떨어져서는 안 돼요. 목숨이 위험할 수도 있으니까요."

그는 나에게 식량을 챙겨 주며 작별을 고했습니다. 이제 나는 새로운 동료들과 함께하게 되었습니다. 머지않아 우리 원정의 목적은 자루에 코코넛을 채우는 것임을 알 수 있었습니다. 하지만 야자나무는 너무 높았고 둥치가 매끈해 오르기 어려웠습니다. 나는 어찌할 바를 몰랐습니다. 야자나무의 주인은 말 그대로 원숭이들이었습니다. 녀석들은 이 나무에서 저 나무로 껑충껑충 날아다녔습니다. 처음에는 우리에게 호기심을 보이더니 점점 우리의 존재를 귀찮아하는 것 같았습니다. 이때 옆에 있던 동료들이 원숭이들에게 돌을 던지기 시작했습니다. 원숭이들이 우리에게 해를 끼치지 않았기 때문에 처음에는 동료들의 행동이 당혹스러웠습니다. 하지만 곧 이유를 알게 되었고, 나도 열심히 동참했습니다. 돌팔매질에 화가 난 원숭이들이 코코넛을 따서 우리에게 던졌기 때문입니다. 우리는 큰 수고로움 없이 자루에 코코넛을 가득 채울 수 있었습니다.

　우리는 자루에 코코넛을 최대한 많이 담아 도시로 돌아왔습니다. 숲으로 나를 보냈던 동료는 내가 가져온 코코넛을 사서 비용을 치러 줬습니다. 이런 식으로 계속 코코넛을 가져오면 고향으로 돌아갈 충분한 여비를 마련할 수 있다는 조언도 했습니다. 나는 오래지 않아 코코넛을 팔아 상당한 돈을 모았고, 드디어 배가 떠날 거라는 소식을 들었습니다. 나는 친한 동료와 작별 인사를 하고 내 몫의 코코넛과 함께 배에 올랐습니다. 배는 먼저 후추가 생산되는 섬을 들렀다가, 다시 최상의 알로에나무가 자라는 코마리섬으로 갔습니다. 코마리 사람들은 엄격한 법에 따라 술을 입에도 대지 않더군요. 여기서 나는 코코넛을 후추와 알로에나무와 교환했습니다. 몇몇 상인들과 바다에서 진주를 캐는 곳에도 갔는데, 운 좋게 내가 고용한 잠수부들이 큼지막하고 완벽한 진주를 수없이 건져 올렸습니다. 나는 귀한 물건들을 가지고 기쁜 마음으로 바그다드로 돌아왔습니다. 가져온 물품들을 팔아 바그다드에서 돈을 억수로 벌었고, 이번에도 수입의 십분의 일을 가난한 사람들에게 기부했습니다. 고된 여행이었지만 큰돈을 벌어들인 기쁨에 달콤한 휴식을 취할 수 있었지요.

이야기를 끝낸 신드바드는 힌드바드에게 100시퀸을 주었고, 손님들은 각자 집으로 돌아갔습니다. 그다음 날도 잔치가 끝난 뒤 신드바드의 여섯 번째 항해 이야기가 시작되었습니다.

신드바드의 여섯 번째 항해

다섯 번이나 목숨이 위험한 상황에 처했으면서도 또다시 새로운 위험을 무릅쓰는 내 모습이 의아할 것입니다. 돌아보면 나도 내 자신이 이해되지 않습니다. 분명 역마살이 낀 것 같습니다. 여하튼 1년을 쉬고 나서 여섯 번째 항해를 준비했습니다. 가족과 친구들이 집을 떠나지 말라고 아무리 애원해도 소용없었습니다. 나는 페르시아만 쪽으로 가지 않고 육로를 통해 머나먼 인도의 어느 항구에 도착했습니다. 거기서 장기 항해를 준비하는 어느 선장을 만났습니다. 항해는 정말로 길었습니다. 그러다 우리는 성난 폭풍우를 만나 경로를 완전히 이탈해 버렸습니다. 며칠 동안 선장과 선원들 중 누구도 현재 위치를 몰랐고, 어디로 가고 있는지 감도 잡지 못했습니다.

마침내 우리의 위치를 알게 되었지만 기쁨도 잠시였습니다. 갑자기 선장이 터번을 벗어던지고는 수염을 마구 잡아 뜯는 것이었습니다. 그는 우리가 망망대해에서 가장 위험한 지점에 와 있고, 곧 급류에 휩쓸려 얼마 있지 않아 모두 죽게 될 것이라고 했습니다. 선장의 말은 사실이었습니다! 무시무시한 급류에 휩쓸린 배는 높은 산이 솟은 어느 섬 근처로 떠밀리더니 암초에 부딪혀 산산조각 나고 말았습니다. 하지만 선원들은 재빨리 움직여 배에서 값비싼 물품들을 대부분 챙겨서 해안가로 올라올 수 있었습니다. 그럼에도 선장은 사람들에게 이렇게 말했습니다.

"이제 여기에 우리의 무덤을 팝시다. 이 섬에 왔다가 살아서 돌아간 사람은 아무도 없다고 합니다."

이 말을 들은 우리는 크게 상심했고, 눈앞에 벌어진 불행한 처지를 한탄하기 시작했습니다.

섬에는 높고 험준한 산이 해변을 따라 병풍처럼 우뚝 솟아 있었고, 우리는 산 끝자락에 해당하는 해안가에 서 있었습니다. 해변에는 수많은 난파선의 잔해들이 널브러져 있었습니다. 재수 없게 죽은 선원들의 뼈 무더기가 햇빛에 반짝였습니다. 우리의 뼈도 머지않아 저 무더기 위에 더해질 거라 생각하니 몸서리가 쳐졌습니다. 이곳에는 값비싼 보물도 가득했습니다. 동굴마다 보석이 수북이 쌓여 있었습니다. 하지만 이 모든 것이 우리가 처한 현실을 오히려 더 비참하게 만들었습니다.

우리는 섬에서 매우 기이한 광경을 목격했습니다. 강이 하나 흐르고 있는데, 육지에서 바다로 흘러내려가는 것이 아니라 바다에서 육지로 거슬러 올라가 어느 동굴 입구 속으로 빨려 들어가는 것이었습니다. 동굴 속으로 가서 살펴보니 벽에는 다이아몬드, 루비, 에메랄드가 빼곡히 박혀 있었고 바닥에는 용연향이 깔려 있었습니다. 하지만 그림의 떡일 뿐 우리는 이 황량한 섬에서 죽을 날만 기다렸습니다. 험준한 산을 넘는다는 건 불가능했기 때문입니다. 이 섬에 다른 배가 온다고 해도 우리와 똑같은 운명에 처해질 수밖에 없었습니다. 선장은 가지고 있던 식량을 모두에게 똑같이 나눠 줬습니다. 각자 식량을 얼마나 오래 아끼느냐에 따라 살아남는 기간이 달랐습니다. 나도 얼마 남지 않은 식량을 아끼며 간신히 버텼습니다.

결국 마지막 남은 동료 하나를 땅에 묻어 줬습니다. 내 식량도 거의 바닥나서 더 이상 살아남을 수 없겠다는 생각에 스스로 무덤을 팠습니다. 내 무덤을 파는 동안 나 자신을 궁지에 빠뜨리는 이놈의 역마살 때문에 후회가 밀려왔습니다. 안락하고 호사스러운 고향 생활이 그리워졌습니다. 그런데 운 좋게도, 동굴 속으로 빨려 들어가는 강물 옆에 서 있다가 번뜩이는 아이디어가 하나 떠올랐습니다. 지하로 흘러들어가는 이 강은 분명히 어딘가로 흘러나올 것이라는 생각이 들었습니다. 뗏목을 만들어서 강물에 띄우고 그 위에 몸을 실으면 되지 않을까? 만약 햇빛을 보지 못하고 죽는다 해도 어차피 죽을 목숨, 더 나빠질 것도 없었습니다. 어딘가 안전하고 좋은 곳으로 피신할 수 있는 행운이 따를지도 모르는 일이었습니다.

이렇게 생각한 나는 지체 없이 해변에 널린 목재와 끈으로 뗏목을 뚝딱 만들었습니다. 그러고는 뗏목 위에 루비, 에메랄드, 수정, 용연향 등 귀금속을 가득 실었습니다. 뗏목이 균형을 잡도록 짐들을 잘 배치한 뒤 양손에 노를 들고 올라탔습니다. 그런 다음 뗏목을 강둑에 고정하기 위해 매어 놓은 끈을 풀었습니다. 뗏목은 물살을 따라 빠르게 어두운 동굴 속으로 들어갔습니다.

나는 한 치 앞도 보이지 않는 칠흑 같은 어둠 속에 있었고, 뗏목은 강물을 따라 계속 흘러갔습니다. 그렇게 몇 날 며칠을 뗏목 위에 갇혀서 보내야 했습니다. 한번은 통로가 너무 좁아서 동굴 천장에 부딪히지 않게 납작 엎드려야 했고, 보물들이 물속에 빠지지 않게 잘 간수해야 했습니다. 식량은 목숨을 겨우 보존할 수 있을 정도로만 먹었습니다. 마지막

물살을 가르며 어두운 동굴 속으로 흘러들어가는 신드바드의 뗏목

남은 식량 한 조각을 삼키는 순간엔, 굶주림으로 죽는 건 아닐까 두려웠습니다. 걱정과 피로에 찌든 채 깊은 잠에 빠졌다가 다시 눈을 떴을 때는 밝은 대낮이었고, 눈앞에는 아름다운 들판이 펼쳐져 있었습니다. 뗏목은 강둑에 매여 있었습니다. 뗏목 주위에는 흑인들이 둘러서서 친근한 표정으로 나를 내려다보고 있었습니다. 나는 일어나 흑인들에게 인사했고, 그들도 나에게 뭐라고 말했지만 한마디도 알아들을 수 없었습니다. 갑작스럽게 빛과 생명을 얻게 되어 어리둥절한 나는 아랍어로 이렇게 중얼거렸습니다.

"그대의 눈을 감고 있으라. 그대가 자고 있는 동안 신께서는 그대의 불행을 행복으로 바꿔 주시리라."

그런데 흑인들 중에 아랍어를 할 줄 아는 사람이 있었습니다. 그가 앞으로 나와 내게 말했습니다.

"형제여, 놀라지 마세요. 여기는 세렌디브라는 곳입니다. 우리는 강에서 물을 얻으려고 왔다가 떠내려온 뗏목을 봤습니다. 우리 중 한 명이 헤엄쳐서 당신을 물가로 데려왔지요. 그리고 당신이 깨어날 때까지 기다렸습니다. 당신은 어디서 왔는지, 어쩌다 위험한 일을 당하게 됐는지 말해 줄 수 있나요?"

얼마든지 내 이야기를 해 줄 수 있었지만, 지금 당장 굶어 죽게 생겨 우선 뭐라도 먹어야 했습니다. 나는 그들이 준 음식으로 배를 채우고 내가 겪은 일을 빠짐없이 들려줬습니다. 그들은 내 이야기를 듣고 입을 다물지 못했습니다. 이런 놀라운 모험담을 자신들의 왕에게 들려주면 좋겠다며, 몸소 겪은 사람이 직접 이야기해 달라고 했습니다. 흑인들은 말을 한 마리 끌고 와서 나를 태우고 길을 떠났습니다. 힘센 장정 몇 사람

은 뗏목을 어깨에 메고 뒤를 따랐습니다. 행렬은 세렌디브의 수도에 도
착했습니다. 흑인들은 나를 왕에게 소개했지요. 나는 인도식으로 왕 앞
에 엎드려 절하고 바닥에 입을 맞췄습니다. 왕은 나를 일으켜 세운 뒤
자기 옆자리에 앉게 했습니다. 그러고는 내 이름이 무엇인지부터 물었
습니다.

"저는 신드바드라고 합니다. 여러 바다를 항해하고 있어서 사람들은
'항해자 신드바드'라 부르기도 하지요."

이렇게 대답하자 왕이 다시 물었습니다.

"그런데 어떻게 여기까지 오게 되었소?"

나는 지금까지 겪은 일을 숨김없이 이야기했습니다. 놀라움과 기쁨
을 금치 못한 왕은 신하들에게 나의 모험담을 황금 글자로 기록해 왕실
자료실에 보관하라고 명령했습니다.

사람들은 내 뗏목을 가져오더니 거기 실려 있던 짐을 왕 앞에서 풀었
습니다. 왕은 루비와 에메랄드를 보고는 입을 다물지 못했습니다. 자신
의 보물창고에도 이만큼 훌륭한 보물이 없었기 때문이지요. 왕이 감탄
을 연발하는 모습을 보고 나는 이 모든 보물을 왕에게 바치겠다고 말했
습니다. 하지만 왕은 웃으며 사양했습니다.

"아니오, 신드바드. 신께서는 내가 그대의 물건을 탐내는 것을 허락
하지 않으실 것이오. 오히려 나는 그대에게 보물을 더 주고 싶소. 나는
그대가 나의 선물 없이 이 왕국에서 떠나는 것을 바라지 않는다오."

그러더니 나에게 적절한 거처를 마련해 주고 내 시중을 들어 줄 하
인들을 보냈습니다. 내 뗏목과 짐들도 거처로 옮겨 줬습니다. 나는 왕의
은혜에 감사하는 마음으로 매일 정해진 시간에 문안 인사를 드리러 갔

세렌디브 왕에게 인사하는 신드바드

습니다. 나머지 시간에는 도시를 돌아다니며 온갖 신기한 광경을 구경했습니다. 세렌디브라는 섬은 주야평분선(춘분점과 추분점)에 위치해 있어, 낮과 밤의 길이가 똑같습니다. 섬 중앙에는 세계에서 가장 높은 산이 솟아 있고, 산 끝자락에는 수도가 자리하고 있습니다. 나는 호기심에 산꼭대기까지 올라가 봤습니다. 그곳은 최초의 인류 아담이 에덴동산에서 쫓겨나 유배된 곳으로 알려져 있었습니다. 이 섬에는 루비와 여러 귀금속들이 많더군요. 삼나무와 야자나무를 비롯한 여러 희귀 초목들도 풍성하게 자라고 있었습니다. 해안가와 강 하구에서는 잠수부들이 진주를 캐고 있었고, 어떤 골짜기에서는 다이아몬드가 많이 채굴되었습니다.

며칠이 지나고 나는 왕에게 고향으로 돌아가야겠다고 말씀드렸습니다. 왕은 흔쾌히 허락했습니다. 그뿐 아니라 나에게 풍성한 선물을 하사했고, 신자들의 사령관이신 우리의 칼리프에게 보낼 선물들과 서신 한 통을 나에게 맡기며 말했습니다.

"칼리프 하룬 알 라시드에게 이 선물들과 함께 내 우정의 마음을 담은 서신도 전해 주시오."

나는 영광스러운 명령을 충실히 수행하겠노라 대답하고는 곧장 왕이 직접 골라 준 배에 올랐습니다. 왕의 편지는 귀하디 귀한 누르스름한 가죽에 푸른 글자로 다음과 같이 적혀 있었습니다.

코끼리 천 마리를 앞세우며 행진하고, 루비 10만 개로 지붕을 장식한 궁전에서 살며, 보물창고에 다이아몬드 왕관 2만 개를 소유하고 있는 인도의 왕이 칼리프 하룬 알 라시드에게 문안 인사 올립니다. 제가 보내드리는 선물이 비록 보잘것없더라도 황제를 향한 존경과 우정의 표시라 생각하고 받아 주시길 바랍니다. 우리는 황제께 마음을 표현할 기회를 얻어 한없이 기쁩니다. 황제께서도 우리와 같은 마음이시기를 진심으로 바랍니다. 그럼 평안하시길 빕니다.

왕이 칼리프에게 보낸 선물은 다음과 같았습니다. 우선 큰 루비 하나를 깎아 만든 항아리가 있었는데, 높이가 15센티미터에 두께는 내 손가락만 했습니다. 이 항아리 안에는 모양과 빛깔이 완벽한 최상급 진주가 가득 채워져 있었습니다. 두 번째 선물은 금화 크기만 한 비늘들이 촘촘히 박힌 거대한 뱀 가죽이었습니다. 이 가죽을 깔고 자면 모든 병을 막을 수 있습니다. 세 번째 선물은 어마어마한 양의 알로에 나무와 장뇌, 피스타치오 열매였습니다. 마지막은 온갖 보석으로 장식한 옷을 입힌 아름다운 여자 노예였습니다.

기나긴 항해 끝에 발소라에 도착하자마자 나는 서둘러 바그다드로 갔습니다. 왕의 친서를 가지고 칼리프의 궁전 대문으로 들어섰지요. 물론 아름다운 여자 노예도 데려갔고, 내 가족 몇 명에게 세렌디브의 왕이 보낸 선물을 들고 따라오게 했습니다.

궁전 대문에서 찾아온 이유를 알리자 칼리프가 계신 옥좌로 안내를 받았습니다. 나는 칼리프께 엎드려 절한 뒤 세렌디브 왕이 보낸 서신과 선물을 전해 드렸습니다. 칼리프는 선물을 이리저리 살펴보시더니 세렌디브 왕이 정말 부유하고 강한지 물었습니다. 그래서 나는 겸손히 엎드린 채 이렇게 대답했습니다.

"신자들의 사령관이시여, 저는 세렌디브 왕이 자신의 부유함과 위대함을 결코 과장하지 않았다고 장담할 수 있습니다. 이 세상에 그의 궁전보다 장엄한 곳은 없습니다. 왕이 행차할 때는 코끼리 등 위에 옥좌가 마련되고, 왕의 양편에는 문무백관이 두 줄로 늘어섭니다. 왕이 탄 코끼리의 목 위에는 관리 한 명이 앉아 왕의 황금 창槍을 들고 있습니다. 왕 뒤에는 또 다른 관리가 황금 기둥을 안고 있고, 황금 기둥 꼭대기에는 제 주먹만 한 에메랄드가 올라가 있습니다. 왕의 코끼리 앞에는 황금빛 옷을 입은 호위병 천 명이 화려하게 장식된 코끼리에 올라타 앞장섭니다. 왕의 행렬이 행차하면 왕의 코끼리를 이끌고 가는 관리가 큰 소리로 외칩니다.

여봐라! 여기 강하고 위대하신 군주, 인도의 왕이 납신다! 왕의 궁전은 루비 10만 개로 뒤덮여 있으며, 궁전에는 왕관 2만 개가 보관되어 있다. 솔로몬 왕과 미라주 왕보다 더 위대한 왕께서 납신다!

그가 이렇게 외치면 옥좌 뒤에 앉아 있는 관리가 또 외칩니다.

이처럼 위대하고 강하신 왕은 마땅히 죽어야 하노라, 죽어야 하노라, 죽어야 하노라!

그럼 다시 먼젓번 관리가 이 말을 받아 외칩니다.

영원히 사는 그분을 찬양하라!

　더군다나 세렌디브에는 왕이 백성을 정의롭게 다스려서 법관이 따로 없습니다."

　내 말을 들은 칼리프는 매우 흡족해하며 이렇게 말씀했습니다.

　"왕의 서신만 읽어 봐도 *그가* 얼마나 현명한 사람인지 알겠소. 왕이 백성을 사랑하니 백성도 왕에게 충성을 다할 수밖에."

　칼리프께서는 나에게 큰 선물을 하사했고, 나는 평안한 마음으로 집으로 돌아갔습니다.

신드바드가 이야기를 마치자 손님들은 집으로 돌아갔습니다. 힌드바드는 또 100시퀸을 받았습니다. 다음 날 손님들은 다시 이 자리로 돌아와 신드바드의 일곱 번째이자 마지막 항해 이야기를 들었습니다.

신드바드의 일곱 번째 항해

여섯 번째 항해를 마치고 다시는 바다로 나가지 않을 것이라고 다짐하고 또 다짐했습니다. 이제는 조용히 쉬어야 할 나이였고, 그동안 누구보다도 고생을 많이 했기 때문입니다. 나는 그저 남은 인생을 평안히 보내고 싶었습니다. 그런데 어느 날 여러 친구들과 잔치를 벌이고 있는데, 하인 하나가 칼리프의 관리가 찾아와 나에게 전할 말이 있다 했다고 알렸습니다. 내가 일어나 관리에게 갔더니, 그는 하룬 알 라시드께서 나를 찾고 있으니 같이 가자고 했습니다. 나는 두말없이 관리를 따라갔습니다. 칼리프께 예를 다해 절을 하자 그분이 입을 열었습니다.

"신드바드, 내가 그대를 불렀소. 다른 게 아니라 지금 그대의 도움이 필요하오. 지난번 세렌디브 왕이 보낸 우정의 마음에 답해야 할 것 같소. 그러니 나의 답신과 선물을 그대가 직접 가져다주시오."

칼리프의 명령은 나에게 청천벽력과도 같았습니다.

"신자들의 사령관이시여, 저는 폐하의 어떤 명령에도 복종할 준비가 되어 있습니다. 하지만 제가 지난날 겪은 극한의 고생을 조금이라도 기억해 주시길 간절히 바랍니다. 사실, 저는 이 바그다드에서 한 발짝도 떠나지 않기로 마음먹었습니다."

나는 이렇게 말하고는 내가 겪은 기이한 모험담을 긴 시간 동안 들려드렸습니다. 칼리프도 내 이야기를 끝까지 들어주셨습니다.

"그대가 기이한 경험을 했다는 것을 인정하오. 그러나 그것이 내가 하려는 일과 무슨 상관이 있는지는 모르겠소. 그대는 곧장 세렌디브에 가서 나의 답신을 전해 주기만 하면 되오. 그런 다음 자유롭게 돌아오면 끝나는 것이오. 나의 체면을 봐서라도 꼭 좀 다녀와 주시오."

이 일을 더 이상 피할 수 없다고 느낀 나는 칼리프의 명령에 기꺼이 복종하겠노라고 맹세했습니다. 자신의 뜻이 이루어지자 기분이 좋아진 칼리프는 항해 비용으로 1000시퀸을 하사했습니다. 나는 칼리프의 서신과 선물을 가지고 발소라에서 배에 올라탔고 곧장 세렌디브로 빠르고 안전하게 항해했습니다. 세렌디브에 도착한 내가 다시 찾아온 이유를 알리자 왕은 아주 반갑게 맞이해 줬습니다.

"신드바드, 환영하오. 그러지 않아도 그대가 떠난 뒤로 생각이 자주

났는데, 이렇게 다시 보게 되어 무척 기쁘오."

나는 세렌디브 왕의 환대에 감사 인사를 드린 다음, 칼리프가 보낸 선물을 하나씩 꺼내 보였습니다. 우선 황금 천으로 덮여 있는 침대가 있었는데, 값이 1000시퀸 정도 되는 물건이었습니다. 진홍색 천으로 덮여 있는 침대도 만만치 않게 비싸 보였습니다. 고급 원단으로 지은 옷 오십 벌과 카이로, 수에즈, 쿠파(이라크 중남부에 있는 도시), 알렉산드리아 등지에서 나오는 최고급 백색 아마포(리넨)로 지은 옷도 백 벌 있었습니다. 이외에도 다양한 형태의 침대들이 있었습니다. 또 마노로 만든 꽃병이 있었는데, 사자를 향해 활을 쏘는 남자의 모습이 새겨져 있었습니다. 그리고 예전에 솔로몬 왕이 썼다던 아주 값진 탁자도 있었습니다.

왕은 칼리프의 우정 어린 마음을 확인하고는 흡족하게 선물을 받았습니다. 이제 내 임무도 끝났으니 얼른 고향으로 돌아가고 싶었지만 과연 왕이 나를 금방 놓아줄지 걱정되었습니다. 다행히도 왕은 나에게 선물까지 안겨 주며 이별을 허락했습니다. 나는 지체 없이 배를 몰아 고향으로 향했습니다. 항해는 나흘 동안 순탄했습니다. 그런데 닷새째 되던 날 재수 없게도 해적을 만나고 말았습니다. 놈들은 배를 포획하더니 저항하는 사람들은 모두 죽이고, 나를 포함해 순순히 항복한 사람들은 포로로 만들었습니다. 해적은 우리가 가지고 있던 물건을 모조리 빼앗고 옷까지 모두 벗겼습니다. 그러고는 멀리 떨어져 있는 섬에 우리를 노예로 팔아 버렸습니다. 나를 노예로 산 주인은 어느 부유한 상인이었습니다. 그는 나를 집으로 데려가서 새 옷을 입히고 잘 먹였습니다. 며칠이 지나서 그는 나에게 무슨 일을 할 수 있는지 물었습니다.

나는 그저 부자 상인이었는데 해적에게 붙잡혀 모든 걸 잃어버렸다고만 이야기했습니다. 그러자 주인은 다시 물었습니다.

"자네는 활을 쏠 줄 아는가?"

나는 젊을 때 활쏘기가 취미였기 때문에 연습만 조금 하면 실력이 되살아날 것이라고 대답했습니다.

그랬더니 주인은 자기 코끼리에 나를 태우고 마을에서 멀리 떨어진 큰 숲으로 갔습니다. 숲속 깊숙이 들어가자 주인은 코끼리를 멈추게 하고 나에게 이렇게 말했습니다.

"이 숲에는 코끼리가 가득하네. 이 큰 나무에 숨어서 지나가는 코끼리를 활로 쏘게나. 그중 한 마리를 잡으면 나에게 꼭 알려 주게."

주인은 먹을 것을 조금 주고는 그대로 마을로 돌아가 버렸습니다. 나는 나무 위로 올라가 계속 아래를 지켜봤습니다. 그날 밤에는 아무것도 보이지 않았습니다. 그런데 다음 날 해가 뜨자마자 엄청난 코끼리 떼가 주변 초목을 짓밟으며 우르르 지나갔습니다. 나는 때를 놓치지 않고 화살을 여러 발 날렸는데, 마침내 한 마리가 화살에 맞아 쓰러져 죽었습니다. 다른 놈들은 모두 사라져 버렸습니다. 나는 나무에서 얼른 내려와 주인에게 사냥에 성공했다고 알렸습니다. 덕분에 아낌없는 칭찬을 들으며 융숭한 대접을 받았습니다. 우리는 다시 숲으로 가서 거대한 구덩이를 파고 내가 잡은 코끼리를 묻었습니다. 코끼리가 썩어 뼈만 남으면 돌아와서 상아를 가져갈 속셈이었던 것입니다.

이런 식으로 나는 두 달 동안 사냥을 했고 코끼리를 잡지 못한 날이 없었습니다. 물론 항상 같은 나무에 오르지 않고 매일 다른 나무로 옮겨 다녔습니다. 그러던 어느 날 아침, 나는 여느 때처럼 코끼리 떼를 기다리고 있었습니다. 그런데 평소처럼 코끼리 떼가 나무 밑을 지나가지 않고 멈춰 서서 나무를 둘러싸는 것이었습니다. 코끼리 떼는 무섭게 울부짖으면서 무거운 발로 땅을 쿵쿵 울렸습니다. 노려보는 그놈들의 눈과 마주쳤을 때 그만 공포에 사로잡히고 말았지요. 결국 손을 덜덜 떨다가 활을 놓치고 말았습니다. 정말 두려울 만했습니다. 아닌 게 아니라 그중에 가장 덩치 큰 녀석이 긴 코로 나무둥치를 감아 힘을 쓰니까 나무가 뿌리째 뽑히고 말았습니다. 나뭇가지 사이에 뒤엉켜 있던 나는 그대로 땅으로 떨어질 수밖에 없었습니다. 이젠 진짜로 이생의 삶은 마지막이라고 생각했습니다.

그런데 그 커다란 녀석이 나를 조심히 들어 올리더니 자기 등에 태우는 것이었습니다. 나는 코끼리 등에 반죽음 상태로 매달려 있었고, 코끼리 떼는 울창한 숲속으로 들어갔습니다. 한참 시간이 흐른 뒤에 코끼리는 나를 땅에 내려 줬습니다. 나는 마치 꿈속에 있는 듯, 뒤돌아서 숲속으로 사라져 가는 코끼리 떼의 뒷모습을 멍하니 바라봤습니다. 정신을 차려 보니 어느 거대한 언덕 위에 서 있더군요. 사방이 코끼리의 뼈와 상아로 뒤덮여 있었습니다. 나는 혼잣말로 중얼거렸습니다.

"이곳은 코끼리의 공동묘지가 틀림없어. 녀석들은 나에게 더 이상 자신들을 죽이지 말라고 여기로 데려온 거야. 내가 평생 옮겨도 다 옮기지 못할 만큼 상아가 널려 있구나."

나는 신속히 마을로 돌아갔습니다. 돌아가는 동안 코끼리는 한 마리도 보지 못했습니다. 녀석들이 일부러 숲으로 깊숙이 들어가 '상아 언덕'까지 가는 길을 열어 줬다는 생각이 들었습니다. 녀석들의 현명함에 기가 찰 노릇이었지요. 꼬박 하루 밤낮이 걸려 주인집에 도착했습니다. 주인은 나를 보자마자 놀라움과 반가움을 감추지 못했습니다.

"아, 가엾은 신드바드! 자네가 어떻게 되었을까 봐 얼마나 걱정했는지 모르네. 숲에 갔더니 나무가 뿌리째 뽑혀 있고 활은 땅에 떨어져 있지 뭔가. 자네를 다시는 볼 수 없을 거라 생각했네. 어떻게 살아서 돌아왔는지 말해 줄 수 있겠나?"

나는 주인에게 그동안 있었던 일을 모두 말했습니다. 다음 날 우리는 상아 언덕에 함께 올랐고, 주인은 내가 들려준 이야기가 진짜임을 확인하고 뛸 듯이 기뻐하더군요. 우리는 타고 온 코끼리 등에 가능한 만큼 상아를 실었습니다. 집으로 돌아오는 길에 주인이 말했습니다.

"내 형제여, 나를 부자로 만들어 준 자네를 더 이상 노예로 대하지 않겠네. 이제 자유인으로 살게나. 신께서 자네에게 복을 내려 주시길 바라네. 사실대로 말하자면, 매년 수많은 노예들이 사냥을 나갔다가 야생 코끼리들에게 희생당했네. 아무리 좋은 충고를 해도 얼마나 오래 버티느냐의 차이만 있지 살아남은 노예는 끝내 없었네. 저 흉악한 코끼리들에게서 살아남았다는 건 그만큼 신께서 자네를 특별히 보호해 주셨다는 의미지. 이제 자네 한 사람을 통해 더 이상의 희생 없이 온 마을이 부유하게 되었네. 그러니 노예 신분에서 해방시켜 줄 뿐만 아니라 재산도 마련해 주겠네."

"주인님, 감사합니다. 주인님께 신의 축복이 있기를 빕니다. 저는 고향으로 돌아갈 자유만 허락된다면 그것으로 족합니다."

"좋아, 그렇게 하게. 곧 계절풍이 불면 상아를 가지러 오는 배들이 올 걸세. 그때 고향으로 돌아가도록 하게. 여행 경비는 두둑이 챙겨 주겠네."

그래서 나는 계절풍이 부는 시기가 올 때까지 주인집에 머물면서 창고를 코끼리 상아로 가득 채웠습니다. 이 비밀을 알게 된 마을의 다른 상인들도 상아를 가져다가 자기 창고를 채웠습니다. 마침내 배들이 도착하자 주인은 내가 타고 갈 배를 직접 골랐습니다. 충분한 식량과 함께 코끼리 상아와 값비싼 특산품도 많이 챙겨 줬습니다. 나는 분에 넘치는 은혜에 진심 어린 감사의 마음을 전했습니다. 그러고 나서 우리는 작별을 고했습니다.

나는 배를 타고 오래지 않아 어느 항구로 가서 육지에 내렸습니다. 그동안 나에게 일어났던 모든 일 때문에 바다 위에 있을 때 도무지 마음이 편하지 않았기 때문입니다. 가지고 있던 상아는 모두 황금으로 바꾸고, 진귀한 선물들을 많이 구입했습니다. 나는 짐을 낙타에 싣고 어느 대상 무리에 합류했습니다. 여행은 길고 지루했지만, 적어도 바다의 폭풍이나 해적, 바다뱀 같이 예전에 겪었던 위험 요소는 없었기 때문에 힘든 여정을 참아 냈습니다. 무사히 바그다드에 도착한 나는 먼저 칼리프를 찾아가 사절단으로서 수행한 일을 보고했습니다. 칼리프께서는 내가 없는 동안 걱정을 많이 했지만, 모든 일이 잘될 것을 소망했다고 합니다. 코끼리와 관련된 모험담을 전하자 상당히 놀라시더군요. 내가 진실한 사람인지 몰랐다면 아마 내 이야기를 믿지 않으셨을 것입니다.

칼리프께서는 내가 전한 이 이야기를 비롯한 여러 이야기를 황금 글자로 기록해 왕궁의 보물창고에 보관하라고 명령했습니다. 나는 칼리프께 많은 선물을 받은 뒤 기분 좋게 집으로 돌아갔습니다. 그때부터 지금까지 나는 더 이상 항해를 떠나지 않고 가족과 친구들과 함께 행복하게 지내고 있습니다.

이렇게 하여 신드바드는 일곱 번째이자 마지막 항해 이야기를 마쳤습니다. 이어서 힌드바드에게 다음과 같이 말했습니다.

"자, 내 이야기를 들으니 어떤가? 자네는 나보다 더 고생하거나 힘든 위기를 지나온 사람의 이야기를 들어 본 적이 있는가? 이 정도로 살았다면 이제는 편안하고 조용하게 살아도 되지 않겠나?"

힌드바드는 신드바드에게 가까이 다가가 손에 입을 맞추고 정중하게 말했습니다.

"나리, 정말 끔찍이도 위험한 모험을 겪어 오셨습니다. 제 고통은 나리의 고통에 비하면 새 발의 피도 안 되지요. 나리는 소유하고 있는 재산을 마땅히 누리실 자격이 있습니다. 부디 여생을 행복하고 즐겁게 보내시기를 바랍니다."

신드바드는 힌드바드에게 다시 100시퀸을 주면서 그를 친구로 삼았습니다. 이제 짐꾼 일은 그만두고 매일같이 와서 먹으라고 했습니다. 그러면서 항해자 신드바드의 인생을 모두 기억해 주기를 바랐습니다.

키 작은
꼽추 이야기

옛날 대타타르 왕국의 변경에 카슈가르라는 도시가 있었습니다. 그 도시에는 금슬이 좋은 재봉사 부부가 살고 있었습니다. 어느 날 재봉사가 일하는 가게 앞에 키 작은 꼽추 하나가 찾아와 앉았습니다. 그러더니 갑자기 탬버린을 치면서 노래를 부르는 것이었습니다. 꼽추의 노래에 재봉사도 덩달아 흥이 올랐습니다. 그래서 집으로 꼽추를 데려가 아내에게 보여 주고 싶었습니다. 꼽추는 재봉사의 초대에 응했고, 재봉사는 곧바로 가게 문을 닫고 집으로 향했습니다.

두 사람이 집에 도착하니 마침 아내가 저녁을 한 상 푸짐하게 준비해 놓고 있었습니다. 모두 식탁에 둘러앉자 아내가 맛있는 생선 요리를 내왔습니다. 그런데 아뿔싸, 꼽추의 목에 그만 생선 가시가 걸리고 말았습니다! 재봉사와 아내가 어찌할 바를 몰라 발을 구르고 있는 사이, 꼽추는 그 자리에서 죽어 버렸습니다. 재봉사 부부는 안타까운 마음도 잠시, 갑자기 큰 두려움을 느꼈습니다. 자기들 집에서 사망 사건이 벌어졌으니 공연히 살인범으로 몰려 감옥에 들어갈 수도 있겠다 싶었던 것입

꼽추의 죽음

니다. 부부는 이 끔찍한 재앙을 피하기 위해 다른 사람에게 혐의를 뒤집어씌울 묘책을 생각해 내기로 했고, 마침내 집 근처에 살고 있는 유대인 의사를 살인범으로 몰기로 했습니다. 재봉사는 죽은 꼽추의 머리를, 아내는 다리를 들고 의사의 집 앞으로 옮겼습니다. 그러고는 문을 두드리자 곧 문이 열렸습니다. 가파른 계단에서 내려온 하녀가 무슨 일인지 물었습니다.

"의사 선생님 좀 불러 주세요. 저희가 돌보던 환자가 위중해져서 데려왔습니다."

그러더니 재봉사는 돈을 주면서 이렇게 덧붙였습니다.

"여기 선금입니다. 의사 선생님이 괜히 아까운 시간을 뺏겼다는 생각을 하지 않으시도록 드리는 겁니다."

하녀는 의사에게 소식을 전하러 다시 가파른 계단을 올라갔습니다. 하녀가 보이지 않자 재봉사 부부는 시신을 얼른 계단 꼭대기에 올려놓고 도망치듯 집으로 돌아갔습니다.

의사는 환자가 왔다는 소식에 매우 기뻤습니다. 사실 그는 아직 젊어서 환자들이 많이 찾아오지 않았기 때문이지요.

"등불을 들고 얼른 나를 따라오게."

의사는 이렇게 말하고는 하녀가 등불을 들고 따라오기도 전에 재빨리 방을 뛰쳐나가 계단으로 달려갔습니다. 어두컴컴한 복도를 뛰던 그는 꼽추의 시신이 바닥에 놓여 있는 걸 보지 못하고 발로 꼽추의 옆구리를 세게 걷어찼습니다. 그 바람에 시신은 가파른 계단 꼭대기에서 바닥까지 데굴데굴 굴러떨어졌습니다.

"등불, 어서 등불을 가져와!"

그제야 하녀가 가져온 등불을 비춰 본 의사는 자기가 방금 무슨 일을 저질렀는지 깨닫게 되었습니다.

"아, 이런! 내가 왜 등불도 없이 계단을 내려가려고 했을까? 날 찾아온 환자를 내 발로 차서 죽이다니! 에스라의 당나귀(유대인 사제 에스라가 바빌론에서의 포로 생활을 끝내고 고향 예루살렘으로 돌아올 때 탔던 짐승을 가리킨다. 헛된 구원을 바라는 유대인의 순진한 신앙을 비꼬는 대목으로 보인다-옮긴이)가 찾아와 나를 도와주지 않으면 난 이제 끝장난 거야! 머지않아 살인범으로 몰려 감옥에 끌려가겠지."

젊은 의사는 마음이 불안했지만, 다시 정신을 차리고 재빨리 문을 닫는 걸 잊지 않았습니다. 혹시라도 지나가던 사람이 볼지도 모르니까요. 의사는 시신을 들어 아내의 방에 옮겨 놓았습니다. 아내는 죽은 시신을 보자마자 놀라 자빠질 뻔했지요.

"집에서 이 시신을 없앨 방법을 찾지 못하면 우리는 모두 끝장이에요. 날이 밝으면 시신을 숨길 수도 없어요. 어쩌다 이런 끔찍한 일을 저질렀어요?"

의사의 아내가 흐느끼며 말했습니다.

"그건 신경 쓰지 마시오. 어쨌든 여기서 벗어날 방법을 찾아야 하오."

의사와 그의 아내는 시신을 처리할 방법을 밤새 궁리했습니다. 하지만 그는 아무리 머리를 굴려도 뾰족한 수가 떠오르지 않았습니다. 결국 모든 걸 포기하고 벌을 달게 받기로 마음먹었습니다.

그런데 남편보다 훨씬 총명한 아내가 갑자기 소리쳤습니다.

"저에게 좋은 방법이 떠올랐어요! 시신을 건물 옥상으로 들고 올라가서 이웃에 있는 이슬람교도 집의 굴뚝 속으로 던져 버리는 거예요."

이 이슬람교도는 술탄이 고용한 사람이었는데, 왕궁의 식탁에 올릴 기름과 버터 등 유제품을 공급하는 업자였습니다. 그의 집 일부는 큰 창고로 되어 있었고, 거기에는 쥐들이 들끓었습니다.

아내의 계획에 선뜻 동의한 의사는 꼽추를 들쳐 업고 옥상으로 올라갔습니다. 꼽추의 겨드랑이 아래로 밧줄을 묶고는 굴뚝을 통해 시신을 왕궁 납품업자의 침실 안으로 천천히 내렸습니다. 꼽추는 마치 살아 있는 사람처럼 방 안의 벽에 기대어 서 있는 상태가 되었습니다. 부부는 시신이 바닥에 닿았다는 걸 느끼자 꼽추를 그 상태로 놔두고 밧줄만 다시 끌어올렸습니다.

의사 부부가 집으로 다시 돌아가기 무섭게, 왕궁 납품업자가 자기 방으로 들어왔습니다. 그날 저녁 혼인 잔치에 참석하고 돌아온 그는 손에 흐릿한 등불을 들고 있었습니다. 그런데 굴뚝 속에 웬 괴한이 서 있는 것을 보고는 까무러치게 놀랐습니다. 하지만 기질적으로 용감했던 이슬람교도 납품업자는 꼽추가 도둑이라 생각하고는 몽둥이를 쥐고 달려들었습니다.

"지금까지 내 버터를 훔쳐 간 것이 쥐새끼들이 아니라 바로 네놈이었구나! 이제 두 번 다시는 내 집에 발을 들여놓지 못하게 만들어 주마!"

이렇게 말한 그는 몽둥이로 꼽추를 두들겨 팼습니다. 시신은 그대로 바닥에 고꾸라졌지만, 분이 풀리지 않은 집주인은 몽둥이질을 멈추지 않았습니다. 그런데 이상하게도 쓰러진 도둑이 움직이거나 저항하지 않았습니다. 집주인은 꼽추가 죽었다는 걸 알게 되자 두려움에 휩싸였습니다.

"빌어먹을, 내가 사람을 죽이다니. 아, 내 복수가 너무 지나쳤구나. 알라의 도움이 없다면 난 이제 끝이야. 저주받을 식료품들 때문에 내가 이런 수모를 겪는구나!"

그는 이미 형장의 밧줄이 자기 목에 걸려 있는 것 같았습니다.

놀란 가슴을 가라앉히고 이 난관을 벗어날 방법을 찾기 시작한 납품업자는 결국 꼽추를 안고 거리로 나와서 어느 가게 벽에 기대어 놓고는 뒤도 돌아보지 않고 집으로 돌아가 버렸습니다.

동트기 직전, 어느 부유한 기독교도가 밤새 잔치를 즐기고 목욕탕에 가려고 집을 나섰습니다. 그는 왕궁에 온갖 생필품을 공급하는 상인이었지요. 술에 진탕 취해 있었지만 곧 동이 트고 이슬람교도들이 새벽 기도를 올릴 거라는 건 잘 알고 있었습니다. 그래서 모스크로 향하는 이슬람교도를 만나지 않으려고 걸음을 재촉했습니다. 만약 이슬람교도 중 누군가가 술에 취한 자신을 본다면 신고해 감옥에 보낼지도 몰랐기 때문입니다. 정신없이 서두르던 기독교도 상인은 꼽추의 시신에 발이 걸려 넘어지고 말았습니다. 도둑이 습격했다고 생각한 그는 주먹으로 꼽추를 내리쳤습니다. 쓰러진 꼽추를 주먹으로 계속 내리치면서 주변에 도움을 요청했습니다.

고함 소리를 듣고 달려온 경비대원은 웬 기독교도가 이슬람교도를 해치는 장면을 목격했습니다.

"지금 뭐 하는 짓이오?"

화가 난 경비대원이 물었습니다.

"이놈이 도둑질을 하려고 했소. 내 목을 조르려 했단 말이오."

상인이 대답했습니다.

"자, 그만하면 되었소. 이제 물러서시오."

경비대원은 상인의 팔을 잡아끌면서 말했습니다. 그러고는 꼽추를 붙잡아 일으켜 세우려 했는데, 꼽추는 꿈쩍도 하지 않았습니다. 꼽추를 자세히 살펴본 경비대원은 기겁했습니다.

"오오! 기독교도가 감히 이슬람교도를 죽이다니!"

경비대원은 상인을 체포해 관청으로 끌고 갔습니다. 경비대장이 아직 잠자리에서 일어나지 않아 상인은 재판관이 올 때까지 감옥 안에 갇혀 있었지요. 시간이 지나 상인은 술이 깼는데, 아무리 생각해 봐도 주먹 몇 대 맞았다고 해서 꼽추가 죽는다는 게 도무지 이해되지 않았습니다.

상인이 여전히 이런 생각에 골몰하고 있을 때 경비대장이 죄인을 소환했습니다. 경비대장 앞에 끌려간 상인은 심문을 받았지만 자신의 죄를 부인할 방법이 없었습니다. 죽은 꼽추는 원래 술탄의 어릿광대 중 하나였기 때문에, 경비대장은 술탄에게 뜻을 물어보고 상인을 처형하기로 했습니다. 그래서 왕궁으로 가 지금까지 벌어진 일을 술탄에게 보고했습니다. 보고를 들은 술탄은 단호하게 말했습니다.

"이슬람교도를 죽인 기독교도에게 용서란 없다. 당장 처형하라."

명령이 떨어지자 경비대장은 광장에 교수대를 세우고 이슬람교도를 죽인 기독교도의 처형 소식을 도시 전체에 알리게 했습니다.

광장에 사람들이 바글바글 몰리자 상인은 감옥에서 나와 교수대로 끌려갔습니다. 처형 집행관이 상인의 목에 줄을 걸었습니다. 줄을 잡아 당겨 상인을 공중에 매달려는 찰나, 술탄에게 유제품을 납품하는 업자가 군중을 뚫고 교수대 앞으로 나오며 소리쳤습니다.

"멈추세요, 당장 멈춰요! 살인을 저지른 자는 그가 아니라 바로 나입니다."

이 광경을 지켜보던 경비대장이 납품업자를 심문하자, 납품업자는 자신이 꼽추를 어떻게 죽였고 어떻게 기독교도 상인이 꼽추를 발견한 곳에 옮겼는지 숨김없이 말했습니다.

"여러분은 죄 없는 사람을 죽이려 한 것입니다. 그가 이미 죽은 사람을 또 죽일 수는 없잖아요. 한 명의 이슬람교도를 죽인 저의 죄는 이미 큽니다. 그런데 아무 죄 없는 기독교도까지 죽는다면 제 양심은 평생 고통을 받을 것입니다."

납품업자가 모든 청중이 듣는 앞에서 큰 소리로 자백하자, 경비대장은 기독교도 상인을 풀어 주지 않을 수 없었습니다.

"저 기독교도의 목에 감긴 줄을 풀어 줘라. 그리고 범행을 자백했으니 틀림없이 이자가 살인범이다. 이자를 교수대에 세워라!"

경비대장은 처형 집행관에게 명령을 내렸습니다.

처형 집행관은 명령에 따라 납품업자의 목에 줄을 걸었습니다. 그런 다음 줄을 당기려고 하는데, 멀리서 유대인 의사의 목소리가 들려왔습니다. 그는 군중 속을 헤치며 경비대장이 있는 곳까지 걸어 나왔습니다.

"존경하는 대장님. 이 이슬람교도는 살인을 저지르지 않았습니다. 제가 살인을 저질렀습니다. 지난밤에 어느 남자와 여자가 저희 집 문을 두드리고는 돌보던 환자를 데려왔습니다. 하녀가 문을 열었지만 등불이 없어 그들의 얼굴은 제대로 확인하지 못했습니다. 하녀는 잠자던 저를 깨우더니 선금으로 받은 돈을 건네줬습니다. 제가 하녀의 이야기를 듣는 동안, 그 남자와 여자는 환자를 계단 꼭대기에 올려놓고 돌아간 듯합니다. 저는 등불도 없이 서둘러 뛰어나갔고, 그러다 어둠 속에서 뭔가를 걷어찼는데 그것이 계단 아래로 굴러떨어져 버렸습니다. 내려가서 확인해 보니 이슬람교도 꼽추였습니다. 그는 이미 죽어 있었습니다.

겁을 먹은 저와 제 아내는 시신을 옥상으로 가지고 올라가 이웃인 납품업자의 집 굴뚝으로 내렸습니다. 그 이웃이 바로 교수대에 서 있는 저 납품업자입니다. 자기 방에서 꼽추를 발견한 납품업자는 당연히 도둑이라고 생각해 몽둥이로 두들겨 팼고, 시신은 바닥에 쓰러져 움직이지 않았던 것입니다. 꿈쩍도 하지 않는 걸 확인한 납품업자는 자신이 휘두른 방망이에 꼽추가 죽었다고 생각했을 것입니다. 하지만 제가 지금까지 설명했듯이 그건 오해고, 제가 바로 살인범입니다. 물론 저는 살인을 저지를 의도가 추호도 없었습니다. 하지만 죄 없는 두 명의 이슬람교도가 저 때문에 죽는다면 제 양심이 괴로울 것입니다. 바라건대 이 사람을 보내 주시고 죄를 지은 저를 처형해 주십시오.”

유대인 의사의 자백을 들은 이상 경비대장은 술탄의 납품업자를 풀어 줄 수밖에 없었습니다. 이번에는 교수대의 줄을 유대인 의사의 목에 걸었습니다. 유대인의 발이 바닥에서 떨어지려고 할 때쯤, 재봉사의 목소리가 들려왔습니다. 재봉사는 처형 집행관에게 잠깐 멈추라고 하더니 자기 이야기를 들어달라고 애원했습니다.

재봉사는 경비대장을 바라보며 말을 이어 갔습니다.

“오, 대장님. 대장님은 벌써 죄 없는 사람 세 명을 죽일 뻔했습니다! 하지만 제 이야기를 들어 보시면 누가 진짜 범인인지 알게 되실 것입니다. 이 죄로 고통을 받아야 할 사람이 있다면 바로 접니다! 어제 저녁 무렵에 기분 좋게 일을 하고 있는데, 거나하게 취한 꼽추 하나가 제 가게 앞에 와서 자리를 잡고 앉았습니다. 그가 노래를 부르니 하도 흥이 나서 저희 집으로 초대를 했지요. 초대에 응한 꼽추와 함께 집으로 갔습니다.

저녁 식사 자리에서 저는 생선 요리를 대접했습니다. 그런데 생선 가시가 그만 꼽추의 목에 걸리고 말았습니다. 꼽추는 손쓸 겨를도 없이 그 자리에서 죽고 말았지요. 그의 죽음이 애달팠지만, 저희가 누명을 뒤집어쓸까 봐 두려웠습니다. 그래서 유대인 의사의 집으로 시신을 옮겼던 것입니다. 의사의 집 문을 두드리자 하녀가 나오기에 그녀에게 이야기했습니다. 빨리 의사 선생님에게 가서 환자를 봐 달라는 말을 전하라고요. 그리고 의사가 거절하지 못하도록 선금까지 지불했지요. 하녀가 사라지자 저는 꼽추의 시신을 계단 꼭대기에 올려놓고 아내와 함께 집으로 돌아왔습니다. 계단을 내려오던 의사는 자기도 모르게 시신을 발로 차서 자신이 살인을 저질렀다고 생각하게 된 것입니다. 하지만 이제 진실을 알게 되셨으니 유대인 의사를 풀어 주시고 저를 죽여 주십시오."

경비대장과 구경꾼들은 꼽추의 죽음을 둘러싼 이 기이한 사건에 놀라움을 금치 못했습니다.

"유대인 의사를 풀어 줘라. 그리고 재봉사가 자백했으니 그를 체포하라. 이 사건은 누가 들어도 참으로 기묘하다. 그러니 황금 글자로 적어서 길이 남겨 놓을 만하다."

처형 집행관은 유대인 의사를 묶었던 끈을 풀어 재봉사를 재빨리 묶었습니다. 그다음 재봉사의 목에 교수대의 줄을 걸었습니다.

그 무렵, 카슈가르의 술탄은 자신의 어릿광대 꼽추를 보고 싶어 관리들에게 그가 어디에 있는지 알아보게 했습니다. 그러자 관리들이 이렇게 대답했습니다.

"폐하, 꼽추는 어제 술에 취해 왕궁을 빠져나가 도시 여기저기를 돌아다닌 듯합니다. 말씀드리기 송구하지만 오늘 아침에 변사체로 발견되었습니다. 한 남자를 범인으로 체포해 교수형에 처하려고 했는데, 다른 사람들이 연달아 나타나 자신이 범인이라고 자백했습니다. 경비대장은 지금 자기가 진짜 살인범이라고 주장하는 사람을 심문하고 있습니다."

카슈가르의 술탄은 관리들의 말이 끝나기 무섭게 형리를 처형장에 파견했습니다. 형리에게 경비대장과 함께 꼽추의 죽음과 연루된 사람들을 모두 데려오고 시신도 가져오라고 했습니다. 형리는 곧장 처형장으로 달려갔습니다. 재봉사의 목에 줄을 감고 공중에 매달리려고 할 때, 고요한 군중 속에서 당장 처형을 멈추라는 형리의 외침이 들렸습니다. 형리가 술탄의 신하임을 알아본 처형 집행관은 재봉사의 처형을 멈췄습니다. 형리는 재봉사가 무사한지 확인한 다음 경비대장에게 술탄의 명령을 전했습니다. 경비대장은 그 명령에 따라 재봉사, 유대인 의사, 이슬람교도 납품업자, 기독교도 상인을 데리고 왕궁으로 향했습니다. 그리고 이 네 명에게 꼽추의 관을 들게 했습니다.

행렬이 왕궁에 도착하자 경비대장은 술탄의 발 앞에 엎드려 절을 올렸습니다. 그리고 이 사건에 관해 자신이 알고 있는 모든 것을 상세히 보고했습니다. 기이한 이야기에 놀란 술탄은 왕실 사관에게 이 사건을 정확하게 기록해 놓으라고 명했습니다. 그래서 스스로 살인범이라 생각했던 네 사람의 소행을 앞으로도 절대 잊지 않게 했습니다.

또한 꼽추와 관련된 사람들을 모두 불러 모은 뒤 각자의 이야기를 해 달라고 요청했습니다. 잡혀 온 사람들은 저마다 자신의 이야기를 했는데, 재봉사는 자기가 아는 어느 수다스러운 이발사 이야기를 꺼내며 그 이발사가 들려준 형제들 이야기를 소개했습니다.

그는 이발사가 했던 자기 형제들 이야기를 술탄에게 있는 그대로 들려줬답니다.

***

이발사의 다섯째 형 이야기

아버지가 살아 계시는 동안 알나샤르 형님은 매우 게을렀습니다. 일을 해서 돈을 버는 대신 매일 저녁 사람들에게 구걸해서 그것으로 다음 날 배를 채웠습니다. 연로하신 아버지는 세상을 떠나시면서 700드라크마*를 똑같이 나눠 저희 일곱 형제에게 각각 100드라크마씩 주셨습니다. 평생 이렇게 큰돈을 가져 본 적이 없던 알나샤르 형님은 그 돈을 어떻게 써야 할지 몰라 당황했습니다. 얼마간 고민한 형님은 병이나 그릇 같은 유리 제품을 구입하기로 하고 도매상을 찾아갔습니다. 물건을 산 뒤 목이 좋은 위치에 있는 작은 가게를 구했습니다. 바구니에 유리 제품을 담아 놓고 앉아서 손님이 오기를 기다렸지요.

그는 앉은 채로 바구니에 담긴 유리 제품들을 물끄러미 바라보다가 몽상에 빠져들었습니다. 그러더니 무의식중에 큰 소리로 말하기 시작했습니다. 심지어 옆 가게에 있는 재봉사도 형님의 목소리를 또렷하게 들을 정도였답니다.

"이 바구니에 있는 물건을 장만하느라 나의 전 재산 100드라크마가 들었어. 나는 이 물건을 다 팔아서 200드라크마를 벌 거야. 그런 다음 다시

* 고대 그리스의 화폐 (은화) 단위.

200드라크마로 물건을 사서 팔면 400드라크마를 벌겠지. 이런 식으로 하면 머지않아 4000드라크마를 모을 수 있을 거야. 1만 드라크마를 모을 때쯤이면 유리 제품 장사는 집어치우고 보석상이 될 거야. 진주, 다이아몬드 같은 보석을 취급하는 데 온 힘을 기울여야지. 드디어 내가 원하는 만큼 재산을 모으면 멋진 저택을 구하고 말과 하인들을 사들일 거야. 행복한 삶을 영위하면서 친구들과도 즐겁게 놀 거야. 잔치를 열고 내로라하는 음악가와 무용수들을 불러 초대한 손님들을 기쁘게 해 줘야지. 여기서 만족하지 않아. 10만 드라크마를 모을 때까지 사업을 계속할 거야. 그래서 왕후장상이 부럽지 않은 사람이 될 거라고. 나는 대재상의 딸에게 청혼할 거야. 대재상에게는 따님의 미모와 지혜를 익히 들어 잘 알고 있다면서 결혼식을 올리는 날 금화 1000닢을 주겠다고 약속해야지. 물론 그럴 일은 없겠지만 혹시라도 대재상이 내 제안을 거절한다면, 그놈의 수염을 붙잡고 내 집으로 끌고 올 거야.

대재상의 딸과 결혼하면 아내에게 내시 열 명을 붙여 줄 거야. 나는 아주 화려한 예복을 입고 금과 다이아몬드로 안장을 장식한 말에 올라타, 앞뒤로 수많은 하인을 거느린 채 대재상의 집으로 행차할 거야. 그러면 거리에서 나를 보는 사람들은 모두 눈을 내리깔고 고개를 숙이겠지. 대재상의 집에 도착하면 말에서 내려 하인들이 양쪽으로 죽 늘어선 가운데 계단을 올라갈 거야. 계단 꼭대기에는 나를 기다리는 대재상이 있을 거고. 대재상은 나를 사위로 맞이하면서 극진한 예를 표하기 위해 자신은 낮은 자리로 가고 나에게 높은 자리를 내주겠지. 그러면 나는 하인 두 명에게 각각 금화 1000닢이 들어 있는 주머니를 가지고 들어오라고 할 거야. 그중 하나를 대재상에게 건네면서 이렇게 말하는 거지. '자,

이건 제가 결혼식 날 드리기로 한 금화 1000닢입니다. 받으십시오.' 그리고 이어서 두 번째 주머니를 내밀며 이렇게 말하는 거야. '이것도 똑같은 금화 1000닢이니 받으십시오. 나는 약속한 것보다 더 주는 사람이라는 걸 보여 드리는 겁니다.' 이 일로 내가 얼마나 후한 사람인지 온 세상에 소문이 나고도 남겠지.

나는 다시 화려한 행렬을 거느리고 집으로 돌아갈 거야. 내 아내는 사람을 보내서 자신의 아버지 대재상을 찾아뵌 것에 대한 감사의 뜻을 전하겠지. 그러면 하인에게 귀한 옷과 값진 선물을 안겨서 보낼 거야. 만약 아내가 선물을 보내면 받지 않고 다시 돌려보낼 거고.

그리고 아내가 내 허락 없이 외출하는 걸 봐주지 않을 거야. 아내의 규방에 들 땐 나에 대한 존경심이 우러나도록 위엄 있는 태도를 보일 거야. 집안의 법도를 바로 세우겠다는 것이지. 내 위치에 걸맞게 항상 품위 있는 옷을 입고 다니고, 저녁이 되어 규방에 들면 늘 상석에 앉아 과묵하게 처신하겠어. 내 아내가 아무리 보름달처럼 예쁘게 치장하고 나를 맞이해도 나는 그녀를 본체만체할 거야. 그러면 아내의 시녀들이 나에게 이렇게 말하겠지. '주인님, 여기 신부께서 주인님을 기다리고 있습니다. 눈길 한 번 안 주셔서 상심이 크십니다. 너무 오래 기다려 지쳐 있습니다. 그저 자리에 앉으라는 말씀만이라도 해 주세요.'

물론 나는 이 말도 못 들은 체하겠어. 그러면 시녀들도 괴로워하겠지. 내 발밑에서 애걸복걸할 거고. 그럼 나는 마지못한 듯 그들에게 시선을 던질 거야. 그리고 다시 무심한 자세를 취하는 거지. 시녀들은 내가 신부의 옷을 마음에 들어 하지 않는다고 생각해 신부를 데려가서 더 좋은 옷으로 갈아입힐 거야. 그동안 나도 좀 더 화려한 옷으로 갈아입을 거야. 시녀들은 다시 방으로 돌아와 이번에도 나에게 신부를 봐 달라고 애걸복걸할 테지. 나는 한참 뜸을 들인 뒤에야 신부를 쳐다봐 줄 거야. 이런 식으로, 내가 내 아내를 앞으로 어떻게 다룰 건지 신혼 첫날밤에 분명히 확인시켜 주겠어.

　다음 날 신부는 자기 어머니에게 가서 자신이 어떤 대우를 받았는지 말하며 불만을 터뜨릴 거야. 그 모습을 보고 있으면 얼마나 신이 날까. 장모는 나를 찾아와 내 손에 입을 맞추며 경의를 표한 다음 이렇게 말하겠지. '오, 선생님(장모도 나를 감히 '여보게' 하고 부르지는 못하겠지. 감히 내 기분을 건들 수 없을 테니까.), 바라건대, 제발 우리 딸에게 눈길을 주시고 다가와 주시기를 바랍니다. 제 딸애는 이제 선생님을 기쁘게 하는 일밖에는 생각하지 않습니다. 정말 선생님을 진심으로 사랑하고 있답니다.'

　하지만 나는 장모의 말에 대답 한마디 없이 엄숙한 태도를 취할 거야. 그러면 장모가 다시 내 발밑에 엎드려 애원하겠지만, 조금도 흔들리지 않을 거야. 장모는 딸에게 포도주 잔을 쥐어 주면서 이렇게 말하겠지. '네가 직접 서방님에게 한잔 올려 드려라. 설마 예쁜 손으로 따라 드리는 포도주를 거절할 분은 아니실 거야.' 아내는 포도주 잔을 들고 와서 나에게 건네며 벌벌 떨 거야. 눈가에는 눈물이 그렁그렁 맺혀 있을 테고. 하지만 나는 다른 곳을 쳐다보고 있겠지. 그럼 아내가 흐느껴 울면서 술잔을 내밀고 이렇게 호소하겠지. '사랑하는 나의 서방님, 제가 올리는 술잔을 제발 거절하지 말아 주세요.' 반복되는 요청에 진절머리가 난 나는 아내의 뺨을 때리고 발로 세게 걷어차 버릴 거야. 그럼 그녀는 소파 위로 벌러덩 넘어지겠지."

　제 형님은 몽상에 너무 몰입한 나머지 실제로 발길질을 했습니다.

)

바구니를 발로 차는 알나샤르

그런데 불행하게도 유리 제품이 담긴 바구니를 차 버렸습니다. 바구니는 길바닥에 나뒹굴었고 그 안에 있던 유리 제품들은 산산조각이 났습니다.

그의 헛된 몽상을 엿듣던 이웃 가게의 재봉사는 이 광경을 보고 폭소를 터뜨렸습니다.

"에이, 못된 인간아! 나무랄 데 없는 젊은 아내를 그런 식으로 대하는 게 부끄럽지도 않나? 신부가 그렇게 눈물로 호소하는데도 무시해 버리면 자네는 짐승과 다를 바 없어. 내가 대재상이면 당장 자네를 잡아서 채찍을 한 100대쯤 때리고 온 도시를 돌며 자네의 죄를 알리도록 하겠네."

돌이킬 수 없는 사고를 친 형님은 그제야 정신이 번쩍 들었습니다. 터무니없는 교만 때문에 불행을 자초한 형님은 괴로운 마음에 옷을 찢고 머리를 쥐어뜯었습니다. 얼마나 큰 소리로 울었는지 지나가던 행인들이 발걸음을 멈출 정도였습니다. 마침 그날은 금요일이라 평소보다 길거리에 사람이 많았습니다. 어떤 사람들은 형님을 불쌍히 여겼고, 또 어떤 사람들은 비웃었습니다. 어쨌든 형님의 머릿속에 있었던 헛된 꿈은 바구니 속 유리 제품처럼 산산조각 나고 말았지요. 그렇게 형님이 자신의 신세를 한탄하며 목 놓아 울고 있을 때, 어느 귀부인이 노새를 타고 근처를 지나가고 있었습니다. 귀부인은 노새를 세우고 저 사람에게 무슨 문제가 있는지, 왜 저토록 통곡하고 있는지 주변 사람들에게 물었습니다. 사람들은 귀부인에게 저 사람이 전 재산을 털어 유리 제품을 샀는데 모두 깨져 버렸다고 이야기해 줬습니다. 사연을 들은 귀부인은 옆에 있던 하인에게 말했습니다.

"저 사람에게 우리가 가지고 있는 것을 무엇이든 건네주게."

하인은 귀부인의 명령에 따라 금화 500닢이 든 주머니를 형님에게 건넸습니다. 금화를 받은 알나샤르 형님은 기뻐서 어쩔 줄 몰랐습니다. 귀부인에게 수없이 감사 인사를 하고는 더 이상 열 필요가 없어진 가게 문을 닫고 집으로 돌아왔지요.

형님이 오늘 찾아온 큰 행운을 만끽하고 있는데, 누군가 집 문을 두드렸습니다. 문을 열자 한 노파가 밖에 서 있었습니다.

"젊은 양반, 부탁 하나만 들어주겠소? 기도할 시간이 되어서 손을 씻을 물이 필요한데, 잠깐 집에 들어가도 되겠소? 손 씻을 물 좀 주면 고맙겠소."

처음 보는 노파였지만 형님은 거리낌 없이 노파의 부탁을 들어줬습니다. 물 한 대야를 가져다주고 다시 제자리로 돌아와 자신에게 행운을 전해 준 귀부인을 생각했지요. 귀부인에게 받은 금화는 허리춤에 쉽게 차려고 길고 좁은 전대에 집어넣었습니다. 그동안 노파는 기도하느라 바빴습니다. 기도를 마치고서는 형님 앞에 두 번 엎드려 절을 하고 일어나서 형님에게 축복의 말을 끝없이 늘어놓았습니다. 노파의 남루한 옷을 본 형님은 노파가 자신에게 구걸한다고 생각해 금화 두 닢을 건넸습니다. 노파는 마치 모욕을 받은 것처럼 깜짝 놀라며 뒤로 물러섰지요.

"이게 도대체 뭐하는 짓이오? 젊은 양반은 나를 동냥이나 하려고 남의 집에 들어온 할망구로 봤소? 돈을 당장 집어넣으시오. 감사하게도 나는, 내가 바라는 건 무엇이든 베푸시는 아름답고 부유한 귀부인의 시녀라오."

노파는 형님의 돈을 모두 가로채려고 금화 두 닢을 거절한 것이었데, 형님은 그걸 알아낼 정도로 명민한 사람은 아니었습니다. 오히려 노파가 모시는 귀부인을 소개해 줄 수 있냐고 물었습니다.

"물론 기꺼이 소개해 드릴 수 있지요. 아마 마님은 당신을 보면 결혼하고 싶어 하실 거요. 만약 당신이 마님의 남편이 되면 그분의 재산을 모두 차지할 수 있겠지. 그러니 돈을 모두 챙겨서 나를 따라오시오."

아름다운 아내와 막대한 재산을 손쉽게 얻겠다는 생각에, 형님은 두말없이 귀부인이 준 금화 500닢을 들고 노파를 따라나섰습니다.

두 사람은 얼마간 걸어갔고, 노파는 어느 큰 저택 앞에 멈춰 서서 대문을 두드렸습니다. 그리스 출신의 젊은 하녀가 대문을 열어 주자 노파는 형님을 데리고 잘 정돈된 안뜰을 지나 훌륭한 가구들이 갖춰져 있는 홀로 들어갔습니다. 여기서 노파는 주인을 부르러 나갔습니다. 형님은 적당히 자리를 찾아 앉았고, 날이 무더운지라 무거운 터번을 벗었습니다. 얼마 지나지 않아 젊은 귀부인이 나타났습니다. 형님은 귀부인을 보고 놀라서 입을 다물지 못했습니다. 생각한 것보다 훨씬 아름다웠고 입고 있는 옷도 값비싸 보였기 때문이지요. 형님이 자리에서 일어나자, 귀부인은 다시 자리에 앉으라 하고는 자신도 형님 옆에 앉았습니다. 서로 통상적인 칭찬의 말을 주고받은 후, 귀부인이 이렇게 말했습니다.

"여기는 조금 불편하네요. 우리 다른 방으로 갈까요?"

두 사람은 어느 작은 방으로 들어갔습니다. 잠시 대화를 나누던 귀부인이 다시 자리에서 일어나 방을 나가며 말했습니다.

"곧 돌아올 테니 잠깐만 기다리세요."

형님은 귀부인의 말대로 기다리고 있었습니다. 그런데, 귀부인은 안 오고 덩치 큰 흑인 노예가 칼자루를 손에 쥐고 방으로 들어오는 게 아니겠습니까! 흑인 노예는 살벌한 얼굴로 다가오며 소리쳤습니다.

"여긴 무슨 일로 왔나?"

흑인의 목소리와 인상이 섬뜩해 형님은 대꾸 한마디 하지 못했습니다. 흑인 노예는 형님의 전대를 빼앗고 칼로 온몸을 쑤셨습니다. 형님은 의식이 남아 있었지만 바닥에 쓰러져 움직일 수 없었습니다. 형님이 죽었다고 생각한 흑인 노예는 그리스 출신 하녀에게 소금을 가져오라고 한 다음, 그 소금을 형님의 상처에 뿌리고 문질렀습니다. 형님은 지옥의 고통을 느꼈지만 숨이 붙어 있다는 사실을 감추기 위해 이를 악물고 참았습니다. 흑인과 하녀가 나가자 이번에는 노파가 들어왔습니다. 노파는 형님의 다리를 잡고서 작은 문밖으로 질질 끌고 나갔습니다. 그러고는 시신들이 가득한 지하 구덩이에 형님을 내던졌습니다.

구덩이에 떨어질 때 충격으로 잠시 정신을 잃었지만, 운 좋게도 상처에 문지른 소금 덕분에 목숨을 부지할 수 있었고 시간이 지나면서 점점 기력을 회복했습니다. 이틀이 지난 뒤 밤이 되었을 때 형님은 작은 문을 열고 나와 동이 틀 때까지 안뜰 안에 몸을 숨기고 있었습니다. 또 다른 희생자를 찾으러 집 밖을 나서는 노파가 보였습니다. 다행히 노파는 형님을 보지 못했고, 노파가 시야에서 보이지 않자 형님은 지옥에서 빠져나와 곧장 저희 집으로 피신했습니다.

제가 지극정성으로 상처를 치료한 덕택에 형님은 한 달 만에 거의 회복할 수 있었습니다. 형님은 자신을 속인 노파에게 복수할 생각밖에 없었지요. 이를 위해 금화 500닢이 충분히 들어갈 전대를 마련하고 그 속에 금화 대신 유리 조각을 가득 채웠습니다. 그 전대를 허리춤에 차고 늙은 여자로 변장한 다음 옷 속에 칼을 숨겼습니다.

그렇게 노파를 찾으러 다니던 어느 날 아침, 형님은 길에서 다른 희생양을 물색하고 다니는 노파를 만났습니다. 형님은 노파에게 다가가 늙은 여자 목소리로 물었습니다.

"혹시 저울 좀 빌려주실 수 있나요? 저는 페르시아에서 온 지 얼마 안 되었는데, 제가 가지고 있는 금화 500닢의 무게가 정확한지 궁금해서요."

그러자 노파가 반가워하며 말했습니다.

"아이고, 그럼 나를 잘 만난 거요. 내 아들이 환전상이거든. 날 따라오면 아들이 무게를 달아 줄 거요. 그 녀석이 가게를 비우기 전에 얼른 나를 따라오시오."

그렇게 말한 노파는 전에 갔던 그 집으로 안내했습니다. 대문을 두드리자 이번에도 그리스 출신 하녀가 문을 열어 줬습니다.

노파가 형님을 홀에 남겨 두고 아들이라며 데려온 사람은 다름 아닌 그 흑인 노예였습니다.

"할머니, 일어나서 저를 따라오세요."

흑인 노예는 형님을 살인을 벌일 장소로 안내했습니다. 그가 뒤돌아 걸어가자 형님은 옷 속에서 칼을 꺼내 흑인의 머리를 뎅강 잘라 냈습니다. 한 손에는 놈의 머리를 들고, 다른 한 손으로는 놈의 몸통을 끌고 가서 지하 구덩이에 던져 버렸습니다. 그리스 출신 하녀는 평상시처럼 소금이 든 대야를 들고 나타났다가, 형님이 칼을 들고 다가오자 놀라 대야를 던지고 줄행랑을 쳤습니다. 하지만 발 빠른 형님은 쫓아가 하녀의 목도 날려 버렸습니다. 소란스러운 소리를 듣고 찾아온 노파는 돌아서서 도망치기도 전에 형님의 손에 붙들리고 말았습니다.

"사악한 할멈, 내가 누군지 알지?"

"선생님, 누구신지요? 처음 뵙는 분 같은데."

노파가 덜덜 떨며 말했습니다.

"네년이 기도한답시고 내 집에 들어왔었잖아. 이제 기억나지?"

노파는 그제야 무릎을 꿇고 싹싹 빌며 자비를 구했습니다. 하지만 형님은 노파를 그 자리에서 네 토막으로 잘라 버렸습니다.

이제 남은 사람은 밖에서 무슨 일이 벌어지고 있는지 모르는 젊은 귀부인이었습니다. 형님은 온 집 안을 뒤졌고 마침내 그녀를 찾아냈습니다. 형님을 보자마자 놀라 까무러친 귀부인은 형님에게 제발 살려 달라고 빌었습니다. 마음씨 좋은 형님은 여인을 살려 줬지만, 자기를 죽음으로 몰아넣으려 한 저 사악한 무리와 어떻게 어울리게 되었는지 따져 물었습니다.

"저는 원래 선량한 상인의 아내였습니다. 그런데 그 노파가 저를 가끔씩 찾아왔어요. 어느 날은 저에게 자기 집에서 혼인 잔치가 열리니 참석해서 즐거운 시간을 보내자고 하더군요. 저는 그 말을 듣고는 좋은 옷으로 갈아입고 금화 100닢을 챙겨서 노파를 따라갔지요. 집 안으로 들어서니 무시무시한 흑인이 저를 감금했고, 저는 지난 3년 동안 고통 속에서 살아왔어요."

"그놈의 흑인은 그동안 어마어마한 재물을 모았을 것이오."

"맞아요. 그 재물을 모두 가져간다면 당신은 아마도 큰 부자가 될 거예요. 제가 보여 드릴 테니 따라오세요."

귀부인은 형님을 돈궤가 그득한 방으로 인도했습니다. 돈궤에는 금화가 가득했지요. 형님은 눈앞에 펼쳐진 광경에 감탄해 마지않았습니다.

알나샤르에게 금화로 꽉 찬 돈궤를 보여 주는 여인

"가서 돈궤를 옮길 장정들을 데려오세요."

귀부인이 말했습니다.

형님에게는 두말하면 잔소리였습니다. 형님은 곧장 거리로 나가 장정 열 명을 모아서 데리고 왔습니다. 다시 돌아왔을 땐 이상하게도 대문이 열려 있었습니다. 심지어 돈궤가 모두 사라지고 없었습니다. 형님보다 훨씬 교활한 귀부인이 형님이 없는 사이에 돈궤를 모두 챙겨서 달아난 것이었습니다. 어쩔 수 없이 남아 있는 가구들이라도 가져가기로 했습니다. 이것만 해도 금화 500닢 이상의 값어치는 했습니다.

그런데 형님은 저택을 떠날 때 대문을 잠그는 걸 깜빡했습니다. 그 집이 텅텅 비어 있는 걸 확인한 이웃 사람들이 관청에 신고했고, 다음 날 아침 형님은 도둑으로 잡혔습니다. 돈을 줄 테니 놓아달라고 경비대원들에게 사정했지만 그들은 들은 체도 하지 않고 손을 묶어 관청으로 끌고 갔습니다. 사건을 접수한 경비대장은 전날 집 안에 가득 채운 가구가 어디에서 난 것인지 물었습니다.

"나리! 저는 모든 이야기를 고할 준비가 되어 있습니다. 다만 바라건대, 제가 모든 사실을 이야기하면 저에게 벌을 내리지 않으시겠다고 약속해 주십시오."

"좋아, 약속하지."

경비대장이 대답했습니다.

그러자 형님은 처음부터 끝까지 모든 일을 소상히 밝혔습니다. 그리고 가구는 빼앗긴 금화 500닢에 대한 보상으로 가질 수 있게 해 달라고 경비대장에게 간청했습니다.

하지만 경비대장은 아무런 대답도 하지 않고 사람들을 보내 형님 집에 있는 모든 가구를 빼내라고 했습니다. 그러고는 자신의 창고로 옮기게 했습니다. 형님에게는 당장 도시를 떠나 절대 돌아오지 말라고 위협했습니다. 자신의 부당한 행동을 칼리프에게 고발할까 봐 두려웠던 것이지요. 형님은 할 수 없이 다른 도시로 떠났는데, 가는 도중에 강도떼를 만나 입고 있던 옷까지 모두 털리고 말았습니다. 형님의 불행한 소식을 들은 저는 서둘러 형님을 찾아가 옷을 입히고, 밤이 깊었을 때 몰래 저의 집으로 모시고 돌아와 보살펴 드렸습니다.

이발사의 여섯째 형 이야기

제 여섯째 형님의 이야기도 들려드리겠습니다. 여섯째 형님의 이름은 샤카박입니다. 다른 형제들처럼 아버지에게서 100드라크마를 유산으로 받았습니다. 형님은 유산을 받은 것이 큰 행운이라고 생각했지만, 더는 운이 따라 주지 않아 재산을 모두 잃고 구걸하는 신세가 되고 말았습니다. 그나마 말솜씨가 좋아서 구걸하는 일에 재능을 보였습니다. 특히 부잣집 하인들을 구워삶아서 그들의 주인에게 접근하는 일에 능했습니다.

어느 날 형님은 대저택 앞을 지나고 있었습니다. 대저택의 안뜰에는 수많은 하인들이 보였습니다. 이 집에서 뭔가 풍성한 것을 얻을 수 있을지도 모른다는 생각에, 하인 한 명에게 대저택의 주인이 누구인지 물었습니다.

"이보시오, 당신은 어디서 온 사람이오? 이 대저택이 바르메시드 가문의 소유라는 걸 정말 모른단 말이오?"

형님도 바르메시드 가문의 인정과 너그러움에 대해서는 익히 들어 알고 있었습니다. 하인의 이야기를 들은 형님은 그 집 짐꾼들에게 적선을 베풀어 줄 수 있는지 물었습니다. 그들은 거절하지 않고 공손하게 안으로 들어가서 집주인에게 직접 말해 보라고 했습니다.

형님은 그들의 친절에 감사 인사를 한 뒤 건물 안으로 들어갔습니다. 집이 너무 넓어서 주인이 거처하는 방까지 가는 데도 꽤 시간이 걸렸습니다. 드디어 값비싼 그림들로 장식된 방으로 들어갔습니다. 방 안에는 흰 수염을 길게 늘어뜨린 노인이 앉아 있었습니다. 노인은 형님을 다정하게 맞이하며 무엇을 원하는지 물었습니다.

"나리, 저는 나리처럼 부유하고 너그러운 분의 은혜가 있어야만 살아갈 수 있는 곤궁한 사람입니다."

형님은 좀 더 처량하게 말을 이어 가려고 했지만, 바르메시드 가문 사람이 하는 말에 깜짝 놀라 입을 열 수 없었습니다.

"내가 바그다드에 살고 있는데 아직도 당신처럼 굶주리는 사람이 있단 말이오? 더 이상 이런 일이 일어나서는 안 되오! 내가 곤궁한 당신을 외면했다는 소문이 떠돌지는 않을 것이오. 당신은 나의 도움을 꼭 받게 될 것이오."

"나리, 사실 저는 오늘 하루 종일 아무것도 먹지 못했습니다."

"뭐라고, 지금껏 아무것도 먹지 못했단 말이오? 여봐라, 어서 식사 전에 손 씻을 물을 대야에 가져오너라!"

집주인이 이렇게 명했지만 아무도 나타나지 않았습니다. 그런데 바르메시드 가문 사람은 마치 앞에 물이 담긴 대야가 있는 듯 손을 씻는 시늉을 했습니다. 그러고는 형님에게 말했습니다.

"왜 손을 씻지 않으시오?"

샤카박 형님은 바르메시드 가문 사람들이 농담을 좋아한다고 생각하고는 주인장 옆에 가서 그를 따라 했습니다.

바르메시드 가문 사람은 손을 다 비빈 다음 목소리를 높였습니다.

"배가 고프니 얼른 음식을 내오너라!"

음식이 나오지 않았지만 바르메시드 가문 사람은 접시 위에 담긴 뭔가를 먹는 체하면서 형님에게도 어서 먹으라고 권했습니다.

"얼른 드시오. 당신 집이라 생각하고 마음껏 드시구려. 아까는 굶주렸다고 하더니 지금은 별로 배고파 보이지 않소."

"아, 죄송합니다, 나리. 저도 지금 열심히 먹고 있습니다."

형님은 아까처럼 얼른 주인을 따라 음식을 먹는 척했습니다.

"이 빵은 맛이 좀 어떻소? 내가 특별히 좋아하는 빵이오."

"오, 나리. 이렇게 맛있는 빵은 난생처음 먹어 봅니다."

형님은 이렇게 대답했지만 눈앞에는 빵과 고기는커녕 아무것도 보이지 않았습니다.

"마음껏 드시오. 나는 금화를 500닢이나 주고 이 빵을 만드는 하녀를 샀소이다."

집주인은 다양한 요리를 식탁 위에 내오라고 명했고, (실제로 전혀 나오지 않았지만) 각각의 요리에 대해 침이 마르도록 칭찬을 아끼지 않았습니다. 식사가 어느 정도 끝나자 이번에는 포도주를 가져오라고 시켰습니다. 형님이 손사래를 치며 자기는 종교 때문에 금주해야 한다고 말했지만 집주인은 여기서는 괜찮다면서 계속 권했고, 형님은 그럼 조금만 마시겠다고 했습니다. 바르메시드 가문 사람은 이번에도 잔에 포도주를

바르메시드 가문의 연회

채우는 시늉을 했습니다. 형님은 계속 술을 받아 마시다 술이 얼큰하게 취한 척 팔을 휘두르다가 집주인의 머리를 쳤습니다. 주인은 그대로 바닥에 나뒹굴었습니다. 사실 형님은 손을 들어서 한 대 더 때리려고 했습니다. 바르메시드 가문 사람은 형님에게 미친 거 아니냐고 소리를 질렀습니다. 형님이 그제야 제정신을 차리는 척하면서 술에 너무 취해 실수한 것 같다며 사과하자, 바르메시드 가문 사람은 화를 내는 대신 웃음을 터뜨리면서 진심으로 말했습니다.

"사실 나는 오래전부터 당신 같은 사람을 찾고 있었소. 앞으로 여기가 당신 집이라 생각하고 지내시오. 거짓으로 음식을 먹는 내 장난을 기분 좋게 맞춰 주지 않았소. 이제 진짜 만찬을 즐겨 봅시다!"

집주인이 손뼉을 짝짝 치자 상상 속에서 먹었던 진수성찬이 실제로 방 안으로 들어왔습니다. 옆에서는 어여쁜 하녀들이 다양한 악기를 연주했지요. 바르메시드 가문 사람은 샤카박 형님을 절친한 친구처럼 대해 줬고, 자기 옷장에서 비싼 옷을 꺼내서 입혀 줬습니다.

이후 형님은 바르메시드 가문에서 지내면서 그 집의 모든 일을 관리하는 집사로 일했습니다. 하지만 형님이 집사가 된 지 20년이 되던 해에, 연로한 집주인이 후계자도 없이 세상을 떠나고 말았습니다. 결국 바르메시드 가문의 모든 재산은 그 지역 군주의 손에 들어가게 되었습니다. 심지어 형님이 모은 재산까지 빼앗겼습니다. 빈털터리가 된 형님은 메카로 향하는 순례자 일행에 합류하기로 했습니다. 불행히 그 일행도 베두인족*의 습격을 받아 노예로 끌려가고 말았습니다. 형님을 사로잡은 베두인 사람은 빨리 몸

---

* 아람계 유목민. 아라비아반도 내륙부를 중심으로 시리아, 북아프리카 등지의 사막에 산다.

값을 지불하라며 매일같이 매질을 했지만 소용없는 짓이었습니다. 형님은 물론 친척들도 모두 빈털터리 신세였기 때문이지요. 베두인 사람은 형님을 괴롭히는 것도 이제 질렸는지 낙타 등에 태워 어느 황량한 산에 갖다 버렸습니다. 바그다드를 오가던 행상들이 형님을 그 산에서 발견했다고 저에게 알려 주더군요. 저는 서둘러 가엾은 형님을 구해 바그다드에 있는 저희 집으로 모셨습니다.

여기까지가 제가 칼리프께 들려드린 이야기입니다. 제 이야기가 끝나자 칼리프는 웃음을 터뜨리셨습니다. 하지만 이렇게 말씀하셨지요.

"과연 '과묵한 남자'(수다스러운 여섯 형제들과 구별하기 위해 사람들이 이발사에게 붙여 준 별명–옮긴이)라는 별명이 괜히 붙은 게 아니로군. 그런데 말일세, 나는 개인적으로 자네가 이 도시에서 떠나 주길 바라네. 그리고 다시는 돌아오지 않았으면 좋겠어."

저는 당연히 칼리프의 명령에 복종할 수밖에 없었습니다. 수년 동안 떠돌이 생활을 하다가 칼리프께서 세상을 떠났다는 소식을 듣고 급히 바그다드로 돌아왔습니다. 바그다드에 계셨던 형님들은 이미 이 세상 사람이 아니었습니다.

재봉사는 여기까지 이야기한 다음, 계속해서 술탄에게 말했습니다.

"이발사가 이야기를 끝냈을 때 사람들은 그가 정말 수다쟁이라는 말에 공감했습니다. 하지만 이발사가 오후 기도 시간 전까지 우리와 함께 남아서 잔치를 즐기기를 원했습니다. 우리는 기도 시간이 되어서야 마침내 뿔뿔이 흩어졌고, 저는 제 가게로 돌아왔습니다.

가게에서 퇴근 시간을 기다리고 있는데, 술에 취한 작은 꼽추가 가게 앞에 와서 탬버린을 두드리며 노래를 불렀습니다. 저는 꼽추를 집에 데려가면 아내가 좋아할 거라 생각하고 집으로 초대했습니다. 그런데 꼽추는 제 아내가 마련한 저녁 식사를 먹다가 생선 가시가 목구멍에 걸려 손쓸 틈도 없이 죽고 말았습니다. 너무 갑작스럽게 벌어진 일이라 머릿속이 하얘졌고 어떻게든 살해 혐의에서 벗어나려고 했습니다. 그래서 시신을 유대인 의사 집에 넘겼던 것입니다. 의사는 시신을 다시 납품업자의 집에 내려놓았고, 납품업자는 길거리에 내놓았습니다. 그리하여 길을 가던 기독교도 상인이 길거리에서 꼽추를 죽였다고 생각하게 된 것입니다.

폐하, 이야기를 모두 들려드렸습니다. 이제 저희가 받아 마땅한 것이 자비인지 진노인지, 생명인지 죽음인지 말씀해 주십시오."

카슈가르의 술탄은 재봉사를 비롯한 끌려온 사람들이 들려준 이야기를 만족스럽게 들었습니다. 그래서 이렇게 말했습니다.

"나는 이발사의 형제들 이야기를 정말 재미있게 들었소. 어릿광대 꼽추의 이야기보다 더 재미있었소. 하지만 그대들을 집으로 돌려보내기 전에, 꼽추의 시신을 땅에 묻기 전에, 그 이발사를 직접 한번 보고 싶소. 그가 바그다드에 있다고 하니 찾아서 데려오는 게 어렵지는 않을 것 같소."

신하와 재봉사가 술탄의 분부대로 이발사를 데려왔습니다. 이발사는 이미 나이가 아흔에 가까운 노인이 되어 있었습니다.

"오, 그대가 그 유명한 '과묵한 남자'란 말이오? 신기한 이야기를 많이 알고 있다고 들었소. 나에게도 하나 들려줄 수 있소?"

"당연히 들려드릴 수 있습니다. 그런데 폐하, 그 전에 유대인과 기독교도, 이슬람교도 그리고 시신이 왜 여기에 있는지 여쭤봐도 되겠습니까?"

"당신이 꼭 알아야 하오?"

술탄이 미소를 머금은 채 물었습니다. 이발사가 나름대로 이유를 설명하자, 술탄은 꼽추와 관련된 이야기를 이발사에게 들려주라고 명했습니다.

이야기를 모두 들은 이발사는 놀라움을 금치 못했습니다.

"정말 놀라운 이야기입니다. 그런데 제가 이 시신을 한번 확인해 봐야겠습니다."

그는 무릎을 꿇고 앉아 시신의 머리를 무릎 위에 올려놓고 자세히 살펴봤습니다. 그러더니 뒤로 벌렁 자빠지고는 갑자기 폭소를 터뜨렸습니다. 간신히 몸을 추스른 이발사가 술탄에게 말했습니다.

"폐하, 이 꼽추는 죽지 않았습니다. 잘 보십시오."

이발사는 주머니에서 구급약통을 꺼내더니 발삼*으로 만든 연고를 꼽추의 목에 발라 문질렀습니다. 그런 다음 꼽추의 입을 열고 핀셋을 목구멍에 집어넣어 생선 가시를 빼냈습니다. 바로 그때 꼽추가 콜록콜록 기침을 하더니 팔다리를 쭉 뻗으며 몸을 펴고 눈을 번쩍 떴습니다.

이를 지켜본 술탄과 다른 모든 사람은 어젯밤 내내 그리고 오늘까지도 죽어 있던 꼽추를 살려 낸 이발사의 솜씨에 감탄해 마지않았습니다. 사람들은 이제 이발사를 우러러보기 시작했지요. 술탄은 꼽추의 이야기와 함께 이발사의 이야기

---

* 침엽수에서 분비되는 끈끈한 액체. 접착제·향료 등을 만드는 데 쓴다. 송진이 이에 속한다.

도 기록해 후세가 영원히 기억할 수 있도록 했습니다. 여기서 끝난 것
이 아닙니다. 이번 사건이 잊지 못할 추억이 되도록 집으로 돌아가기
전 재봉사, 의사, 납품업자, 상인에게 각각 값비싼 옷을 입혀 줬습니다.
이발사에게는 훌륭한 거처를 마련해 주면서 늘 자신 곁에 머물게 했습
니다.

카마르알자만 왕자와
바두르 공주의 모험

페르시아 해안에서 배로 20일 정도 걸리는 지점에 '칼레단의 자식들의 섬'이라는 곳이 있습니다. 이 섬은 여러 지방으로 나뉘어 있고 각 지방에 번영한 큰 도시들이 있습니다. 이 모두가 모여 강력한 왕국을 이루고 있지요. 초기에 이 섬을 다스린 왕은 샤자만인데, 그는 자신이 평화롭고 융성하는 나라를 다스리는 행복한 군주라고 생각했습니다. 하지만 한 가지 불만이 있었습니다. 네 명의 아내에게서 후사를 한 명도 얻을 수 없다는 점이었습니다.

이를 고민하던 샤자만은 대재상과 마주 앉은 자리에서 자신의 불행을 토로했습니다. 현명한 조언자인 대재상은 이렇게 말했습니다.

"이 문제는 사실 인간의 힘으로 어찌할 수 없는 영역입니다. 알라신만이 폐하의 소원을 들어주실 수 있습니다. 그래서 조언을 드리자면, 알라신께 기도하는 데 일생을 바치는 사람들에게 헌물을 올리고 기도를 부탁하는 것이 어떻겠습니까? 그들의 정성 어린 기도에 알라신이 응답하실지 누가 알겠습니까!"

　대재상의 조언대로 왕위 계승자를 위해 많은 기도를 올린 결과, 샤자만 왕은 드디어 이듬해에 아들을 얻게 되었습니다.

　샤자만은 감사의 뜻으로 모든 모스크와 종교 단체에 귀한 선물을 보냈고 왕자의 탄생을 기념해 축하연을 베풀었습니다. 왕자의 이름은 '세기의 달'을 뜻하는 '카마르알자만'이었습니다.

　샤자만 왕은 카마르알자만 왕자를 지극정성으로 키웠고, 어느 정도 자라자 세상에서 가장 현명하고 유능한 가정교사들을 붙여 줬습니다. 가정교사들은 이처럼 매력적이고 재주가 뛰어난 젊은이를 본 적이 없었습니다. 왕자가 아직 어린 나이였지만 왕은 사랑스러운 아들에게 왕의 자리를 물려줄 생각이었습니다. 왕은 자신의 계획을 대재상에게 털어놓았는데, 대재상은 왕의 생각에 동의하지는 않았지만 무조건 반대하지도 않았습니다.

　"폐하, 왕자님은 나라를 다스리기엔 아직 너무 어립니다. 왕자님이 게으르고 나태해질까 봐 염려하시는 마음은 백번 이해합니다. 먼저 왕자님을 혼인시키시는 건 어떻겠습니까? 혼인을 하면 왕실에 좀 더 충실해질 수 있습니다. 어전회의에 왕자님을 참석시켜서 나랏일을 차츰 배우게 하는 것도 좋을 듯합니다. 그렇게 왕자님이 나라를 다스릴 능력을 충분히 갖추면 언제든 왕위를 물려주실 수 있습니다."

　이번에도 대재상의 조언이 매우 현명하다고 판단한 왕은 사람을 보내 왕자를 불렀습니다. 왕자는 부왕 앞에서 고개를 숙여 예를 갖추며 명령을 귀담아들었습니다.

　"내가 너를 부른 이유는 너의 혼사 때문이다. 너는 혼사를 어떻게 생각하느냐?"

왕자는 생각지도 못한 혼사 이야기에 잠시 할 말을 잊었습니다. 그러나 곧 입을 열었습니다.

"아바마마, 제가 곧바로 대답하지 못하는 것을 용서해 주십시오. 소자는 아직 어려 아바마마께서 이러한 말씀을 하실지 꿈에도 몰랐습니다. 말씀드리기 송구하지만 저는 사실 혼인이라는 것에 대해 혐오하는 마음을 가지고 있습니다. 나중에 생각이 어떻게 변할지는 모르겠지만, 아바마마께서 바라시는 혼인을 결심하려면 시간이 좀 필요할 듯합니다."

예상치 못한 왕자의 답변에 왕은 마음이 무척 쓰렸습니다. 하지만 억지로 왕자에게 혼인을 시키려 들지는 않았습니다.

"나도 너에게 강요하고 싶지는 않다. 생각할 시간을 주마. 다만 언젠가 한 나라를 다스릴 사람으로서 혼사가 중요하다는 것을 잊지 마라."

이때부터 카마르알자만 왕자는 어전회의에 참석했고, 왕은 왕자에게 아낌없는 애정과 신뢰를 보여 줬습니다.

한 해가 끝날 무렵, 왕이 왕자를 불러 놓고 말했습니다.

"자, 아들아. 혼인에 대한 생각은 좀 변했느냐? 아니면 여전히 아비의 소원을 거절할 테냐?"

왕자는 저번보다 덜 놀란 기색이었지만 그때와 다름없이 단호했습니다. 그는 아버지에게 이 문제로 다그치지 말아 달라고 간청했습니다. 그리고 아버지가 재촉해도 소용없다는 말을 덧붙였습니다.

왕자의 대답에 크게 상심한 왕은 다시 이 문제를 가지고 대재상과 상의했습니다.

"내가 경의 충고를 따랐건만, 왕자는 혼인할 생각이 없다고 하오. 오히려 생각이 저번보다 더 완강해졌소."

"폐하, 인내심을 가지고 기다리면 많은 일이 해결됩니다. 그러니 폐하께서 혼인을 강요하신다면 후회하실 수도 있습니다. 한 해를 더 기다리신 다음 어전회의에서 왕자님이 나라를 위해 결혼해야 한다고 엄숙하게 선언하시는 것은 어떻습니까? 수많은 신하들이 참석하는 어전회의인 만큼 왕자님도 쉽게 거절하지는 못할 것이라 생각합니다."

왕은 하루라도 빨리 왕자가 혼인하는 모습을 보고 싶었습니다. 하지만 대재상의 조언에 따라 좀 더 기다리기로 마음먹고 곧바로 왕자의 생모인 왕비의 거처를 찾아갔습니다. 왕은 왕비에게 아들이 혼인할 뜻이 없어 무척 실망했지만 일단은 기다려 보겠다고 말했습니다. 그리고 이렇게 덧붙였습니다.

"카마르알자만이 나보다는 부인에게 속마음을 잘 털어놓는다는 것을 알고 있소. 그러니 부인께서 왕자에게 이 문제를 진지하게 이야기해 보시구려. 계속 아비의 뜻을 거절하면 강압적인 방법을 쓸 수밖에 없고, 그러면 본인도 후회하게 될 것이라고 따끔하게 이야기해 주시오."

왕비 파티마는 아들을 보자마자 네가 아버지의 뜻을 거역하니 어미로서도 적잖이 곤혹스럽다고 이야기했습니다. 그러면서 아들에게 아버지의 뜻을 따르지 않는 이유를 물어봤습니다.

"어마마마, 저도 세상에는 선량하고 덕이 있고 현숙한 여인들이 그렇지 않은 여인들만큼이나 많다는 사실을 잘 알고 있습니다. 세상 모든 여인이 어마마마 같다면 얼마나 좋겠어요! 그런데 저는 혼인할 대상이 누구인지도 모른 채 혼인해야 한다는 사실이 싫습니다. 아바마마는 이웃 나라와 동맹을 맺기 위해 그 나라의 공주를 데려와 혼인시키시겠지요. 그래서 저는 그 공주가 예쁘든 못생겼든, 현명하든 어리석든, 선량하든 악랄하든 선택의 여지없이 혼인을 해야 합니다. 제 신부가 될 사람이 거만하고 경박하고 무모하게 사치하는 여인이 아니라는 법이 어디 있나요? 그 사람의 기질이 저와 어울릴지 제가 어떻게 알 수 있죠?"

"아들아, 너는 오랜 세월 영광스럽게 이 왕국을 다스려 온 왕조를 잇고 싶은 생각이 없는 것 같구나."

"어마마마, 저는 아바마마보다 오래 살고 싶은 생각도 없습니다. 다만 아바마마보다 오래 살게 된다면 선왕들처럼 훌륭한 군주가 되려고 노력할 거예요."

여러 차례의 대화가 이런 식으로 이어지자, 왕은 더 이상의 논쟁은 쓸데없는 짓이라고 생각했습니다. 왕자의 생각은 전혀 변하지 않은 채 한 해가 흘러갔습니다.

드디어 하루는 왕이 왕자를 어전회의에 불렀습니다. 왕은 자신의 간절한 소원이자 왕국을 위한 일인 왕자의 혼인 이야기를 꺼냈습니다. 왕자에게 회의에 참석한 모든 대신들 앞에서 어떻게 할 것인지 대답하라고 했습니다.

이에 화가 난 카마르알자만 왕자는 부왕에게 어떻게 이럴 수가 있냐며 쏘아붙였습니다. 모든 대신이 모인 자리에서 왕자에게 무안을 당한 왕은 당장 왕자를 끌어내 오래된 성탑에 가두라고 명령했습니다. 성탑에는 작은 가구와 책 몇 권 그리고 왕자의 시중을 들 하인밖에 없었습니다.

카마르알자만 왕자는 자유롭게 독서를 즐길 수 있어서 오히려 좋았고, 자신이 형벌을 받고 있다는 것에는 전혀 신경 쓰지 않았습니다.

밤이 되자 그는 몸을 씻고 기도를 올린 다음 《코란》을 몇 장 읽었습니다. 그러고는 옆에 있는 등불을 켜 놓은 채 잠자리에 들었습니다.

한편, 왕자가 갇힌 성탑에는 깊은 우물이 하나 있었습니다. 이 우물은 정령들의 우두머리인 담리아트의 딸, 요정 메문이 좋아하는 은신처였지요. 자정 무렵 메문은 평소처럼 여기저기를 날아다니면서 지상 세계를 구경하려고 우물 밖으로 가볍게 떠올랐습니다.

그러다 왕자가 있는 방에서 새어 나오는 불빛을 보고 깜짝 놀랐습니다. 그녀는 문지방에서 잠이 든 하인을 지나쳐 방 안으로 들어갔습니다. 침대에 누워 자고 있는 사람을 보고는 또 한 번 놀랐지요.

왕자는 이불로 얼굴을 반쯤 가린 채 자고 있었습니다. 메문은 이불을 살짝 들어 올렸는데, 지금까지 많은 사람들을 봤지만 이렇게 잘생긴 미소년은 처음 봤습니다.

'그가 눈을 뜨면 얼마나 더 잘생겼을까! 그런데 무슨 죄를 저질렀기에 이런 대접을 받는 거지?'

속으로 이런 생각을 하며 카마르알자만 왕자를 한참 바라보던 메문은 이내 왕자의 이마와 양 볼에 입을 맞추고 다시 이불을 덮어 줬습니다. 그리고 하늘로 날아가 버렸지요.

그녀는 하늘 높이 날아올라 중간 세계에 도달했습니다. 거기서는 큰 날개를 퍼덕이는 소리가 들려왔습니다. 날갯소리의 주인공은 사악한 정령 중 하나인 단하쉬였습니다. 단하쉬는 메문을 경계했습니다. 선한 알라신에게 복종하는 메문의 힘이 자기보다 우위에 있다는 것을 잘 알고 있었기 때문입니다. 그는 메문을 피하고 싶었지만 둘 사이의 거리가 너무 가까워 서로 싸우든지, 아니면 자신이 항복해야 했습니다. 그래서

카마르알자만 왕자를 응시하는 메문

단하쉬는 메문에게 애원하듯 말했습니다.

"메문이시여, 알라신께 맹세하건대 당신이 나를 해치지 않으면 나도 당신을 해치지 않겠다고 약속하겠습니다."

"사악한 정령아, 네가 어찌 감히 나를 해친단 말이냐? 좋다, 네가 원하는 대로 너를 해치지 않겠다고 약속하마. 대신 오늘 밤 무엇을 봤고 무슨 일을 했는지 나에게 낱낱이 이야기해 봐라."

아름다운 요정 메문이시여, 오늘 저 단하쉬를 아주 잘 만나신 겁니다. 그러지 않아도 저에게 아주 흥미진진한 이야깃거리가 하나 있습니다. 저는 중국 땅의 저 끝에서 오던 참입니다. 중국은 크고 강한 나라 중 하나지요. 현재 중국 왕에게는 외동딸이 있습니다. 딸은 너무도 사랑스러워 이 세상 누구도 그녀의 매력을 묘사할 적당한 표현을 찾지 못할 것입니다. 여인의 모습을 아무리 완벽하고 화려하고 섬세하게 상상해서 그려도 중국 공주의 아름다움에는 미치지 못할 정도입니다.

공주의 아버지는 금이야 옥이야 딸을 지키느라 갖은 애를 썼습니다. 남편이 될지도 모르는 남자가 아니라면 공주를 볼 수 없도록 모든 예방책을 취했습니다. 딸을 한 장소에 가두어 놓고 심심하지 않게 그전에는 볼 수 없었던 궁전 일곱 채를 지어 줬지요. 첫 번째 궁전은 전체를 수정으로 지었고, 두 번째 궁전은 청동으로 지었습니다. 세 번째 궁전은 강철로, 네 번째 궁전은 더 귀한 금속인 청동으로, 다섯 번째 궁전은 시금석, 여섯 번째 금속은 은, 일곱 번째 궁전은 황금으로 지었습니다. 궁전 안은 그에 걸맞은 호화로운 가구로 채웠고 정원도 아름답고 정교하게 꾸몄습니다. 왕은 사랑하는 딸을 위해 거대한 궁전들을 만드는 데 수고와 비용을 아끼지 않았습니다. 공주의 미모에 관한 소문이 널리 퍼지자, 여러 부강한 나라의 왕들이 사절을 보내 청혼을 했습니다. 왕은 사절들을 항상 극진히 대접했지만, 딸이 동의하지 않으면 혼인을 시키지 않을 생각이었기 때문에 딸이 원하지 않는 왕의 청혼은 정중하게 거절했습니다. 거절당한 사절들은 실망한 채 떠나야 했지만 극진한 대접을 받은 덕에 크게 섭섭해하지는 않았습니다.

어느 날 공주가 아버지에게 말했습니다.

"아바마마는 제가 혼인하기를 바라시죠. 제가 행복하게 살기를 바라신다는 걸 저도 잘 알고 있어요. 실제로도 감사하게 생각하고 있고요. 하지만 저는 혼인하고 싶은 마음이 하나도 없어요. 이 훌륭한 궁전들이 좋고 여기서 사는 게 행복해요. 그런데 남편을 따라가면 지금처럼 행복하지는 않을 것 같아요. 그러니 제발 저에게 혼인하라고 압박하지 말아 주세요."

지금껏 여러 명의 사절이 왔다 갔지만 이번에는 어느 나라보다 부유하고 강한 나라의 왕이 사절을 보냈습니다. 중국 왕도 이번만큼은 딸이 청혼을 받아 주기를 바랐습니다. 그래서 이 나라와 동맹을 맺는 것이 얼마나 중요한지 설명하고 또 설명했습니다. 왕이 얼마나 압박했던지 공주는 화를 참지 못하고 아버지에게 무례하게 대들었습니다.

"아바마마, 이 혼인에 대해서, 그리고 다른 혼인에 대해서도 더 이상 말씀하지 마세요! 계속 그러시면 이 비수로 제 가슴을 찔러 아바마마의 잔소리에서 영원히 벗어나는 수밖에 없어요."

왕은 딸의 말에 화가 머리끝까지 나서 맞받아쳤습니다.

"네가 정말 제정신이 아니구나. 그럼 그에 맞게 대해 주마."

왕은 일곱 궁전 가운데 하나를 골라 어느 궁실에 딸을 가두었습니다. 그리고 유모를 포함해 열 명의 늙은 하녀만 남겨 놓았습니다. 각 나라에는 서신을 보내 공주에게 더 이상 결혼할 생각이 없으니 청혼을 하지 말라고 알렸습니다. 더불어 미치광이 공주의 정신병을 고칠 수 있는 의원이 있으면 그에게 공주를 아내로 주겠다는 소식을 온 세상에 알렸습니다.

아름다운 요정 메문이시여, 이것이 지금까지의 상황입니다. 저는 하루도 빠짐없이 이 비할 데 없이 아름다운 미녀를 감상하러 간답니다. 장담컨대 요정님도 저와 함께 가서 보시면 세상에 이렇게 아름다운 사람이 있나 감탄하시게 될 것입니다.

메문은 대답 대신 한참을 웃더니 목소리를 가다듬고는 이렇게 소리쳤습니다.

"이봐, 지금 날 놀리는 거야! 난 네가 진짜로 흥미진진한 이야기를 들려줄 거라고 생각했는데, 고작 시집 안 간 처녀 이야기를 가지고 그렇게 호들갑을 떤 거야? 내가 방금 보고 온 비현실적으로 잘생긴 왕자님을 보면 입이 딱 다물어질걸? 너도 그 왕자님을 보면 넋이 나갈 거라고."

"아름다운 요정 메문이시여, 그렇다면 말씀하신 그 왕자가 누구인지 여쭤봐도 되겠습니까?"

"왕자님이 처해 있는 상황도 네가 본 공주와 비슷하지. 그의 아버지는 아들이 어떻게든 결혼하기를 바라고 있지만 왕자님은 거절했어. 그 바람에 오래된 성탑에 갇혔고, 나는 거기서 왕자님을 봤어."

"하지만 저는 그 왕자님을 직접 보기 전까지는, 이 세상에 제가 본 공주보다 아름다운 사람이 있다는 사실을 받아들이기 어렵습니다."

"그 입 다물지 못해! 내가 그렇지 않다고 했잖아!"

"제가 고집을 부리는 게 아닙니다. 제 말이 진짜인지 확인하려면 직접 가서 공주의 얼굴을 보시면 되지 않습니까."

"굳이 그럴 필요 없다. 다른 방법이 있으니까. 네가 공주를 데려와서 왕자 옆에 눕히는 거야. 그러면 그 자리에서 누구 말이 맞는지 판가름할 수 있잖아?"

단하쉬는 메문의 제안을 기꺼이 받아들였습니다. 왕자가 갇혀 있는 성탑을 확인한 뒤, 결과에 대해 서로 대가를 치르기로 했습니다. 공주를 데리러 중국으로 날아간 단하쉬는 곤히 잠자고 있는 공주를 안고 믿기지 않는 속도로 돌아왔습니다. 메문은 단하쉬에게 왕자 옆에 공주를 눕히라고 했습니다.

이렇게 해서 왕자와 공주는 한 침대에 나란히 눕게 되었지요. 미남과 미녀 중 누가 더 아름다운지를 두고 요정과 정령 사이에 설전이 벌어졌습니다. 단하쉬가 먼저 입을 열었습니다.

"자, 보세요. 공주가 왕자보다 더 아름답잖아요? 의심할 여지가 있나요?"

"의심이라고! 당연히 의심이 들지. 왕자의 외모가 공주보다 훨씬 더 뛰어나다는 걸 이렇게 보고도 모르겠어? 물론 공주의 미모도 괜찮아. 하지만 비교해 보면 내가 옳다는 걸 인정할 수밖에 없을 거야."

"보면 볼수록 제 말이 옳은 것 같은데요? 아름다운 요정 메문이시여,

그래도 계속 고집을 부리신다면 제가 양보해 드릴 수는 있습니다.”

“이런 식으로 하면 안 되지! 나는 너처럼 저주받은 정령에게 양보 같은 걸 받을 생각이 눈곱만큼도 없거든. 심판을 불러서 판단하게 하고 그의 결정에 따르자. 어때?”

단하쉬도 흔쾌히 동의했습니다. 그러자 메문이 땅을 차서 반으로 쩍 갈랐습니다. 땅속에서 흉측하게 생긴 정령이 나왔는데, 꼽추에 절름발이에 애꾸눈이었습니다. 머리에는 뿔이 여섯 개나 달려 있고 손은 짐승의 발과 같았습니다. 정령은 메문을 보자마자 엎드리더니 무엇이든 명령하라고 말했습니다.

“일어나라, 카슈카슈. 나와 단하쉬 중 누구 말이 맞는지 판가름해 달라고 그대를 부른 것이다. 이 침대를 봐라. 이 총각과 처녀 중에 누가 더 아름다운지 선택해 보도록.”

카슈카슈는 왕자와 공주를 보더니 감탄을 금치 못했습니다. 결국 결정을 내리지 못한 채 오랫동안 넋을 놓고 바라만 봤습니다.

“요정님, 제가 어느 한쪽이 더 아름답다고 말한다면 그건 요정님과 제 자신을 속이는 일입니다. 이 문제를 해결하는 방법은 오직 하나라고 생각합니다. 두 사람이 차례로 깨어나서 누가 더 상대방을 좋아하는지를 살펴보면 될 것 같습니다.”

메문과 단하쉬는 카슈카슈의 조언이 마음에 들었습니다. 메문이 곧장 벼룩으로 변신해 카마르알자만 왕자의 목을 세게 깨물었습니다. 그 바람에 왕자는 잠에서 깨어났지요. 눈을 떠 보니 웬 낯선 여인이 옆에 누워 있었습니다. 소스라치게 놀란 왕자는 몸을 반쯤 일으켜 여인을 자세히 들여다봤습니다. 젊고 아름다운 여인을 보자마자 왕자의 심장이 두근거리기 시작했습니다. 그는 두근거리는 심장을 주체하지 못했습니다.

"너무도 사랑스러워! 너무도 아름다워! 오, 나의 심장이여, 나의 영혼이여!"

왕자는 이렇게 외치고 여인의 이마와 눈과 입술에 입을 맞췄습니다. 정령이 마법을 걸어 놓지 않았다면 아마 여인은 잠에서 깨어났을지도 모릅니다.

"아름다운 아가씨, 이 카마르알자만 왕자가 애정을 표현해도 깨어나지 않는군요. 당신이 누구인지 모르겠지만, 당신의 사랑을 받기에 부족한 사람은 아니에요."

그러다 카마르알자만 왕자는 문득 이 여인이 아버지가 짝지어 준 사람이 아닐까 생각했습니다. 결혼 혐오증이 있는 아들이 아름다운 여인을 앞에 두고 얼마나 버틸 수 있나 떠보려고 일부러 여인을 보낸 것일지 모른다고도 생각했습니다.

"어쨌든, 이 여인을 잊지 않기 위해 반지를 가지고 있자."

그는 여인의 손가락에 있던 반지를 빼고 자기 반지를 대신 끼워 줬습니다. 그러고는 요정의 마법에 취해 다시 자리에 누워 잠이 들었습니다.

이번에는 단하쉬가 벼룩으로 변신해 공주의 아랫입술을 물었습니다.

깜짝 놀라 잠에서 깬 공주 역시 자기 옆에 누워 있는 젊은 청년을 보고 소스라치게 놀랐습니다. 하지만 잘생긴 청년의 얼굴을 본 순간 놀라움은 곧 감탄으로 변했고 감탄은 기쁨으로 변했습니다.

"아니, 아바마마께서 나와 혼인시키려 한 사람이 바로 당신이었나요? 당신을 미리 알지 못했으니 참 억울하네요! 알고 있었다면 아바마

마를 노엽게 하지 않았을 텐데 말이에요. 아무튼 일어나세요! 일어나
보세요! 당신이 제 마음을 빼앗아 갔단 말이에요."

공주는 카마르알자만 왕자를 세차게 흔들었습니다. 메문이 마법을
걸어 놓지 않았다면 왕자는 금방 깼을지도 모릅니다.

"아, 당신은 왜 잠만 자고 있나요?"

이렇게 말하면서 공주는 왕자의 손을 잡았는데, 왕자의 손가락에서
자신의 반지를 발견했습니다. 공주는 반지를 보고 이 남자가 누구인지
더 궁금해졌습니다. 하지만 남자가 깊은 잠에 빠져 깨어나지 않자, 공주
는 남자의 뺨에 입을 맞추고 다시 잠이 들었습니다.

이 광경을 지켜본 메문은 정령을 돌아보며 의기양양하게 말했습니다.

"자, 봤느냐? 왕자가 공주보다 더 아름답다는 사실이 확인되었지? 다
음에는 내가 하는 말에 토 따위 달지 말고 그냥 믿도록."

그리고 카슈카슈에게 이렇게 말했습니다.

"고맙다. 단하쉬를 도와서 공주를 다시 집으로 데려다줘라."

두 정령은 메문의 명령을 따랐고, 메문은 우물로 돌아갔습니다.

다음 날 아침, 카마르알자만 왕자는 일어나자마자 주위를 두리번거
리며 어젯밤에 본 아름다운 여인부터 찾았습니다. 그러고는 시중드는
하인에게 여인을 보지 못했냐고 물었습니다. 그가 본 적 없다고 하자,
왕자는 여인이 어떻게 이 성탑에 들어왔냐며 다시 꼬치꼬치 캐물었습
니다. 하인이 이번에도 모른다고 하자 인내심을 잃은 왕자는 그를 호되
게 때리고 밧줄로 묶어 우물 속에 처박아 넣었습니다. 불쌍한 하인은 살
려만 주시면 모든 걸 다 말하겠다고 거짓말로 소리쳤습니다. 왕자가 줄
을 다시 끌어 올리니 하인은 물에 빠진 생쥐처럼 흠뻑 젖어 있었습니다.

그는 우선 옷을 좀 갈아입게 해 달라고 말했고, 왕자가 허락하자 도망치듯 냅다 왕궁으로 달려갔습니다. 마침 왕궁에서는 아들 때문에 골머리를 앓고 있던 왕이 대재상과 왕자에 관해 이야기를 나누고 있었습니다. 헐레벌떡 뛰어온 하인은 왕에게 아뢰었습니다.

"폐하, 언짢은 소식을 전해 드려야겠습니다. 왕자님께서 정말 제정신이 아니신 듯합니다. 어젯밤에 왕자님의 침대에서 어떤 여인과 잠을 잤다고 하십니다. 그리고 보시는 바와 같이 저를 이 꼴로 만들어 놓으셨습니다."

하인은 왕 앞에서 방금 전 왕자가 보인 폭력적인 언행을 상세히 털어놓았습니다.

심히 놀란 왕은 대재상에게 대체 무슨 일인지 알아보고 오라고 명했습니다. 대재상이 즉시 성탑으로 달려갔는데, 예상외로 왕자는 조용히 책을 읽고 있었습니다. 서로 인사를 나눈 뒤 대재상이 이렇게 말했습니다.

"왕자님의 하인 놈에게 벌을 내려야겠습니다. 그놈이 와서 이상한 말을 하는 바람에 폐하께서 놀라셨습니다."

"무슨 말을 했소?"

"아, 터무니없는 말을 했습니다. 지금 왕자님의 모습을 보니 하인 놈이 정신 나간 게 확실합니다."

"그럼 대재상이 여기 오셨으니 제가 직접 물어보겠소. 어젯밤에 이 방에서 잔 여인은 어디에 있소?"

대재상은 왕자의 질문을 듣고 정신이 아찔했습니다.

"왕자님! 이 성탑은 장정도 뚫고 들어오지 못합니다. 그런데 여인이라니요. 밤에는 왕자님이 계신 방 앞에 하인이 누워서 자기 때문에 아무도 들어오지 못합니다. 잘 생각해 보십시오. 왕자님은 그저 생생한 꿈을 꾸신 게 분명합니다."

이 말에 화가 난 왕자는 계속해서 그 여인이 누구고 어디에 있는지 물었습니다. 대재상이 그 일을 꾸민 사람은 아무도 없다고 항변했지만 그는 전혀 납득할 생각이 없었습니다. 결국 이성을 잃은 왕자는 한 손으로 대재상의 수염을 붙잡고 다른 한 손으로 대재상을 두들겨 팼습니다.

"그만하십시오, 왕자님! 제가 말씀드리겠습니다!"

대재상이 소리치자, 왕자도 그제야 멈췄습니다.

"말씀드리겠습니다. 왕자님이 짐작하신 대로입니다. 하지만 저는 일개 신하로서 주군이 명령하신 바를 따랐을 뿐입니다. 허락해 주신다면, 제가 폐하께 가서 왕자님의 말씀을 전하겠습니다."

"좋소. 아바마마께 가서 어젯밤에 아바마마가 보내신 그 여인과 결혼하고 싶어 한다고 전해 주시오. 얼른 가서 아바마마의 회답을 가져오시오."

대재상은 바닥에 엎드려 절한 뒤 서둘러 방을 빠져나왔습니다.

왕은 대재상을 보자마자 물었습니다.

"그래, 내 아들의 상태는 어떻소?"

"폐하, 왕자님의 하인이 전한 이야기 그대로입니다."

대재상은 왕에게 카마르알자만 왕자와 나눈 이야기와 방에 들어갈 수 있는 여인이 없다고 하자 자신을 폭행한 사실을 모두 전했습니다. 크게 상심한 왕은 이 문제를 직접 알아보겠다면서 대재상과 함께 왕자가 있는 성탑으로 갔습니다.

왕자는 부왕을 공손하게 맞이했습니다. 왕은 왕자를 옆에 앉혀 놓고

대재상을 구타하는 카마르알자만 왕자

질문을 몇 가지 던졌고, 왕자는 조리 있게 대답했습니다. 그러고는 마침내 여인 이야기를 꺼냈습니다.

"아들아, 어젯밤에 네 방에서 봤다는 그 여인에 대해 이야기해 보거라."

"아바마마, 이 문제로 더 이상 고통받지 않게 해 주십시오. 얼른 제가 그 여인을 아내로 맞이하여 행복하게 살도록 허락해 주십시오. 전에는 결혼 생활에 혐오감을 가지고 있었지만, 이 아름다운 여인을 보고 나서는 제 모든 편견이 깨지고 말았습니다. 이제 아바마마의 뜻대로, 감사하는 마음으로 여인을 맞이하겠습니다."

왕은 아들의 말을 듣고 말문이 턱 막혔습니다. 하지만 진심으로 문제의 여인에 대해 아는 바가 없고 본 적도 없다고 말했습니다. 그러자 왕자는 어젯밤에 자기 방에서 있었던 일을 세세하게 이야기했습니다.

마지막으로 손가락에 있는 여인의 반지를 보여 주며 아버지에게 신부를 찾아 달라고 간곡히 애원했습니다.

"네 이야기를 들어 보니 네 말을 더 이상 의심할 수가 없구나. 하지만 나로서는 그 여인이 어디서 왔고 왜 잠깐 네 옆에 머물다 갔는지 전혀 모르겠다. 참으로 기이한 일이로구나. 아들아, 이제 성탑에서 벗어나 나와 함께 왕궁으로 돌아가자꾸나."

왕은 이렇게 말하며 카마르알자만 왕자의 손을 잡고 왕궁으로 돌아왔습니다. 상사병에 걸린 왕자는 식음을 전폐하며 병석에 누웠습니다. 고통스러워하는 아들 녀석을 보고 있자니 아버지도 나랏일에 전혀 신경 쓰지 못했습니다.

왕과 왕자의 방에 유일하게 출입할 수 있었던 대재상은 그동안 왕이 모습을 드러내지 않고 나랏일도 돌보지 않아 신하와 백성 들의 불만이 이만저만이 아니라고 보고했습니다. 결국 그는 왕에게 조언을 올렸습니다. 왕과 왕자의 거처를 근처에 있는 섬으로 옮기고, 왕은 나랏일을 처리할 때만이라도 왕궁에 잠깐 행차하는 것이 어떻겠냐고 했습니다. 왕이 잠시 자리를 비워도 왕자는 아름다운 섬의 풍경과 맑은 공기 덕분에 견뎌 낼 수 있을 거라고 했습니다.

샤자만 왕은 대재상의 조언을 받아들여 근처 섬에 별궁을 준비하게 하고 왕자와 함께 건너갔습니다. 일주일에 두 번씩 어전회의에 참석할 때 빼고는 늘 아들 곁에 머물러 있었습니다.

샤자만의 도성에서 이런 일이 벌어지고 있는 동안, 단하쉬와 카슈카슈 두 정령은 중국의 공주를 원래 있던 궁궐 침실로 다시 옮겨 놓았습니다. 다음 날 아침 잠에서 깨어난 공주는 주위를 두리번거렸습니다. 자기 말고는 아무도 없자 큰 소리로 시녀들을 불렀습니다.

"지난밤 내 곁에 잠들어 있던 사랑스러운 청년은 어디로 갔느냐?"

"공주마마, 무슨 말씀을 하시는지 잘 모르겠습니다. 좀 더 설명해 주시겠습니까?"

"이 세상에서 가장 사랑스럽고 잘생긴 청년이 지난밤에 내 옆에서 자고 있었다. 나는 그를 깨워 보려고 안간힘을 썼지만 헛수고였지."

"공주마마, 지금 저희를 놀리시는 거죠? 이제 일어나실 시간입니다."

"나는 진지하게 말하고 있다! 그가 어디 있는지 알고 싶다고!"

"하지만 공주마마, 지난밤에 공주마마는 방에 혼자 계셨습니다. 누군가 방 안으로 들어가는 건 아무도 보지 못했답니다."

시녀가 공주에게 타이르듯이 말했습니다. 그러자 공주는 더 이상 못

참겠다는 듯 시녀의 머리채를 잡고 따귀를 때리며 고래고래 소리를 질렀습니다.

"이 늙은 요녀야, 어서 말해! 안 그러면 죽여 버릴 거야!"

가까스로 공주에게서 벗어나 왕후가 있는 곳으로 도망친 시녀는 눈물을 뚝뚝 흘리며 방금 전에 있었던 일을 소상히 전했습니다.

"왕후마마, 공주마마께서 실성하신 것이 분명합니다. 직접 가서 보시면 제가 무슨 말씀을 드리는 건지 확실히 아실 것입니다."

왕후는 당장 딸의 거처로 가서 공주를 품에 안고 왜 시녀에게 못되게 굴었는지 따뜻하게 물었습니다.

"어마마마도 저를 놀리러 오신 건가요? 하지만 저는 어젯밤에 본 사랑스러운 청년이 아니라면 혼인하지 않겠어요. 어마마마는 그가 어디에 있는지 아실 거예요. 제발 그 사람을 불러 주세요."

왕후는 딸의 말을 듣고 너무 놀랐습니다. 왕후가 무슨 말인지 도무지 모르겠다고 하자, 공주는 어머니에 대한 예의 따위는 생각하지 않고 그와 혼인하지 못하면 스스로 목숨을 끊겠다고 으름장을 놓았습니다. 왕후는 딸을 진정시키고 이성을 되찾게 하려 했지만 모두 헛수고였지요.

소식을 들은 왕이 사실을 직접 확인하고자 공주를 찾아왔습니다. 공주는 같은 이야기를 되풀이했습니다. 그 증거로 손가락에 있는 반지를 보여 주기도 했습니다. 하지만 왕은 무슨 말인지 도통 알아들을 수 없었습니다. 그저 딸의 광증이 더 심해졌다고 생각하고는 더 이상의 논쟁 없이 더 철저하게 궁 안에 감금시켜 놓았습니다. 호위병들에게는 유모와 공주만 남은 궁실을 더 단단히 지키라고 명령했지요.

왕은 어전회의에 들어가 신하들에게 현재 공주의 상태를 설명하고 이렇게 덧붙였습니다.

"누구든 내 딸을 고칠 수만 있다면 그 사람에게 딸을 아내로 주고 왕위도 물려주겠소."

그러자 어느 나이 많은 신하는 젊고 아름다운 아내를 얻고 거대한 제국을 소유하고 싶은 욕구가 불같이 일었습니다. 마법에 능통했던 그는 자신이 해 보겠다고 나섰습니다.

"좋소. 그대가 해 보시오. 하지만 조건이 하나 있소. 만약 실패할 경우에는 목숨을 잃을 각오를 해야 하오."

나이 많은 신하가 조건을 수락했고, 왕은 그를 공주에게 데리고 갔습니다. 왕과 나이 많은 신하가 갑자기 나타나자 공주는 황급히 얼굴을 가리며 말했습니다.

"아바마마, 제 거처에 갑자기 외간 남자를 데려오셔서 깜짝 놀랐습니다!"

"딸아, 놀랄 필요 없다. 이 사람은 나의 신하인데 너에게 청혼할 거란다."

"하지만 아바마마가 저에게 보냈던 그 사람이 아니잖아요. 이 반지의 주인공이 아니라고요. 그 사람이 아니면 혼인할 수 없어요."

나이 많은 신하는 공주가 이상한 소리를 할 것이라고 예상했습니다. 그런데 직접 보니 공주는 차분하고 이성적이었습니다. 신하는 왕에게 공주를 고칠 수 없다고 말했고 자신의 목숨을 왕의 뜻대로 처분해 달라고 말했습니다. 화가 난 왕은 당장 그 신하의 목을 베라고 명했습니다.

이 신하를 비롯해 여러 명의 신랑 후보가 공주의 병을 고치는 데 도전했지만, 모두 실패하고 목숨을 잃었습니다. 이렇게 얼마간 시간이 흘렀습니다.

한편 공주의 유모에게는 마르자반이라는 아들이 있었습니다. 오랜 여행에서 이제 막 돌아온 그는 여러 나라를 돌아다니면서 점성학 등 다양한 학문과 기술을 익힌 상태였습니다. 유모는 아들이 돌아오자마자 수양 동생인 공주 이야기부터 꺼냈습니다. 마르자반은 자신이 왕 모르게 공주를 만날 수 있는지 물었습니다.

유모는 잠시 생각하더니 허락했습니다. 궁실을 지키는 내시를 설득해 마르자반이 공주의 거처에 들어갈 수 있도록 조치를 취해 놓았습니다.

공주는 수양 오빠를 다시 보게 되어 기뻤습니다. 두 사람은 서로 그간의 안부를 물었고, 공주는 지금 이렇게 갇힌 연유를 모두 털어놓았습니다.

마르자반은 수심 가득한 얼굴로 공주의 이야기에 집중했습니다. 공주가 이야기를 마치자 그가 말했습니다.

"공주마마, 지금까지 말씀하신 것이 사실이라면 낙심하실 필요 없습니다. 조금만 기다려 보세요. 제가 여러 나라를 돌아다녀 보겠습니다. 공주마마가 찾는 그분은 분명 먼 데 있지 않을 것입니다."

이렇게 말한 마르자반은 공주에게 작별을 고하고 다음 날 아침 다시 여행을 떠났습니다.

그는 이 도시 저 도시, 이 지방 저 지방을 돌아다녔는데, 사람들은 온통 바두르 공주—바로 중국 공주의 이름이었습니다—이야기만 했습니다.

넉 달 뒤엔 인구가 꽤 많은 토르프라는 항구도시에 도착했습니다. 여기서는 바두르 공주 이야기뿐만 아니라 카마르알자만 왕자 이야기도 많이 들려왔습니다. 그런데 카마르알자만 왕자의 이야기가 공주의 이야기와 너무 흡사했습니다.

마르자반은 기쁨의 탄성을 질렀고, 곧장 카마르알자만 왕자가 있는 곳을 찾아 떠났습니다. 그가 탄 배는 샤자만 왕이 다스리는 수도가 보이는 곳까지 무난히 항해했습니다. 하지만 항구에 막 들어설 즈음 갑자기 암초에 부딪혀 난파되고 말았습니다. 공교롭게도 배는 카마르알자만 왕자가 샤자만 왕, 대재상과 함께 지내는 섬의 별궁이 보이는 곳에서 침몰했습니다.

수영을 잘하는 마르자반은 물속으로 뛰어들어 별궁 근처 해안까지 헤엄쳐 갔습니다. 궁에서는 마르자반을 환대했고 갈아입을 옷도 마련해 줬습니다. 대재상은 마르자반을 불러 대화를 나눠 보고 젊은이의 기상이나 명민함에 몹시 감탄했습니다. 젊은이가 여행을 통해 많은 경험과 지식을 쌓았다는 사실을 알아차린 그는 이렇게 말했습니다.

"아, 이 궁에는 오래전부터 심각한 병에 걸린 사람이 있어서 나라를 근심에 빠뜨리고 있습니다. 귀공처럼 훌륭하신 분이 이 문제를 해결해 주신다면 얼마나 좋겠습니까!"

마르자반은 그분이 어떤 병에 걸렸는지 알 수 있다면 병을 고칠 수도 있을 것이라고 말했습니다. 그러자 대재상이 카마르알자만 왕자에 관한 이야기를 모두 들려줬습니다.

이야기를 듣던 마르자반은 속으로 쾌재를 불렀습니다. 바두르 공주가 사랑하던 그 남자를 마침내 발견했기 때문입니다. 하지만 그는 아무 말도 하지 않고 왕자를 보게 해 달라고 요청했습니다.

왕자의 방에 들어가자 눈을 감고 침대 위에 축 늘어져 누워 있는 왕자가 보였습니다. 왕은 왕자 옆에 앉아 있었습니다. 마르자반은 지엄하신 왕과 왕자가 있는 자리임에도 자기도 모르게 외쳤습니다.

"오, 이럴 수가! 어찌 이리 닮을 수 있을까!"

카마르알자만 왕자와 바두르 공주가 쌍둥이처럼 닮았던 것입니다.

마르자반의 말소리에 놀란 왕자가 눈을 떴습니다. 마르자반은 이 순간을 놓치지 않고, 왕이나 대재상은 알 수 없는 말로 왕자에게 중국의 공주가 지금 어떤 상태인지 전했습니다. 왕자는 이 방문객이 자신이 그토록 바라던 정보를 가져온 사람임을 의심치 않았습니다.

그는 부왕에게 마르자반과 단둘이 이야기를 나눌 수 있게 자리를 비켜 달라고 요청했습니다. 왕도 아들이 누군가에게 관심을 보이니 그저 기쁠 뿐이었습니다. 둘만 남게 되자 마르자반은 왕자에게 바두르 공주의 이야기를 전하면서 이렇게 말했습니다.

"저는 왕자님만이 공주마마를 치유할 수 있다고 믿습니다. 하지만 공주마마가 계신 먼 중국까지 가려면 왕자님께서 하루빨리 건강을 회복하셔야 합니다."

마르자반의 이 말은 왕자에게 큰 영향을 미쳤습니다. 왕자는 기운을 차리고 자리에서 일어나 옷을 입겠다고 했습니다. 이 모습을 본 왕은 기뻐서 어쩔 줄 몰랐고 왕자의 회복을 백성들에게 알리게 했습니다.

오래지 않아 왕자의 건강은 꽤 회복되었습니다. 기운이 생긴 왕자는 마르자반을 불러서 이렇게 말했습니다.

"이제 그대가 약속을 지켜야 할 때가 왔소. 나의 사랑스러운 공주를 보고 싶어 죽겠소. 지금 당장 떠나지 않으면 또 병에 걸릴지 모르오. 다만 나를 돌보고 계신 아버지가 눈에 밟히오. 알다시피 부왕은 내가 눈에 보이지 않으면 걱정하실 게 틀림없소."

"왕자님, 그 문제라면 제가 이미 생각하고 있습니다. 저에게 좋은 계획이 있습니다. 왕자님께선 제가 이곳에 온 뒤로 한 번도 문밖을 나가신 적이 없습니다. 폐하께 우리 두 사람이 이삼일 정도 사냥을 나가도 되냐고 여쭤보십시오. 허락이 떨어지면 왕자님과 제가 탈 좋은 말을 각각 두 필씩 준비해 달라고 하십시오. 뒷일은 모두 저에게 맡기시면 됩니다."

다음 날 왕자는 적당한 기회를 잡아 왕에게 이삼일 정도 사냥을 떠나겠으니 허락해 달라고 했습니다. 왕은 하룻밤 이상 밖에서 자는 것만 아니면 괜찮다며 기꺼이 허락했습니다. 오랫동안 병석에 있다가 갑자기 너무 무리하면 몸을 해칠까 봐 걱정했던 것입니다.

카마르알자만 왕자와 마르자반은 이튿날 아침 일찍 사냥터로 나갔고, 마부 두 명은 여분의 말을 한 마리씩 끌고 따라왔습니다. 두 사람은 잠깐 사냥을 하는 척하다가 도성에서 가능한 멀리 떨어진 곳까지 갔습니다. 그곳 숙소에서 저녁을 먹고 자정 무렵까지 잠을 잤습니다. 마르자반은 일어나 아무도 모르게 왕자를 깨웠습니다. 왕자에게 입고 있는 옷을 벗어 달라 하고는 따로 가져온 옷을 입게 했습니다. 두 사람은 말에 올라탔고 마르자반은 마부가 가져온 여분의 말 중 한 마리를 끌고 숙소를 빠져나왔습니다.

날이 밝자 두 사람은 숲속에서 네 갈래 길이 만나는 곳에 이르렀습니다. 여기서 마르자반은 왕자에게 잠깐 기다리라 하고는, 마부의 말을 끌고 숲속으로 들어가 말의 목을 베어 죽인 다음 왕자의 옷에 말 피를 묻혔습니다. 그리고 다시 왕자에게 돌아와 피 묻은 옷을 갈림길에 던져 놓았습니다.

카마르알자만 왕자가 마르자반에게 이렇게 하는 이유를 물었습니다. 마르자반은 왕자가 죽었다고 생각해야 왕이 우리를 찾지 않고, 우리도 안심하고 여행을 계속할 수 있다고 대답했습니다.

"물론 폐하께서 깊은 슬픔에 빠지실 게 분명합니다. 하지만 왕자님께서 살아 돌아가시면 그 기쁨은 더 크실 것입니다."

두 사람은 육로와 해로를 통해 여행을 계속 이어 갔습니다. 여비가 충분했기 때문에 여행이 불필요하게 지연되는 일은 없었습니다. 마침내 그들은 중국의 수도에 도착했습니다. 거기서 사흘간 숙소에 머물며 여독을 풀었습니다. 이때 마르자반은 왕자에게 입힐 점성술사 옷을 준비했습니다.

그들은 공중목욕탕에서 몸을 깨끗이 씻었고, 마르자반은 왕자에게 점성술사 옷을 입혔습니다. 그런 다음 왕자를 중국 왕의 궁궐이 보이는 곳까지 데려다주고, 공주의 유모인 자신의 어머니를 만나러 갔습니다.

그사이 왕자는 마르자반의 지시에 따라 궁궐 문 근처로 가서 이렇게 소리 질렀습니다.

"나는 점성술사입니다! 지극히 높고 위대하신 폐하의 따님 바두르 공주마마의 병을 고치려고 이곳에 왔습니다. 폐하께서 내거신 조건을 모두 따를 것입니다. 성공하면 공주마마를 아내로 맞아들이고, 실패하면 목숨을 내놓겠습니다."

공주를 고치려고 도전했던 사람들이 모두 실패하고 얼마간 도전자가 나타나지 않았기 때문에, 사람들은 갑자기 등장한 점성술사의 얼굴을 보려고 삽시간에 모여들었습니다. 사람들은 젊고 잘생기고 기품 있는 청년의 모습을 보면서 오히려 동정심을 가졌습니다. 보다 못한 한 사람이 말했습니다.

"이봐요, 무슨 생각으로 이러는 거요? 왜 스스로 죽음을 자초한단 말이오? 저 성벽에 걸려 있는 머리들을 보고도 두렵지 않소? 제발 미친 생각은 그만하고 얼른 돌아가시오."

하지만 왕자는 계속 그 자리에 서서 확신에 찬 목소리로 같은 말을 크게 되풀이할 뿐이었습니다.

"젊은 사람이 죽으려고 작정했구먼. 하늘이시여, 저 젊은이를 불쌍히 여기소서!"

카마르알자만은 사람들의 걱정에도 아랑곳하지 않고 같은 말을 세 번째로 되풀이했습니다. 마침내 대재상이 친히 궁궐 밖으로 나와 그를 맞이했습니다.

대재상은 카마르알자만 왕자를 왕에게 데려갔습니다. 왕은 새로운 도전자가 풍기는 기품에 심히 놀랐습니다. 그가 감당해야 할 운명을 생각하니 왠지 모르게 연민의 감정이 생겼습니다. 그래서 그에게 다시 한 번 생각해 볼 것을 진지하게 권했습니다.

그러나 왕자는 공손하게, 그러면서도 확고하게 자신의 결연한 의지를 고수했습니다. 결국 왕은 공주의 거처를 지키는 내시에게 이 점성술사를 안내하라고 분부했습니다.

내시가 공주의 병실로 통하는 긴 복도로 안내했는데, 카마르알자만은 공주가 보고 싶은 마음에 자기도 모르게 발걸음을 재촉했습니다. 큰 방에 들어서서 보니 공주가 있는 방과 대기실이 나눠져 있었습니다. 카마르알자만은 대기실에서 내시에게 말했습니다.

"자, 둘 중에 하나를 골라 보시오. 내가 방 안에 들어가서 공주마마를 고쳐 드릴지, 아니면 여기 대기실에서 공주마마를 고쳐 드릴지.”

내시는 그동안 공주를 고치러 온 수많은 사람들의 무능함을 업신여겼던 터라, 눈앞에 있는 점성술사의 자신감에 무척 놀랐습니다.

“안이든 밖이든 상관없습니다. 공주마마의 병을 진짜로 고칠 수만 있다면, 당신의 명성은 하늘을 찌를 것입니다.”

“그렇다면 좋소. 공주마마를 보고 싶은 마음은 굴뚝같지만 내 능력을 똑똑히 보여 주기 위해 공주마마를 보지 않고 이 자리에서 치료하겠소.”

왕자는 필기구를 꺼내 다음과 같이 적었습니다.

사랑하는 공주마마!

나 카마르알자만은 그대가 내 곁에 잠들어 있던 그 순간을 잊지 못하오. 나는 그대를 보자마자 마음을 빼앗겼소. 그대와 대화를 나누지 못해, 대신 사랑의 징표로 반지를 교환했소. 이 편지 안에 그대의 반지를 동봉하오. 그대도 나에게 반지를 돌려준다면 나는 세상에서 가장 행복한 남자가 될 것이오. 만약 그렇지 않더라도 당신을 위해 죽는 것이니 나는 담담히 죽음을 받아들이겠소. 밖에서 그대의 답변을 기다리겠소.

편지를 다 쓴 왕자는 내시가 보지 못하도록 반지를 잘 동봉해서 그에게 건넸습니다.

“이 편지를 공주마마께 전해 주시오. 공주마마께서 이 편지를 읽고도 병이 낫지 않는다면, 당신이 나를 파렴치한 사기꾼이라고 불러도 좋소.”

내시는 곧바로 공주의 방 안으로 들어가 편지를 전해 주며 말했습니다.

"공주마마, 새로운 점성술사가 공주마마께서 이 편지를 읽고 봉투 안에 들어 있는 물건을 보면 회복하실 거라고 장담했습니다."

공주는 무심하게 편지를 받아서 열어 봤습니다. 그런데 봉투 안에 있는 반지를 보자마자 편지의 내용은 눈에 하나도 들어오지 않았습니다. 공주는 벌떡 일어나 방 입구로 가서 휘장을 활짝 열어젖혔습니다. 공주와 왕자는 서로를 알아보고는 꼭 끌어안았습니다. 그렇게 오랫동안 떨어져 있었는데 어떻게 다시 만나게 된 건지 몹시 궁금해했습니다. 유모는 두 사람을 안쪽 방으로 데려갔습니다. 공주는 자신의 반지를 돌려주며 말했습니다.

"다시 가져가세요. 저는 당신의 반지를 돌려주고 싶지 않아요. 평생 동안 당신의 반지를 끼고 싶어요."

한편 내시는 황급히 왕에게 달려가 지금 벌어지고 있는 상황을 설명했습니다.

"폐하, 전에 왔던 의사나 점성술사는 모두 돌팔이였습니다. 그런데 이번에 온 사람은 공주마마를 직접 보지도 않고 병을 치료했습니다."

내시는 그가 어떻게 공주를 고쳤는지 왕에게 모두 이야기했습니다. 기쁜 소식을 들은 왕이 서둘러 공주의 거처로 달려갔습니다. 그는 딸을 꼭 끌어안아 주고는 딸의 손과 왕자의 손을 맞잡게 했습니다.

"복 받은 이방인이여, 약속을 지키겠네. 내 딸을 그대의 아내로 주겠네. 내가 잘못 본 게 아니라면, 그대는 점성술사 행세를 하고 있지만 지체가 그보다는 더 높아 보이는군."

왕자는 지극히 공손한 태도로 왕에게 감사의 마음을 표하고 다음과

카마르알자만 왕자를 알아보는 바두르 공주

같이 말했습니다.

"폐하께서 정확히 보셨습니다. 저는 점성술사가 아닙니다. 존귀하신 폐하와 인연을 맺기 위해 잠시 점성술사로 위장한 것뿐입니다. 저는 카마르알자만 왕자이고, 제 부친은 칼레단의 자식들의 섬을 다스리는 샤자만 왕입니다."

왕자는 왕에게 바두르 공주를 처음 보고 사랑에 빠진 사연을 비롯해 지금까지 있었던 모든 이야기를 들려줬습니다.

왕자의 이야기를 모두 들은 왕은 외쳤습니다.

"이처럼 놀라운 이야기는 후세에 남겨야 한다. 이 이야기를 왕실의 기록물로 남기고, 온 세상에 널리 알리도록 하라!"

다음 날엔 성대한 혼례식이 거행되었습니다. 왕은 마르자반의 공로도 잊지 않았습니다. 높은 관직을 하사하며 나중에 더 높은 직위로 올려주겠노라고 약속했습니다.

카마르알자만 왕자와 바두르 공주는 신혼의 단꿈에 젖었고, 몇 개월이 훌쩍 지나갔습니다.

그러던 어느 날 밤, 카마르알자만 왕자가 잠을 자는데 꿈에 임종을 기다리는 아버지의 모습이 나타났습니다. 아버지는 이렇게 말했습니다.

"아아! 내가 그토록 사랑하던 아들이건만, 나를 버리고 이제 날 죽게 만드는구나!"

왕자는 끙끙 신음 소리를 내며 잠에서 깨어났습니다. 옆에 있던 공주가 놀라서 무슨 일인지 물었습니다.

"아, 지금 이 순간 내 아버지는 이 세상 사람이 아닐 수도 있소."

왕자는 탄식하면서 꿈 이야기를 해 줬습니다. 공주는 이때 별다른 말을 하지 않았지만, 이튿날 아침 부왕에게 가서 손에 입을 맞추고 말했습니다.

"아바마마께 부탁드리고 싶은 일이 있습니다. 남편이 부추긴 것이 결코 아님을 믿어 주시길 바랍니다. 저희 부부가 시아버님인 샤자만 왕을 만나 뵐 수 있도록 허락해 주십시오."

왕은 딸과 떨어져 지내야 한다는 생각에 마음이 아팠지만, 딸이 기특한 요청을 해 오니 거절할 수도 없었습니다. 다만 조건을 하나 내걸었습니다. 샤자만 왕의 궁전에 단 1년만 머물라는 것이었습니다. 이 말은 앞으로 이 젊은 부부가 양쪽 부모를 번갈아 찾아가야 한다는 뜻이었습니다.

공주가 기쁜 소식을 남편에게 전하자, 남편은 자신을 배려하는 아내의 사랑에 진심으로 고마워했습니다.

왕은 신하들에게 부부의 여행 준비를 시작하라고 명하고, 준비가 끝나자 딸 부부와 함께 출발해 며칠 동안 동행했습니다. 그 후, 딸에게 작별을 고할 시간이 찾아왔습니다. 왕은 사위에게 딸을 잘 부탁한다 말하고는 도성으로 돌아갔습니다.

왕자와 공주는 계속해서 길을 떠났고 한 달쯤 되었을 때 거대한 목초지에 이르렀습니다. 목초지 주변을 큰 나무들이 둘러싸고 있어 시원한 그늘이 드리워져 있었습니다. 카마르알자만은 날이 무더우니 그늘에 천막을 치고 야영을 하는 게 좋겠다고 생각했습니다. 천막이 세워지고 공주가 그 안에 들어갔습니다. 남편이 다른 천막을 칠 동안 공주는 천막 안에서 허리띠를 풀어 옆에 놓고 시녀들에게 밖으로 나가 일을 보라고 했습니다. 그녀는 피곤했는지 곧 잠들었습니다.

　나머지 천막도 다 설치한 왕자는 공주의 천막으로 들어가 공주가 잠이 든 것을 확인하고 말없이 옆에 앉았습니다. 그런데 공주의 허리띠가 그의 눈에 들어왔습니다. 왕자는 허리띠를 들어 이리저리 살펴봤는데, 작은 주머니가 달려 있었습니다. 주머니를 만져 보니 그 안에 뭔가 단단한 게 있는 것 같았습니다. 호기심이 생긴 왕자는 주머니를 열어 그것을 꺼냈습니다. 다양한 문자와 그림이 새겨진 홍옥수(붉은빛을 띤 반투명한 보석)였습니다. 왕자는 이렇게 생각했습니다.

　'이 홍옥수는 아주 귀한 물건일 거야. 그렇지 않다면 이렇게 소중하게 간수하지 않았겠지.'

　실제로 그것은 왕비가 딸에게 준 부적이었습니다. 왕비는 딸에게 부적을 가지고 다니면 복이 올 것이라고 했습니다.

　왕자는 홍옥수를 좀 더 제대로 보고 싶어서 천막 밖으로 가지고 나왔습니다. 손바닥을 펼쳐 그 위에 놓고 바라보는데, 갑자기 새 한 마리가 날아와 홍옥수를 물고 날아가 버렸습니다.

　아내가 그토록 소중히 여기던 물건을 한순간에 잃어버린 왕자의 심정은 어땠을까요?

　새는 부적을 물고 멀지 않은 곳에 내려앉았습니다. 카마르알자만 왕자는 혹시나 새가 부적을 떨어뜨릴지도 모른다는 한 줄기 희망을 안고 쫓아갔습니다. 하지만 다가갈수록 도둑 녀석은 좀 더 날아가 버렸습니다. 왕자가 계속 추격하자 새는 갑자기 부적을 꿀꺽 삼키더니 더 멀리 날아갔습니다. 왕자는 돌로 새를 죽여야겠다고 생각했지만, 열심히 쫓아갈수록 새는 더 멀리 날았습니다.

　이런 식으로 하루 종일 새를 쫓아 언덕과 계곡을 오르락내리락했습

부적을 물고 날아가는 새

니다. 밤이 되자 지친 녀석은 아주 높은 나뭇가지에 내려앉았습니다.

헛고생만 한 것 같아 절망한 그는 야영지로 돌아가야겠다고 생각했습니다.

'그런데 어떻게 돌아가지? 언덕으로 올라가야 하나? 아니면 계곡으로 내려가야 하나? 어두워져서 길을 잃을 텐데. 힘이 빠지면 어떡하지?'

배고픔과 갈증과 피로가 몰려왔고 결국 왕자는 나무 밑에 쓰러져 잠이 들었습니다.

다음 날 아침 카마르알자만 왕자는 새가 나무에서 떠나기 전에 일어났습니다. 녀석이 날아가자 다시 쫓기 시작했습니다. 전날처럼 계속 놓쳤지만, 쫓아가는 길에 보이는 열매나 약초로 배고픔을 달랬습니다. 이렇게 열흘이 지났습니다. 낮에는 계속 새를 쫓고 밤에는 새가 내려앉은 나무 밑에서 잠을 청했습니다. 새를 쫓은 지 열하루가 되는 날, 새와 왕자는 어느 큰 도성에 이르렀습니다. 새는 높이 날아 도시의 성벽을 훌쩍 넘어 버렸습니다. 새의 모습이 눈앞에서 사라지자 카마르알자만은 바두르 공주의 부적을 되찾을 수 있다는 희망을 완전히 잃고 말았습니다.

상심한 왕자는 도시 안으로 들어갔습니다. 바닷가 근처에 지어진 훌륭한 항구도시였습니다. 그는 자신이 어디로 가는지도 모른 채 하염없이 걸었습니다. 해안가 근처를 걷다가 마침내 과수원을 보고 그 안으로 들어가 봤습니다.

일하고 있던 늙은 과수원 주인은 낯선 방문객을 보고 이슬람교도임을 알아채고 얼른 들어와 문을 닫으라고 말했습니다.

카마르알자만은 노인이 시키는 대로 했고, 왜 갑자기 과수원 안으로 피하라고 했는지 물었습니다. 그러자 노인이 대답했습니다.

"보아하니 이방인 같은데, 이슬람교도라는 생각이 들어서 그랬소. 이 도시의 사람들은 대부분 우상을 숭배하고 있소. 그래서 이슬람교도를 증오하고 박해한다오. 당신이 무사히 이 집까지 온 건 기적과도 같소. 당신이 안전한 곳을 찾아서 알라신께 감사할 따름이오."

카마르알자만은 피난처를 제공해 준 과수원 노인에게 감사했습니다. 그러고는 더 말하려 하는데 노인이 말을 막았습니다.

"감사의 말은 그 정도면 되었소. 피곤하고 배고파 보이는데, 와서 좀 먹고 쉬시오."

노인은 이렇게 말하며 왕자를 오두막집 안으로 데려갔습니다. 왕자가 먹을 것으로 허기를 달래자, 그는 왕자에게 어떻게 이곳까지 오게 되었는지 물었습니다.

카마르알자만은 지금까지 일어난 일을 숨김없이 이야기한 다음, 마지막으로 부왕의 도성으로 가는 지름길을 물으며 이렇게 말했습니다.

"공주를 다시 만나고 싶지만 열하루나 지난 지금 어떻게 그녀를 만날 수 있겠습니까. 아마 공주는 이 세상 사람이 아닐지도 모르죠!"

끔찍한 생각이 들자 눈물이 터져 나왔습니다.

과수원 노인은 카마르알자만에게 여기서 이슬람교도의 나라까지 가려면 육로로 꼬박 1년은 걸린다고 알려 줬습니다. 하지만 바닷길로 '흑단의 섬'까지 가는 건 훨씬 짧고 거기서 칼레단의 자식들의 섬까지 쉽게 갈 수 있다고 했습니다. 흑단의 섬으로 가는 배가 1년에 한 번씩 있는데, 고향으로 돌아가려면 그 배를 타는 게 좋을 것이라고 했습니다.

"며칠만 더 일찍 왔더라면 그 배를 탈 수 있었을 것이오. 이제는 내년을 기약해야 하오. 그때까지 괜찮다면 우리 집에서 지내도 좋소."

카마르알자만 왕자는 낯선 곳에서 피난처를 만나 참 다행이라고 생각했습니다. 그는 낮엔 과수원 일에 열중하고 밤엔 사랑하는 아내를 그리워하며 한숨과 눈물로 지새웠습니다.

한편 바두르 공주는 무엇을 하고 있었을까요?

잠에서 깬 공주는 왕자가 없는 걸 알고 깜짝 놀랐습니다. 시녀들을 불러 왕자가 어디 있는지 물었습니다. 하지만 시녀들도 왕자가 들어오는 건 봤는데 나가는 건 보지 못했다고 말할 뿐이었습니다. 이때 공주는 허리띠에 매단 작은 주머니에 있었던 부적이 사라진 걸 발견했습니다.

공주는 남편이 이 부적을 가지고 나가서 살펴본 뒤 금방 돌아올 거라고 생각했습니다. 하지만 저녁이 되어도 오지 않자 마음이 초조해졌고, 무슨 일 때문에 오랫동안 들어오지 않는지 궁금했습니다. 밤이 되어도 깜깜무소식이자 부적과 그것을 만든 사람을 저주했습니다. 슬픔과 걱정이 몰아쳤으나 그녀는 평정심을 잃지 않고 용기를 내기로 마음먹었습니다.

카마르알자만 왕자의 실종을 알고 있는 사람들은 공주와 시녀들뿐이었습니다. 다른 사람들은 천막에서 쉬거나 잠을 자고 있었기 때문이지요. 왕자가 사라진 걸 알면 반역자가 나올 수도 있다는 생각에 공주는 시녀들에게 의심을 살 만한 어떤 말도 하지 말라고 단단히 일렀습니다. 그런 다음 남편의 옷으로 갈아입었습니다. 앞서 말했듯이, 공주와 왕자는 용모가 판박이처럼 닮았습니다.

남편으로 위장한 공주는 감쪽같았습니다. 다음 날 아침 공주가 일행에게 천막을 거두고 길을 떠날 준비를 하라고 명령했는데, 그녀의 위장을 의심하는 사람이 아무도 없었습니다. 공주는 시녀 중 하나를 자신의 가마에 타게 하고, 자신은 말에 올라 행렬을 이끌었습니다.

산을 넘고 바다를 건너는 오랜 여행 끝에 공주는 아르마노스라는 이름의 왕이 다스리는 흑단의 섬의 수도에 도착했습니다. 물론 그녀는 여전히 카마르알자만 왕자의 모습으로 위장하고 있었습니다.

자신의 오랜 친구인 샤자만 왕의 아들이 항구에 도착해 배에서 내렸다는 소식을 들은 아르마노스 왕은 서둘러 달려가 왕자를 맞이했습니다. 왕자와 수행원들을 왕궁으로 초대하고 성대하게 환영 잔치를 열었습니다.

공주가 사흘 후에 다시 배를 타고 여행해야 한다고 이야기하자 아르마노스 왕이 이렇게 말했습니다.

"왕자, 나는 이미 나이가 많은데 이 나라를 물려줄 아들이 없소. 그래도 하늘이 나에게 외동딸을 주셨는데 용모가 곱고 아름다워 완벽한 왕자와 천생연분인 것 같소. 그러니 그대의 나라로 돌아가지 말고 내 딸 아이와 혼인해 이 나라를 다스리는 것이 어떻소? 나도 후계자가 있다면 안심하고 왕좌에서 내려올 수 있을 것 같소."

아르마노스 왕이 뜻밖의 제안을 하자 바두르 공주는 몹시 당황스러웠습니다. 자신은 카마르알자만 왕자가 아니라고 밝힐 수도 없었고, 그렇다고 혼인을 거절하기도 어려웠습니다. 괜히 거절했다가는 왕의 호의가 증오와 핍박으로 바뀔지도 모르는 일이었습니다.

온갖 고민 끝에 공주는 혼인 제안을 받아들이기로 결심했습니다. 잠시 침묵을 지키던 공주의 얼굴이 붉어졌습니다. 왕은 홍조 띤 공주의 얼굴을 보고는 그저 겸손하다고 생각했지요.

"폐하, 부족한 저를 그토록 좋게 봐 주시니 감사하고 영광스러울 따름이며, 감히 제안을 거절하기 어렵습니다. 하지만 폐하께서 모든 일에 관해서 저를 이끌어 주신다고 약속하셔야 제안을 받아들일 수 있습니다.”

이리하여 혼인이 성사되었습니다. 결혼식은 바로 다음 날에 올리기로 했습니다. 공주는 부하들을 불러 내일 결혼식을 올릴 것이고 이것은 바두르 공주의 동의하에 이루어진 일이라고 미리 일러두었습니다. 또 시녀들에게는 계속 비밀을 지키라고 당부했습니다.

아르마노스 왕은 자신의 계획이 이루어진 것이 기뻐서 어전회의를 열고 신하들에게 카마르알자만 왕자를 후계자로 삼겠다고 했습니다. 그러고는 미래의 사위를 왕좌에 앉힌 뒤 모든 신하들이 새로운 왕에게 충성의 서약을 하게 했습니다.

그날 밤 온 나라가 축제 분위기로 들썩였습니다. 왕의 딸인 하이아텔네푸스 공주는 아름답게 치장하고 바두르 공주가 있는 궁전으로 찾아갔습니다.

바두르 공주는 아르마노스 왕의 딸과 대면하는 일이 너무도 어려웠습니다. 그래서 솔직하게 비밀을 털어놓아야겠다고 생각했습니다.

모두 돌아가고 두 사람만 남자, 바두르 공주는 하이아텔네푸스 공주의 손을 잡고 이렇게 말했습니다.

“공주님, 비밀을 말씀드릴 테니 부디 저를 용서해 주세요. 사실 저는 카마르알자만 왕자가 아닙니다. 카마르알자만 왕자 행세를 하는 그의 아내입니다. 이럴 수밖에 없는 사정을 이해해 주시리라 믿습니다.”

그러고는 지금까지 있었던 모든 일을 털어놓았습니다. 이야기를 전부 들은 하이아텔네푸스 공주는 바두르 공주를 불쌍히 여기며 따뜻하게 안아 줬습니다.

두 공주는 앞으로 어떻게 할지 계획을 세웠습니다. 진짜 카마르알자만 왕자의 소식이 들려올 때까지 비밀을 계속 지키고, 바두르 공주는 남자 행세를 유지하기로 했습니다.

흑단의 섬에서 이런 일이 벌어지고 있을 때, 카마르알자만 왕자는 우상 숭배자들의 도시에 있는 과수원 노인의 집에 내내 머물러 있었습니다.

어느 날 이른 아침, 노인이 왕자에게 말했습니다.

"오늘은 이 도시의 축일이오. 축일에는 아무 일도 하지 않소. 그러니 당신도 오늘은 휴식을 취하시오. 그동안 나는 친구들을 만나서 배가 언제 오는지 알아보도록 하겠소."

그러더니 좋은 옷을 차려입고는 왕자를 집에 남겨 두고 외출했습니다. 아무 일도 하지 않고 과수원을 거닐던 왕자는 문득 사랑하는 아내가 사무치게 그리워졌습니다.

그런 마음으로 이리저리 걷다가 나무에서 새 두 마리가 싸우는 소리를 들었습니다.

카마르알자만은 가만히 서서 새들이 부리와 발톱으로 맹렬히 싸우는 광경을 지켜봤습니다. 결국 두 녀석 중 하나가 땅에 떨어져 죽고 말았습니다. 이긴 녀석은 날개를 활짝 펴고 날아가 버렸습니다. 그러자 좀 더 몸집이 큰 새 두 마리가 죽은 새에게 날아오더니 한 녀석은 머리 쪽에, 다른 한 녀석은 발 쪽에 내려앉았습니다. 두 마리 새는 슬픈 듯 머리를 흔들고는 발로 땅을 파서 죽은 새를 묻어 줬습니다.

새들은 구덩이를 메운 뒤 다시 날아갔습니다. 그리고 얼마 지나지 않아 돌아왔는데, 아까 새를 죽인 녀석을 잡아 왔습니다. 한 녀석은 날개를 물고, 다른 한 녀석은 다리를 물고 있었습니다. 잡힌 녀석은 꽥꽥 비명을 지르고 발버둥쳐 봤지만 아무 소용이 없었습니다. 두 마리 새는 녀석을 희생된 새의 무덤 위에 내려놓고 몸을 갈기갈기 찢었습니다. 그러고는 다시 날아가 버렸습니다.

이 모든 광경을 지켜본 왕자는 사건이 발생한 곳으로 다가갔습니다. 죽은 새를 자세히 보니 배 속에서 나온 창자에 뭔가 붉은 것이 있는 게 눈에 띄었습니다. 붉은 것을 꺼내 보니 이 모든 불행의 원인이었던 바두르 공주의 부적이었습니다. 그는 형용할 수 없이 기뻤습니다. 부적에 여러 번 입을 맞춘 후 천으로 꽁꽁 싸매 자기 팔에 묶었습니다. 공주와 떨어진 후 처음으로 밤에 단잠을 잘 수 있었습니다. 다음 날 아침, 왕자는 날이 밝자마자 상쾌한 마음으로 과수원 노인에게 무슨 일을 해야 할지 물으러 갔습니다.

노인은 더 이상 열매를 맺지 못하는 과일나무를 베어 달라고 했습니다. 카마르알자만은 도끼를 들고 힘차게 나무를 찍어 넘어뜨렸습니다. 그중 어느 뿌리를 내려찍었는데, 뭔가 단단한 것에 부딪혔습니다. 뿌리 위의 흙을 치우자 커다란 청동 판이 보였습니다. 그 밑에는 열 개의 계단으로 된 층계가 있었습니다. 층계를 내려가니 널찍한 동굴이 있었고, 그 안은 큰 청동 항아리 쉰 개로 가득 차 있었습니다. 항아리 뚜껑을 하나씩 열자 속에 금가루가 그득했습니다. 엄청난 발견에 흥분한 왕자는 동굴에서 빠져나와 청동 판을 제자리에 놓고 나무 베는 일을 마무리했습니다. 그리고 과수원 노인이 돌아오기만을 기다렸습니다.

노인은 전날 밤 배가 머지않아 출항한다는 사실을 알게 되었지만, 시기를 정확히 몰라 다음 날인 오늘 배가 출항하는 날짜를 확인하러 간 상태였습니다. 좋은 소식을 가지고 집으로 온 노인의 얼굴에는 환한 미소가 가득했습니다.

"앞으로 사흘 안에 떠날 준비를 하시오. 정확히 사흘 후에 배가 떠난다오. 내가 선장에게 잘 이야기해서 당신이 배를 탈 수 있도록 해 놓았소."

"저에게 이보다 더 좋은 소식이 없습니다. 저도 좋은 소식을 알려 드리겠습니다. 저를 따라오세요. 하늘이 내려 준 큰 행운을 보실 수 있습니다."

왕자는 과수원 노인을 동굴로 데려가 잔뜩 쌓여 있는 보물을 보여 줬습니다. 그러면서 하늘이 평소에 덕을 많이 쌓은 노인에게 선물을 내린 것이라고 말했습니다.

"아니 무슨 말이오? 내가 이 보물을 냉큼 가질 것이라고 생각했소? 이 보물은 자네 것이오. 나는 이 보물에 대해 아무런 권한이 없소. 난 지난 80년 동안 여기서 땅을 파 왔지만 아무것도 발견하지 못했소. 그러니 이 보물은 하늘이 당신을 위해 준비한 것이란 말이오. 이런 보물은 언제 세상을 떠날지 모르는 나 같은 노인네가 아니라 당신 같은 젊은 왕자에게 훨씬 더 어울린다오. 마침 고향으로 돌아갈 때가 되었으니 이 보물을 가져가서 요긴하게 쓰시오."

하지만 왕자는 과수원 노인의 말을 들으려 하지 않았습니다. 오랜 실랑이 끝에 두 사람은 금을 반씩 나눠 가지기로 했습니다. 그 후 과수원 노인이 말했습니다.

"이제 중요한 일이 남았소. 보물이 들어 있는 항아리를 아무도 눈치채지 못하게 배로 옮겨야 하오. 아니면 누가 훔쳐 갈지도 모르니 말이오. 흑단의 섬에는 올리브가 나지 않으니, 여기서 올리브를 가져다가 팔면 값을 꽤 받을 수 있을 것이오. 당신도 알다시피 내 과수원에는 올리브가 많지 않소? 항아리 쉰 개에 반쯤은 금을 담고 그 위에 올리브를 담으시오. 그렇게 해서 당신이 배에 탈 때 함께 실으면 되지 않소."

왕자는 노인의 조언을 따라 남은 반나절 동안 쉰 개의 항아리를 채웠습니다. 그리고 소중한 공주의 부적을 다신 잃어버리지 않도록 항아리 하나에 넣고 나중에 알아볼 수 있게 표시를 해 두었습니다. 날이 어두워졌을 때 드디어 항아리가 모두 준비되었습니다. 왕자와 노인은 잠자리에 들었습니다.

그런데 나이가 연로해서인지, 아니면 이날 너무 피로해서인지 과수원 노인은 밤새 앓아누웠습니다. 이튿날은 상태가 더 안 좋아졌고, 사흘째 되던 날 아침에는 위독했습니다. 이때 선장과 선원 몇 명이 과수원에 찾아와 문을 두드리며 누가 배에 탈 것인지 물었습니다. 그러자 카마르알자만이 문을 열면서 말했습니다.

"내가 배를 탈 사람이오. 배를 예약해 준 집주인은 몸이 안 좋아 나와 볼 수가 없습니다. 그러니 들어와서 올리브 항아리와 내 가방을 옮겨 주시오. 주인과 작별 인사를 나누고 곧 따라가겠소."

선원들은 왕자의 요청대로 짐을 옮겼습니다. 선장은 떠나면서 카마르알자만에게 지금 순풍이 불어 돛을 올리고 곧 떠나야 하니 시간을 너무 지체하지 말라고 일러두었습니다.

선원들이 떠나자마자 왕자는 오두막집으로 돌아와 노인과 작별 인사를 나눴습니다. 그동안 잘 챙겨 줘서 감사하다는 말도 다시 한 번 전했습니다. 인사가 끝나자 노인은 이슬람교도로서 신앙고백을 하고는 마지막 숨을 거두었습니다.

카마르알자만은 고인에 대한 마지막 의무에 소홀하지 않았습니다. 과수원에 무덤을 파서 고인을 장사 지내고 서둘러 문을 잠근 뒤 열쇠를 손에 쥔 채 부두로 갔습니다. 하지만 배는 왕자를 무려 세 시간이나 기다리다 떠났다고 했습니다.

이 낯설고 불쾌한 나라에서 또다시 1년 동안 살아야 하는 왕자의 절망감은 이루 말할 수 없었습니다. 설상가상으로 바두르 공주의 부적을 또 잃어버리고 말았습니다. 이제는 영영 부적을 찾지 못하게 되었습니다. 꼼짝없이 노인이 일구던 과수원에서 일하며 오두막집에서 살아야 했습니다. 혼자서는 과수원 일을 잘 해낼 수 없었기 때문에 왕자는 자신을 도와줄 청년 하나를 고용했습니다. 그리고 노인이 남긴 금을 나눠 항아리 쉰 개에 반씩 담고 나머지는 올리브로 채웠습니다. 나중에 배를 타고 떠날 때 가져가려고 준비를 한 것이지요.

이처럼 왕자가 고통 속에 또 다른 한 해를 시작하고 있을 때, 떠난 배는 빠르게 항해해 흑단의 섬에 무사히 도착했습니다.

때마침 왕궁에서 항구를 내려다보고 있던 새 국왕, 아니 바두르 공주가 들어오는 배를 발견했습니다. 공주는 깃발을 어지럽게 휘날리며 들어오는 저 배가 무엇인지 신하들에게 물었습니다. 그러자 신하들은 매년 한 번씩 우상 숭배자들의 도시에서 오는 배인데, 값비싼 물건을 싣고 온다고 대답했습니다.

자나 깨나 사랑하는 남편 소식을 찾던 공주는 신하들을 거느리고 항구로 내려갔습니다. 공주가 항구에 도착할 즈음 우연히 선장도 배에서 내리고 있었습니다. 공주는 선장을 부르더니 어느 지역에서 왔는지, 항해 중에 특별한 일은 없었는지, 배에 어떤 사람들이 타고 있는지, 무슨 짐들이 실려 있는지 등 질문을 마구 쏟아 냈습니다. 선장은 공주의 질문에 하나도 빠뜨리지 않고 답했습니다. 배에 탄 사람들은 여러 나라에서 값비싼 물건을 사 오는 상인들이고, 그들이 사 오는 물건은 최고급 모슬린, 귀금속, 사향, 호박, 향신료, 약재, 올리브 등등 아주 다양하다고 말했습니다.

선장의 입에서 올리브라는 말이 나오자 평소 올리브를 좋아하던 공주가 큰 소리로 말했습니다.

"내가 배에 있는 올리브를 모두 사겠다. 배에서 내리면 즉시 돈을 지불하도록 하지. 그리고 다른 상인들에게도 최고급 상품이 있다면 사람들에게 보이기 전에 나에게 가져오라고 전하라."

"폐하, 제 배에는 올리브 항아리가 쉰 개 있습니다. 그런데 배에 미처 타지 못한 상인의 것입니다. 그 상인이 너무 오래 지체하는 바람에 태우지 못하고 배를 출발시켜야 했습니다."

"상관없다. 올리브 항아리를 모두 내려라. 값만 잘 치러 주면 되는 것 아니냐."

선장은 배에 사람을 보내 올리브 항아리 쉰 개를 육지에 내리게 했습니다. 공주는 선장에게 올리브 가격이 얼마인지 물었습니다.

"폐하, 그 상인은 아주 가난합니다. 은화 1000닢만 주셔도 감지덕지할 것입니다."

"그래도 그자가 섭섭하지는 않아야겠지. 게다가 가난하다고 하니, 금화 1000닢을 주겠다. 선장이 잘 전해 주도록 하라."

공주는 신하들에게 값을 치르라고 명령했습니다. 그러고는 올리브 항아리들을 왕궁으로 가져오게 했습니다. 저녁이 되자 바두르 공주는 하이아텔네푸스 공주의 거처로 갔습니다. 그곳으로 올리브 항아리 쉰 개를 나르게 했지요. 바두르 공주는 올리브를 맛보려고 항아리 하나를 열었습니다. 그런데 웬걸, 올리브를 접시에 부었더니 금가루가 섞여 나오는 것이 아니겠습니까! 그녀는 놀라 뒤로 넘어질 뻔했습니다.

"아니, 이럴 수가! 정말 신기하구나!"

공주는 다른 항아리들도 열어 봤습니다. 항아리마다 올리브와 금가루가 가득 담겨 있었습니다.

그런데 더욱 놀라운 일이 벌어졌습니다. 항아리 하나에서 자기의 부적이 나온 것입니다. 공주는 너무 놀란 나머지 기절하고 말았습니다. 하이아텔네푸스 공주와 시녀들은 서둘러 바두르 공주를 깨웠고, 공주는 정신을 차리자마자 귀중한 부적에 입을 맞췄습니다.

시녀들이 모두 물러가자 바두르 공주는 하이아텔네푸스 공주에게 이렇게 말했습니다.

"이미 눈치챘겠지만, 저는 아까 이 부적을 보고서 기절했어요. 이것 때문에 제가 남편과 떨어졌거든요. 하지만 이것으로 말미암아 다시 만나게 될 거라고 확신해요."

날이 밝자마자 바두르 공주는 사람을 보내 선장을 불렀습니다. 그리고 올리브 항아리의 주인에 관해 좀 더 자세히 물어봤습니다.

선장은 공주에게 그 젊은이가 살던 과수원에 관해 이야기했고, 배를 타기로 했던 그를 왜 두고 올 수밖에 없었는지 상세하게 전했습니다.

"그대 말이 사실이라면, 지금 당장 돌아가서 그 젊은이를 데려오라. 그는 나에게 빚을 진 사람이므로 당장 잡아서 대령해야 한다. 만약 그를

항아리에서 발견된 바두르 공주의 부적

잡아 오지 못하면 그대들의 물건을 모두 몰수할 것이다. 지금 그대들의 물건을 왕궁 창고에 넣어 두겠다. 내가 말한 젊은이를 데려오면 돌려주지. 당장 가서 명을 실행하라."

선장은 어쩔 수 없이 왕의 명령에 따라야 했습니다. 서둘러 떠날 준비를 시작해 그날 저녁 항해를 할 수 있었습니다.

빠른 항해 덕에 곧 우상 숭배자들의 도시 앞바다에 이르렀습니다. 선장은 항구로 들어가지 않고 멀찌감치 떨어진 바다 위에서 닻을 내렸습니다. 그리고 어두운 밤에 날랜 선원 여섯 명과 함께 작은 배를 타고 카마르알자만의 오두막집에서 가까운 해안에 상륙했습니다.

왕자는 밤새 잠을 이루지 못하고 있었습니다. 뜬눈으로 아내와 떨어져 사는 신세를 한탄하며 신음하고 있었습니다. 그때, 문 두드리는 소리가 들렸습니다. 왕자가 문을 열자 선장과 선원들이 들어와 왕자를 붙잡더니 한마디 설명도 없이 끌고 가서 작은 배에 태웠습니다. 그러고는 지체 없이 선박으로 돌아왔지요. 선원들은 배에 오르자마자 닻을 올리고 출발했습니다.

그때까지 조용히 있던 카마르알자만은 선장을 알아보고는 자신을 왜 납치하는지 물었습니다.

"당신이 흑단의 섬을 다스리는 국왕 폐하께 빚을 진 사람이오?"

선장이 물었습니다.

"내가? 난 그런 이야기를 들어 본 적도 없고 그 섬에 발을 들여놓은 적도 없소!"

"나보다는 당신이 더 잘 알겠지. 곧 폐하를 만날 테니 그때까지 참으시오."

돌아오는 항해 길도 순조로웠습니다. 늦은 밤이었지만 배는 무사히 항구로 들어왔습니다. 선장은 곧장 배에서 내려 왕궁으로 달려갔고, 왕을 알현하게 해 달라고 했습니다.

바두르 공주는 남편이 누더기를 입고 있었지만 바로 알아봤습니다. 그녀는 당장에라도 달려가 남편을 끌어안고 싶었으나 애써 참았습니다. 앞으로 좀 더 왕 행세를 하는 것이 낫겠다고 생각했기 때문이지요. 그래서 신하 한 명에게 왕자를 잘 보살피라고 분부하는 것으로 만족해야 했습니다. 또 다른 신하에게는 상인들의 물건을 창고에서 꺼내 돌려주라고 했고, 선장에게는 값비싼 다이아몬드를 선물로 하사하라고 했습니다. 그리고 상인과의 빚 문제는 알아서 처리할 것이니 올리브 항아리 값으로 준 금화 1000닢도 그냥 선장이 가지라고 했습니다.

자신의 거처로 돌아온 공주는 하이아텔네푸스 공주에게 방금 전에 있었던 일을 모두 이야기했습니다. 더불어 앞으로의 계획도 들려주며 다시 한 번 도움을 요청했지요.

다음 날 아침, 공주는 왕자를 목욕시키고 지방 총독의 옷을 입히라고 했습니다. 공주가 어전회의에서 왕자를 소개하자 모든 신하가 왕자의 수려한 외모와 기품 있는 풍채에 감탄했습니다.

다시 멋진 왕자의 모습을 보게 되어 기쁜 바두르 공주는 다른 지방 총독들을 향해 말했습니다.

"귀공들이여, 지난번 여행 중에 알게 된 카마르알자만을 소개하려 하오. 장담컨대, 여러분은 새로운 동료 카마르알자만이 여러분의 존경을 받기에 충분한 분이라는 걸 알게 될 것이오."

카마르알자만은 왕이 자신을 안다고 말하니 깜짝 놀랐습니다. 한 번도 본 적 없는 왕이었으니까요. 그는 이 왕이 변장한 바두르 공주라는 걸 꿈에도 몰랐습니다. 왕자는 왕의 찬사를 받자 엎드려 절하면서 겸손하게 말했습니다.

"폐하, 저에게 베풀어 주시는 은혜와 칭찬에 어떻게 감사의 말씀을 드려야 할지 모르겠습니다. 폐하의 기대에 부응하기 위해 최선을 다하겠다는 것밖에는 드릴 말씀이 없습니다."

왕자가 회의실에서 물러나자, 한 신하가 왕자를 왕이 마련해 놓은 훌륭한 관저로 안내했습니다. 저택에는 모든 가구와 시설이 완벽하게 갖춰져 있었습니다. 서재로 들어가니 집사가 그에게 금화가 가득한 돈궤를 보여 줬습니다. 왕자는 갑작스러운 행운에 어리둥절했을 뿐, 이 모든 것을 중국 공주가 베풀었다는 생각은 조금도 하지 못했지요.

며칠 뒤 바두르 공주는 카마르알자만을 재무대신직에 임명했습니다. 카마르알자만은 이 직무를 청렴결백하게 수행하면서 만인의 존경을 받게 되었습니다.

그는 자신이 세상에서 가장 행복한 사람이라고 생각했을 수도 있습니다. 하지만 그럴 수 없었지요. 곁에 공주가 없다는 사실에 늘 비통해 했습니다. 왕자는 자신이 현재 위치에 오를 수 있었던 이유를 전혀 알수 없었습니다. 공주는 선왕에게 경의를 표하기 위해 선왕의 이름인 아르마노스를 취했고, 그리하여 아르마노스 2세로 불렸기 때문입니다. 공주가 처음 왕궁에 왔을 때 카마르알자만이라는 이름을 썼다는 사실을 기억하는 사람은 이제 거의 없었습니다.

마침내 공주는 자신과 왕자의 고통에 종지부를 찍을 때가 왔다고 생각했습니다. 이 문제를 하이아텔네푸스 공주와 상의하고는 바로 그 자리에서 카마르알자만 왕자를 불렀습니다. 중요한 업무에 관해 논의할 내용이 있으니 다른 사람의 방해를 받지 않도록 그날 저녁에 왕궁으로 오라고 했습니다.

왕자는 시간을 엄수해 공주의 거처에 도착했습니다. 왕자가 당도하자 바두르 공주는 호위하는 사람들을 물러가게 했습니다. 그런 다음 작은 상자에서 부적을 꺼내 왕자에게 보여 주며 말했습니다.

"얼마 전에 한 점성술사가 나에게 이 부적을 줬소. 귀공은 박학다식하니 이것이 어디에 쓰이는지 알 수 있지 않겠소?"

카마르알자만은 부적을 등불에 비춰 보고 깜짝 놀라며 말했습니다.

"폐하, 이 부적이 어디에 쓰이는지 물어보셨습니까? 아아! 이것은 제가 세상에서 가장 사랑하는 사람과 저를 떨어지게 만든 불행의 원인입니다. 사연이 참으로 슬프고 기이해 폐하께서 들으시면 저를 불쌍히 여기실 것입니다."

"그 이야기는 나중에 듣기로 하겠소. 나도 이 부적에 관해 아는 게 조금 있소. 곧 돌아올 테니 잠깐만 기다리시오."

공주는 다른 방으로 가서 서둘러 남자 위장을 지우고 공주 시절에 입었던 옷으로 갈아입었습니다. 그리고 드디어 카마르알자만이 있는 방으로 돌아왔습니다.

왕자는 공주를 한눈에 알아보고 달려가 꼭 끌어안았습니다.

"아, 나에게 이런 뜻밖의 기쁨을 선사하시는 왕께 어떻게 감사해야 할지 모르겠구나!"

"왕은 다시 돌아오지 않을 거예요."

공주가 기쁨의 눈물을 닦으며 말했습니다.

"제가 바로 그 왕이랍니다. 우리 여기 앉아요. 제가 모두 이야기해 드릴게요."

공주는 왕자에게 두 사람이 떨어진 이후에 있었던 모든 일을 이야기해 줬습니다. 그리고 많은 도움을 준 하이아텔네푸스 공주에 대해서도 이야기했습니다. 공주는 이야기를 마치고 왕자의 이야기도 들려달라고 했습니다. 이렇게 해서 두 사람은 밤새 이야기를 나누게 되었지요.

다음 날 아침, 공주는 왕의 복장이 아닌 원래 옷으로 갈아입고는 내시장을 통해 장인 아르마노스 왕께 자신의 거처로 왕림해 주실 것을 청했습니다.

도착한 아르마노스 왕은 재무대신 옆에 서 있는 웬 낯선 여인을 보고 깜짝 놀랐습니다. 게다가 여기는 감히 아무나 출입할 수 없는 왕의 내전이었습니다. 아르마노스 왕은 자리에 앉으면서 왕을 불러오라고 명했습니다. 그러자 공주가 말했습니다.

"폐하, 저는 어제까지 이 나라의 국왕이었습니다. 그리고 지금은 샤자만 왕의 아들인 카마르알자만 왕자의 아내이자 중국 공주입니다. 폐하께서 저희의 이야기를 들어 주신다면 본의 아니게 폐하를 속인 일을 용서해 주시리라 믿습니다."

아르마노스 왕은 한번 들어 보겠다고 했습니다. 그리고 공주의 이야기를 듣는 내내 놀라서 입을 다물지 못했습니다.

공주는 이야기를 마치고 이렇게 말했습니다.

"폐하, 우리 종교에서는 일부다처제를 허용하고 있습니다. 그래서 말씀드리는데, 따님 하이아텔네푸스 공주와 카마르알자만 왕자의 혼인을 허락해 주실 수 있겠습니까? 저는 공주님에게 진 빚이 있으므로 모든 권한을 내려놓고 첫 번째 왕비의 자리에서 물러나 두 번째 왕비가 될 마음이 있습니다."

공주의 너그러운 마음에 놀란 아르마노스 왕이 카마르알자만에게 말했습니다.

"여보게, 자네 아내 말대로 내 딸아이를 데려가서 바두르 공주가 받은 왕위를 이을 텐가? 자네에게 동의를 구해야 할 것 같네."

"폐하의 은혜가 망극한데 제가 무엇을 거절할 수 있겠습니까?"

카마르알자만이 대답했습니다.

이리하여 카마르알자만은 왕으로 선포되었고 하이아텔네푸스 공주와 성대한 결혼식을 치렀습니다. 왕자가 하이아텔네푸스 공주의 미모와 재능, 매력에 만족한 것은 두말할 필요도 없습니다.

두 왕비는 자매처럼 우애 좋게 지냈습니다. 각자 아들을 하나씩 가졌고, 카마르알자만은 두 왕자의 탄생을 온 백성과 함께 기뻐했습니다.

누레딘과
페르시아 미녀 이야기

발소라는 오랫동안 칼리프에게 복속된 조공국의 수도였습니다. 칼리프 하룬 알 라시드 시대에 이 나라를 다스린 왕은 하룬 알 라시드의 사촌인 지네비였지요. 지네비는 나랏일을 한 재상에게만 맡기는 것보다 두 재상에게 나눠 맡기는 것이 낫다고 생각했습니다. 두 재상의 이름은 각각 카칸과 사우이였습니다.

카칸은 성품이 온화하고 너그러운 사람이었습니다. 다른 사람의 일을 기꺼이 도와주는 것을 큰 기쁨으로 여겼습니다. 이 왕국에서는 카칸에게 존경과 찬사를 보내지 않는 사람이 없었습니다.

하지만 사우이의 성격은 정반대였습니다. 사우이는 관계를 맺는 모든 사람에게 불쾌감을 줬습니다. 그는 표정이 늘 어두웠고, 재산이 많았는데도 다른 사람은 물론이고 자기 자신에게도 인색했습니다. 특히 카칸을 향한 증오심이 몹시 커서 사람들이 눈살을 찌푸리게 만들었습니다. 사우이는 왕에게도 카칸에 대한 악담을 거침없이 쏟아 내곤 했습니다.

어느 날, 왕은 두 재상을 비롯한 다른 각료들과 함께 한담을 나누고 있었습니다. 여러 이야기를 나누다가 대화의 주제가 '여자 노예'로 옮겨졌습니다. 어떤 사람들은 여자 노예는 그저 예쁘기만 하면 된다고 주장한 반면, 카칸을 비롯한 다른 사람들은 미모만 봐서는 안 되며 지혜와 재치, 겸손함을 갖추고 가능하다면 지식도 겸비하면 좋다고 주장했습니다.

왕은 후자의 의견에 동의하면서 카칸에게 방금 말한 모든 미덕을 갖춘 여자 노예를 구해 오라고 명했습니다. 이에 반대 의견을 냈던 사우이는 카칸에게 질투심을 느껴 이렇게 말했습니다.

"폐하께서 바라시는 노예를 찾는 일은 매우 어려울 것으로 생각됩니다. 만일 찾는다 하더라도 최소한 금화 1만 닢은 지불해야 할 것입니다."

"사우이, 그대는 금화 1만 닢이 큰 액수라고 생각하오? 그대에게는 그럴지 모르나 나는 아니오."

그러더니 옆에 있던 재무대신에게 노예를 사는 데 필요한 금화 1만 닢을 카칸에게 주라고 명했습니다.

카칸은 집으로 돌아오자마자 여자 노예를 취급하는 상인들을 불러오게 했습니다. 그러고는 노예상들에게 찾고 있는 노예의 조건을 알려줬습니다. 그들은 최선을 다하겠노라고 약속하고 매일같이 여자 노예들을 데리고 왔지만 결점이 없는 사람은 없었습니다.

그러던 어느 날, 카칸이 아침 일찍 왕궁에 가는데 한 노예상이 헐레벌떡 뛰어오더니 어제 늦은 저녁에 한 페르시아 상인이 팔려고 데려온 여자 노예 이야기를 했습니다. 교양과 지혜뿐만 아니라 비할 데 없는 아름다움을 지닌 여자라고 했습니다.

소식을 들은 카칸은 매우 기뻐하며 왕궁에 다녀와서 확인할 테니 그때 여자 노예를 데려오라고 분부했습니다. 노예상은 약속한 시간에 노예를 데려왔는데, 카칸은 예상보다 더 아름다운 그녀를 보고 '페르시아 미녀'라는 별명을 붙여 줬습니다.

학식이 풍부한 카칸은 그녀와 짧은 대화를 나눠 보고는 더 이상 다른 노예를 찾을 필요가 없다고 생각했습니다. 그는 노예상에게 페르시아 상인이 이 노예를 얼마에 내놓았냐고 물었습니다.

"재상님, 그 상인은 금화 1만 닢 이하로는 절대 팔 수 없다고 했습니다. 입은 옷과 먹은 음식은 말할 것도 없고, 이 노예를 교육하고 훈련시키려고 개인 교사들에게 지불한 돈만 해도 이미 그 액수를 넘는다고 합니다. 모든 방면에서 일국의 왕께 걸맞은 노예로 키운 재목입니다. 그녀는 온갖 악기를 다루고 노래와 춤 솜씨도 일품이며 시도 꽤 잘 짓습니다. 못하는 것을 찾을 수 없을 만큼 다재다능합니다."

카칸은 페르시아 미녀가 가진 장점들을 노예상보다 훨씬 더 잘 파악하고 있었습니다. 거래를 더 이상 미루고 싶지 않았던 재상은 페르시아 상인을 얼른 불러오라고 했습니다. 그가 도착하자 재상이 입을 열었습니다.

"이 노예는 내가 아니라 국왕 폐하를 위해서 구입하고 싶소. 하지만 값이 너무 비싸오."

"재상님, 저도 제가 키운 노예를 폐하께 바칠 수 있다면 더없는 영광이라고 생각합니다. 하지만 저도 먹고살아야 하는 한갓 상인인지라 어쩔 수 없어 애석합니다. 저는 단지 이 아이를 키우는 데 들어간 돈만큼만 요구할 뿐입니다."

카칸은 더 흥정하고 싶지 않아 즉시 금액을 지불했습니다. 상인은 돌아가기 전에 이렇게 말했습니다.

"재상님, 국왕 폐하께 이 아이를 올리신다고 하니 한 가지만 말씀드리겠습니다. 이 아이는 지금 오랜 여행으로 많이 지쳐 있습니다. 폐하께 올리기 전에 재상님 댁에서 2주 정도 쉬게 하면서 보살피시면 상태가 훨씬 좋아질 것입니다. 햇볕에 얼굴이 많이 그을렸는데 목욕을 두세 번 하고 어울리는 옷을 입으면 미모가 한층 더 아름다워질 것입니다."

카칸은 상인의 충고를 고맙게 여기며 따르기로 했습니다. 아내의 방 옆에 따로 거처를 마련해 주고, 왕에게 올릴 여인에게 걸맞은 대우를 했습니다. 그녀를 위해 특별히 화려하고 아름다운 옷도 맞춰 줬습니다.

카칸은 페르시아 미녀의 방을 떠나기 전에 이렇게 말했습니다.

"너를 사 올 수 있어서 더없이 기쁘구나. 이제 너는 국왕 폐하께 바쳐질 몸이라는 사실을 명심해라. 그런데 한 가지 주의할 것이 있다. 나에게 아들놈이 하나 있는데, 말이 통하지 않는 건 아니지만 아직 어리고 철도 없고 고집불통이다. 그러니 웬만하면 그 녀석은 멀리하도록 해라."

페르시아 미녀는 재상의 조언에 감사를 표하며 명심하겠다고 약속했습니다.

카칸의 아들 누레딘은 어머니의 방을 자유롭게 드나들었습니다. 그는 젊고 잘생기고 상냥했으며 사람들의 호감을 사는 매력이 있었습니다. 누레딘은 페르시아 미녀를 처음 본 순간부터 그녀의 매력에 흠뻑 빠지고 말았습니다. 왕의 여종이 될 몸이라는 것을 알았지만 온갖 수단을 써서 그녀를 얻고야 말겠다고 마음먹었지요. 페르시아 미녀도 누레딘에게 호감을 느끼고는 혼잣말로 이렇게 말했습니다.

"재상님이 나를 왕께 바치려고 사셨다는 건 큰 영광이야. 하지만 날 도련님에게 보내신다면 더 행복할 것 같아."

누레딘은 시간만 나면 페르시아 미녀의 미모를 감상했고, 그녀와 함께 웃고 떠들었습니다. 어머니가 주의를 주지 않았다면 결코 미녀의 곁에서 떠나지 않았을 것입니다.

페르시아 미녀가 오랜 여행으로 목욕을 하지 못했기 때문에, 카칸 재상의 부인은 하인들에게 목욕탕의 물을 데우라고 시켰습니다. 그리고 시녀들을 붙여 목욕 시중을 들게 했습니다. 목욕 후에는 미리 준비한 아름다운 옷을 입히게 했습니다.

목욕을 마치고 옷을 갈아입은 페르시아 미녀가 재상 부인 앞에 다시 나타났습니다. 부인이 알아보지 못할 만큼 훨씬 더 아름다워졌습니다. 그녀는 부인의 손등에 입을 맞춘 뒤 이렇게 말했습니다.

"부인께서는 이 옷을 어디서 구하신 거죠? 제게 너무 잘 어울려서 시녀들도 저를 알아보지 못할 정도였어요. 그들의 말이 아첨이 아니라 진실이라면 이것은 모두 부인의 은혜 덕분입니다."

"얘야, 시녀들이 아첨한 게 아니란다. 나도 너를 알아보지 못할 뻔했으니까. 옷 때문만이 아니다. 목욕을 하고 나서 너의 아름다움이 빛을 발하는구나. 너의 모습을 보니 나도 목욕을 좀 해야겠다."

부인은 바로 목욕을 하러 가면서 시녀 두 명에게 자신이 없는 동안 페르시아 미녀를 잘 지키라고 분부했습니다. 누레딘이 들어오지 못하도록 말이지요.

부인이 목욕하러 가자마자 누레딘이 나타났습니다. 그는 어머니 방에서 어머니는 찾지 않고 곧장 미녀의 방으로 갔습니다. 두 시녀는 어머니가 누레딘을 방에 들이지 말라고 했다며 막아섰습니다. 누레딘은 그들의 팔을 잡고 둘을 대기실로 끌어낸 다음 미녀의 방문을 잠가 버렸습니다. 두 시녀는 목욕탕으로 뛰어가 부인에게 누레딘이 자신들을 쫓아내고 미녀의 방에 들어갔다고 울며불며 알렸습니다.

경악한 부인은 재빨리 옷을 걸쳐 입고 페르시아 미녀의 방으로 달려갔습니다. 누레딘이 이미 다녀간 뒤였습니다. 재상의 아내가 눈물을 흘리며 들어오는 것을 본 미녀는 무슨 안 좋은 일이 있냐고 물었습니다.

"뭐라고? 내 아들 누레딘이 방금 너와 단둘이 함께 있지 않았느냐?"

"부인, 그게 왜 문제가 되나요?"

"재상께서 너를 왕에게 바치려고 샀다는 말을 못 들었느냐?"

"들었습니다. 그런데 누레딘 도련님이 방금 전에 제게 재상께서 마음을 바꿔 도련님에게 저를 주셨다고 했어요. 저는 도련님을 믿어요. 저도 도련님을 향한 마음이 커서 기꺼이 함께 평생을 보낼 거예요."

"네 말이 사실이라면 얼마나 좋겠느냐! 하지만 누레딘이 널 속인 거란다. 이제 재상께서 누레딘에게 큰 벌을 내리실 거야."

이렇게 말한 재상 부인은 비통한 마음으로 흐느꼈고 시녀들도 함께 눈물을 흘렸습니다.

잠시 후 들어온 카칸은 아내와 시녀들이 울고 있는 모습을 보고 무척 놀랐습니다. 페르시아 미녀도 불안한 기색이 역력했습니다. 재상이 무슨 일이냐고 물었지만 아무도 대답하지 못했습니다. 결국 재상의 아내가 모든 일을 솔직하게 털어놓았습니다. 재상은 분노와 수치심이 한없이 치밀어 올랐습니다. 손을 비틀고 수염을 쥐어뜯으면서 소리 질렀습니다.

"불효막심한 아들놈아! 스스로 파멸의 구렁텅이에 빠지는 것도 모자라 이 아비까지 끌고 들어가려 하느냐! 폐하께서는 우리 부자를 결코 살려 두지 않으실 것이다."

부인은 남편을 진정시켰습니다.

"여보, 너무 괴로워하지 마세요. 제가 가진 보석만 팔아도 금화 1만 닢을 얻을 수 있을 거예요. 그 돈으로 다른 노예를 사면 되잖아요."

"내가 그깟 돈 때문에 이러는 줄 아시오? 내 명예가 실추되지 않았소? 내 모든 재산보다도 명예가 중요하단 말이오. 당신도 알다시피 사우이가 나의 원수 아니오. 그는 이제 이 모든 일을 폐하께 고해바칠 거요. 그 결과는 불 보듯 뻔하지 않소."

"여보, 저도 사우이가 비열한 사람이고 악의적인 행동을 충분히 저지르고도 남을 인간이라는 걸 잘 알고 있어요. 하지만 사우이뿐 아니라 그 누가 이 집에서 일어난 일을 알겠어요? 만약 당신이 의심을 받고 폐하께 불려 간다 하더라도, 노예를 관찰해 본 결과 폐하께 어울리지 않았다고 말하면 그만 아닌가요? 그러니 안심하시고 노예 매매상에게 페르시아 미녀로 만족하지 못했으니 다른 노예를 보내 달라고 하세요."

카칸은 부인의 조언이 합당하다고 판단해 따르기로 했습니다. 하지만 아들에 대한 분노는 좀처럼 누그러들지 않았지요. 누레딘은 하루 종일 모습을 보이지 않았습니다. 자주 만나던 친구들 집에 가면 아버지에게 들킬 것 같아서 외딴 농원에 숨어들어 하루를 보냈습니다. 아버지가 잠이 들면 그제야 집으로 돌아왔고, 아버지가 일어나기 전 아침 일찍 집을 빠져나갔습니다. 이런 일을 반복하며 무려 한 달을 보냈습니다.

어머니는 아들이 매일 저녁 집으로 돌아온다는 사실을 잘 알고 있었지만, 감히 남편에게 아들을 용서해 달라고 말하지는 못했습니다. 그러다가 마침내 용기를 내서 이렇게 말했습니다.

"여보, 누레딘처럼 불효막심한 자식은 어디에도 없을 거예요. 하지만 이제 용서해야 하지 않겠어요? 악의적인 사람들이 아들이 왜 저렇게 아버지를 피해 다니는지 이유를 찾는다면 그게 오히려 큰 문제가 되지 않을까요?"

"부인 말이 백번 옳소. 그렇지만 나는 누레딘 그놈을 크게 혼내 주기 전까지는 도무지 용서할 수 없소."

"제가 제안한 대로 한다면 그 녀석이 충분히 벌을 받을 거예요. 오늘 저녁에 녀석이 집에 들어오면 죽일 것처럼 달려드세요. 그럼 제가 끼어들어서 말릴게요. 당신은 못 이기는 척 아들을 살려 주시는 거예요. 다만 그 대신 페르시아 미녀를 아내로 취해야 한다는 조건을 내거는 거죠."

카칸은 부인의 계획에 따르기로 했습니다. 누레딘이 집에 돌아오자 카칸은 아들에게 죽일 듯이 달려들었습니다. 중간에 부인이 끼어들어 말렸고 그는 이렇게 말했습니다.

"어머니 덕분에 목숨을 구한 줄 알아라. 어머니의 얼굴을 봐서 용서해 주는 것이다. 다만 조건이 있다. 페르시아 미녀를 너의 노예가 아니라 너의 아내로 삼아라. 그리고 절대로 그녀를 다른 곳에 팔거나 쫓아내서는 안 된다."

그렇게 큰 면죄부를 기대하지 않았던 누레딘은 아버지에게 감사의 인사를 올리며 아버지가 바라는 대로 하겠다고 맹세했습니다. 카칸은 어전회의에 참석해 왕이 원하는 여자 노예를 찾는 게 너무 어렵다고 틈틈이 하소연했습니다. 하지만 실제로 어떤 일이 벌어졌는지에 대한 소문은 사우이의 귀에까지 들어갔습니다.

이런 일이 있고 1년도 더 지난 어느 날이었습니다. 카칸은 목욕 중에 급한 용건을 처리하려고 갑자기 목욕탕 밖에 나왔다가 그만 오한이 들었습니다. 결국 폐렴에 걸렸고 상태가 급격히 나빠졌습니다. 살날이 얼마 남지 않았다고 느낀 그는 누레딘을 불렀습니다. 마지막 숨을 몰아쉬면서 절대로 페르시아 미녀와 떨어져서는 안 된다고 당부했습니다.

곧 카칸은 세상을 떠났습니다. 왕국 전체에 애도의 물결이 흘렀습니다. 부유한 자든 가난한 자든 온 백성이 함께 장례 행렬을 따랐습니다. 누레딘은 아버지의 죽음을 지극히 슬퍼하며 오랫동안 아무도 만나지 않았습니다. 그러던 어느 날 방문을 허락받은 친구 하나가 찾아왔습니다. 이 친구는 누레딘을 따뜻하게 위로하는 한편, 다시 예전의 모습으로 돌아오라고 강하게 권했습니다. 친구의 충고에 따르기로 한 누레딘은 또래 열 명을 모아 잔치를 열고 흥청망청 놀아 재꼈습니다.

때로는 페르시아 미녀가 잔치에 불려 나가기도 했는데, 그녀는 남편이 잔치에 재산을 낭비하는 것을 못마땅하게 생각했습니다. 그래서 남편에게 너무 낭비하지 말라고 솔직하게 충고했습니다. 하지만 누레딘은 아내의 말을 비웃을 뿐이었습니다. 오히려 그동안 아버지의 지나친 통제 안에 갇혀 살았는데 이제야 새로운 자유를 찾아 기쁘다고 말했습니다.

게다가 그는 집안의 재정에 대해 이야기하는 것 자체를 싫어했습니다. 집사가 재정 장부를 들고 올 때마다 꼴 보기 싫다며 내쫓았지요.

"자네도 보다시피 나는 잘살고 있지 않은가. 그러니 날 좀 내버려 두게."

친구들은 누레딘이 베푸는 잔치에 빠짐없이 찾아왔을 뿐만 아니라 그의 씀씀이가 헤픈 것을 이용했습니다. 땅, 집, 목욕탕 등 무엇이든 칭찬하기만 하면 누레딘은 아낌없이 그것을 바로 내줬던 것입니다. 페르시아 미녀는 거듭 남편의 잘못을 지적했지만 허사였습니다. 그는 계속해서 자기 재산을 물 쓰듯 했습니다.

내내 놀기만 하면서 아버지가 힘들게 모은 재산을 탕진해 가는 한 해를 보내던 어느 날, 여전히 누레딘이 친구들과 식탁에 둘러앉아 놀고 있는데 누군가 문을 두드렸습니다. 하인들을 이미 내보낸 뒤라 누레딘이 직접 문을 열려고 자리에서 일어났습니다. 이때 친구 하나도 동시에 일어났는데, 불청객이 다름 아닌 집사인 것을 확인한 누레딘이 먼저 밖으로 나가서 문을 닫았습니다. 같이 일어났던 친구는 누레딘과 집사가 무슨 이야기를 나누는지 궁금해 귀를 열고 대화를 엿들었습니다.

"주인님, 제가 잔치를 방해한 것은 천 번 사죄드리나 오래전부터 우려하던 일이 일어나고 말았습니다. 주인님이 제게 맡긴 재산이 한 푼도 남지 않았습니다. 다른 수입원들도 모두 끊겼고요. 만일 제가 계속 이 일을 맡길 바라시면 저에게 다른 재산을 맡겨 주셔야 합니다. 그렇지 않으면 저도 일을 그만둘 수밖에 없습니다."

누레딘은 충격을 받은 나머지 아무 대답도 할 수 없었습니다.

대화를 몰래 엿듣던 친구는 자리로 돌아와 다른 동료들에게 방금 들은 소식을 전했습니다. 이야기를 들은 친구들은 이구동성으로 말했지요.

"그게 사실이라면 우리가 여기에 올 이유는 더 이상 없겠네."

그때 누레딘이 다시 돌아왔습니다. 그는 괜찮은 척 노력했지만, 친구들은 누레딘의 표정을 보고서 아까 들은 말이 사실이라는 것을 분명히 알 수 있었습니다. 그들은 하나둘씩 일어나 저마다 핑계를 대면서 방을 빠져나갔습니다. 결국 방 안에는 누레딘 혼자 남게 되었지요. 누레딘은 친구들의 속마음이 어떤지 조금도 알지 못했습니다. 그는 페르시아 미녀를 보자 집사에게 들은 이야기를 전하면서 자신이 부주의했던 것이 후회스럽다고 털어놓았습니다.

"내가 당신의 충고를 따랐다면 이 모든 일이 일어나지 않았을 것이오. 그렇지만 적어도 나와 함께했던 친구들은 내가 도움이 필요할 때 나 몰라라 하지는 않을 테지. 내일 친구들을 찾아가면 나에게 돈을 조금씩 빌려줄 것이오. 그렇게 해서 돈이 모이면 새로운 일을 시작해 보겠소."

다음 날 아침, 누레딘은 정말로 친구 열 명을 찾아갔습니다. 친구들은 모두 같은 동네에 살고 있었지요. 가장 믿을 만한 친구의 집 문을 두드리자, 그 집 하인이 문을 열고는 누레딘을 응접실로 안내했습니다. 그가 기다리는 동안 하인은 주인에게 친구가 찾아왔다고 알렸습니다. 그러자 주인은 누레딘에게 들릴 정도로 크게 말했습니다.

"누레딘이라고! 가서 내가 없다고 말해라. 찾아올 때마다 그렇게 전해."

다음 친구 집에서도 홀대를 받았고, 그다음 친구 집에서도 마찬가지였습니다. 열 친구 모두 누레딘을 만나 주지 않았습니다. 당황한 누레딘은 지금까지 진정한 친구들과 사귄 것이 아니라는 사실을 뒤늦게 깨달았습니다. 큰 슬픔과 절망에 싸인 그는 페르시아 미녀를 찾아갔습니다. 남편의 어두운 얼굴을 본 그녀는 이렇게 말했습니다.

"여보, 이제야 제 말이 틀리지 않았다는 것을 믿으시겠죠. 이제는 당신이 가진 노예와 가구를 모두 파는 방법밖에 없어요."

누레딘은 먼저 노예들을 팔아서 얼마 동안 생계를 유지할 수 있었습니다. 그다음에는 가구를 팔아서 한동안 살아갈 수 있었습니다. 이 돈마저 바닥이 나자 누레딘은 다시 페르시아 미녀에게 조언을 구했습니다.

"여보, 저는 당신의 아버지께서 금화 1만 닢에 산 노예였어요. 지금은 가치가 많이 떨어졌겠지만, 그래도 아직 값은 많이 나갈 거예요. 얼른 저를 팔아 그 돈으로 다른 도시에 가서 장사를 하세요."

"사랑하는 페르시아 여인이여, 어찌 나에게 그런 못된 짓을 하라는 거요? 내 생명보다 더 사랑하는 당신과 떨어지느니 차라리 죽어 버리겠소."

"여보, 당신이 저를 사랑한다는 걸 잘 알고 있어요. 저도 그만큼 당신을 사랑하고요. 하지만 이 비참한 현실에서 우리가 살아남을 길은 이것밖에 없잖아요."

페르시아 미녀의 진심을 느낀 누레딘은 마지못해 그녀의 말을 따르기로 했습니다. 그는 노예 시장으로 가서 하지 하산이라는 노예상에게 페르시아 미녀를 보여 주며 값을 얼마나 받을 수 있는지 물었습니다.

두 사람을 어느 방으로 데려간 하지 하산은 페르시아 미녀의 얼굴을 가린 베일을 들어 올렸습니다.

"나리, 이 여인은 선친께서 금화 1만 닢에 사셨던 그 노예 아닙니까?"

누레딘이 그렇다고 대답하자, 하지 하산은 그녀를 최고가에 팔 수 있도록 힘쓰겠다고 약속했습니다. 페르시아 미녀를 방에 남겨 두고 문을 닫은 뒤 노예 상인들을 찾으러 나갔지요. 그는 노예상들에게 노예들 중 진주가 있으니 와서 그 가치를 확인해 보라고 했습니다. 노예상들은 페르시아 미녀를 보자마자 적어도 금화 4000닢 이상은 된다고 생각했습니다. 하산은 다시 문을 닫고 경매를 시작했습니다.

"자, 페르시아 여자 노예 경매 시작합니다. 금화 4000닢 없습니까?"

상인들이 가격을 부르려고 할 즈음, 대재상 사우이가 그 앞을 지나고 있었습니다. 그는 금화 4000닢 정도로 높은 가격이라면 노예가 굉장한 미녀일 것이라고 생각했지요. 그래서 하지 하산에게 노예를 보여 달라고 했습니다. 원래 노예 시장의 관습상, 경매를 할 땐 노예상들이 아닌 개인에게는 노예를 보여 주지 않았습니다. 하지만 감히 재상의 명령을 어길 수는 없는 노릇이었습니다.

사우이는 페르시아 노예를 보자마자 그녀의 미모에 감탄했습니다. 그는 이 노예를 바로 갖고 싶었지만, 주인이 누레딘이라는 사실은 까맣게 몰랐습니다. 사우이는 하지 하산에게 주인을 불러서 즉시 값을 치르게 해 달라고 말했습니다.

하지 하산은 누레딘을 찾아가 노예가 헐값에 팔리게 생겼다고 알렸습니다. 만약 사우이가 사게 된다면 그 돈마저도 다 못 받을 수 있다고 했습니다.

"나리께서는 실제로 노예를 팔 생각이 없었던 척하십시오. 노예에게 화가 나서 혼내 주려고 끌고 온 거라고 하세요. 제가 노예를 사우이에게 보여 주면 나리께서 중간에 나타나서 노예를 때리고 데려가시면 됩니다."

누레딘이 하지 하산의 충고대로 페르시아 미녀를 때리고 데려가자, 지켜보던 사우이는 화가 치밀어 올랐습니다. 말을 타고 달려가며 페르시아 미녀를 빼앗으려 했지요. 누레딘은 그녀에게 멀리 피하라고 말하고는 사우이가 타고 있는 말의 고삐를 붙잡았습니다. 그러고는 구경꾼들의 응원에 힘입어 사우이를 말에서 끌어내려서 흠씬 두들겨 팼습니다. 배수로에 피가 흐를 정도로 말이지요. 누레딘은 사람들의 박수갈채를 받으며 페르시아 미녀를 데리고 집으로 돌아갔습니다. 사람들도 평소에 사우이를 싫어했던 터라 누레딘의 복수극을 나서서 말리지 않았습니다. 오히려 사우이의 하인들이 주인을 지키지 못하게 막기도 했습니다.

머리부터 발끝까지 피로 범벅이 된 사우이는 두 하인의 부축을 받으며 곧장 왕궁으로 향했습니다. 그는 왕에게 지금까지 일어난 일을 다음과 같이 거짓말을 섞어 이야기했습니다.

"폐하, 저는 요리사를 구하려고 노예 시장에 갔습니다. 시장을 둘러보고 있는데 어디서 노예를 금화 4000닢에 판다는 소리가 들렸죠. 노예를 보여 달라고 해서 보니 과연 절세미인이었습니다. 그런데 재상 카칸의 아들 누레딘이 팔려고 내놓은 노예가 아니겠습니까? 폐하께서 예전에 노예를 구하라고 명하시며 카칸에게 1만 닢을 주셨던 것을 기억하실 겁니다. 그런데 카칸은 그 돈을 주고 산 노예를 폐하께 대령하기는커녕 자기 아들에게 주고 말았습니다. 아버지가 죽자 누레딘은 물려받은 재산을 모두 탕진하고 이제는 그 노예마저 팔아 버리려 하고 있었습니다.

그래서 제가 그에게 말했습니다. '누레딘, 내가 1만 닢에 노예를 사서 폐하께 바치겠네. 그러면서 자네를 천거하도록 하겠네. 이렇게 하는 것이 상인들한테 몇 푼 더 받아 내는 것보다 훨씬 이로울 걸세.' 그러자 그가 이렇게 소리쳤습니다. '이 못된 늙은이야, 내가 너한테 노예를 파느니 차라리 유대인에게 주고 말겠다!' 그래서 저도 맞서서 말했습니다. '누레딘, 지금 이 발언은 자네의 아버지를 아끼던 폐하를 모독하는 말

아닌가?' 누레딘은 제 말에 화만 더 낼 뿐이었습니다. 미친놈처럼 달려들어 저를 말에서 떨어뜨렸습니다. 그러고는 분이 풀릴 때까지 두들겨 패서 저를 이 지경으로 만들어 놓았습니다."

사우이는 고개를 떨구며 비통하게 울었습니다.

이야기를 들은 왕은 누레딘을 향한 분노로 이를 갈았습니다. 왕은 호위대장에게 병사 마흔 명을 투입해 누레딘의 집을 무너뜨리고 누레딘과 그 노예를 당장 끌고 오라고 명령했습니다. 이 자리에는 산지아르라는 관리도 있었는데, 그는 예전에 카칸의 집 하인이었다가 왕궁에서 일하게 된 사람이었습니다. 왕의 거처에서 서둘러 빠져나온 그는 누레딘에게 가서 얼른 페르시아 미녀를 데리고 도망가라고 말해 줬습니다. 금화 40닢도 손에 쥐여 줬습니다. 누레딘이 고맙다는 말을 전하기도 전에 산지아르는 이내 모습을 감췄습니다.

누레딘은 페르시아 미녀를 데리고 집을 벗어났고, 다행히 아무도 두 사람을 보지 못했습니다. 유프라테스강의 하구에 이르자 마침 바그다드로 떠나는 배 한 척이 있었습니다. 두 사람이 올라타자 배는 곧바로 닻을 올리고 돛을 펼쳤습니다.

누레딘의 집에 도착한 호위대장은 병사들에게 문을 부수고 들어가라고 명령했습니다. 하지만 누레딘과 노예는 눈을 씻고 찾아봐도 없었고 이웃들도 그들이 어디로 갔는지 전혀 알지 못했습니다.

누레딘과 노예가 도망갔다는 소식을 듣자, 왕은 둘을 잡아 오는 사람에게 금화 1000닢을 현상금으로 주겠다고 선포했습니다. 반면 그들을 숨기는 사람은 엄벌에 처할 것이라고 했습니다. 그사이 누레딘과 페르시아 미녀는 바그다드에 무사히 도착했습니다. 배가 닻을 내리자 두 사람은 각각 금화 다섯 닢을 뱃삯으로 내고 배에서 내렸습니다. 하지만 바그다드에는 한 번도 온 적이 없어 어디서 지내야 할지 몰랐습니다. 티그리스강 주변을 배회하던 두 사람은 높은 담이 둘러쳐진 정원에 이르렀습니다. 닫힌 정원 입구 앞 통로 양쪽에는 긴 소파가 놓여 있었습니다.

"여보, 오늘 밤은 여기서 보내야겠소."

두 사람은 소파에 기대앉아 곧 잠이 들었습니다.

사실 이 정원은 칼리프의 소유물이었습니다. 정원 중앙에는 큰 건물이 세워져 있고, 이 건물의 화려한 특실에는 여든 개의 창이 나 있었지요. 각 창문에는 샹들리에가 달려 있는데 칼리프가 여기서 저녁을 보낼 때만 불을 밝혔습니다. 이 정원에 사는 사람은 이브라힘이라는 늙은 경비병뿐이었습니다. 그는 칼리프의 분부를 엄격하게 지켰습니다. 특히 정원 입구 앞에 있는 소파에 그 누구도 앉지 못하게 했습니다. 그런데 하필 그날 저녁은 이브라힘이 심부름 때문에 자리를 비운 상태였습니다. 정원으로 돌아왔을 때 그는 소파에서 자고 있는 두 사람을 발견하고는 작대기로 후려쳐 쫓아내려고 했습니다. 하지만 가까이 다가가서 보니 젊은 선남선녀였습니다. 미모에 감탄한 이브라힘은 마음을 바꿔 두 사람을 조용히 깨우기로 했습니다.

잠에서 깨어난 누레딘은 늙은 경비병에게 자신들은 이방인인데 그냥 여기서 하룻밤 묵고 가려 했다고 이야기했습니다. 그러자 이브라힘이 말했습니다.

"나를 따라오시오. 내가 더 좋은 곳으로 안내할 테니. 내가 소유한 큰 정원을 보여 주겠소."

경비병은 두 사람을 칼리프의 정원으로 데려갔습니다. 누레딘과 페르시아 미녀는 눈앞에 아름답고 웅장한 정원이 펼쳐지자 세상 어디에도 비할 수 없는 경이로움을 느꼈습니다. 누레딘은 금화 두 닢을 이브라힘에게 주면서 말했습니다.

"여기서 함께 먹을 수 있는 음식 좀 준비해 주시겠습니까?"

평소 탐욕스러운 이브라힘은 금화 두 닢에서 십분의 일만 음식을 준비하는 데 쓰고 나머지는 자기 호주머니에 챙겼습니다. 누레딘과 페르시아 미녀는 정원을 산책하다가 정원 한가운데 있는 건물의 흰 대리석 계단을 따라 문이 잠긴 특실까지 올라갔습니다. 두 사람은 이브라힘에게 방문을 열고 들어가서 화려한 내부를 보고 싶다고 말했습니다. 이브라힘은 이를 허락하고 열쇠와 등불을 가져와 문을 열었습니다. 누레딘과 페르시아 미녀는 휘황찬란한 특실을 보며 감탄을 거듭했습니다. 방은 훌륭한 벽걸이 그림과 호화로운 가구 들로 장식되어 있었고 창문과 창문 사이에는 양초가 꽂힌 은촛대가 하나씩 놓여 있었던 것입니다.

이브라힘은 소파 앞에 식탁을 차렸습니다. 세 사람은 함께 저녁 식사를 즐겼지요. 식사가 끝나자 누레딘은 이브라힘에게 술 한 병만 가져다 달라고 요청했습니다. 그러자 이브라힘이 소리쳤습니다.

"맙소사! 나는 술을 입에도 대지 않는 사람이오! 나는 메카에 네 차례나 순례를 다녀온 독실한 신자란 말이오. 술을 절대 마시지 않겠다고 맹세했소."

"하지만 술을 가져다줄 수는 있지 않습니까? 직접 술병에 손을 댈 필요도 없습니다. 입구에 매여 있는 나귀를 데리고 가까운 술집으로 가세요. 그리고 지나가는 사람에게 술집에서 술 두 항아리만 가져다가 나귀

등에 있는 바구니에 넣어 달라고 부탁하세요. 그런 다음 나귀를 끌고 오면 되지 않습니까. 자, 여기 금화 두 닢을 더 드리겠습니다."

금화를 본 이브라힘은 당장 누레딘의 심부름을 하러 갔습니다. 그가 술을 사서 돌아오자 누레딘은 이렇게 말했습니다.

"이번에는 술을 담을 잔이 없네요. 안주로 먹을 과일도 없고. 술잔과 과일도 좀 가져다주세요."

이브라힘은 다시 사라지더니 이내 식탁 위에 금잔과 은잔, 각종 과일을 펼쳐 놓았습니다. 누레딘은 함께 마시자고 거듭 청했지만 이브라힘은 사양하고 자리를 떠났습니다.

술맛에 감탄한 누레딘과 페르시아 미녀는 마음껏 마시고 흥에 취해 노래도 불렀습니다. 두 사람의 노랫소리가 워낙 매력적이라 이브라힘도 괜히 기분이 좋아졌습니다. 처음에는 멀리서 듣더니 점점 가까이 다가왔고, 마침내 문 앞까지 와서 노래를 감상했지요. 이브라힘을 발견한 누레딘은 들어와서 함께 즐기자고 했습니다. 처음엔 사양하던 그는 못 이기는 척 들어가 문에서 가장 가까운 소파 가장자리에 앉았습니다. 그러더니 점점 가까이 다가가 결국에는 페르시아 미녀 옆자리까지 갔습니다. 페르시아 미녀는 이브라힘에게 거듭 술을 권했고 노인은 이번에도 못 이기는 척 그녀가 따라 주는 술을 받았습니다.

노인은 지금 술을 안 마시는 척하고 있지만 사실은 다른 사람들처럼 술집에 자주 드나드는 술꾼이었습니다. 그래서 누레딘이 제안한 방법 따위는 쓸 필요도 없이 자기가 직접 술을 사 왔지요. 처음 한 번을 양보하자 두 번째, 세 번째 잔은 쉽게 받게 되었고, 나중에는 자신이 무엇을 하고 있는지 모르는 무아지경이 되었습니다. 자정이 될 때까지 세 사람은 함께 부어라 마셔라 하며 웃고 즐기고 노래를 불러 댔습니다.

이 무렵 페르시아 미녀는 양초 하나만 방을 밝히고 있는 걸 보고는, 이브라힘에게 은촛대에 꽂혀 있는 양초에 불을 몇 개 더 붙여 달라고 부탁했습니다.

"부인이 직접 켜시오. 나보다 당신이 더 젊지 않소. 한 대여섯 개만 켜도 충분할 거요."

하지만 페르시아 미녀는 방 안에 있는 여든 개의 촛불을 모두 켰고, 술에 잔뜩 취한 이브라힘은 이를 조금도 눈치채지 못했습니다. 곧 누레딘도 방 안에 있는 샹들리에를 밝혀 달라고 말했습니다. 그러자 이브라힘이 이렇게 대답했습니다.

"당신이 젊으니까 나보다 더 잘할 거요. 하지만 세 개 이상 켜지는 마시오."

세 개로 만족하지 못한 누레딘은 샹들리에 여든 개를 전부 켜고 말았습니다.

칼리프의 왕궁에서는 창문을 열면 정원이 보였는데, 그때 마침 정원 건물이 환하게 밝혀져 있는 것을 본 칼리프 하룬 알 라시드는 깜짝 놀랐습니다. 당장 대재상 자파르를 불러 말했지요.

"대재상, 지금 뭐 하는 것인가? 내가 저기 정원 건물에 가지도 않았는데 왜 불을 환히 켜 놓았나?"

칼리프의 말대로 환하게 불이 밝혀져 있는 정원 건물을 본 대재상은 덜덜 떨었습니다. 그러고는 곧 변명을 늘어놓기 시작했습니다.

"신자들의 사령관이시여, 나흘인가 닷새 전에 이브라힘이 저에게 모스크 승려들의 모임이 있다면서 정원 건물을 사용해도 되냐고 허락을

초를 켜는 페르시아 미녀

구했습니다. 저는 그의 요청을 승인했지만, 폐하께 말씀드리는 것을 깜빡 잊고 있었습니다."

"자파르, 자네는 세 가지 잘못을 저질렀네. 첫째는 건물을 사용하도록 허락했다는 것, 둘째는 나에게 그 사실을 알리지 않았다는 것, 셋째는 이 문제를 더 자세히 조사하지 않았다는 것이네. 그 벌로 자네는 오늘 밤 나와 함께 모스크 승려들을 만나러 가야 하네. 일반인 복장으로 갈아입고 올 테니 자네도 옷을 갈아입게."

변장한 칼리프와 대재상은 정원 입구에 이르렀습니다. 칼리프는 문이 열려 있는 것을 보고 크게 화를 냈습니다. 정원 중앙 건물의 문도 열려 있었습니다. 칼리프는 조심히 계단을 올라 살짝 열린 문틈으로 방 안을 들여다봤습니다. 이브라힘이 젊은 선남선녀와 술 마시고 노래하는 모습을 보니 놀라 자빠질 지경이었습니다. 칼리프는 화를 꾹 참고 좀 더 지켜보면서 이브라힘과 함께 있는 선남선녀가 누구이고 무엇을 하고 있는지 알아보기로 했습니다.

이때 이브라힘이 페르시아 미녀에게 오늘 밤을 완벽하게 즐기는 데 필요한 것이 있는지 물었습니다. 그러자 그녀가 대답했습니다.

"제가 연주할 수 있는 악기가 있다면 좋을 것 같은데요."

이브라힘이 선반에서 류트를 가져다주자 페르시아 미녀는 능숙하게 연주하면서 노래를 부르기 시작했습니다. 몰래 듣고 있던 칼리프는 그녀의 노래 솜씨에 매료되고 말았습니다. 페르시아 미녀가 노래를 마치자 칼리프는 조용히 계단을 내려가 대재상에게 말했습니다.

"내 생전 저렇게 아름다운 노랫소리와 류트 연주를 들어 본 적이 없네. 나도 들어가서 연주를 한 곡 부탁하고 싶네."

"신자들의 사령관이시여, 폐하께서 갑자기 들어가면 이브라힘이 깜짝 놀라서 심장마비로 죽을지도 모릅니다."

"나도 그게 우려되네. 방법을 찾아볼 테니 자네는 내가 돌아올 때까지 여기서 기다리게."

칼리프는 예전에 티그리스강의 물을 정원에 끌어와 연못을 하나 만들었습니다. 연못에서는 강물을 타고 온 물고기들이 발견되곤 했지요. 하지만 칼리프는 여기서 물고기를 잡지 못하게 하라고 엄명을 내렸습니다. 그런데 그날 밤, 한 어부가 열려 있는 정원 입구로 들어와 몰래 그물을 던졌습니다. 막 그물을 잡아당기려고 하는데 칼리프가 다가오는 것을 보게 되었지요. 일반 백성의 옷을 입고 있었지만 한눈에 칼리프를 알아본 어부는 땅에 넙죽 엎드려 용서를 구했습니다.

"두려워하지 마라. 일어나서 그물을 끌어 보도록."

칼리프가 말했습니다.

어부가 그물을 끌어 올리자 싱싱한 물고기 대여섯 마리가 잡혔습니다. 칼리프는 그중 가장 큰 놈 두 마리를 달라 하고는 어부에게 옷을 바꿔 입자고 했습니다. 잠시 후 칼리프는 머리부터 발끝까지 어부로 변신했습니다. 대재상은 물고기 두 마리를 들고 다시 돌아온 칼리프를 전혀 알아보지 못했습니다. 칼리프가 다시 계단을 올라 특실 문을 두드렸습니다. 누레딘이 문을 열자 칼리프가 문 앞에 서서 말했습니다.

"이브라힘 영감님, 저는 어부 케림이라고 합니다. 친구들과 잔치를 벌이고 계신 것 같은데, 제가 이 물고기들을 선물로 드려도 되겠습니까."

누레딘과 페르시아 미녀는 물고기를 맛있게 요리해 오면 기쁘게 먹겠다고 말했습니다. 다시 대재상에게 돌아온 칼리프는 그와 함께 이브라힘의 숙소에서 먹음직스러운 생선 요리를 만들었습니다. 칼리프가 생선 요리를 특실에 가져오자 누레딘과 페르시아 미녀는 아주 맛있게 해치웠습니다. 음식을 다 먹은 누레딘은 금화 30닢이 들어 있는 주머니를 칼리프에게 내밀었습니다. 관리 산지아르가 준 금화 중에 남아 있던 것 전부였습니다. 칼리프는 감사히 받으며 부인에게 류트 연주를 한 곡조 부탁해도 되는지 물었습니다. 페르시아 미녀는 흔쾌히 허락했고, 칼리프는 그녀가 만들어 낸 아름다운 선율에 몹시 황홀해했습니다.

누레딘은 칭찬하는 사람에게는 무엇이든 베푸는 버릇이 있었습니다. 이번에도 마찬가지였지요.

"어부 양반, 페르시아 미녀가 맘에 드는 모양인데, 데려가시오. 이제 당신 것이오."

갑작스러운 이별에 경악한 페르시아 미녀는 눈물을 흘리며 비참한 마음을 류트로 연주했습니다.

아직 어부 연기를 하고 있는 칼리프는 누레딘에게 말했습니다.

"나리, 이 여인은 나리의 노예였군요. 외람된 부탁이지만, 혹시 두 사람이 여기까지 오게 된 사연이 있다면 들려주시겠습니까?"

누레딘은 기꺼이 그러겠다며 여자 노예를 샀을 때부터 지금까지 있었던 일을 모두 이야기했습니다.

"그럼 이제 어디로 가십니까?"

칼리프가 물었습니다.

"알라신께서 이끄시는 대로."

누레딘이 대답했습니다.

"그럼 제 말을 들으십시오. 지금 바로 발소라로 돌아가십시오. 발소

어부에게 페르시아 미녀를 내주는 누레딘

라 왕에게 보낼 편지를 한 통 써 드리겠습니다. 이 편지를 보면 왕이 나리를 극진히 대접해 줄 것입니다."

"일개 어부가 왕과 교류한다는 말은 생전 처음 들어 보는데."

"놀라실 필요 없습니다. 우리는 어릴 때 동문수학했던 사이였습니다. 그저 운명에 따라 그는 왕이 되었고, 저는 가난한 어부가 되었을 따름입니다."

칼리프는 종이 한 장을 가져다가 편지를 쓰기 시작했습니다. 편지 제일 위에는 작은 글씨로 '지극히 자비로우신 알라의 이름으로'라고 썼습니다. 이 편지를 쓰는 사람의 뜻에 무조건 복종해야 한다는 의미였습니다.

> 칼리프 하룬 알 라시드가 발소라 왕에게 보내는 편지
> 마디의 아들 하룬 알 라시드가 이 편지를 사촌 모하메드 지네비에게 보내오. 카칸 재상의 아들 누레딘이 전하는 이 편지를 읽으면 곧바로 왕의 망토를 벗어 누레딘의 어깨에 걸쳐 주고 왕좌에 앉히시오. 부탁드리오.

칼리프는 이 편지를 누레딘에게 건넸습니다. 누레딘은 산지아르가 도움을 주기 전부터 가지고 있던 적은 돈을 가지고 곧장 출발했습니다. 남편과 떨어지게 된 페르시아 미녀는 눈물로 젖은 소파에 앉아 슬픔에 잠겨 있었습니다.

누레딘이 방을 떠나자 그때까지 침묵을 지키던 이브라힘이 입을 열었습니다.

"이봐 케림, 자네는 고작 물고기 두 마리를 가져와 돈주머니와 노예

를 얻었네. 저 노예는 내가 가져야겠어. 그리고 돈주머니에 은화가 들어 있으면 자네에게 한 닢을 주고, 금화가 들어 있으면 내가 모두 갖고 자네에게는 내 지갑에 있는 구리 동전을 주겠네."

여기서 잠깐, 이 이야기를 해야 할 것 같습니다. 아까 칼리프는 생선 요리를 하러 갔을 때 대재상을 왕궁에 보내면서 시종 네 명에게 자신의 옷을 가져오게 하라고 명령했습니다. 그리고 자신이 박수를 칠 때까지 건물 밖에서 기다리라고 했지요.

다시 돌아와서, 아직까지 어부 행세를 하던 칼리프가 대답했습니다.

"이브라힘 영감님, 돈주머니 안에 무엇이 있든 반씩 나눌 생각은 있습니다. 하지만 노예는 제가 가질 것입니다. 이 조건에 동의하지 않으면 영감님은 아무것도 가질 수 없습니다."

이 말에 화가 난 이브라힘은 컵을 집어서 칼리프에게 던졌습니다. 술 취한 사람이 던진 무기는 쉽게 피할 수 있었지요. 컵은 벽에 부딪혀 산산조각 났습니다. 아직도 분이 풀리지 않은 이브라힘은 몽둥이를 가지러 나갔습니다. 그 순간 칼리프는 박수를 쳤고 대재상과 시종 네 명이 들어와 그가 입고 있던 어부 옷을 왕궁에서 가져온 칼리프의 옷으로 갈아입혔습니다.

이브라힘이 굵은 몽둥이를 쥐고 나타났을 때 칼리프는 보좌에 앉아 있었습니다. 어부는 더 이상 보이지 않았고 그의 옷만 방바닥에 놓여 있을 뿐이었습니다. 이브라힘은 칼리프 앞에 엎드려 말했습니다.

"신자들의 사령관이시여, 미천한 종놈이 감히 폐하의 기분을 상하게 만들었습니다. 용서해 주시옵소서."

칼리프는 보좌에서 내려와 말했습니다.

"일어나라. 용서하겠노라."

그리고 페르시아 미녀에게 말했습니다.

"여인이여, 이제 내가 누구인지 알았을 것이오. 나는 누레딘이 발소라에서 왕위를 이어받게 하려고 그곳으로 보냈소. 그가 왕이 되면 그대도 발소라로 보내 왕비가 되게 해 주겠소. 그때까지 왕궁에 그대의 거처를 마련해 주도록 하지."

이 말에 페르시아 미녀는 상심에서 벗어나 위로를 얻을 수 있었습니다. 칼리프는 왕비 조베이다에게 그녀를 돌봐 달라고 부탁해 놓았습니다. 말 그대로 선한 군주였습니다.

누레딘은 서둘러 발소라로 떠났습니다. 도착하자마자 왕궁으로 가서 왕을 알현하고, 편지를 머리 위로 들어서 바쳤습니다. 왕은 편지를 읽으면서 얼굴색이 변했습니다. 그는 즉시 칼리프의 명령을 이행하고자 했지만, 그 전에 확인차 대재상 사우이에게 편지를 보여 줬습니다. 사우이는 좀 더 밝은 곳에서 편지를 보는 척하려고 몸을 돌렸습니다. 그러고는 '지극히 자비로우신 알라의 이름으로'가 적힌 편지의 제일 윗부분을 찢어서 삼켜 버렸습니다. 사우이는 다시 몸을 돌려 왕에게 말했습니다.

"폐하께서는 이 편지의 내용에 복종하실 필요가 없습니다. 칼리프의 필체는 맞지만 '지극히 자비로우신 알라의 이름으로'라는 문구가 없습니다. 게다가 칼리프의 명령을 전하는 특사가 편지를 가져온 것도 아니니 이 편지는 무효입니다. 저에게 모두 맡기십시오. 제가 처리하겠습니다."

그의 말에 설득된 왕은 결국 누레딘을 사우이의 손에 넘겼습니다. 누레딘을 넘겨받은 사우이는 그에게 가혹한 태형을 가했습니다. 거의 죽을 지경에 이른 누레딘은 가장 어둡고 깊숙한 지하 감옥에 던져 놓고 빵과 물만 먹게 했습니다. 열흘 후 사우이는 마침내 누레딘의 목숨을 끊기로 마음먹었습니다. 하지만 왕의 허락 없이 감히 처형할 수는 없었습니다. 이 목적을 이루기 위해 사우이는 하인들에게 값진 선물을 짊어지게 하고 왕 앞에 나아갔습니다. 그리고는 새 왕이 즉위 기념으로 보낸 선물이라고 말했습니다.

"뭐야? 그놈이 아직도 살아 있단 말인가? 당장 가서 그놈의 목을 베어라."

"정의를 베풀어 주신 폐하께 무한한 감사를 드립니다. 그런데 한 가지 청을 드릴 것이 있습니다. 누레딘은 저에게 공개적으로 망신을 준 적이 있습니다. 그래서 드리는 말씀인데, 왕궁 앞에서 그자의 처형을 집행해도 되겠습니까? 이 소식을 온 도성의 사람들에게 알릴 수 있게 해 주소서."

왕은 사우이의 청을 들어줬습니다. 백성들은 여전히 누레딘의 아버지 카칸 재상을 생생하게 기억하고 있었으므로 그 아들의 처형 소식에 모두가 슬퍼했습니다. 사우이는 하인 스무 명을 거느리고 지하 감옥으로 가서, 누레딘을 안장도 없는 말에 태웠습니다. 왕궁에 도착해서는 왕궁 앞 광장에 누레딘을 내려놓고 군중이 뛰어들지 못하도록 자신의 하인들과 왕실 경비대가 처형장을 에워싸게 했습니다. 군중은 만일 누구라도 먼저 시작만 한다면 돌을 던져 사우이를 쳐 죽일 듯한 기세였습니다. 사우이가 처형 집행관에게 즉시 형을 실행하라고 말했습니다. 하지만 왕이 사우이에게 잠시 처형을 중단하라고 명했습니다. 자신의 명령 없이 사우이가 처형을 집행하는 것이 마음에 들지 않았던 것입니다. 그

처형장으로 끌려가는 누레딘

리고 또 다른 이유가 있었습니다. 한 무리의 기병대가 광장으로 빠르게 달려오고 있었던 것입니다. 낌새를 챈 사우이는 왕에게 지체하지 말고 처형을 집행하자고 청했으나 왕은 기병대의 정체를 알기 전까지 처형을 중단하라고 했습니다.

기병대는 다름 아닌 대재상 자파르와 수행원들이었습니다. 이들은 바그다드에서 전속력으로 달려오는 길이었습니다.

누레딘이 떠난 뒤 칼리프는 특사를 파견해야 한다는 사실을 며칠 동안 깜빡하고 있었습니다. 특사가 없으면 누레딘이 가져간 칙서는 효력이 없었습니다. 그러던 어느 날, 칼리프는 왕궁에서 어느 여인의 아름다운 노랫소리를 듣게 되었습니다. 발소라의 왕비로 세우려고 했던 페르시아 미녀의 목소리였습니다. 이에 칼리프는 특사를 보내야 한다는 사실을 뒤늦게 깨달았고, 대재상 자파르를 불러 발소라로 전속력으로 달려가라고 명했습니다. 만일 누레딘이 이미 죽었으면 사우이를 교수형에 처하고, 살아 있으면 발소라 왕과 사우이를 바그다드로 데려오라고 했습니다.

광장까지 말을 타고 달려온 자파르가 왕궁 앞 계단에서 내리자 발소라 왕이 대재상을 영접했습니다. 자파르는 왕을 보자마자 누레딘이 아직 살아 있는지부터 물었습니다. 왕은 그렇다고 했습니다. 누레딘은 손발이 묶인 채 자파르 앞에 끌려왔습니다. 대재상은 즉시 결박을 풀고 그 줄로 사우이를 잡아 묶게 했습니다.

다음 날, 자파르는 발소라 왕과 사우이 그리고 누레딘을 데리고 바그다드로 돌아갔습니다. 칼리프는 그동안 누레딘이 어떤 취급을 당했는지 보고받았습니다. 칼리프가 누레딘에게 사우이의 목을 직접 베지 않겠느냐고 물었지만, 누레딘은 자기 손에 피를 묻히고 싶지 않다며 처형 집행관의 손에 칼을 넘겼습니다. 칼리프는 누레딘이 발소라를 다스리길 바랐지만 그는 참담한 일을 겪은 발소라로 다시 가고 싶지 않다며 사양했습니다. 대신 바그다드에서 칼리프를 섬기고 싶다고 했습니다. 누레딘은 칼리프를 가까이서 보필하는 가장 믿음직한 신하가 되었고, 페르시아 미녀와도 오래도록 행복하게 살았습니다. 발소라 왕에게는 앞으로 재상을 신중하게 고르라는 충고만 전하고 그를 왕국으로 돌려보냈습니다.

알라딘과
요술 램프

옛날 중국의 어느 가난한 재단사에게 알라딘이라는 아들이 있었습니다. 알라딘은 게으른 데다 사고뭉치였습니다. 하루 종일 동네에서 비슷한 부류의 사내들과 놀며 말썽만 일으켰지요. 아버지는 말썽쟁이 아들에게 크게 상심한 나머지 결국 화병으로 세상을 뜨고 말았습니다. 어머니는 아들을 위해 눈물을 흘리며 기도했지만 알라딘은 도무지 행실을 고치려고 하지 않았습니다. 그러던 어느 날, 알라딘이 평소처럼 길거리에서 어슬렁거리고 있는데 웬 낯선 사람이 다짜고짜 나이를 물어보더니 재단사 무스타파의 아들이 아니냐고 물었습니다.

"네, 맞긴 한데요. 아버지는 오래전에 돌아가셨어요."

낯선 사람은 유명한 아프리카 마법사였습니다. 그는 알라딘의 말을 듣고 고개를 떨구더니 알라딘에게 입을 맞췄습니다.

"내가 바로 너의 삼촌이란다. 정말 우리 형님과 꼭 닮았구나. 어머니께 내가 왔다고 전해 주렴."

알라딘은 서둘러 집으로 돌아가 어머니에게 처음 본 삼촌 이야기를 전했습니다.

"애야, 실은 아버지에게 동생이 있었단다. 하지만 예전에 세상을 떠났다고 생각했었는데……."

어머니는 저녁 식사를 준비하며 알라딘에게 삼촌을 모셔 오라고 했습니다. 삼촌이라는 사람은 손에 포도주와 과일을 들고 알라딘의 집으로 찾아왔습니다. 집에 들어선 그는 곧장 형 무스타파가 자주 앉았던 자리에 몸을 굽혀 입을 맞췄습니다. 그러더니 알라딘의 어머니, 즉 형수에게 그동안 자신을 보지 못한 것을 이상하게 생각하지 말라고 했지요. 지난 40년 동안 고향을 떠나 먼 타지에서 살았기 때문입니다. 삼촌이 알라딘에게 직업이 무엇이냐고 묻자 알라딘은 고개를 푹 숙인 채 아무 말도 하지 못했고, 어머니도 그저 눈물만 흘렸습니다. 어머니가 아들은 게으르고 그동안 배운 일도 없다고 하자, 삼촌은 알라딘에게 자기가 도와줄 테니 상점을 열어 물건을 팔아 보라고 제안했습니다. 다음 날 삼촌은 알라딘에게 좋은 옷 한 벌을 사서 입히고는 시내를 데리고 다니며 온갖 진귀한 장소를 구경시켜 줬습니다. 저녁이 되어서야 집에 돌아왔는데, 어머니는 잘 차려입은 아들의 모습이 그저 신기하고 기쁠 따름이었습니다.

다음 날 아침, 아프리카 마법사는 알라딘에게 도성 밖에 길게 늘어서 있는 대저택들의 아름다운 정원을 하나하나 보여 줬습니다. 한참 구경하던 두 사람은 어느 연못 옆에 앉아 잠시 쉬기로 했지요. 마법사는 허리춤에서 떡 하나를 꺼내더니 반으로 잘라 알라딘과 나눠 먹었습니다. 식사를 마친 삼촌과 조카는 정원을 지나 어느 산기슭에 이르렀습니다. 오랫동안 걷느라 지친 알라딘이 그만 집으로 돌아가자고 했지만, 마법사는 알라딘을 잘 구슬려서 계속 산으로 끌고 갔지요.

마침내 두 사람은 어느 좁은 골짜기에 도착했습니다. 골짜기가 마치 산을 둘로 쪼개 놓은 듯했습니다.

"여기서 멈추자꾸나. 놀라운 걸 보여 주마. 내가 불을 피울 테니 너는 장작을 모아 오너라."

장작에 불이 붙자 마법사는 가지고 있던 가루를 불에 뿌렸습니다. 주문도 외우기 시작했습니다. 그러자 땅이 미세하게 흔들리더니 갈라지면서 석판이 모습을 드러냈습니다. 석판 중앙에는 청동 고리가 달려 있었지요. 알라딘은 무서워서 도망가려 했지만 마법사가 그를 붙잡고 한 대 후려쳤습니다. 그 바람에 알라딘은 바닥에 고꾸라지고 말았습니다.

"삼촌, 도대체 저한테 왜 이러시는 거예요?"

알라딘의 애처로운 목소리와 달리, 한없이 다정한 마법사의 목소리가 울려퍼졌습니다.

"애야, 너무 무서워하지 마라. 그냥 삼촌이 하라는 대로 하면 돼. 이 석판 밑에는 보물이 아주 많단다. 그리고 그 보물은 모두 네 거야. 다른 사람은 아무도 손댈 수 없지. 그러니 너는 내 말대로만 하면 돼."

보물이라는 말에 알라딘도 어느새 두려움을 잊고 삼촌이 시키는 대로 했습니다. 석판에 달린 청동 고리를 붙잡고 아버지와 할아버지의 이름을 불렀지요. 신기하게도 석판을 아주 쉽게 들어 올릴 수 있었습니다. 돌을 치우자 지하 동굴로 내려가는 계단이 나타났습니다.

"이 계단으로 내려가라. 다 내려가면 문이 하나 열려 있을 텐데, 세 개의 큰 홀과 연결되어 있을 것이다. 옷을 끌어 올려서 옷자락이 아무 데도 닿지 않게 해야 한다. 만약 닿으면 넌 즉시 죽게 된다. 세 개의 홀을 지나면 탐스러운 과일이 열려 있는 정원에 이르게 될 것이다. 정원을 가로질러 가다 보면 테라스가 나오고 거기에는 불이 켜진 램프가 있다. 그 램프의 기름을 바닥에 부어 버리고 나에게 가져오면 된다."

마법사는 행운을 기원하며 손가락에서 반지 하나를 빼서 알라딘에게 끼워 줬습니다.

알라딘이 지하 동굴로 내려가니 과연 마법사가 말한 대로 세 개의 큰 홀이 있었고 정원이 나타났습니다. 그는 램프를 가지고 돌아오는 길에 먹음직스러운 과일도 몇 개 따서 챙겼습니다. 동굴 입구에 알라딘의 모습이 보이자 마법사가 다급하게 소리쳤습니다.

"얼른 램프부터 먼저 다오."

하지만 알라딘은 동굴에서 다 나오기 전까지는 램프를 주지 않겠다고 했습니다. 알라딘의 반항에 눈이 뒤집힌 마법사는 그새를 참지 못하고 장작불에 가루를 뿌리며 주문을 외웠습니다. 그러자 알라딘이 동굴을 채 빠져나오기도 전에 석판이 원래 상태로 돌아왔습니다.

사실 이 마법사는 알라딘의 삼촌이 아니었습니다. 알라딘을 동굴에 가둔 것만 봐도 분명히 알 수 있지요. 그는 마법의 책에서 요술 램프의 존재를 알게 되었고 그것으로 세상에서 가장 강력한 사람이 되고자 하는 고약한 마법사였을 뿐입니다. 마법사는 요술 램프가 어디에 있는지는 알았지만 대신 꺼내 줄 다른 사람이 필요했습니다. 그러던 중 얼빠진 알라딘을 선택하게 되었고, 램프를 손에 넣는 즉시 그를 죽일 생각이었습니다.

한편 알라딘은 깜깜한 동굴에 이틀 동안 갇혀 있었습니다. 너무 무서워 눈물이 멈추질 않았습니다. 그저 두 손을 맞잡고 기도하면서 마법사가 준 반지를 문질렀습니다. 그러자 펑! 땅속에서 무시무시하고 거대한 정령이 솟아 나왔습니다.

"무엇을 원하십니까? 저는 반지를 가진 사람의 종입니다. 무엇을 명령하시든 복종할 것입니다."

알라딘은 덜덜 떨며 말했습니다.

"이곳에서 나가게 해 줘!"

말이 끝나기 무섭게 거짓말처럼 땅이 갈라졌습니다. 알라딘은 지하 동굴 밖으로 나올 수 있었지요. 밝은 햇빛 아래 간신히 눈을 뜨고 곧장 집으로 향했고, 집 문턱을 넘자마자 기절하고 말았습니다. 정신이 돌아온 그는 어머니에게 지금까지 있었던 일을 모두 이야기했습니다. 또 신기한 램프와 정원에서 가져온 과일도 보여 드렸습니다. 그러고는 배가 너무 고프다며 밥을 먹고 싶다고 했습니다.

"애야, 우리 집에는 먹을 게 아무것도 없단다. 목화 실이 조금 있으니 그걸 팔아서 먹을 것을 사 와야겠구나."

알라딘이 목화 실 대신 램프를 갖다 팔라고 하자, 어머니는 램프가 더럽다며 손으로 문질러 닦기 시작했습니다. 조금이라도 값을 높게 받고 싶었기 때문이지요. 램프를 문지르자 갑자기 무시무시한 정령이 모습을 드러내더니 무엇을 원하는지 물었습니다. 너무 놀란 어머니는 정신을 잃었고, 대신 알라딘이 램프를 붙잡고 용기 내어 말했습니다.

"먹을 것 좀 가져와!"

잠시 사라졌다가 다시 나타난 정령의 손에는 은쟁반이 들려 있었습니다. 은 접시 열두 개에 먹음직스러운 온갖 음식이 담겨 있었고 포도주 두 병과 은잔 두 개도 있었습니다. 간신히 정신이 돌아온 어머니가 물었

알라딘 앞에 나타난 반지의 정령

습니다.

"도대체 이 진수성찬은 어디서 난 거니?"

"어머니, 일단 먹고 나서 말씀드릴게요."

두 모자는 아침부터 저녁까지 식탁을 떠나지 않고 계속 먹기만 했습니다. 배가 부르자 알라딘은 어머니에게 램프에 관한 이야기를 했습니다. 정령 이야기를 들은 어머니는 무섭다며 램프를 당장 팔자고 했지만, 알라딘이 이렇게 말했습니다.

"안 돼요, 어머니. 이 램프가 우리에게 행운을 가져다줬잖아요. 제 손가락에 있는 반지처럼 말이에요."

모자는 정령이 차려 준 음식을 다 먹은 뒤 은 접시를 하나씩 팔아서 생계를 유지했습니다. 팔 접시가 떨어지자 다시 정령을 불러 도움을 요청했습니다. 정령은 이번에도 은 접시를 꽤 많이 줬고, 덕분에 모자는 몇 해를 굶지 않고 지낼 수 있었답니다.

그러던 어느 날, 알라딘은 술탄이 전하는 명령을 듣게 되었습니다. 공주가 목욕탕을 다녀올 때 모든 백성이 집에 들어가 문을 닫고 있으라는 명령이었습니다. 그런데 하필 이때 알라딘은 항상 베일에 가려져 있는 공주의 얼굴이 보고 싶어 미칠 지경이었습니다. 그는 간 크게도 목욕탕 문 뒤에 몸을 숨기고 틈새로 공주를 몰래 엿봤습니다. 목욕탕 안으로 들어간 공주가 베일을 들어 올렸는데, 얼굴이 어찌나 예쁜지 한눈에 반해 버리고 말았습니다. 그대로 넋이 나간 채 집으로 돌아왔지요. 평소와 다른 아들의 모습에 어머니는 한숨만 푹 내쉴 뿐이었습니다. 알라딘은 공주에게 홀딱 반해 어머니에게 그녀 없이는 살 수 없다고 말했습니다. 한술 더 떠 공주의 아버지, 그러니까 술탄에게 가서 청혼을 하겠다고 난

리였습니다. 가만히 듣던 어머니는 어처구니가 없어 실소를 터뜨리고 말았습니다. 그럼에도 알라딘은 아랑곳하지 않고 어머니에게 술탄을 찾아가 청혼의 뜻을 전해 달라고 했습니다. 자식 이기는 부모는 없다고, 알라딘의 긴 설득 끝에 어머니는 결국 아들의 요청을 들어주기로 했습니다. 예전에 알라딘이 신비한 정원에서 가져온 마법의 과일을 보자기에 담았지요. 과일은 마치 세상에서 가장 귀하고 아름다운 보석처럼 반짝였습니다. 어머니는 보자기로 싼 과일을 품에 안고 술탄을 뵈러 궁궐을 찾아가서 백성들이 술탄을 알현하는 자리에 함께 들어가 술탄의 눈에 잘 띄는 곳에 서 있었습니다. 술탄은 알라딘의 어머니를 알아보지 못했지만, 어머니는 일주일 내내 매일같이 궁궐을 찾아가 같은 자리에 서 있었습니다.

어머니가 궁궐을 출입한 지 엿새째 되는 날, 드디어 술탄이 대재상에게 말했습니다.

"매일같이 보자기를 들고 방청석에 서 있는 여인이 있소. 다음에는 그 여인을 불러서 무엇을 원하는지 알아봐야겠소."

다음 날 대재상은 알라딘의 어머니를 불렀고, 그녀는 술탄의 보좌 앞으로 나아가 무릎을 꿇었습니다. 그러자 술탄은 이렇게 말했지요.

"여인이여, 일어나라. 무엇을 원하는지 말해 보라."

알라딘의 어머니가 말하기를 주저하자, 술탄이 대재상을 제외한 나머지 대신들을 모두 나가게 했습니다. 그러고는 무슨 이야기든 들어 줄 것이고 무슨 말을 들어도 용서할 테니 편하게 이야기해 보라고 했습니다. 그러자 알라딘의 어머니는 용기 내어 말했습니다. 자기 아들이 공주를 보고 지독한 사랑에 빠졌다고 말이지요.

"폐하, 저는 아들 녀석에게 제발 공주를 잊으라고 애원했습니다. 하지만 소용없는 일이었습니다. 오히려 폐하께 찾아가서 청혼의 뜻을 알리지 않으면 자기가 무슨 일을 벌일지 모른다며 위협까지 했습니다. 송구하지만 제발 저와 제 아들을 용서해 주십시오."

그런데 술탄은 화를 내기보다 오히려 따뜻한 표정을 지어 보이며 보자기에 든 것이 무엇인지 물었습니다. 어머니는 보자기를 열어 안에 든 보물을 술탄에게 바쳤습니다.

보물을 본 술탄의 입이 떡 벌어졌습니다. 그는 옆에 있던 대재상에게 이렇게 말했습니다.

"경은 어떠시오? 이 정도로 값어치 있는 보물을 바치는 사람이라면 공주를 시집보내도 되지 않겠소?"

대재상은 자기 아들을 공주에게 장가보내길 바랐던 터라 술탄에게 석 달만 시간을 달라고 요청했습니다. 그동안 더 좋은 보물을 구해 오겠다고 한 것이지요. 술탄은 일단 대재상의 청을 들어줬습니다. 알라딘의 어머니에게는 비록 결혼은 허락하지만 석 달 동안만은 나타나지 말라고 명령했습니다.

알라딘은 석 달이 얼른 지나가길 바라며 참고 기다렸습니다. 그렇게 두 달이 지난 어느 날, 알라딘의 어머니는 기름을 사려고 시내로 나왔습니다. 그런데 도성 분위기가 왠지 모르게 들떠 있었습니다. 어머니는 기름 가게 주인에게 이유를 물었습니다. 그러자 이런 대답이 돌아왔지요.

"아직도 모르세요? 오늘 밤에 대재상의 아드님과 술탄의 따님이 결혼한다잖아요!"

알라딘의 어머니는 숨이 턱에 차도록 집으로 뛰어갔습니다. 어머니에게 청천벽력 같은 소식을 들은 알라딘은 머릿속이 하얘졌습니다. 그러나 곧 정신을 차리고 요술 램프를 생각해 냈습니다. 램프를 문지르자 정령이 나타나 물었습니다.

"주인님, 무엇을 원하십니까?"

그러자 알라딘이 말했습니다.

"술탄께서 나에게 한 약속을 깼다. 대재상의 아들이 공주를 차지하게 생겼다고! 내가 원하는 건 오늘 밤에 신랑과 신부를 내 방에 옮겨다 놓는 거야."

"주인님, 분부대로 하겠습니다."

어두운 밤이 되자 정령은 정말로 대재상의 아들과 공주가 누워 있는 침대를 통째로 알라딘의 방에 옮겨 놓았습니다. 알라딘이 정령에게 말했습니다.

"이 새신랑을 추운 바깥으로 쫓아내고, 정령은 날이 밝으면 다시 나를 찾아오도록 해라!"

정령이 대재상의 아들을 끌어낸 덕분에 방에는 알라딘과 공주만 남게 되었습니다. 알라딘이 공주에게 말했습니다.

"공주님, 두려워하지 마세요. 술탄께서 약속하신 대로 공주님은 원래 나의 신부입니다. 누구도 공주님에게 해를 끼치지 못할 거예요."

너무 놀란 공주는 아무 말도 하지 못한 채 끔찍한 밤을 보내야 했습니다. 하지만 알라딘은 공주 옆에 누워 마음 편하게 잠이 들었지요. 날이 밝자 정령은 추워서 덜덜 떠는 새신랑을 끌고 온 다음 다시 침대와 함께 통째로 제자리에 옮겨 놓았습니다.

술탄은 딸에게 아침 인사를 하러 방으로 찾아왔습니다. 대재상의 아들은 깜짝 놀라며 몸을 숨겼고, 입을 꾹 다문 공주는 왠지 모르게 수심이 가득해 보였습니다.

그는 걱정스러운 마음에 딸을 어머니에게 보냈습니다. 어머니는 딸을 보고 이렇게 말했습니다.

"얘야, 아버지께 아무 말도 하지 않았다고? 밤사이에 무슨 일이 있었니?"

공주는 땅이 꺼질 듯 한숨을 푹 내쉬더니 지난밤에 있었던 일을 어머니에게 전부 털어놓았습니다. 침대가 통째로 어느 이상한 집으로 옮겨졌고 거기서 어떤 일이 있었다고 이야기했지요. 어머니는 딸의 말을 전혀 믿지 않았습니다. 딸이 그저 악몽을 꿨으려니 생각했습니다.

그날 밤 똑같은 일이 되풀이되었습니다. 다음 날 아침 공주가 또 묵묵부답으로 일관하자 술탄은 딸의 머리를 잘라 버리겠다고 위협했습니다. 공주는 모든 것을 실토했고, 대재상의 아들에게도 자기 이야기가 맞는지 확인해 보라고 했습니다. 술탄은 대재상을 불러 그의 아들에게 무슨 일이 있었는지 확인해 달라고 했습니다. 대재상의 아들은 공주를 사랑하기는 하지만 또다시 끔찍한 밤을 보내야 한다면 차라리 죽겠다고 말했습니다. 이제 공주와 헤어지고 싶어 했습니다. 어쩔 수 없이 대재상의 아들과 공주는 파혼하게 되었고 며칠째 이어진 혼인 잔치도 바로 그날 끝나고 말았습니다.

어느덧 술탄이 약속한 석 달이 지났습니다. 알라딘은 어머니를 술탄에게 보내 결혼 약속을 상기시켰습니다. 알라딘의 어머니가 예전에 서 있던 자리에 나타나자, 알라딘을 잊고 지내던 술탄은 그제야 그를 기억했습니다. 그런데 여인의 남루한 옷을 보니 자신이 했던 약속이 별로 내

키지 않았습니다. 그는 대재상에게 공주의 가치를 높여 감히 어느 남자
도 다가오지 못하게 할 방법을 물었습니다.

술탄은 대재상이 전하는 대책을 듣고 나서 알라딘의 어머니에게 다
음과 같이 말했습니다.

"자고로 술탄은 약속을 지키는 사람이 되어야 하오. 나 역시 약속을
기억하고 있소. 다만 그대의 아들에게 보석이 가득 담긴 황금 그릇을 가
져오라고 하시오. 그 그릇은 흑인 노예 마흔 명이 들고 와야 하오. 또한
잘 차려입은 백인 노예들이 흑인 노예들과 둘씩 짝을 이루어 앞장서게
하시오. 그럼, 대답을 기다리고 있겠소."

알라딘의 어머니는 절을 하고 집에 돌아오면서 이제는 희망이 없다
고 생각했습니다. 그녀는 알라딘에게 술탄의 말을 그대로 전하며 이렇
게 덧붙였습니다.

"술탄의 요구를 모두 들어주려면 꽤 오랜 세월이 걸릴 거야!"

"어머니, 그렇지 않을 거예요. 공주님을 위해서라면 이보다 더 큰 대
가도 치를 수 있어요."

그는 요술 램프의 정령에게 노예 여든 명을 불러오게 했습니다. 알라
딘의 작은 집과 마당은 노예들로 발 디딜 틈이 없었습니다.

알라딘은 노예들을 술탄의 궁궐로 향하게 했습니다. 그들은 저마다
화려한 보석으로 장식한 옷을 입고 있었습니다. 흑인 노예와 백인 노예
는 둘씩 짝을 이루었는데, 흑인 노예는 황금 그릇을 머리에 이고 백인
노예는 그 앞을 호위했습니다. 사람들은 이 기막힌 행렬을 구경하려고
여기저기서 몰려들었습니다.

행렬은 궁궐로 곧장 들어가 술탄의 옥좌 앞에 반원형으로 선 다음 무

술탄 앞에 황금 그릇 마흔 개를 든 노예를 바치는 알라딘의 어머니

룹을 꿇었습니다. 알라딘의 어머니는 가지고 온 선물을 술탄에게 바쳤습니다.

선물을 확인한 술탄은 망설이지 않고 말했습니다.

"여인이여, 돌아가서 아들에게 이렇게 전하시오. 내가 두 팔 벌려 환영할 테니 어서 오라고."

알라딘의 어머니는 기쁜 마음에 헐레벌떡 집으로 돌아와 아들에게 서둘러 입궁하라고 알렸습니다. 알라딘도 좋아서 어쩔 줄 몰랐지만 먼저 램프의 정령부터 불렀습니다.

"궁궐에 들어가기 전에 우선 목욕부터 해야겠다. 최고급 옷도 준비하고 술탄의 말보다 훨씬 훌륭한 말도 대령해라. 노예 스무 명이 나를 호위하게 하고, 어머니를 모실 아름다운 시녀 여섯 명도 준비하도록. 마지막으로 금화가 1000닢씩 담긴 주머니 열 개도 필요하다."

램프의 정령은 이 모든 명령을 눈 깜짝할 사이에 준비했습니다. 알라딘은 말에 올라 거리를 행진했고, 그 뒤를 따르는 노예들은 주머니에 담긴 금화를 길에 흩뿌렸습니다. 철없던 시절 동네에서 함께 놀던 또래들은 이제 준수한 청년으로 자란 알라딘을 알아보지 못했습니다.

궁궐로 들어오는 알라딘을 본 술탄은 자신도 모르게 옥좌에서 내려와 그를 꼭 껴안아 줬습니다. 그러더니 진수성찬이 마련된 연회장으로 직접 안내했습니다. 그날 바로 공주와 알라딘의 결혼식을 거행할 생각이었습니다.

하지만 알라딘은 극구 사양했습니다.

"결혼하기 전에 우선 공주님을 위한 궁전을 지을 수 있도록 허락해 주십시오."

이렇게 말하고는 다시 집으로 돌아왔습니다.

집에 도착한 알라딘은 방으로 들어와 정령을 불러냈습니다.

"최상급 대리석으로 궁전을 짓고 벽옥, 마노 등 온갖 보석으로 장식해라. 궁전 중앙에는 반구형 천장이 있는 큰 홀이 있어야 한다. 정사각형 홀의 벽은 금과 은으로 덮고 각 벽면에 창을 여섯 개씩 내도록 해라. 창살은 다이아몬드와 루비로 꾸미되 창 하나는 미완성으로 남겨 두어야 한다. 궁전에는 마구간과 말, 마부와 하인 들을 마련해 놓아라. 어서 가서 준비하도록!"

궁전은 다음 날 완공되었습니다. 정령은 알라딘을 데리고 궁전으로 가서 분부한 대로 수행한 결과를 보여 줬지요. 알라딘의 궁전에서 술탄의 궁궐까지 벨벳 양탄자도 깔아 놓았습니다. 고운 옷으로 몸단장을 마친 알라딘의 어머니는 시녀들과 함께 술탄의 궁궐로 들어갔습니다. 알라딘도 말에 올라 어머니의 뒤를 따랐습니다. 술탄은 궁중 악단을 보내 화려하고 웅장한 연주로 알라딘과 어머니 일행을 환영해 줬습니다. 알라딘의 어머니는 신하의 안내에 따라 공주의 거처로 들어갔고, 거기서 공주는 시어머니가 될 분을 극진히 맞이했습니다. 밤이 되자 그녀는 아버지에게 작별 인사를 올린 뒤 알라딘의 궁전으로 향하는 양탄자 위를 걸었습니다. 공주 곁에는 알라딘의 어머니가 섰고, 두 사람 뒤로는 백 명 가까운 시종이 따랐습니다. 공주는 저 멀리서 달려와 자신을 맞아 주는 알라딘을 보고 한눈에 반했습니다.

"혹시라도 이 일로 공주님이 불쾌하셨다면, 저를 탓할 것이 아니라 저를 반하게 만든 공주님의 아름다움을 탓하셔야 합니다."

알라딘을 직접 만나 본 공주는 아버지의 뜻에 기꺼이 순종하겠다고 말했습니다. 결혼식을 올린 뒤 알라딘은 공주를 만찬이 준비된 홀로 데려갔습니다. 두 사람은 함께 식탁에 앉아 식사를 하고 자정이 될 때까지 즐겁게 춤도 췄습니다.

다음 날 알라딘은 술탄을 자신의 궁전으로 초대했습니다. 스물네 개의 창문이 루비, 다이아몬드, 에메랄드로 장식된 넓은 홀로 들어와 본 술탄은 감탄을 금치 못했지요.

"세상에 이렇게 훌륭할 수가 있나! 지금까지 나를 이토록 놀라게 한 궁전은 이곳밖에 없네. 그런데 저 창문은 깜빡하고 완성하지 않은 것인가?"

"아닙니다, 폐하. 일부러 미완성으로 남겨 두었습니다. 마지막으로 폐하께서 저 창문을 꾸며 주셔서 궁전이 완성된다면 저에게는 무궁한 영광이 될 것입니다."

알라딘의 말에 흡족한 술탄은 도성에 있는 최고의 보석 장인들을 불러들였습니다. 그들에게 미완성된 창문을 보여 주면서 다른 창문들처럼 꾸며 보라고 했습니다. 하지만 돌아오는 대답은 이러했습니다.

"폐하, 황송하오나 저희는 이만큼 가치 있는 보석을 찾을 수 없습니다."

술탄이 자기가 가지고 있던 보석을 내놓으며 창문 만드는 데 쓰라고 했지만, 보석 장인들은 한 달이 지나도록 창문을 조금도 꾸미지 못했습니다. 알라딘은 장인들이 아무리 애를 써도 일을 끝내지 못할 걸 알고는 작업을 중단시켰지요. 보석은 모두 주인에게 돌려주고, 램프의 정령을 불러 마지막 창문의 보석 장식을 끝내게 했습니다. 보석을 돌려받은 술탄은 놀란 나머지 알라딘을 찾아갔습니다. 알라딘은 그에게 완성된 창문을 보여 줬지요. 술탄은 감격해 마지않았지만, 대재상은 알라딘이 마법을 썼다는 걸 눈치챘습니다.

알라딘은 너그러운 성품으로 민심을 얻었습니다. 술탄의 군대 사령관 자리에 올라 여러 전투를 승리로 이끌었지만, 여전히 겸손하고 예의를 지킬 줄 알았지요. 그렇게 여러 해를 무탈하게 만족하며 지냈습니다.

한편, 멀리 아프리카에서 지내던 마법사는 문득 머릿속에 알라딘을 떠올렸습니다. 알라딘의 생사가 궁금했던 그는 마법을 통해 알라딘을 찾아봤습니다. 동굴 속에서 비명횡사했을 거라는 예상과는 달리, 공주와 결혼해 명예와 부를 한껏 누리고 있다는 사실을 알게 되었지요. 가난한 재단사의 아들이 부귀영화를 누리는 건 모두 램프 덕분이라는 사실도 알게 되었습니다. 마법사는 알라딘을 당장 파멸시킬 작정으로 밤낮으로 달려 중국의 수도에 도착했습니다. 특이하게도 도성 사람들은 어딜 가든 대리석 궁전 이야기를 했습니다. 그는 지나가던 사람을 붙잡고 물었습니다.

"실례지만, 방금 말씀하신 궁전이 대체 어디입니까?"

"세상에서 가장 훌륭하다는 알라딘 왕자님의 궁전을 아직 못 보셨다고요? 보고 싶다면 안내해 드리지요."

마법사는 고맙다고 인사하며 안내를 받았습니다. 직접 눈으로 확인해 보니 알라딘의 궁전은 과연 램프의 정령 솜씨였습니다. 그는 분한 마음에 미칠 지경이었습니다. 무슨 수를 써서라도 램프를 빼앗아 알라딘을 다시 가난의 구렁텅이에 빠뜨리겠다고 마음먹었습니다.

불행히도 알라딘은 여드레 동안 사냥을 나가 있었습니다. 마법사가 램프를 빼앗기에 충분한 시간이었지요. 그는 구리 램프 열두 개를 사서

마법으로 알라딘의 소식을 알아보는 마법사

바구니에 담고 도성을 돌아다니며 외쳤습니다.

"헌 램프를 새 램프로 바꿔 드립니다!"

사람들은 저 사람 머리가 어떻게 된 거 아니냐며 야유를 보냈습니다.

스물네 개의 창문이 있는 홀에 앉아 있던 공주는 시녀를 보내 바깥이 소란스러운 이유를 알아 오라고 했습니다. 그런데 돌아온 시녀는 무슨 일인지 계속 웃고만 있었습니다. 공주가 왜 말없이 웃기만 하냐고 꾸짖자 시녀는 애써 웃음을 멈추며 얼른 대답했습니다.

"공주마마, 죄송합니다. 아니 글쎄, 웬 어리숙한 사람이 헌 램프를 새 램프로 바꿔 주겠다지 뭐예요?"

옆에서 듣던 다른 시종이 말했습니다.

"이 홀의 코니스 위에도 오래된 램프가 하나 있긴 합니다."

그 램프는 바로 알라딘이 사냥하러 가면서 따로 챙기지 못해 올려놓은 요술 램프였습니다. 요술 램프의 비밀을 몰랐던 공주는 시녀에게 새 것으로 바꿔 오라고 시켰습니다.

시녀는 마법사에게 가서 말했지요.

"자, 헌 램프를 줄 테니 새 램프를 주시오."

마법사는 헌 램프, 그러니까 요술 램프를 받아 들고는 시녀에게 바구니를 내밀며 새 램프 하나를 고르라고 했습니다. 주변에서 사람들이 놀려 댔지만 아랑곳하지 않았습니다. 마침내 요술 램프를 손에 넣은 그는 성문을 나와 외딴곳으로 갔습니다. 그러고는 날이 어두워질 때까지 기다렸다가 램프를 꺼내 문질렀습니다. 정령이 나타나자 알라딘의 궁전과 그 안에 있는 공주까지 통째로 아프리카로 옮겨 놓으라고 명령했습니다.

다음 날 아침, 술탄은 창밖으로 알라딘의 궁전 쪽을 내다봤습니다. 그런데 믿기지 않는 일이 벌어져 있었습니다! 아무리 눈을 씻고 찾아봐도 궁전이 보이지 않았습니다. 술탄은 대재상을 불러 대체 어떻게 된 건지 물었습니다. 대재상도 궁전이 감쪽같이 사라진 걸 보고 놀라기는 마찬가지였습니다. 대재상은 틀림없이 마법을 부린 것이라 했고 술탄도 그의 말을 믿을 수밖에 없었습니다. 술탄은 왕실 호위병 서른 명을 보내 알라딘을 당장 체포해 오라고 명령했습니다. 마침 알라딘은 말을 타고 사냥에서 돌아오는 길이었습니다. 호위병들이 알라딘을 포승줄로 묶어 끌고 갔습니다. 그것도 말에서 내려 걸어가게 했지요. 하지만 알라딘을 사랑하는 백성들은 그를 해치지 못하게 하려고 무기를 들고 따라왔습니다. 알라딘이 궁궐 안으로 끌려오자 술탄은 처형 집행관에게 당장 그의 목을 자르라고 명했습니다. 집행관은 알라딘의 무릎을 꿇리고 눈도 가렸습니다. 목을 내리치기 위해 언월도를 높이 들어 올렸습니다.

그때 대재상은 알라딘을 구출하려고 궁궐 안 처형장으로 진입을 시도하는 군중을 보게 되었습니다. 문으로 들어오지 못하자 벽을 기어오르는 사람들도 있었지요. 대재상은 처형 집행관에게 처형을 중단하라고 말했습니다. 군중이 너무 위협적이어서 술탄도 마지못해 알라딘을 풀어 주라고 명령했고, 사람들이 보는 앞에서 사면시켰습니다.

알라딘은 도대체 무슨 일인지 알려 달라고 애원했습니다. 그러자 술탄이 말했습니다.

"이런 사악한 놈 같으니라고! 이리 와서 봐라!"

술탄이 알라딘에게 그의 궁전이 있던 자리를 보여 줬습니다.

알라딘은 너무 놀라 말문이 막혔습니다.

"궁전과 내 딸이 도대체 어디로 간 거냐? 궁전 따위는 사라져도 상관 없다. 하지만 내 딸은 꼭 찾아내라. 찾지 못하면 네놈의 목을 반드시 베 어 버리고 말 테다!"

알라딘은 공주를 찾을 테니 40일만 달라고 했습니다. 만약 기한 안에 찾지 못하면 술탄의 뜻대로 목숨을 내놓겠다고 약속했습니다. 술탄은 허락했고 알라딘은 처량한 모습으로 쫓기듯 궁궐을 빠져나왔습니다. 처 음 사흘 동안 그는 미친 사람처럼 아무나 붙잡고 궁전이 어떻게 된 건지 물었습니다. 하지만 사람들은 그를 비웃거나 불쌍히 여길 뿐이었지요. 강둑에 다다른 알라딘은 무릎을 꿇고 기도하기 시작했습니다. 물에 빠 져 죽기 전에 마지막으로 치르는 의식이었던 셈입니다. 그는 기도를 하 면서 자신도 모르게 손가락에 끼고 있던 반지를 문지르게 되었습니다. 그러자 예전에 동굴에서 봤던 정령이 나타나 소원을 물었습니다.

"나 좀 제발 살려 줘. 내 궁전을 제자리로 옮겨다오."

"그건 제 능력 밖의 일입니다. 저는 반지의 정령에 불과합니다. 램프 의 정령만이 그 일을 할 수 있습니다."

"그렇다면 나를 그 궁전으로 옮겨다오. 사랑하는 아내가 머물고 있 는 곳 창문 아래로 말이야."

반지의 정령은 알라딘을 아프리카에 있는 궁전에, 정확히 아내가 머 물고 있는 곳 창문 아래에 데려다 놓았습니다. 알라딘은 자신이 있는 곳 을 확인하고는 긴장이 풀린 탓인지 몰려오는 졸음을 이기지 못하고 그 대로 잠들어 버렸지요.

새들의 노랫소리에 잠이 깬 알라딘은 마음이 한결 가벼워졌습니다. 이 모든 불행이 램프를 제대로 보관하지 못한 탓이라고 생각한 그는, 램프를 훔쳐 간 사람이 누군지 궁금해졌습니다.

한편 공주는 평소보다 일찍 일어났습니다. 아프리카로 납치되어 온 이후 하루에 한 번씩 강제로 마법사를 대면해야 했기 때문이지요. 물론 공주가 너무 매몰차게 대하는 바람에 마법사는 궁전에서 함께 살 수 없었습니다. 이날도 공주는 옷을 갈아입고 있었는데, 시녀 하나가 창밖에 있는 알라딘을 발견했습니다. 그녀는 당장 달려와 창문을 열었습니다. 창문이 열리는 소리에 알라딘이 위를 쳐다봤습니다. 공주가 알라딘에게 어서 올라오라고 말했습니다. 부부의 재회는 마치 꿈만 같은 일이었지요.

알라딘은 공주에게 입을 맞추며 이렇게 말했습니다.

"공주, 다른 이야기를 나누기 전에 먼저 물어볼 것이 있어요. 내가 사냥하러 간 동안 스물네 개의 창문이 있는 홀 코니스에 두었던 램프가 어떻게 되었는지 말해 줄 수 있어요?"

"아! 저도 그 램프가 불행의 씨앗이라고 생각해요."

공주는 그 램프를 새 램프로 바꾸게 된 사연을 털어놓았습니다.

"이 모든 게 아프리카 마법사의 짓이었군! 램프는 어디 있죠?"

"마법사가 가지고 있어요. 품속에서 꺼내 보여 준 적이 있거든요. 그는 저에게 알라딘 당신이 아버지의 명령으로 처형되었으니 이제 자기와 결혼하자고 했어요. 늘 당신을 헐뜯었지만 저는 대답 없이 눈물만 흘렸죠. 제가 계속 저항했다면, 그는 분명 폭력을 썼을 거예요."

알라딘은 공주를 안심시키고 잠시 자리를 떠났습니다. 시내에서 처음 만난 사람과 옷을 바꿔 입고 시장에서 어떤 가루를 사서 공주에게로 돌아왔습니다. 공주는 궁전 옆 작은 문을 열어 알라딘을 들어오게 했습니다.

"공주, 가장 아름다운 옷으로 갈아입으세요. 마법사가 찾아오면 웃으면서 맞이하세요. 당신이 이제 알라딘을 잊었다고 믿게 만들어야 해요. 그를 저녁 식사에 초대한 다음 이 지역에서 나는 포도주를 맛보고 싶다고 말하세요. 그러면 포도주를 구하러 잠시 자리를 비울 테니, 그 사이에 공주가 해야 할 일이 무엇인지 말해 줄게요."

알라딘이 전하는 말을 귀담아들은 공주는 알라딘이 자리를 뜨자 중국을 떠난 뒤 처음으로 화사하게 꽃단장을 했습니다. 다이아몬드로 장식된 허리띠와 모자도 착용했지요. 거울 속에 비치는 자신의 모습은 전보다 한층 아름답고 성숙한 듯했습니다. 마법사도 달라진 모습을 공주의 보고 놀라기는 마찬가지였습니다. 공주는 마법사에게 이렇게 말했습니다.

"나는 이제 알라딘이 죽었다고 생각하고 그를 단념했어요. 내가 아무리 울어도 그는 다시 돌아오지 않을 테니까요. 더 이상 슬퍼하지 않기로 했고, 그래서 당신을 저녁 식사 자리에 초대한 거예요. 그나저나 이제 중국 술은 질리는데 아프리카에서 나는 포도주 맛 좀 볼 수 있을까요?"

마법사가 아프리카산 포도주를 가지러 창고로 간 사이 공주는 알라딘이 준 가루를 컵에 넣었습니다. 마법사가 돌아오자 건강을 기원하며 포도주를 마시자고 했지요. 그러면서 화해의 의미로 서로 잔을 바꾸자고 했습니다.

포도주를 마시기 전, 마법사는 입에 침이 마르도록 공주의 아름다움을 칭찬하기 시작했습니다. 그러나 공주가 그의 말을 자르며 이렇게 말했습니다.

"우선 포도주부터 마실게요. 당신도 포도주를 마시고 나서 하고 싶은 이야기를 하는 게 어때요?"

그녀가 잔을 입술에 대고 마시는 척하자 마법사는 포도주를 한 방울도 남기지 않고 목구멍으로 넘겼습니다. 아니나 다를까 그의 몸이 축 늘어지더니 뒤로 나자빠지고 말았습니다.

공주는 문을 열고 알라딘을 들어오게 했습니다. 그를 보자마자 와락 끌어안았지요. 그런데 무슨 일인지 알라딘이 공주에게 잠시 옆으로 떨어져 있으라고 했습니다. 아직 해야 할 일이 남았던 것이지요. 알라딘은 죽은 마법사의 옷 속에서 요술 램프를 꺼냈습니다. 그런 다음 정령을 불러내 궁전과 그 안에 있는 모든 사람을 다시 중국으로 돌려놓으라고 명령했습니다. 궁전이 옮겨지는 동안 방 안에 있던 공주는 진동을 두 번 느꼈습니다. 하지만 자신이 다시 고향으로 돌아왔을 거라고는 털끝만큼도 생각하지 못했지요.

방 안에 홀로 앉아 잃어버린 딸을 그리워하고 있던 술탄은 무심코 창밖을 보고는 또 한 번 놀라 자빠질 뻔했습니다. 알라딘의 궁전이 예전처럼 다시 세워져 있었던 것입니다! 술탄은 수염을 휘날리며 궁전으로 헐레벌떡 뛰어갔습니다. 알라딘이 스물네 개의 창문이 있는 홀에서 술탄을 맞이했습니다. 알라딘 옆에 사랑하는 딸도 보였습니다. 알라딘은 술탄에게 지금까지 있었던 일을 이야기했고, 그 증거로 마법사의 시신을 보여 줬습니다. 술탄은 딸이 돌아온 것을 기념해 열흘 동안 잔치를 열겠다고 선포했습니다. 이제 알라딘에게는 행복한 여생만 남은 것처럼 보였습니다. 하지만 안타깝게도 그렇지는 않았습니다.

아프리카 마법사에게는 남동생이 하나 있었습니다. 그는 형보다 더 사악하고 교활한 마법사였지요. 죽은 형의 복수를 하고자 중국으로 떠난 마법사는 파티마라는 경건한 성녀가 신통한 능력을 가지고 있다는 소문을 듣고 그녀를 찾았습니다. 그녀의 집에 몰래 들어가 파티마의 가슴에 단검을 들이대며 위협해서 강제로 옷을 바꿔 입고 자신의 얼굴을 파티마처럼 꾸몄습니다. 그런 다음 그녀를 그 자리에서 죽였습니다. 마법사는 파티마로 변장한 채 알라딘의 궁전으로 향했습니다. 성녀 파티마의 모습이 보이자 사람들이 몰려와 입을 맞추면서 복을 빌어 달라고 했습니다.

밖에서 소란스러운 소리가 들리자 공주는 이번에도 시녀에게 무슨 일인지 알아보라고 했습니다. 시녀는 성녀가 손을 얹어 사람들의 병을 고치느라 시끌벅적하다고 말했습니다. 공주도 예전부터 성녀를 만나 보고 싶었던지라 그녀를 궁전으로 초대했습니다. 공주를 찾아온 마법사는 그녀의 건강과 번영을 위해 기도했습니다. 공주는 그에게 옆에 앉으라고 하면서 함께 지내자고 청했습니다. 가짜 파티마도 더없이 바라던 바였기에 거절할 이유가 없었습니다. 하지만 자신의 정체가 들통날까 봐 얼굴은 계속 너울로 가리고 있었지요. 공주가 궁전의 자랑인 홀을 보여 주며 가짜 파티마에게 어떻게 생각하냐고 물었습니다.

"정말 아름다운 곳이군요. 하지만 한 가지만 더 있으면 완벽할 것 같은데……."

"그게 뭐죠?"

"로크의 알이지요. 돔 천장 한가운데 로크의 알을 달아 놓으면 세상에서 가장 경이로운 공간이 될 것 같네요."

　그 시간 이후로 공주의 머릿속에서는 로크의 알에 대한 생각이 떠나지 않았습니다. 이날 저녁 사냥에서 돌아온 알라딘은 공주의 표정이 별로 밝지 않다는 걸 발견했습니다. 무슨 일이 있었냐고 묻자 공주가 돔 천장에 로크의 알을 달면 더없이 좋을 것 같다고 대답했습니다.

　"그러면 정말 당신이 행복해진다는 거죠?"

　알라딘은 다른 방으로 건너가 램프를 문질렀습니다. 정령이 나타나자 로크의 알을 가져오라고 명령했습니다. 하지만 정령은 매섭게 괴성을 질렀고 그 바람에 홀 전체가 흔들거렸습니다.

　"빌어먹을 놈아! 난 이제껏 네놈을 위해 모든 걸 했다. 그런데 이제는 나의 주인님을 데려와 저 천장에 매달라는 거냐? 네놈과 네 아내와 네 궁전을 불태워 잿더미로 만들어야 마땅하다. 하지만 이 끔찍한 생각은 너에게서 나온 것이 아니라 네가 죽인 아프리카 마법사의 동생에게서 나온 것이다. 그가 성녀로 변장해 너의 궁전 안에 머물고 있다. 네 아내의 머릿속에 끔찍한 생각을 넣은 자도 바로 그 가짜 성녀다. 그가 널 죽이려고 하니 몸조심해라."

　정령은 이런 말을 남긴 채 흔적도 없이 사라졌습니다.

　알라딘은 공주에게 돌아와 머리가 아프니 성녀 파티마를 만나고 싶다고 했습니다. 마법사가 가까이 다가오자 그의 단검을 빼앗아 심장을 꿰뚫었지요.

　"지금 뭐 하는 거예요? 당신은 성녀를 죽인 거라고요!"

　"그렇지 않아요. 이자는 사악한 마법사예요."

　알라딘은 너울을 벗겨 가짜 성녀의 정체를 보여 줬습니다.

　이 사건을 마지막으로 알라딘과 그의 아내는 정말로 평화롭게 살았

습니다. 술탄이 세상을 떠나자 알라딘이 그 뒤를 이어 나라를 다스렸고,
후대에도 오랫동안 왕조가 이어졌답니다.

바그다드의 칼리프,
하룬 알 라시드의 모험

칼리프 하룬 알 라시드는 궁전에 앉아 생각에 잠겨 있었습니다. 자신에게 단 몇 시간만이라도 즐거움을 줄 수 있는 것이 세상에 있을까 궁금했습니다. 이런 생각을 하고 있는데 그의 오랜 친구인 대재상 자파르가 나타났습니다. 자파르는 절을 하고 예절에 따라 칼리프가 먼저 말을 꺼낼 때까지 기다리고 있었습니다. 하지만 하룬 알 라시드는 좀처럼 고개를 들어 그를 쳐다볼 생각을 하지 않았습니다. 칼리프의 얼굴에는 침울한 기색이 역력했습니다.

자파르는 보고해야 할 중요한 사항이 있었고, 칼리프가 자신에게 개인적인 불만이 있어서가 아니라 그냥 무슨 생각에 잠겨 침묵을 지키는 것 같아 다시 한 번 옥좌를 향해 절을 하고 이렇게 아뢰었습니다.

"신자들의 사령관이시여, 폐하께 긴히 알려 드려야 할 일이 있어 왔습니다. 폐하께서는 도성을 몸소 돌아보시면서 치안과 질서가 제대로 유지되고 있는지 확인하겠다고 하셨습니다. 바로 오늘이 그 일을 하기로 정하신 날입니다. 감히 말씀드리건대, 오늘 순시를 다니시다 보면 우울한 기분에서 벗어나실 수 있을지도 모르겠습니다."

"경의 말이 옳소. 그걸 깜빡하고 있었네. 어서 가서 옷을 갈아입고 오시오. 나도 갈아입을 테니."

잠시 후 두 사람은 외국 상인으로 변장하고 다시 만났습니다. 비밀 문을 통해 궁전을 빠져나와 유프라테스강으로 가서 작은 배를 타고 강을 건넜습니다. 그런 다음 강둑을 따라 자리 잡은 도성을 걸었습니다. 거리낄 만한 것은 보이지 않았습니다. 그들은 도성의 평화와 안정에 흡족해하며 다리를 건너 다시 궁전으로 돌아가려 했습니다. 그런데 다리 위에서 어느 눈먼 노인이 길을 막아서더니 구걸을 하는 것이었습니다.

칼리프는 동전을 한 닢 주고 다시 지나가려 했지만 장님은 그의 손을 붙잡고 놓지를 않았습니다.

"자비로우신 나리, 뉘신지 모르겠지만 부탁 하나만 더 드려도 되겠습니까? 저를 때려 주십시오. 제발 뺨을 한 대 세게 후려쳐 주십시오. 사실 저는 더 심한 벌을 받아도 마땅한 놈입니다."

괴상한 요청에 당황한 칼리프는 점잖게 말했습니다.

"그 부탁은 들어주기 어려울 것 같습니다. 내가 당신을 때려서 아프게 하면 방금 준 돈이 무슨 소용이 있겠습니까?"

이렇게 말하면서 장님이 잡고 있던 손을 풀려고 했습니다.

"나리, 이렇게 무례하고 귀찮게 굴어서 정말 죄송합니다. 돈은 다시 가져가 주시고 대신 제가 바라는 대로 뺨을 한 대 쳐 주십시오. 저는 벌을 받지 않으면 어떤 적선도 받지 않겠다고 맹세했습니다. 나리께서 제 사정을 아시면 뺨 한 대는 제가 받아야 할 벌의 십분의 일도 안 된다고 생각하실 겁니다."

칼리프는 노인이 너무 간절해 보여서, 그리고 갈 길이 바빠서 어쩔 수 없이 노인의 어깨를 툭 쳤습니다. 칼리프가 재차 길을 나서자 장님은 그의 등을 보며 축복을 빌었습니다. 장님에게서 어느 정도 멀어졌을 때 칼리프는 대재상에게 이렇게 말했습니다.

"저 노인에게 독특한 사연이 있는 것 같소. 그에게 가서 내가 누구인지 밝히고 내일 저녁 기도 시간 이후에 궁전으로 찾아오라고 이르시오."

대재상은 다시 다리로 가서 눈먼 거지에게 동전 한 닢을 주고는 뺨을 때렸습니다. 그다음 칼리프의 명령을 전하고 돌아왔습니다.

두 사람은 다시 궁전으로 가는 길에 어느 광장을 지나게 되었습니다. 사람들이 모여서 잘 차려입은 젊은 남자를 구경하고 있었습니다. 그 남자는 말을 타고 전속력으로 달리고 있었습니다. 그런데 말에게 무자비하게 채찍질을 하고 박차를 가하면서 학대하는 것이었습니다. 말은 입에 거품을 물었고 온몸이 피투성이었습니다. 처참한 광경에 놀란 칼리프는 지나가는 사람들을 붙잡고 왜 저러는지 물었습니다. 하지만 아무도 그 이유를 몰랐습니다. 다만 매일 같은 시간에 나와 저런 행태를 벌이고 있다고만 말해 줬습니다.

궁금증을 풀지 못한 채 다시 길을 떠난 칼리프는 대재상에게 저 젊은이도 장님과 같은 시간에 불러오라고 분부했습니다.

다음 날, 저녁 기도 시간이 지나고 칼리프가 궁전의 홀로 들어갔습니다. 대재상은 칼리프가 말했던 두 사람을 데려왔습니다. 그리고 또 한 사람이 있었는데 칼리프는 그를 본 적은 없지만 그에게도 궁금한 점이 있었습니다(세 번째 사람은 밧줄을 만들어 입에 풀칠하며 살던 코지아 하산이라는 가난뱅이인데, 갑자기 부자가 되어 대저택을 짓고 살았다. 칼리프는 궁전으로 돌아오는 길

칼리프 하룬 알 라시드

에 코지아 하산의 대저택을 보고 그가 갑자기 부자가 된 이유가 궁금해졌다. 앤드루 랭의 《천일야화》에서는 이 내용이 자세히 언급되지 않는다-옮긴이). 세 사람은 모두 보좌 앞에 엎드려 절을 했습니다. 칼리프는 그들에게 일어나라고 했고, 먼저 장님에게 이름을 물었습니다.

"폐하, 소인은 바바 압달라라고 합니다."

"바바 압달라, 그대가 어제 구걸하는 행동이 너무 이상해 공공장소에서 그런 행동을 하지 말라고 명령할 뻔했다. 하지만 그대가 특이한 서약을 한 것 같아서 그 동기가 궁금해 궁전으로 불렀다. 내가 직접 이야기를 들어 보고 그대의 행동이 마땅한지 판단하겠다. 혹시라도 다른 사람들에게 나쁜 본보기가 되면 안 되지 않겠느냐. 그러니 나에게 숨기지 말고 모두 이야기해 봐라."

칼리프의 말을 들은 바바 압달라는 마음이 심란해졌습니다. 하지만 결심한 듯 자리에서 일어나 이렇게 대답했습니다.

"신자들의 사령관이시여, 감히 폐하께 아무 말씀도 드리지 않고 그런 행동을 해 달라고 요청을 드렸습니다. 용서해 주십시오. 사람들 눈에는 아무것도 아닐지 모르지만, 저는 그것이 제가 지은 무서운 죄에 대한 약간의 면죄부가 될 것이라 생각합니다. 폐하께서 제 이야기를 들으시면 어떤 형벌로도 그 죄를 씻을 수 없다는 사실을 아시게 될 것입니다."

장님 바바 압달라 이야기

신자들의 사령관이시여, 저는 바그다드에서 태어났습니다. 제가 어릴 때 부모님이 며칠 간격으로 돌아가셨기 때문에 고아가 되고 말았지요. 유산을 조금 물려받았는데, 밤낮으로 일을 해 재산을 늘려서 마침내 낙타 여든 마리를 소유하게 되었습니다. 먼 길을 돌아다니는 대상들에게 낙타를 빌려줘서 큰 수익을 얻었고, 저도 그들과 동행하여 여러 지역을 다녔습니다.

그러던 어느 날, 인도로 보낼 물건을 낙타에 싣고 발소라에 갔다가 돌아오는 길이었습니다. 정오 즈음 저는 낙타에게 먹일 풀이 많은 곳에서 잠시 쉬었다 가기로 했지요. 나무 그늘 아래서 쉬고 있는데, 발소라 쪽으로 향하던 수도사 하나가 제 옆에 앉았습니다. 저는 그에게 어디서 와서 어디로 가는지 물었습니다. 우리는 곧 친구가 되었고 이런저런 이야기를 나눴습니다. 서로 가져온 음식을 꺼내 함께 먹으며 시장기도 달랬지요.

식사를 하던 중 수도사는 이 근처에 숨겨진 보물이 어마어마하다고 말해 줬습니다. 낙타 여든 마리에 가득 실어도 표가 별로 나지 않을 정도로 많다고 했습니다.

놀라운 소식을 듣자 얼마나 욕심이 나던지 저도 모르게 수도사를 꼭 끌어안으며 소리쳤습니다.

"선한 수도사님은 세속의 재물에 관심이 없으신 것 같군요. 그러니 보물이 있는 곳을 알아도 그다지 신경 쓰지 않으실 거고요. 게다가 혼자서 손에 들고 간들 얼마나 가져가겠습니까? 거기가 어딘지 알려 주시면 제가 낙타 여든 마리에 싣고 가져가겠습니다. 보답으로 낙타 한 마리에 실은 보물은 수도사님께 드리지요."

사실 일흔아홉 마리에 실은 보물에 비하면 한 마리에 실은 보물은 얼마 되지 않습니다. 하지만 남의 떡이 커 보인다고, 저에게는 그 한 마리에 실은 보물조차 대단히 커 보였습니다. 탐욕에 사로잡힌 저는 일흔아홉 마리에 실은 제 몫의 보물보다 수도사에게 주기로 한 보물이 더 큰 것 같았습니다.

제 마음을 꿰뚫어 본 수도사는 곧장 화부터 내지 않았습니다. 다만 담담하게 이렇게 말했지요.

"당신의 제안이 부당하다는 것을 본인도 잘 알고 있을 듯합니다. 이 비밀을 저 혼자 간직했을 수도 있었습니다. 하지만 비밀을 밝힌 건 당신을 믿었기 때문이고 이 행운을 함께 누리게 된 대가를 저에게 베풀기를 바랐기 때문입니다. 그러니 그 비밀의 장소를 알려 드리기 전에 먼저 이렇게 약속하시지요. 낙타 여든 마리에 보물을 최대한 가득 싣고 나서 그 절반을 저에게 주는 겁니다. 그리고 각자 가던 길을 그대로 가는 거지요. 이 제안이 공평하다고 생각하지 않으십니까? 당신은 낙타 마흔 마리에 실은 보물을 저에게 주고, 낙타 천 마리를 살 수 있을 만큼의 보물을 얻는 것이니까요."

물론 수도사의 말이 합당하다는 것을 인정하지 않을 수 없었습니다. 그러나 수도사가 저만큼 부자가 된다는 사실은 도저히 용납할 수 없었습니다. 하지만 이 문제로 더 왈가왈부한들 아무 소용이 없었습니다. 수도사의 제안을 받아들여야만 했지요. 그러지 않으면 엄청난 기회를 놓친 걸 평생 후회하며 살아야 하니까요. 저는 곧장 낙타를 모아 수도사와 함께 출발했습니다. 얼마 동안 걷자 협곡이 나타났는데, 입구가 좁아 낙타가 겨우 한 마리씩만 들어갈 수 있었습니다. 입구를 지나자 넓은 공간이 나타났고 협곡을 이루던 두 산이 하나로 합쳐지면서 깎아지른 듯한 절벽을 형성하고 있었습니다. 어느 누구도 오를 수 없을 정도로 가팔랐지요.

절벽 앞에 이르자 수도사는 멈춰 서서 말했습니다.

"낙타들을 모두 이곳에 앉게 하세요. 그래야 짐을 싣기 편합니다. 준비가 다 되면 보물이 있는 곳으로 갑시다."

저는 시킨 대로 낙타들을 모두 제자리에 앉게 하고 수도사에게 갔습니다. 수도사는 마른 나뭇가지를 모아 불을 피우고 있었습니다. 불꽃이 피어오르자 향유를 조금 붓고는 알아들을 수 없는 주문을 중얼중얼 외우기 시작했습니다. 놀랍게도 장작불 위로 두꺼운 연기 기둥이 공중으로 높이 솟아올랐습니다. 그가 연기를 두 갈래로 나누자 그 사이로 기둥처럼 서 있는 바위가 천천히 열리는 모습이 보였습니다. 그 안에서는 화려한 궁전이 나타났습니다.

신자들의 사령관이시여, 저는 눈앞에 보이는 금화에 정신이 팔려 주변에 널려 있는 온갖 보석은 제대로 살펴보지도 못했습니다. 그저 가져온 자루 속에 금화를 담기 바빴습니다.

수도사도 저처럼 보물을 담고 있었는데, 금화보다 더 값진 보석들을 자루 속에 넣었습니다. 그제야 저도 정신을 차리고 수도사처럼 값진 보석들을 담기 시작했지요. 드디어 여든 마리의 낙타에 실을 수 있을 만큼 최대한 많은 보물을 실었습니다. 이제 우리가 낙타를 끌고 떠나는 일만 남았습니다.

수도사가 연기를 가르자 바위 안에서 나타나는 궁전

　그런데 떠나기 전 수도사가 갑자기 금으로 세공된 커다란 꽃병 속에서 작은 나무 상자 하나를 꺼내 왔습니다. 그러더니 옷 속에 넣고 연고가 담겨 있다고만 이야기해 줬습니다. 수도사는 다시 불을 피우고 향유를 뿌리며 알 수 없는 주문을 외워 바위 문을 닫았습니다.

　우리는 보물을 실은 낙타를 절반으로 나눴습니다. 그런 다음 각자 낙타 떼를 이끌고 협곡을 빠져나와 길이 갈리는 대로에 이르렀습니다. 여기서 헤어져 수도사는 발소라로, 저는 바그다드로 향해야 했습니다. 우리는 서로를 끌어안으며 마지막으로 작별 인사를 나눴습니다. 저는 그가 베풀어 준 큰 은혜에 진심으로 감사하다고 말했습니다. 이제 각자의 방향으로 낙타를 몰고 출발했지요.

　바로 그때 질투의 악령이 제 영혼을 사로잡았습니다. 저는 혼잣말로 중얼거렸습니다.

　"수도사라는 사람이 저렇게 많은 재물을 탐해도 되나? 보물이 숨겨진 비밀 장소를 알고 있으니 언제든 원할 때마다 가져갈 수 있잖아?"

　이런 생각이 불쑥 올라오자 저는 낙타 떼를 길가에 잠깐 세운 뒤 수도사를 뒤쫓아 갔습니다. 발걸음이 빨라서 오래지 않아 그를 따라잡을 수 있었습니다.

　"수도사님, 방금 전에 헤어지자마자 갑자기 이런 생각이 들었습니다. 수도사님도 생각지 못했을 것 같은데요. 수도사님은 그동안 세속적인 것에 욕심부리지 않고 오직 선한 일만 하면서 조용하게 살아오시지 않았습니까? 그런 분이 이 많은 재물을 손에 넣게 되었으니 얼마나 부담스러우시겠습니까? 더군다나 지금껏 낙타를 한 번도 다루어 보지 않은 분이 이 고집 센 짐승을 무려 마흔 마리나 끌고 간다는 게 가당키나

하겠습니까? 그러니 서른 마리만 끌고 가셔도 충분할 듯합니다."

"듣고 보니 형제님 말씀도 맞네요."

수도사는 제 말에 무척 잘 수긍했습니다. 이 문제로 싸울 기세는 전혀 보이지 않았지요.

"솔직히 그 문제는 생각지도 못했습니다. 형제님 마음에 드시는 열 마리를 골라서 가져가십시오."

제가 수도사의 낙타 마흔 마리 중 가장 좋은 녀석 열 마리를 고른 후 우리는 다시 헤어져 각자의 길을 갔습니다. 생각보다 일이 술술 풀리자, 저는 처음부터 스무 마리를 달라고 할 걸 하며 후회했습니다. 뒤를 돌아보니 수도사가 멀리 가지 않아서 그 자리에 다시 불러 세웠습니다.

"수도사님이 미처 생각하지 못하신 걸 말씀드리지 않으면 차마 제 발길이 떨어지지 않을 것 같아서요. 낙타 서른 마리를 끌고 가는 건 낙타를 다룬 경험이 풍부한 사람이나 가능합니다. 열 마리를 저에게 주시면 훨씬 홀가분해지시지 않을까요? 저야 한 마리를 끌고 가든 수백 마리를 끌고 가든 아무런 차이도 없지만요."

이번에도 수도사는 별 거리낌 없이 열 마리를 더 가져가라고 했습니다. 이제 스무 마리만 끌고 가게 되었지요. 저에게는 예순 마리가 생긴 셈이니 누가 생각해도 만족스러운 상태가 된 것입니다.

하지만 신자들의 사령관이시여, "많이 가질수록 더 많이 바란다"라는 옛말이 있지 않습니까? 꼭 제 이야기였습니다. 수도사가 낙타를 단 한 마리라도 가지고 있는 꼴을 볼 수 없었습니다. 저는 다시 돌아가 수도사를 끌어안으며 나머지 스무 마리도 달라고 애원했고 이 은혜를 영원히 잊지 않겠다고 약속했습니다. 그러자 수도사가 말했습니다.

"알겠습니다, 형제님. 부디 잘 사용하십시오. 그리고 기억하셔야 합니다. 재물은 자기 자신만을 위해 사용하면 언제 날개를 달고 달아날지 모릅니다. 우리의 도움이 필요한 가난한 이들이 항상 우리 곁에 있다는 사실을 잊으시면 안 됩니다."

제 눈은 이미 탐욕에 가려진 상태였으므로 수도사의 지혜로운 조언은 귀에 들어오지도 않았습니다. 그저 엉뚱한 생각에만 빠져 있었지요. 갑자기 수도사가 옷 속에 숨긴 작은 연고 상자가 생각난 것입니다. 왠지 모르게 그 연고가 다른 모든 보물보다 귀중해 보였습니다. 저는 수도사와 마지막으로 포옹하면서 이렇게 물었습니다.

"그런데 그 연고 상자는 어디에 쓰는 거죠? 보아하니 별것 아닌 것 같은데 필요 없으면 저에게 주시죠. 사실 세속의 삶을 내려놓은 수도사에겐 연고도 필요 없는 물건 아닙니까!"

아, 이때 수도사가 제 요구를 거절했어야 했는데! 그래 봤자 저는 이미 제정신이 아니어서 강제로 빼앗았을 게 분명합니다. 하지만 그는 거절하기는커녕 곧바로 꺼내서 건네주더군요.

"형제님, 받으세요. 그리고 또 원하는 것이 있으면 언제든 말씀하세요."

저는 상자를 받자마자 뚜껑을 열어 봤습니다.

"수도사님께서 이처럼 친절을 베푸시니 하나만 더 여쭤보겠습니다. 이 연고는 대체 어디에 쓰는 겁니까?"

"사실 그 연고는 아주 진기한 물건입니다. 이걸 왼쪽 눈에 조금 바르면 이 세상에 숨겨진 보물을 모두 볼 수 있습니다. 다만 오른쪽 눈에는 바르면 안 됩니다. 오른쪽 눈에 발랐다가는 실명할 수도 있으니까요."

수도사의 말은 제 호기심을 한껏 자극했습니다. 저는 연고 상자를 내밀며 말했습니다.

"연고를 제 눈에 발라 주시겠어요? 나보다는 수도사님이 더 능숙하시겠죠. 정말 잘 보이는지 빨리 확인해 보고 싶군요."

수도사는 연고 상자를 받더니 저에게 왼쪽 눈을 감으라고 했습니다. 그리고 연고를 부드럽게 발랐습니다. 다시 눈을 뜨자 셀 수 없이 많은 종류의 보물들이 제 눈앞에 보였습니다. 다만 오른쪽 눈은 계속 감고 있어서 금방 피로해졌습니다. 저는 수도사에게 오른쪽 눈에도 연고를 발라 달라고 부탁했습니다.

"발라 드리는 거야 어렵지 않습니다. 하지만 아까 드린 말씀 잊지 않으셨겠죠? 오른쪽 눈에 바르면 정말 장님이 됩니다!"

그는 재차 경고했지만 불행히도 저는 수도사가 계속 연고에 관한 진실을 숨기고 있다고 확신했기에, 그의 말을 모두 귓등으로 흘려들었습니다.

"수도사님, 농담도 잘하시네요. 아니, 같은 연고를 바르는데 두 눈에서 서로 다른 효과가 나타난다는 게 말이 됩니까?"

"누차 말씀드리지만 제 말을 믿으시는 게 좋습니다."

하지만 이미 탐욕에 눈이 멀어 버린 저는 수도사의 말 따위는 믿지 않았습니다. 오히려 한쪽 눈으로 숨어 있는 모든 보물을 보게 되었으니, 다른 쪽 눈으로는 그 보물을 차지할 수 있는 방법을 알게 될 것이라 생각했습니다. 그래서 수도사에게 오른쪽 눈에 연고를 발라 달라고 생떼를 썼습니다만, 그는 단호히 거절했습니다.

"형제님은 저에게 큰 복을 선사한 분입니다. 그런데 몹쓸 악역을 맡기십니까? 장님이 된다는 게 무엇인지 아시잖아요. 형제님이 평생 후회

바바 압달라의 오른쪽 눈에 연고를 바르는 수도사

할 일을 억지로 시키지 말라는 뜻입니다.”

그래도 소용없었습니다.

“수도사님, 긴말 필요 없고 제 부탁대로만 해 주십시오. 이제껏 제가 요청하는 바를 모두 잘 들어주시지 않았습니까! 이런 하찮은 일 때문에 지금까지 쌓아 온 좋은 관계를 망치고 싶지 않습니다. 저에게 무슨 일이 일어나도 수도사님을 절대 원망하지 않겠습니다.”

“형제님이 이렇게까지 말씀하시니 더 이상 뭐라 할 말이 없습니다.”

수도사는 깊은 한숨을 내쉬며 말했습니다. 마침내 그는 질끈 감은 제 오른쪽 눈에 연고를 발랐습니다. 눈을 뜨니, 눈앞에는 검은 먹구름이 가득했습니다. 폐하께서 지금 보시는 바와 같이 결국 장님이 되고 만 것입니다!

“이 빌어먹을 수도사 같으니라고!”

저는 저도 모르게 그만 소리를 꽥 지르고 말았습니다.

“당신이 말한 게 사실이었어! 재물을 향한 탐욕이 끝내 나를 파멸의 구렁텅이로 밀어 넣었다고! 아, 눈이 멀고서야 진짜 눈을 뜨게 되었구나. 이 모든 고통의 원인은 바로 나야! 그러나 수도사님, 당신은 너그럽고 자비로우신 분이니 더 많은 비밀을 알고 계시지 않습니까? 당연히 시력을 회복할 수 있는 방법도 알고 계시겠죠?”

“오, 가엾은 형제여. 형제님이 이 지경이 된 건 제 책임이 아닙니다. 마땅히 벌을 받은 것이지요. 마음의 눈이 멀어 육체의 눈까지 멀게 된 것입니다. 그래요, 저는 비밀을 많이 알고 있습니다. 짧은 시간이지만 형제님에게도 비밀을 공유하지 않았습니까. 하지만 형제님의 시력을 회복할 방법은 정말 모릅니다. 형제님은 재물을 받을 자격이 없다는 걸

스스로 증명한 셈이지요. 이제 그 재물은 저를 통해 자신의 행운에 감사할 줄 아는 다른 사람들에게 전해질 것입니다."

수도사는 더 이상 아무 말도 하지 않았습니다. 저도 수치스럽고 혼란스러워 그저 침묵한 채 제자리에 서 있었습니다. 그는 여든 마리의 낙타를 끌고 발소라로 떠나 버렸습니다. 나를 이대로 두고 떠나지 말라고, 최소한 지나가는 상인들에게라도 데려다달라고 애원했지만 들은 척도 하지 않았습니다. 다음 날 그곳을 지나는 상인들이 저를 구해서 바그다드로 데려다주지 않았다면, 저는 아마 그 자리에서 굶어 죽었을지도 모릅니다.

부자였던 저는 한순간에 빈털터리 신세가 되고 말았습니다. 그 이후로 지금까지 구걸하면서 겨우 목숨을 부지하고 있지요. 오로지 제 인생을 망친 탐욕의 죗값을 치르고자 저에게 적선을 해 주는 사람에게 뺨을 한 대씩 맞고 있습니다.

신자들의 사령관이시여, 여기까지가 제 이야기입니다.

장님이 이야기를 마치자 칼리프가 말했습니다.

"바바 압달라, 그대의 죄가 큰 건 사실이지만 지금까지 충분히 고통을 받은 것 같다. 그러니 이제 회개와 고행은 혼자서 하도록 하라. 내가 그대에게 매일 필요한 돈을 하사하도록 하겠다."

칼리프의 말에 바바 압달라는 어쩔 줄 몰라 하며 넙죽 절을 올리고 칼리프의 번영과 행복을 기원했습니다.

장님과 수도사 이야기에 꽤 흡족해진 칼리프 하룬 알 라시드는 이야기가 끝나자 자신의 말을 학대한 청년 쪽을 돌아보며 이름을 물었습니다. 청년은 시디 누만이라고 대답했습니다.

"시디 누만, 나는 지금껏 살아오면서 다친 말을 많이 봤고, 말이 나 때문에 다친 적도 있다. 허나 어제 본 것처럼 그렇게 잔인하게 말을 다루는 경우는 단 한 번도 본 적이 없었지. 지켜보던 사람들도 경악을 금치 못하며 그대를 비난했다. 나도 너무 화가 나서 내 정체를 밝히고 당장 그만두게 하고 싶었다. 하지만 보아하니 그대는 원래 야만적인 사람이 아닌 것 같구나. 나도 그대에게 피치 못할 사정이 있다고 믿고 싶다. 이번이 처음이 아니라 매일같이 채찍질하고 박차를 가했다고 하던데 이 문제의 진실을 알고 싶군. 그러니 하나도 숨기지 말고 그대로 이야기하라."

시디 누만은 칼리프의 말에 당황한 기색이 역력했으나 칼리프의 명령이 떨어졌으니 빠져나갈 도리가 없었습니다. 그는 칼리프의 보좌 앞에 엎드려 절하면서 복종의 뜻을 밝혔습니다. 하지만 도무지 입에서 말이 나오질 않았습니다.

평소 같았으면 즉각 명령을 이행하지 않았다고 역정을 낼 칼리프였으나, 청년의 마음을 꿰뚫어 본 그는 오히려 긴장을 풀어 줬습니다.

"시디 누만, 나를 칼리프라 생각하지 말고 자네 이야기를 듣고 싶어 하는 친구라고 생각하게. 이야기 중에 내 기분을 거스를 만한 내용이 있을까 걱정되는가? 두려워하지 말게. 다 용서해 줄 테니까. 그러니 마음 놓고 숨김없이 이야기해 보게."

칼리프의 호의에 안심한 시디 누만은 마침내 이야기를 시작했습니다.

"신자들의 사령관이시여, 지엄하신 폐하의 옥좌 앞에 서게 되어 두

렵고 떨립니다. 그러나 폐하가 만족하실 수 있도록 최선을 다하겠습니다. 저는 결코 완벽한 사람이 아니지만, 그렇다고 원래 잔인한 사람이거나 불법을 저지르기 좋아하는 사람도 아닙니다. 제가 말을 다루는 방식이 폐하께서 언짢아하시고 다른 사람도 비난할 수 있는 방식임을 인정합니다. 하지만 아무런 이유 없이 그런 것은 아닙니다. 저는 제가 벌을 받기보다 동정을 받아야 마땅하다고 생각합니다."

시디 누만 이야기

신자들의 사령관이시여, 제 출생에 관해서는 이야기하지 않겠습니다. 폐하의 관심을 끌 만한 출신도 아니니까요. 제 선조들은 근면 성실한 분들이었고 제가 안정적으로 살아갈 만큼 충분한 유산을 물려주셨습니다.

덕분에 행복한 삶을 누렸지만 한 가지 채워지지 않은 것이 있었으니, 바로 제가 사랑할 아내였습니다. 하지만 그런 행운이 찾아올 팔자는 아니었나 봅니다. 신부는 결혼한 첫날부터 제 인내심을 시험하기 시작했습니다.

폐하께서도 잘 아시다시피 우리 문화권에서는 평생 함께 살아가야 할 배우자의 얼굴도 미리 보지 못한 채 결혼식을 치러야 합니다. 당연히 신랑은 신부가 절대적으로 혐오스럽거나 큰 불구가 아니라면 거절할 수 없지요. 가벼운 신체적 결함이 있더라도 앞으로 착한 성격과 좋은 행실이 결함을 덮을 것이라고 생각해야 합니다.

　결혼식을 치르고 제 집으로 온 아내의 얼굴을 처음 본 순간 저는 그녀의 미모에 넋이 나갔습니다. 사람들이 아내의 미모를 칭찬한 게 결코 거짓이 아니었다는 사실을 새삼 깨닫게 되었습니다. 전 행복한 나날을 꿈꾸며 기분 좋게 결혼 생활을 시작했습니다.

　다음 날 풍성하게 차린 저녁상이 올라왔는데, 아내는 좀처럼 모습을 보이지 않았습니다. 저는 하인에게 아내를 불러오라고 했습니다. 그래도 곧 나타나지 않아 한참을 기다려야 했습니다. 마침내 그녀는 방으로 들어와 자리에 앉았습니다. 저희 앞에는 쌀밥이 놓여 있었지요.

　저는 평소처럼 숟가락으로 밥을 떠먹었습니다. 그러다 아내의 기이한 행동에 까무러칠 뻔했습니다. 아내가 주머니에 있던 작은 통에 귀이개처럼 생긴 도구를 꺼내더니 밥을 한 알씩 떠서 입에 넣었기 때문입니다.

　저는 놀라서 소리쳤습니다.

　"아미나, 예전에 처가에서도 밥을 이렇게 먹었소? 원래 식욕이 그렇게 없는 것이오? 아니면 정해진 양만큼 먹으려고 밥알을 세는 것이오? 음식을 절약하려는 것이라면, 그래서 나에게 낭비하지 말라고 가르치려는 것이라면 크게 걱정할 필요는 없소. 밥을 숟가락으로 떠먹는다고 해서 우리 집안이 망하지는 않을 테니까! 삼시 세끼 밥 먹고 살 수 있을 정도의 여유는 있으니, 아미나, 제발 걱정하지 말고 나처럼 마음껏 식사를 하시오!"

　이렇게 친절하게 충고했다면 대답이 있어야 하지 않겠습니까? 그런데 아미나는 말없이 계속 밥알만 세고 있었습니다. 오히려 밥알 뜨는 속도가 더 느려졌습니다. 다른 음식에는 손도 대지 않고 이따금 빵 부스러기만 입에 넣을 정도였습니다. 참새도 모이를 그렇게 먹지는 않을 것입니다.

저는 아내의 고집스러운 행동에 화가 났지만 최대한 이해하려고 노력했습니다. 다른 남자들과 밥을 먹어 보지 않았다고 생각했지요. 어쩌면 가족들이 남편 앞에서는 조신해야 한다고 미리 신부 교육을 시켜서 그러는 것인지도 모른다고 여겼습니다. 이미 저녁을 먹었거나 나중에 따로 자기 방에서 먹을 수도 있으니 더 이상 신경 쓰지 않고 식당을 떠났습니다. 하지만 아내의 이상한 행동에 은근히 화가 났습니다.

그다음 날 식사 시간에도 마찬가지였습니다. 빵 부스러기 몇 점과 밥 알 몇 개로 살아갈 수 있는 여자는 세상에 없으므로, 저는 아내가 언제 어떻게 몰래 식사를 하는지 알아보기로 했습니다. 그녀의 행동엔 신경 쓰지 않는 척했습니다. 저에게 조금씩 익숙해져 친밀해지면 이상한 행동도 하지 않을 것이라고 기대하면서 말이지요.

그러던 어느 날 밤, 저는 잠들지 않은 채 눈을 감고 있었습니다. 그런데 아미나가 조심히 일어나더니 소리 나지 않게 옷을 입는 것이었습니다. 그녀가 무엇을 하려는지 전혀 예상할 수 없었습니다. 너무 궁금한 나머지 아내를 미행해 보기로 했습니다. 그녀는 옷을 다 입고 방을 살그머니 빠져나갔습니다.

아내가 방을 나가자마자 저도 옷을 걸치고 신발을 신었습니다. 그녀가 대문을 살짝 열어 놓고 집 밖으로 나가는 것이 창문을 통해 보였습니다.

달이 밝아 아내를 쉽게 따라갈 수 있었습니다. 아내는 집에서 멀리 떨어진 어느 공동묘지로 들어갔습니다. 저는 공동묘지 담벼락 뒤에 숨어 몰래 아내를 지켜봤습니다. 그리고 소스라치게 놀랐습니다. 제 아내가 시신을 먹는 '굴'이라는 악귀와 함께 있지 뭡니까! 폐하께서도 굴의 존재를 아실 것입니다. 폐허가 된 건물에 숨어 있다가 그 앞을 지나가는 사람을 덮쳐서 잡아먹는 악귀 말입니다. 악귀는 지나가는 사람이 없으면 공동묘지로 가서 시신을 꺼내 먹기도 합니다.

저는 아내가 그 흉측한 여자 악귀와 함께 있는 걸 보고 충격과 공포에 사로잡혔습니다. 그들은 제가 지켜보고 있다는 사실을 까맣게 모른 채 바로 그날 장사 지낸 시신을 파내기 시작했습니다. 그러고는 무덤 한쪽에서 끔찍한 만찬을 즐겼습니다. 뭔가 대화도 나누는 듯했는데, 너무 멀어서 내용까지는 듣지 못했습니다. 식사를 마친 그들은 시신을 다시 무덤 속에 넣고 흙을 덮었습니다. 저는 들키지 않으려고 재빨리 집으로 돌아왔지요. 대문은 아까처럼 살짝 열어 놓고 잠자리로 돌아와 자는 척했습니다.

머지않아 아미나도 살그머니 방으로 들어와 외출복을 벗고 침대에 누웠습니다. 간밤에 만찬을 즐긴 스스로에게 만족하면서 흐뭇한 미소를 지었을지도 모르지요.

아까 본 소름 끼치는 장면이 머릿속에서 가시지 않아 좀처럼 잠들지 못했습니다. 날이 새고 아침 기도 시간을 알리는 종소리가 울리자 저는 옷을 입고 모스크로 향했습니다. 하지만 아무리 기도를 해도 마음이 진정되지 않았습니다. 앞으로 어떻게 할지 결심하기 전까지는 아내 얼굴을 쳐다볼 수 없을 것만 같았습니다. 그래서 아침엔 집에도 들어가지 않고 이리저리 돌아다니며 아내가 그 끔찍한 습관을 포기하게 만들 방법을 여러 가지로 강구했습니다. 강제로 제 뜻에 복종시킬 수도 있었지만, 아내에게 그렇게까지 하고 싶지는 않았습니다. 아무래도 대화를 통해 잘 타이르는 것이 성공의 지름길이라는 생각이 들었지요. 마음이 좀 진정되자 저는 집으로 발길을 옮겼습니다. 집에 도착했을 때는 저녁 시간이었습니다.

제가 집으로 돌아오자 아내는 하인들에게 식사를 차리게 했고, 저희 두 사람은 식탁 앞에 마주 앉았습니다. 이번에도 그녀는 밥알을 하나씩 뜨고 있었습니다. 저는 바로 지금 제 마음속 이야기를 털어놓기로 했습니다. 최대한 담담한 어조로 말했습니다.

"아미나, 결혼식 다음 날 식사 시간에 밥알 몇 개밖에 먹지 않는 당신을 보고 내가 얼마나 당황했는지 알 거라 생각하오. 보통 남편들은 아내의 그런 행동을 보면 당연히 충격을 받을 것이오. 그런데 나는 당신에게 화를 내는 대신 다른 요리를 준비해 식욕을 되찾게 해 주고 싶었소. 하지만 모두 소용없었지. 아무리 그래도 아미나, 식탁 위에 있는 음식 중에는 사람 고기만큼 먹을 만한 것도 있지 않소?"

아미나는 제가 공동묘지까지 따라왔다는 사실을 눈치채고 말할 수 없는 분노에 사로잡혔습니다. 그녀의 얼굴은 붉으락푸르락해졌고, 두 눈은 튀어나올 듯이 커졌으며, 입에는 거품이 가득 일었습니다.

저는 섬뜩한 아내의 모습을 보면서 그녀가 무슨 일을 벌일지 몰라 공포에 떨었습니다. 아내는 물병 속에 손을 담그고 알 수 없는 주문을 외웠습니다. 그러더니 제 얼굴에 물을 뿌리며 광기 어린 목소리로 외쳤습니다.

"비열한 자식, 남의 모습을 몰래 훔쳐봤으니 그 대가로 개가 되어라!"

아내의 입에서 이런 말이 나오기 전까지는 어떤 변화도 느끼지 못하다가, 갑자기 제 자신이 더 이상 사람이 아니라는 걸 알게 되었습니다. 그제야 아미나가 마녀라는 사실을 깨달은 저는 충격과 공포로 한동안 도망갈 생각도 하지 못했습니다. 그 사이 그녀는 몽둥이를 들고 저를 때리기 시작했습니다. 얼마나 세게 후려치던지 제가 즉사하지 않은 게 신기할 정도였습니다. 몽둥이질 때문에 오히려 정신을 차린 저는 마당 쪽으로 도망쳤습니다. 계속 미친 듯이 저를 쫓아오는 아미나를 재빨리 피하는 게 쉽지 않았습니다. 그런데 그녀는 결국 지친 건지, 아니면 다른 방법으로 저를 죽일 생각이었는지 바깥으로 나가는 대문을 살짝 열어 놓았습니다. 문 사이로 나갈 때 문을 쾅 닫아 저를 죽일 셈이었던 것 같습니다. 저는 비록 개의 몸이었지만 아미나의 흉계를 간파하고 그녀가 방심한 틈을 타 문 사이로 빠져나갔습니다. 하지만 아미나가 뒤늦게 문을 쾅 닫는 바람에 꼬리 끝이 문 사이에 눌리고 말았습니다.

몸은 무사히 빠져나왔지만 꼬리가 너무 아파 길거리에서 울부짖을 수밖에 없었습니다. 그랬더니 다른 개들이 몰려와 다짜고짜 저를 공격하는 게 아니겠습니까! 당황한 저는 개들의 공격을 피해 어느 상점으로 도망쳤습니다. 그곳은 양의 머리와 혀 등을 파는 푸줏간이었지요.

처음에 푸줏간 주인은 제가 불쌍했는지 저를 추격해 온 다른 개들을 쫓아내 줬습니다. 그 사이에 저는 푸줏간 구석에 몸을 웅크려 숨었습니다. 하지만 잠시 몸을 피했을 뿐 이곳도 제가 오래 머물 곳은 아니었습니다. 푸줏간 주인은 개와 스치기만 해도 비위생적이라며 몸을 씻는 부류의 사람이었던 겁니다. 개들이 물러나자 그는 저를 거리로 쫓아내려고 했습니다. 그러나 저는 끝내 구석에서 나오지 않고 그날 밤 거기서 잠을 청하며 상처투성이가 된 몸을 추슬렀습니다.

꽃

개로 변한 남편을 죽일 생각으로
문을 여는 아미나

　몸이 개로 바뀌어 슬프고 우울했던 그날 밤의 심정은, 폐하께서 지루해하실 테니 굳이 말씀드리지 않겠습니다. 하지만 다음 날 일어난 이야기는 꽤 흥미로워하실 것 같습니다. 다음 날 푸줏간 주인은 아침 일찍 그날 판매할 양의 머리와 혀, 다리 등을 구입해서 돌아왔습니다. 동네 개들이 고기 냄새를 맡고 푸줏간 문 앞에 몰려와 고기 몇 점을 구걸했습니다. 저도 구석에서 나와 개들 틈에 끼었지요.

　푸줏간 주인은 개를 불결하다며 싫어했지만 그래도 마음씨는 좋은 사람이었습니다. 제가 어제부터 아무것도 먹지 못한 걸 알았던 그는 다른 녀석들에게 준 것보다 더 큰 고깃덩어리를 저에게 던져 줬습니다. 저는 식사를 마치고 다시 가게 안으로 들어가려 했는데, 이번엔 푸줏간 주인이 두꺼운 막대기를 들고 완강히 막아섰습니다. 어쩔 수 없이 다른 보금자리를 찾아야만 했지요.

　푸줏간에서 몇 걸음 떨어진 곳에는 빵집이 있었습니다. 빵집 주인은 활달하고 명랑한 사람이었습니다. 제가 찾아갔을 때 마침 그는 아침을 먹고 있었는데, 제가 배고프다는 시늉을 하지 않았는데도 빵 한 조각을 곧바로 던져 줬습니다. 저는 다른 개들처럼 게걸스럽게 빵을 먹어 치우는 대신, 감사의 의미로 빵집 주인에게 고개 숙여 인사하고 꼬리를 흔들었습니다. 그도 제 뜻을 알아보고는 방긋 웃었습니다. 배가 불렀던 저는 빵을 전혀 먹고 싶지 않았지만 거절하는 건 예의가 아니라 생각해 천천히 빵을 먹었습니다. 빵집 주인이 제 생각을 알아주길 바라는 마음도 있었지요. 그는 이를 눈치채고 제가 빵집 근처에 머무르는 걸 허락했습니다. 그래서 저는 문 쪽을 바라보고 앉았습니다. 필요한 건 오직 주인의 보호뿐이라는 점을 암시하는 자세였지요. 주인은 제가 가게 안으로 들

어오도록 허락해 줬습니다. 게다가 아무도 드나들지 않는 한쪽 구석에
제가 잠을 잘 수 있는 자리도 마련해 줬지요.

이 마음씨 좋은 빵집 주인은 제가 기대했던 것 이상으로 친절을 베풀
었습니다. 늘 다정다감했고 자기가 아침, 점심, 저녁을 먹을 때마다 항
상 먹을 것을 챙겨 줬습니다. 감사한 마음에 저도 충성을 다했습니다.
늘 주인에게 시선을 고정한 채 앉아 있었지요. 주인도 외출할 때면 늘
저를 데리고 다녔습니다. 만약 자기가 외출 준비를 하는데도 제가 잠들
어 있으면 오히려 "루퍼스, 루퍼스!"라고 부르며 저를 깨우기도 했습니
다. 루퍼스는 주인이 제게 붙여 준 이름입니다.

그렇게 몇 주가 지난 어느 날, 한 여인이 빵을 사러 가게에 왔습니다.
여인은 빵값을 지불하려고 동전을 몇 개 꺼냈는데, 가짜 동전도 섞여 있
었습니다. 빵집 주인은 가짜 동전을 집어 들고 여인에게 다른 것으로 바
꿔 달라고 요구했습니다. 하지만 여인은 진짜 동전이라며 바꿔 줄 생각
을 하지 않았습니다. 화가 난 주인이 결국 언성을 높였습니다.

"이봐요, 이건 누가 봐도 가짜 동전이잖아요? 우리 집 개도 이 동전
은 안 받아요! 루퍼스, 이리 와 봐."

저는 주인의 목소리를 듣자마자 계산대로 뛰어올라갔습니다. 그가
제 앞에 동전을 몇 개 놓고 가짜 동전을 찾아보라고 했습니다. 저는 동
전을 하나씩 살펴본 뒤에 앞발로 가짜 동전을 가리키며 주인을 쳐다봤
습니다.

사실 빵집 주인은 장난삼아 해 본 일이었기에, 생각지도 못한 저의
영리함에 무척 놀랐습니다. 결국 여인은 주인의 말을 믿고 다른 동전으
로 바꿔 줬습니다. 여인이 가게를 떠나자 주인은 신이 나서 제가 한 일

을 동네방네 소문냈습니다.

이웃들은 당연히 그의 이야기를 믿지 못했습니다. 그래서 저는 사람들 앞에서 여러 번 재주를 보였습니다. 물론 한 번도 실패하지 않았습니다.

빵집은 곧 빵을 사는 척하면서 제가 정말 소문대로 영리한지 확인해 보려고 찾아온 사람들로 아침부터 밤까지 북새통을 이루었습니다. 덕분에 빵은 날개 돋친 듯 팔렸습니다. 저는 주인에게 넝쿨째 굴러들어온 복덩이나 마찬가지였습니다.

빵집 주인이 갑자기 떼부자가 된 걸 부러워하는 사람들도 많았습니다. 당연히 저를 훔쳐 가려는 사람도 많았지요. 주인은 저에게서 한시도 눈을 떼지 않았습니다. 그러던 어느 날, 처음 보는 여인이 가게에 들어와 다른 사람들처럼 빵을 샀습니다. 늘 그렇듯 저는 계산대에 앉아 있었고, 여인은 가짜가 하나 섞인 동전 여섯 개를 내밀었습니다. 제가 앞발을 내밀어 가짜 동전을 찾아내자 여인은 놀라워했습니다.

"그래, 맞았어. 이게 가짜 동전이야."

그녀는 저를 유심히 쳐다보더니 빵값을 지불하고 가게를 떠나면서 은밀히 저에게 따라오라는 신호를 보냈습니다.

저는 늘 마법에서 벗어날 방법만 궁리하고 있었던 터라, 문득 이 여인이 저를 저주에서 해방시켜 줄 수 있을 것 같다는 생각을 했습니다. 하지만 여인을 쳐다볼 뿐 꼼짝 않고 있었습니다. 여인은 몇 걸음 가다가 멈추더니 돌아서서 다시 저에게 손짓했습니다.

빵집 주인이 화덕 앞에서 일하느라 정신없는 사이, 저는 살그머니 여인을 따라 나갔습니다.

얼마 떨어진 거리에 있는 그녀의 집에 도착하자 여인이 문을 열며 말했습니다.

"얼른 들어오렴. 날 따라온 걸 후회하진 않을 거야."

제가 들어가니 여인은 문을 잠그고 저를 큰 방으로 데려갔습니다. 방 안에는 어여쁜 소녀가 자수를 놓고 있었습니다. 저를 데려온 여인이 소녀에게 말했습니다.

"우리 딸, 엄마가 가짜 동전을 골라낸다는 그 유명한 빵집의 개를 데려왔단다. 처음에 내가 이 개에 대한 이야기를 들었을 때 원래는 분명 사람이었는데 마법 때문에 개로 변했을 거라고 말했었지? 오늘 빵집에 가서 정말 가짜 동전을 골라내는지 직접 확인하고, 이렇게 개를 데려왔어. 넌 어떻게 생각하니?"

"엄마 말씀이 맞아요."

소녀는 물이 담긴 꽃병 속에 손을 넣었습니다. 그러고는 저에게 물을 뿌리며 이렇게 말했습니다.

"원래 개로 태어났다면 그대로 개로 남아 있어라. 하지만 사람으로 태어났다면 이 물의 능력으로 본래의 모습이 되어라."

그 순간 마법이 풀렸습니다. 개의 형상은 온데간데없이 인간의 모습으로 돌아왔습니다. 저를 구해 준 소녀에게 너무 고마워 넙죽 엎드려 그녀의 옷에 입을 맞췄습니다.

"이 낯선 사람에게 크나큰 호의를 베푸시니 어떻게 감사해야 할지 모르겠습니다. 제가 어떻게 하면 될까요? 앞으로 당신의 종이 되겠습니다. 알아서 처분해 주십시오."

저는 소녀에게 제가 개로 변하게 된 사연을 모두 들려줬고, 소녀의 어머니가 저를 데리고 와 줘서 진심으로 감사하다는 말로 이야기를 마쳤습니다. 그러자 여인의 딸이 이렇게 말했습니다.

"시디 누만 님, 저희에게 보답해야 한다는 부담은 가지지 않으셔도 됩니다. 저희는 도움을 드릴 수 있어서 충분히 기쁩니다. 사실 저는 당신의 아내 아미나를 오래전부터 알고 있었어요. 아미나는 저와 같은 스승 밑에서 마법을 배운 마법사거든요. 가끔 공중목욕탕에서 만나기도 했는데, 우리는 서로를 별로 좋아하지 않아 친구가 될 일은 없었지요. 그나저나 당신의 마법을 풀어 준 것으로 충분치 않다고 생각합니다. 아미나는 자신이 벌인 사악한 짓에 대한 벌을 받아 마땅해요. 곧 돌아올 테니 어머니와 잠시 함께 계세요."

여인의 딸은 밖으로 나갔습니다. 그동안 저는 여인에게 다시 한 번 깊은 감사의 인사를 전했습니다. 그러자 여인이 말했습니다.

"보셔서 알겠지만 제 딸은 아미나만큼이나 뛰어난 마법사입니다. 딸아이가 마법을 통해 베푸는 선행은 놀랍도록 많습니다. 그래서 저는 딸아이의 일에 간섭하지 않죠. 물론 마법을 악용했다면 진작부터 막았을 거예요."

그때 여인의 딸이 손에 작은 병을 들고 다시 방에 들어왔습니다.

"시디 누만 님, 마법을 통해 알아보니 아미나는 지금 집에 없지만 곧 돌아온다고 하네요. 그리고 하인들 앞에서 당신이 없어져 몹시 걱정하는 척 연기를 하고 있대요. 없던 이야기도 만들어 냈다고 하는군요. 함께 식사를 하고 있는데 당신이 중요한 용무가 있어 급히 나갔다고 했다는 거예요. 나가면서 대문을 닫지 않았는데, 그사이에 개 한 마리가 들어와 막대기로 쫓아냈다고 했답니다. 자, 얼른 집으로 돌아가서 아미나를 기다리세요. 아미나가 돌아오면 당신을 보고 놀라서 도망칠 거예요. 그때 이 병 속의 물을 뿌리면서 이렇게 말하세요. '너의 죗값을 받아라!' 이것이 제가 당신에게 해 줄 수 있는 마지막 일입니다."

그 후 모든 일이 정확히 소녀 마법사의 예언대로 이루어졌습니다. 제가 집에 도착한 지 얼마 되지 않아 아미나가 돌아왔고, 저는 아미나 앞에 나타났습니다. 아미나는 비명을 지르며 문 쪽으로 달아나려 했지만 너무 늦었습니다. 이미 그녀의 얼굴에 물을 뿌리고 주문을 외웠기 때문이지요. 아미나는 마법에 걸려 말로 변했습니다. 어제 제가 때리던 그 말입니다.

신자들의 사령관이시여, 여기까지가 제 이야기입니다. 감히 바라건대, 폐하께서는 제 사연을 들으셨으니 제가 이 사악한 여인에게 너무 가혹하게 대한다고 생각하지 않으셨으면 좋겠습니다.

조용히 이야기를 듣던 칼리프가 입을 열었습니다.

"시디 누만, 그대의 이야기는 참으로 기이하다. 그대의 아내는 결코 용서받을 수 없지만 그대가 굳이 벌을 가하지 않아도 짐승이 된 것만으로 충분히 고통스러워할 것이다. 따라서 나는 지금 상태로 내버려 두는 것도 괜찮다고 생각한다. 단, 소녀 마법사에게 마법을 풀어 주라고 명령하지는 않겠다. 그대 아내와 같은 악한들은 절대 악행을 멈추지 않는다는 것을 잘 알고 있기 때문이다. 마법에서 풀려나면 그대에게 전보다 더 잔인하게 복수할지도 모르는 일 아닌가."

바그다드 상인
알리 코지아 이야기

칼리프 하룬 알 라시드가 통치하던 시절, 알리 코지아라는 바그다드 상인이 살았습니다. 그는 아내도 자식도 없이 손수 장사를 해서 번 돈으로 지냈습니다. 아버지가 물려준 집에서 그럭저럭 만족하면서 살고 있었지요. 그러던 중 사흘 밤을 연이어 똑같은 꿈을 꾸게 되었습니다. 한 노인이 나타나 그가 이슬람교도로서 메카 순례를 너무 오랫동안 미루고 있다며 책망하는 꿈이었습니다.

알리 코지아는 꿈을 꾼 뒤에도 마음이 내키지 않았습니다. 순례를 떠나려면 가게 문을 닫아야 하는데, 그러자니 그동안 찾아오는 손님들을 다 잃기 때문이지요. 그는 잠시 눈을 감고 순례 길에 무엇이 필요한지 생각해 봤습니다. 사실 지금까진 선행을 많이 베푸는 것으로 성지순례의 의무를 대신하고 있었지만, 꿈에서 직접적으로 경고를 받고 난 뒤로는 더 이상 순례를 미룰 수 없었습니다.

알리 코지아가 가장 먼저 한 일은 가게에 있던 가구와 물건을 처분하는 것이었습니다. 메카에 가져가서 팔 수 있는 일부 물품은 남겨 놓았습니다. 가게도 팔았고 집은 세입자를 찾아 임대했습니다. 하지만 한 가지 해결하지 못한 일이 있었습니다. 떠나기 전, 금화 1000닢을 안전하게 보관해 둘 곳이 마땅치 않았던 것입니다.

알리 코지아는 궁리 끝에 묘책을 하나 생각해 냈습니다. 큰 항아리 속에 금화를 넣고 그 위를 올리브로 덮은 것입니다. 그런 다음 뚜껑을 단단히 봉하고 친구인 어느 상인에게 가져가 이렇게 말했습니다.

"여보게, 자네도 알겠지만 내가 성지순례를 떠나기로 했네. 며칠 후 메카로 가는 대상에 합류할 생각이네. 그래서 부탁이 있어 왔네. 혹시 내가 다시 돌아올 때까지 이 올리브 항아리를 맡아 줄 수 있겠는가?"

친구는 선뜻 대답했습니다.

"자, 우리 집 창고 열쇠네. 자네가 직접 가서 창고 문을 열고, 놓고 싶은 곳에 두게. 자네가 다시 돌아올 때까지 그대로 놔두겠네."

며칠 후 알리 코지아는 낙타에 물건을 싣고 자신도 올라탔습니다. 대상에 합류해 무사히 메카에 도착한 그는 다른 순례자처럼 신성한 모스크에 방문해서 종교 의식을 모두 치렀습니다. 그 뒤, 길 한쪽에 바그다드에서 가져온 물건들을 행인들이 볼 수 있도록 펼쳐 놓았습니다.

머지않아 지나가던 두 상인이 멈춰 서서 물건을 구경했습니다. 그런데 한 상인이 다른 상인에게 이렇게 말하는 것이었습니다.

"이 물건들을 카이로에서 팔면 여기서보다 더 큰 이윤을 남길지도 몰라."

이 말을 엿들은 알리 코지아는 당장 저 상인의 말대로 해야겠다고 생각했습니다. 물건들을 다시 챙겨 바그다드로 돌아가지 않고 카이로로 향하는 대상에 끼었습니다. 여행의 결과는 꽤 만족스러웠습니다. 물건

상인들의 대화를 엿듣는 알리 코지아

을 거의 다 팔아 큰 이윤을 남겼고, 얻은 수익으로 이집트의 진귀한 물품들을 구매했습니다. 다마스쿠스*로 가서 판매할 작정이었지요. 대상 무리가 다마스쿠스로 출발할 때까지는 아직 6주나 남아 있었습니다. 덕분에 알리 코지아는 피라미드를 비롯해 나일강 유역의 여러 도시를 여행하는 행운을 누렸습니다.

이집트 여행을 마치고 다마스쿠스에 도착한 그는 이 도시의 매력에 흠뻑 빠지고 말았습니다. 좀처럼 발이 떨어지지 않아 오랫동안 도시에 머물렀습니다. 하지만 자기 집이 바그다드에 있다는 사실을 잊지 않고 다시 발길을 돌려 알레포(시리아 북부에 있는 도시)로 갔습니다. 그 후 유프라테스강을 건너 티그리스강을 타고 내려갔지요.

그렇게 모술에 도착했을 때, 알리는 페르시아 상인들과 친해졌습니다. 그들은 알리에게 페르시아로 가서 물건을 팔고 인도까지 같이 가자고 했지요. 그길로 돌아다니다 보니 바그다드를 떠난 지 어느덧 7년이 되었습니다. 그 세월 동안 알리 코지아의 올리브 항아리를 맡아 준 친구는 알리뿐 아니라 항아리의 존재도 잊고 살았습니다. 그러다 알리 코지아가 바그다드로 돌아오기 한 달 전쯤 어느 날, 친구 상인의 아내가 저녁 식사를 하다가 난데없이 올리브를 먹고 싶다고 했습니다. 그러자 남편이 말했습니다.

"당신이 그 이야기를 하니 생각나는 게 있구려. 한 7년 전쯤에 알리 코지아가 메카로 떠나면서 나에게 올리브 항아리를 맡겨 두었소. 그런데 지금까지 돌아오지 못한 걸 보면 죽은 게 틀림없소. 그러니 우리가 그

* 시리아의 수도. 시리아 사막 중앙부에 있는 오아시스에 자리 잡고 있다. 대상들의 교통로가 교차하는 육상 교역의 요충지였다.

올리브를 먹지 못할 이유는 없지. 등불을 좀 줘요. 맛볼 만큼만 가져오겠소.”

“여보, 제발 그런 비열한 짓은 하지 마세요! 7년 동안 아무 소식이 없다고 해서 죽었다고 볼 순 없잖아요. 그가 언제 돌아올지도 모르는 거고요. 신뢰를 저버리고 항아리 뚜껑을 열었다고 실토하는 게 얼마나 부끄러운 일이에요! 올리브를 먹고 싶다고 한 건 신경 쓰지 마세요. 지금은 전혀 먹고 싶지 않으니까요. 게다가 오랜 시간이 지났는데 올리브가 멀쩡하겠어요? 알리 코지아가 돌아오면 약속을 어긴 당신을 어떻게 생각하겠어요? 제발 부탁이니, 그만 포기하세요.”

하지만 상인은 등불과 쟁반을 챙겨 창고로 갔습니다. 아내의 충고는 들을 생각도 하지 않았습니다. 아내는 남편의 뒤통수에 대고 잔소리를 퍼부었습니다.

“당신이 계속 고집을 부린다면 어쩔 수 없지만, 나중에 상황이 나빠져도 날 탓하지 마세요!”

상인이 항아리 뚜껑을 열어 안을 보니, 맨 위에 있는 올리브들은 이미 썩어 있었습니다. 그는 아래에 있는 올리브들의 상태가 어떤지 확인해 보려고 항아리를 흔들어 쟁반 위에 내용물을 조금 쏟아 봤습니다. 그런데 이게 웬걸, 금화 몇 닢이 땡그랑 소리를 내며 떨어지는 것이었습니다.

동전이 보이자 욕심이 나기 시작한 상인은 항아리 안을 유심히 살펴봤습니다. 금화가 가득 차 있었습니다. 그는 쏟아 놓은 올리브를 다시 항아리 속에 넣고 아내에게 돌아왔습니다.

“여보, 당신 말이 맞소. 올리브는 모두 썩었소. 뚜껑을 다시 감쪽같이 봉했으니 알리 코지아도 항아리를 만졌다는 사실을 전혀 알 수 없

)

올리브 항아리에서 떨어지는 금화들

을 거요."

"그러니까 애초에 내 말을 믿었더라면 좀 좋았겠어요. 괜히 이 일 때문에 문제가 생기지 않길 바랄 뿐이에요."

하지만 상인은 이번에도 아내의 말을 귓등으로 흘려들었습니다. 이날 밤 그는 알리 코지아가 돌아왔을 때 금화를 빼돌리고 항아리를 돌려줄 묘책을 궁리하느라 한숨도 자지 못했습니다.

다음 날엔 아침 일찍 시장에 가서 싱싱한 새 올리브를 사 왔습니다. 항아리 속에 있는 썩은 올리브와 금화를 모두 빼내고 그 안에 새 올리브를 채웠지요. 항아리 뚜껑을 다시 봉하고 원래 알리 코지아가 두었던 자리에 그대로 가져다 놓았습니다.

한 달 후, 알리 코지아가 바그다드로 돌아왔습니다. 자기 집에 아직 세입자가 살고 있어 잠시 여관에 머물기로 했지요. 그는 바그다드에 도착한 다음 날 친구를 찾아갔습니다. 상인은 두 팔 벌려 반가운 척 알리를 맞이했습니다. 서로 이런저런 안부 인사를 나눴지요. 알리 코지아는 상인에게 항아리를 맡아 줘서 고맙다며 다시 돌려달라고 했습니다.

"오, 물론이지. 내가 자네에게 도움이 되어서 정말 기쁘다네. 여기 창고 열쇠를 줄 테니 자네가 두었던 자리에서 바로 가져오게."

알리는 항아리를 가지고 여관방으로 돌아왔습니다. 방에 들어서자마자 항아리를 열고 손을 넣어 휘저어 봤습니다. 그런데 있어야 할 금화가 손에 닿지 않았습니다! 그래서 쟁반 위에 항아리 속 내용물을 모두 부었습니다. 아뿔싸, 금화가 없었습니다! 눈앞이 캄캄해진 알리 코지아는 머리를 부여잡으며 소리쳤습니다.

"설마 나의 오랜 친구가 그런 몹쓸 짓을 했으려고?!"

그는 헐레벌떡 상인의 집을 찾아갔습니다.

"여보게 친구, 갑자기 다시 돌아와서 놀랐지? 그런데 말이야, 내가 항아리 바닥에 넣어 둔 금화가 없어졌어. 혹시 자네가 장사하는 데 자금이 필요해서 썼을지도 모르겠네. 만약 그랬다면 나는 아무렇지도 않아. 차용증만 하나 써 줄 테니 천천히 갚게나."

이런 반응을 이미 예상했던 상인은 준비한 답변을 꺼냈습니다.

"알리 코지아, 자네가 올리브 항아리를 가져왔을 때 내가 그걸 건드렸었나? 나는 자네에게 창고 열쇠를 주면서 자네가 원하는 곳에 직접 두라고 했네. 그리고 자네는 똑같은 자리에서 항아리를 찾아가지 않았나? 항아리에 금화를 넣어 두었다면 분명히 거기에 있겠지. 나는 전혀 모르는 일일세. 자네는 나에게 항아리에 올리브만 있다고 이야기했었네. 자네가 믿든 말든 나는 항아리에 손가락 하나 대지 않았다네."

알리 코지아는 최대한 상인을 설득해 보려고 했습니다.

"나는 이 문제를 원만하게 해결하길 바라네. 굳이 극단적인 방법을 써서 나중에 후회하고 싶지는 않단 말이야. 다시 한 번, 자네 명예도 생각해 보게. 우리가 법정까지 간다면 이 얼마나 비참한 일이겠는가?"

하지만 상인은 굽히지 않고 대꾸했습니다.

"알리 코지아, 자네는 내 창고에 올리브 항아리를 맡기고 갔네. 그런데 그걸 가져간 다음 다시 와서 금화 1000닢을 내놓으라고 하고 있네! 자네가 언제 항아리 안에 무엇이 들어 있는지 말해 준 적 있는가? 나는 그 안에 진짜로 올리브가 들어 있는지조차도 몰랐네! 올리브를 보여 준 적도 없잖나. 진주나 다이아몬드가 들어 있었다고 우기지 그러나? 제발, 돌아가게. 자네가 소란을 피우니 사람들이 가게 앞으로 몰려들지 않은가!"

두 사람의 목소리가 커지자 행인들이 가게 앞에 멈춰 섰고 이웃 상인들도 와서 싸움을 말려 보려고 했습니다. 하지만 상인이 끝까지 굽히지 않자 알리 코지아는 사람들에게 싸우게 된 원인을 밝히기로 마음먹고 자초지종을 설명했습니다. 사람들은 알리의 이야기를 다 듣더니 상인에게 답변해 보라고 했습니다.

상인은 알리 코지아의 항아리를 창고에 보관했다는 사실은 인정했습니다. 그러나 항아리는 만지지 않았으며, 항아리에 올리브가 들어 있다는 말만 들었다고 주장했습니다. 심지어 그 자리에 있던 모든 사람에게 알리가 자신을 모욕한 것에 대한 법정 증인이 되어 달라고 호소했습니다.

"모욕은 자네가 자초한 일이지 않나?"

알리 코지아는 상인의 팔을 붙잡으며 말을 이었습니다.

"법정 이야기가 나왔으니 법으로 해결하세. 카디(이슬람 세계에서 종교법에 따라 민사나 형사 사건을 관장하는 재판관 - 옮긴이) 앞에 가서도 지금처럼 말할 수 있는지 두고 보겠네."

상인은 독실한 이슬람교도라 신성한 법정에 가자는 제안을 감히 거절할 수 없었습니다. 그는 이렇게 말했습니다.

"아주 잘됐네. 곧 누구의 말이 옳은지 가려지겠군."

이렇게 해서 두 사람은 카디 앞에 가게 되었습니다. 알리 코지아는 다시 한 번 자초지종을 설명했습니다. 카디는 알리 코지아에게 증인이 있냐고 물었습니다. 하지만 알리는 상인이 평소 정직한 친구여서 증인을 굳이 따로 두지 않았다고 대답했지요.

　이번에는 상인이 자신을 변호했습니다. 본인은 금화 1000닢을 훔치지 않았을 뿐만 아니라 항아리에 그런 돈이 있는지조차 몰랐다고 딱 잘라 말했습니다. 카디는 상인에게 그 말이 진실임을 맹세하라고 했고, 그에게 무죄를 선고했습니다.

　어마어마한 돈을 잃게 되어 원통한 알리 코지아는 판결에 이의를 제기하며 칼리프 하룬 알 라시드께 상소하겠다고 선언했습니다. 하지만 카디는 알리 코지아의 항의에 아랑곳하지 않고 그저 자신의 판결에 만족했습니다.

　판결 후 상인은 의기양양하게 집으로 돌아갔지만, 알리 코지아는 여관방으로 돌아와 칼리프에게 바칠 탄원서를 작성했습니다. 다음 날, 그는 칼리프가 정오 기도를 마치고 돌아오는 길목에서 기다리고 있다가 칼리프의 행렬 앞쪽에 있는 관원에게 탄원서를 제출했습니다. 그는 백성들의 탄원서를 수합해 칼리프에게 올리는 업무를 전담하는 사람이었지요.

　하룬 알 라시드는 평소에도 자신이 받은 탄원서들을 꼼꼼히 읽었습니다. 이런 관례를 잘 알고 있던 알리 코지아는 칼리프의 행렬을 따라 궁전 안에 들어가 결과를 기다렸습니다. 얼마 후 관원이 나타나 칼리프가 그의 탄원서를 읽었고 다음 날 아침에 칼리프를 알현해도 된다고 허락하셨다는 소식을 전했습니다. 관원은 상인의 집에도 사람을 보내 궁전에 출석하라고 통지했습니다.

　바로 그날 저녁, 칼리프는 대재상 자파르, 호위대장 메스루르와 함께 늘 하던 대로 변복을 하고 도성을 순찰했습니다.

　어떤 골목을 내려가던 칼리프는 웅성웅성하는 소리가 나는 곳을 지나치게 되었지요. 문을 통해 마당 안을 들여다보니 여남은 명 되는 아이들이 달밤에 놀이를 하고 있었습니다. 그는 문 뒤에 숨어 아이들을 지켜봤습니다. 그중 가장 똑똑해 보이는 아이가 이렇게 말했습니다.

"우리, 카디 놀이 하자! 내가 카디를 할게. 여봐라, 알리 코지아와 그의 금화 1000닢을 훔친 상인을 데려오너라!"

이 아이의 말을 들은 칼리프는 오늘 낮에 읽은 탄원서가 생각났습니다. 과연 아이들이 이 사건을 어떻게 판결할지 관심을 갖고 지켜봤습니다.

똑똑한 아이의 제안에 다른 아이들도 즐거워하며 일사불란하게 각자의 역할을 맡았습니다. 가짜 카디는 근엄한 표정으로 자리에 앉았고, 관원 역할을 맡은 아이가 원고인 알리 코지아와 피고인 상인을 차례로 소개했습니다.

가짜 알리 코지아는 가짜 카디에게 절을 하고 재판을 요구하게 된 이유를 상세하게 설명하면서 자신이 억울하게 큰 손해를 보는 일이 없게 해 달라고 간청했습니다.

가짜 카디는 가짜 상인에게 왜 돈을 돌려주지 않았느냐고 물었습니다. 가짜 상인은 진짜 상인이 바그다드의 카디에게 했던 말을 그대로 반복했습니다. 게다가 자신의 말이 진실임을 맹세할 수 있다고 했습니다. 그러자 가짜 카디가 가짜 상인의 말을 가로막았습니다.

"잠깐 멈춰라! 맹세하기 전에 우선 올리브 항아리를 확인해 보고 싶구나. 알리 코지아, 올리브 항아리를 가져왔느냐?"

가짜 알리 코지아가 가져오지 않았다고 하자 똑똑한 아이는 위엄 있는 목소리로 말했습니다.

"가서 올리브 항아리를 내 앞에 가져오너라."

가짜 알리 코지아는 잠깐 사라지더니 항아리를 가져오는 시늉을 했습니다. 그러고는 안전하게 봉인된 상태라고 설명했습니다. 가짜 카디는 가짜 상인에게 이 항아리가 맞는지 확인하라고 했습니다. 가짜 상인은 침묵으로 사실임을 인정했습니다. 그러자 가짜 카디가 항아리를 열어 보라고 명령했습니다. 가짜 알리 코지아가 항아리의 봉인을 뜯는 시늉을 하자 가짜 카디도 항아리 안을 자세히 들여다보는 시늉을 하며 말했습니다.

"먹음직스러운 올리브구나. 한번 맛보면 좋겠다."

그러더니 올리브 하나를 꺼내서 먹는 척하고는 말했습니다.

"정말 훌륭한 맛이구나! 그런데 말이야, 7년이나 지난 올리브의 상태가 괜찮다는 게 이상해 보이는구나! 가서 올리브 상인들을 몇 명 데려와라. 그들의 증언을 들어 봐야겠다!"

올리브 상인 역할을 맡은 두 아이가 나타나자 가짜 카디는 그들에게 물었습니다.

"올리브를 얼마나 오래 보관하면서 먹을 수 있는지 말해 보거라."

"카디님, 올리브는 아무리 잘 보관해도 3년을 넘기기 어렵습니다. 그 이상 지나면 맛도 색깔도 모두 변해 그냥 버리는 게 낫습니다."

가짜 올리브 상인들은 올리브를 먹어 보는 시늉을 하고는 싱싱하고 맛도 좋다고 했습니다.

"너희가 틀렸다. 알리 코지아 말로는 7년 전에 넣어 둔 올리브라고 하던데?"

가짜 올리브 상인들이 다시 대답했습니다.

"카디님, 이 올리브는 올해 생산된 것이라고 확실히 말씀드릴 수 있습니다. 바그다드에 있는 올리브 상인 누구에게 물어봐도 똑같이 대답할 것입니다."

가짜 상인이 입을 열어 항변하려고 했지만, 가짜 카디는 말할 시간도 주지 않고 호통을 쳤습니다.

"그 입 다물라! 네가 도둑이다. 여봐라, 이놈을 당장 끌고 가 교수형에 처하라!"

이렇게 판결이 끝나자 아이들은 박수를 치며 환호했습니다.

하룬 알 라시드는 자신이 내일 처리해야 할 재판을 이처럼 현명하게 판결한 아이의 지혜에 감탄했습니다.

"저 아이가 내린 판결과 다른 판결을 내리는 게 가능할까?"

칼리프가 대재상에게 물었습니다. 대재상도 감명을 받은 듯 이렇게 대답했습니다.

"더 좋은 판결을 내리기는 어려울 듯합니다. 만일 상황이 똑같다면 폐하께서도 저 아이의 논증과 결론을 따르실 수밖에 없을 것 같습니다."

"그렇다면 이 집을 잘 기억해 두게. 내일 저 아이를 궁전으로 데려와 판결을 내리게 할 것이네. 카디도 불러서 어린아이에게 한 수 배우게 해야겠어. 알리 코지아에게는 올리브 항아리를 가져오게 하고, 올리브 상인 두 명도 출석시키도록."

칼리프는 명령을 내리고는 궁전으로 돌아갔습니다.

다음 날 이른 아침 대재상은 아이들이 놀고 있던 그 집을 찾아갔습니다. 집에서 나온 부인에게 자녀가 몇이냐고 묻자 남자아이 세 명을 데리고 나왔습니다. 대재상은 세 아이에게 어제 카디 놀이를 할 때 카디 역할을 한 사람이 누구인지 물었습니다. 그러자 그중 가장 나이가 많고 키 큰 아이가 깜짝 놀라 안색이 변하면서 자기라고 밝혔습니다. 어머니도 놀라며 무슨 일인지 물었습니다. 대재상은 칼리프의 엄명이 있어 아이 를 데려가야 한다고 말했습니다.

"칼리프께서 제 아이를 데려오길 바라신다고요?"

어머니가 울먹이며 말하자, 대재상은 서둘러 그녀를 진정시키면서 한 시간 안에 돌려보낼 것이라고 말했습니다. 그리고 칼리프께서 부르 신 이유를 알게 되면 오히려 기쁠 것이라고 안심시켰습니다. 어머니는 아이의 옷을 가장 좋은 것으로 갈아입혔습니다.

대재상이 아이를 칼리프에게 데려갔습니다. 아이가 무서워서 떨고 있자, 이를 눈치챈 칼리프가 아이를 부른 이유를 다정하게 설명해 줬습 니다.

"애야, 이리 오렴. 어제 저녁에 알리 코지아와 상인의 사건을 판결한 게 너지? 내가 어제 우연히 길을 지나다가 엿들었는데, 판결 내용이 아 주 훌륭하더구나. 오늘 이 자리에 실제로 알리 코지아와 상인이 온단다. 그러니 잠깐 내 옆에 앉아 있거라."

칼리프는 옥좌에 앉은 다음 옆에 아이도 앉혔습니다. 그리고 소송 당 사자들을 들어오게 했습니다. 한 명씩 칼리프 앞에 나와 보좌 아래 깔린 양탄자에 이마를 대며 절을 올렸습니다. 그들이 일어나자 칼리프가 입 을 열었습니다.

"이제 각자 자신의 주장을 말해 봐라. 그러면 이 아이가 판결을 내릴 것이다. 만약 더 필요한 것이 있다면 내가 보충하도록 하겠다."

알리 코지아와 상인이 돌아가면서 자신의 주장을 펼쳤습니다. 상인은 카디 앞에서 했던 대로 맹세하게 해 달라고 요청했습니다. 하지만 아이는 맹세하기 전에 먼저 올리브 항아리를 확인해야 한다고 말했습니다.

이 말을 들은 알리 코지아가 칼리프 앞에 문제의 항아리를 가지고 나와 뚜껑을 열었습니다. 칼리프는 올리브 한 알을 꺼내서 먹어 봤습니다. 올리브 상인들에게도 먹어 보라고 명했습니다. 그들은 올리브가 맛이 좋고 올해 생산된 것이라고 증언했습니다. 아이가 올리브 상인들에게 알리 코지아는 7년 전에 올리브를 항아리에 넣었다고 말하자, 상인들은 어제 가짜 상인들이 했던 말과 똑같은 말을 했습니다.

상인은 상황이 자신에게 불리하게 돌아간다고 느껴지자 뭔가 자기변호를 하려고 했습니다. 아이는 자신이 죄인에게 교수형을 내리기에는 너무 어리다고 생각해서 칼리프에게 말했습니다.

"신자들의 사령관이시여, 지금 이 판결은 어제와 같은 어린아이들의 놀이가 아닙니다. 중벌을 내리는 것은 오로지 폐하의 권한이지 제가 할 수 있는 일은 아닙니다."

칼리프는 상인이 죄인임을 확신하고 당장 처형하라고 명했습니다. 형이 집행되기 전, 상인은 알리 코지아의 금화를 숨긴 장소를 실토했지요. 칼리프는 진짜 카디에게 아이를 보면서 배우라고 경고했습니다. 아이에게는 금화 100닢을 선물로 하사하고 집으로 돌려보냈답니다.

마법의
말 이야기

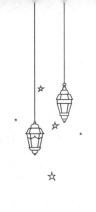

페르시아 왕국에서 새해 축제는 가장 전통이 깊고 성대한 행사로 알려져 있습니다. 그날도 시라즈라는 도시에서 새해 축제의 명성에 걸맞은 놀랍고 화려한 온갖 구경거리와 공연이 펼쳐졌습니다. 구경을 마친 페르시아 왕은 날이 어두워지자 신하들과 함께 왕궁으로 돌아가려고 했습니다. 그런데 느닷없이 한 인도인이 화려한 마구로 장식한 말을 왕좌 앞에 끌고 왔습니다. 살아 있는 말과 아주 흡사한 인조 말이었습니다. 인도인은 왕 앞에 엎드려 말했습니다.

"비록 늦은 시간에 폐하를 뵙게 되었지만, 오늘 보신 어떤 놀라운 볼거리도 이 말을 능가하지는 못할 것이라고 감히 장담합니다."

"실제 말과 비슷하게 만들기는 했다만, 숙련된 장인이라면 이 정도는 어렵지 않게 만들 것 같은데……."

페르시아 왕은 고개를 갸웃거렸습니다.

"폐하, 이 말의 외형이 아니라 쓰임새를 말씀드린 것입니다. 이 말을 타면 짧은 시간 안에 가고 싶은 곳은 어디든 갈 수 있습니다. 그래서 이 말이 신기한 것입니다. 폐하께서 허락하시면 시범을 보여 드릴 수도 있습니다."

신기한 것이라면 무엇이든 호기심을 보이던 페르시아 왕은 이런 능력을 가진 말은 처음이라 말을 타고 직접 시범을 보여 달라고 했습니다. 인도인은 말에 폴짝 올라타더니 왕에게 어디를 다녀오길 바라느냐고 물었습니다. 왕이 저 멀리 하늘 높이 솟은 산을 가리키며 말했습니다.

"저 산이 보이느냐? 산꼭대기에 가서 종려나무 잎을 가져오너라."

왕의 말이 끝나기 무섭게 인도인은 말의 목에 있던 나사를 돌렸습니다. 그러자 말은 번개같이 하늘 위로 솟구쳐 올라 어느새 눈앞에서 사라졌습니다. 떠난 지 15분 정도 지났을 무렵, 그는 한 손에 종려나무 잎을 들고 다시 돌아왔습니다. 말에서 내려 왕에게 종려나무 잎을 바쳤지요.

왕은 세상에서 가장 빠른 이 말을 갖고 싶은 욕구에 불타올랐습니다. 인도인이 이 말을 팔 준비가 되어 있다고 확신하고는 말을 자기 물건처럼 여겼습니다. 왕이 인도인에게 말했습니다.

"겉모습만 봤을 땐 이 말의 가치를 전혀 알아보지 못했네. 하지만 나의 오해를 바로잡아 줘서 고맙네. 나에게 말을 판다면 값은 톡톡히 치러 주겠네."

"지혜로우신 폐하께서는 이 말의 가치를 누구보다 정확하게 판단하는 군주이심을 믿어 의심치 않습니다. 그래서 이 말을 갖고 싶어 하실 것이라 예상하기도 했습니다. 한데 제가 말을 팔려면 한 가지 조건을 갖춰야 합니다. 이 말은 제가 만든 것이 아니라, 말을 발명한 사람에게 제 외동딸을 아내로 주고 얻은 것입니다. 그때 저는 이 말과 동등한 가치가 있는 것과 교환하지 않는 이상 절대 팔지 않기로 딸에게 맹세했습

페르시아 왕 앞에서 마법의 말을 선보이는 인도인

니다.”

페르시아 왕은 대뜸 그의 말을 끊으며 이렇게 말했습니다.

“그대가 원하는 게 있다면 말해 보게. 나의 페르시아 왕국은 광대하고, 부유한 도시도 수없이 많지. 마음에 드는 도시를 하나 고르면 평생 그 도시의 통치자가 되도록 해 주겠네.”

하지만 인도인은 이 제안이 성에 차지 않은 듯했습니다.

“폐하께서 주신 제안에 소신은 지극히 감사할 따름입니다. 하지만 말씀드리기 황송하오나, 폐하의 따님이신 공주님을 아내로 맞아들이기 전까지는 제 말을 드릴 수 없습니다.”

신하들은 인도인의 말에 어이가 없어 헛웃음을 터트렸습니다. 왕의 후계자이자 공주의 오빠인 피루즈 샤 왕자는 인도인의 건방진 제안에 화가 났습니다. 하지만 페르시아 왕은 신기한 장난감을 얻을 수만 있다면 공주를 희생할 생각도 없지 않았습니다. 왕이 망설이는 모습을 본 왕자가 급히 끼어들었습니다.

“아바마마, 저 무례한 자의 흥정에 어떤 대답을 해야 할지 고민한다는 것 자체가 절대 있을 수 없는 일입니다. 대대로 내려오는 우리 왕가의 고귀한 명예를 생각하셔야 합니다.”

“아들아, 한 나라의 왕자로서 너의 말은 참으로 갸륵하다. 하지만 네가 아직 이 말의 가치를 잘 모르는 것 같구나. 또 내가 인도인의 제안을 거절한다면 그는 다른 나라 왕에게 똑같은 제안을 하고 말을 교환할 것이다. 그럼 나는 그때 이 불가사의한 말을 소유하지 못했다는 생각에 평생 후회하게 되겠지. 물론 인도인의 제안을 그대로 받아들인다는 말은 아니다. 그자도 자신의 요구가 지나치다는 걸 깨달을 거다. 협상하기 전에 왕자도 한번 말을 타 보는 게 어떠냐?"

옆에서 왕의 말을 엿들은 인도인은 자신의 제안이 거절당하지는 않았다고 생각했습니다. 기분이 좋아진 그는 왕의 뜻에 동의하며 왕자가 말에 오르는 걸 도와주고 조작법을 알려 주려고 했습니다. 그러나 왕자는 혼자서 말에 폴짝 올라타더니 곧 사람들의 시야에서 사라지고 말았습니다.

사람들은 왕자가 다시 돌아오리라 생각하며 기다리고 있었습니다. 하지만 뭔가 잘못된 것을 직감한 인도인은 왕의 옥좌 앞에 엎드리며 말했습니다.

"폐하, 왕자님은 제자리로 돌아오는 방법을 알려 드리기도 전에 성급히 말에 올라타셨습니다. 이건 제 잘못이 아니니 저에게는 벌을 내리지 말아 주십시오!"

하지만 이미 공포와 분노에 사로잡힌 왕이 소리쳤습니다.

"네놈은 왜 왕자가 출발할 때 그를 부르지 않았느냐?"

"왕자님이 갑작스레 말에 오르시는 바람에 저도 깜짝 놀랐습니다. 그리고 제가 말을 했다 하더라도 왕자님은 이미 하늘 높이 올라가 제 말이 들리지 않으셨을 것입니다. 하지만 희망은 있습니다. 왕자님이 다른 나사를 찾아서 돌리면 다시 지상으로 내려올 수 있습니다."

"하지만 단순히 희망 사항이 아닌가? 왕자가 탄 말이 바다로 빠지거나 바위에 부딪힐 수도 있지 않느냐?"

"폐하, 그건 걱정하지 않으셔도 됩니다. 장담컨대, 말은 바다에 빠지지 않도록 설계되었을 뿐만 아니라 말을 조작하는 사람이 원하는 곳으로 데려다줍니다."

"그럼 네가 장담한 말에 네 목을 걸어라. 석 달 안에 왕자가 무사히 돌아오지 못하면 그 벌로 네 목숨을 내놓아야 할 것이다."

왕은 그렇게 말하고 근위대에게 인도인을 붙잡아 감옥에 가두라고 명령했습니다.

한편 피루즈 샤 왕자는 한 시간 동안이나 계속 하늘로 솟구쳐 올라갔습니다. 산과 들이 구분되지 않을 만큼 높이 올라갔지요. 왕자는 이제 충분히 올라왔으니 다시 내려갈 때가 되었다고 생각했습니다. 그러려면 당연히 나사를 반대로 돌리면 된다고 생각했는데, 말은 전혀 내려갈 생각을 하지 않았습니다. 말을 타기 전에 지상으로 내려가는 방법을 물어보지 않았던 게 떠올랐고, 그래서 지금 위험에 처하게 되었음을 깨달았지요. 다행히 왕자는 정신 줄을 놓지 않았습니다. 말의 목 부분을 자세히 살펴 아주 작은 나사가 있는 걸 발견했습니다. 말을 타고 하늘에 올라올 때 돌린 나사보다 크기가 훨씬 작았습니다. 이 나사를 돌리자 속도는 올라갈 때보다 훨씬 느렸지만 말이 땅으로 내려가기 시작했습니다.

이미 날은 어두워져 아무것도 보이지 않았습니다. 말이 과연 어디에 착륙할지 몰라 불안감이 엄습해 왔습니다. 말은 자정이 다 되어서야 다시 땅을 밟았습니다. 말에서 내린 왕자는 현기증이 나서 휘청거렸습니다. 아침 식사를 마친 이후로 지금까지 한 끼도 먹지 못하고 말 위에 너무 오래 앉아 있었던 탓이지요.

왕자는 말에서 내리자마자 우선 자신이 어디에 있는지부터 확인했습니다. 어둠이 너무 짙게 깔려 주변을 파악하기 쉽지 않았지만, 그는 곧 어느 거대한 궁전의 테라스식 지붕 위라는 걸 알아냈습니다. 난간은 대리석으로 둘러쳐져 있었습니다. 테라스 한쪽에는 작은 문이 살짝 열려 있었는데, 문을 여니 궁전 안으로 들어가는 계단이 나왔습니다.

보통 사람들은 계단 아래 누가 있을지, 뭐가 나올지 몰라 망설이기 일쑤입니다. 그러나 성격이 대담한 왕자는 그렇지 않았습니다.

"나는 누구를 해치러 온 게 아니야. 내려가면 누군가를 만날 테지만 나에게 무기가 없다는 걸 알면 건드리지는 않을 거야."

그는 어두운 계단을 헛디디거나 시끄럽게 하지 않으려고 조심히 내려갔습니다. 계단을 다 내려가자 이번에도 문이 하나 나왔는데, 문 뒤쪽으로 홀이 어슴푸레하게 보였습니다.

홀에 들어가기 전, 잠시 멈춰서 귀를 쫑긋 세웠습니다. 안에서는 사내들이 드르렁드르렁 코 고는 소리밖에 들리지 않았습니다. 천장에 걸린 등불 덕에 흑인 내관들이 자고 있는 모습을 볼 수 있었습니다. 내관들은 칼을 칼집에 넣지도 않고 옆에 둔 채 잠들어 있었지요. 왕자는 이곳이 왕비나 공주의 침실로 연결되는 홀일 거라고 예상했습니다.

계속 어두운 곳에 있었던 피루즈 샤 왕자에겐 커튼을 통해 빛이 새어 나오는 쪽이 유난히도 밝아 보였습니다. 그는 커튼을 걷고 살금살금 걸어 화려한 방으로 조심스럽게 다가갔습니다. 그 방에는 시녀로 보이는 여자들이 낮은 침상에서 잠을 자고 있었습니다. 단 한 사람만 높고 커다란 침대 위에서 자고 있었는데, 왕자는 그녀가 분명 공주라고 생각했습니다.

피루즈 샤 왕자가 살며시 공주의 침대 옆으로 갔습니다. 공주는 이제까지 본 어떤 여인보다 아름다웠습니다. 그는 공주에게 한눈에 반하고 말았지만, 자신이 처한 위험한 상황도 알고 있었습니다. 공주가 놀라서 갑자기 소리를 지르면 흑인 내관들이 깰 테고 그러면 자기 목숨이 어떻

뱅골 공주의 침대 곁에 있는 피루즈 샤 왕자

게 될지 모르는 일이었으니까요.

그래서 조용히 무릎을 꿇은 채, 공주의 소매를 잡아서 그녀의 팔을 자기 쪽으로 천천히 끌어당겼습니다. 잠결에 눈을 뜬 공주는 멋지게 차려입은 잘생긴 청년이 눈앞에 있는 걸 보게 되었습니다. 그녀는 너무 놀라 한동안 아무 말도 하지 못했습니다.

왕자는 이때를 놓치지 않고 무릎을 꿇은 상태에서 머리를 깊이 숙여 인사했습니다.

"공주님, 저는 페르시아 왕의 아들입니다. 공주님은 믿지 못할 기이한 모험을 하다가 여기까지 오게 되었고, 절박한 상황에 놓여 있어 공주님의 도움을 구하는 바입니다. 어제까지만 해도 저는 아버지의 왕궁에서 새해 축제를 즐기고 있었는데, 오늘은 낯선 나라에서 목숨을 잃을지도 모르는 위험에 처하게 되었습니다."

피루즈 샤 왕자가 도움을 요청한 공주는 다름 아닌 벵골 왕의 장녀였습니다. 그녀는 아버지가 지어 준 별궁에 머물던 중이었습니다. 수도에서 조금 떨어진 별궁은 공주가 가끔씩 휴식을 취하거나 기분 전환을 할 때 찾는 곳이었지요. 공주는 왕자의 말을 귀 기울여 듣고는 이렇게 대답했습니다.

"왕자님, 걱정하지 마세요. 벵골 왕국도 페르시아 왕국처럼 환대와 인간적인 정이 넘치는 곳이니까요. 제가 아니더라도 이 나라 백성들이 왕자님을 보호해 드릴 거예요. 제 말을 믿으셔도 됩니다."

왕자가 공주의 친절과 호의에 감사 인사를 하려고 하는데 공주가 곧바로 말을 이었습니다.

"왕자님께서 어떻게 여기까지 빠르게 오신 건지 궁금하지만, 지금은 피곤하고 배도 많이 고프실 테니 우선 시녀들에게 식사를 준비하라고 할게요. 식사하시고 나서 좀 쉬세요."

공주의 시녀들은 이미 모두 잠에서 깨어나 두 사람의 대화를 듣고 있었습니다. 공주가 사인을 보내자 그들은 서둘러 옷을 갈아입었고, 공주의 방을 밝히고 있던 양초 몇 개를 들고 왕자를 다른 훌륭한 방으로 안내했습니다. 시녀 두 명은 왕자의 잠자리를 준비했고 나머지는 부엌으로 가서 오래지 않아 진수성찬을 차려 왔습니다. 식사가 끝나자 시녀들은 벵골에서 지내며 입을 옷으로 가득 찬 옷장을 왕자에게 보여 주고는 방에서 물러났지요.

한편 벵골 공주는 왕자의 멋진 외모와 매력에 반해 잠이 오지 않았습니다. 뜬눈으로 침대에 누워 있다가 시녀들이 돌아오자 왕자를 잘 대접했는지, 그녀들은 왕자에 대해 어떻게 생각하는지 꼬치꼬치 캐묻기 시작했습니다.

"공주님은 그분을 어떻게 생각하시는지 모르겠습니다. 하지만 저희 생각에는 폐하께서 공주님을 저 멋진 왕자님과 짝지어 주신다면 공주님이 행복하실 것 같아요. 확실히 벵골 왕국에는 이 왕자님과 비교할 만한 남자가 없습니다."

아첨이 약간 섞였어도, 공주는 시녀들의 의견이 아주 기분 나쁘진 않았습니다. 그러나 자신의 감정을 들키고 싶지 않아서 이렇게 말했습니다.

"너희가 별소리를 다 하는구나. 어서 가서 잠이나 자거라. 나도 그만 자야겠다."

다음 날 아침, 공주가 옷을 입을 때 시녀들은 평소와 다르다는 걸 눈치챘습니다. 몸단장을 하는 데 꽤 까다롭게 굴었던 것이지요. 옷도 이것

저것 입었다 벗었다 하고 머리도 두세 번씩이나 다시 매만지라고 했습니다. 공주는 속으로 이렇게 생각했습니다.

'왕자님이 자다 깬 내 모습을 싫어하는 눈치는 아니었어. 그러니 한껏 꾸미고 나타나면 내 매력에 흠뻑 빠질지도 모르지.'

그녀는 머리에 가장 크고 훌륭한 다이아몬드 장식을 올렸고, 목걸이와 팔찌, 온갖 귀금속으로 몸을 치장했습니다. 또 인도에서 나는 가장 비싼 천으로 만든 옷을 걸쳤습니다. 왕족이 아니고서는 감히 입을 생각조차 할 수 없는 옷이었습니다. 자신이 바라던 대로 몸단장이 끝나자 공주는 사람을 보내 왕자가 일어났는지 알아 오라고 했습니다. 일어났으면 자신이 직접 찾아가 인사를 올리려고 한 것입니다.

공주가 보낸 시녀가 피루즈 샤 왕자의 방에 들어서자, 왕자는 방에서 나올 준비를 하면서 공주를 찾아가 인사를 올려도 되겠냐고 물었습니다. 하지만 공주의 뜻을 전해 듣고는 즉시 이렇게 답했습니다.

"공주님의 뜻이 나에게는 곧 법이오. 내가 있는 여기가 바로 공주님의 명령에 순종해야 하는 곳이니 말이오."

얼마 후 공주가 찾아와 인사를 나눴습니다. 공주는 소파에 앉아 어젯밤 자신의 거처에 머물지 못하게 한 이유를 설명해 줬습니다.

"물론 왕자님이 제가 자고 있던 방에서 주무실 수도 있었습니다. 하지만 그 방은 내관 우두머리가 아무 때나 드나들 수 있어서, 그렇지 않은 방으로 왕자님을 모신 겁니다. 왕자님이 무슨 일로 이곳까지 오시게 된 건지 빨리 듣고 싶어요. 그래서 이렇게 직접 찾아왔답니다. 여기서는 누구도 우리의 대화를 엿들을 수 없어요. 그러니 지체하지 마시고 왕자님의 이야기를 들려주세요."

왕자는 처음부터 이야기를 시작했습니다. 우선 페르시아에서 매년 열리는 성대한 새해 축제에 대해 설명했지요. 마법의 말 이야기가 나오자 공주는 너무 놀라워서 상상조차 되지 않는다고 했습니다.

"평소 호기심이 많은 부왕께서는 이 마법의 말에 쏙 빠져 버리셨습니다. 그래서 인도인에게 무엇으로 말값을 치르길 바라는지 물으셨지요. 공주님도 동의하시겠지만, 그자의 대답은 참 허무맹랑하기 짝이 없었습니다. 바로 공주인 제 여동생을 달라고 한 겁니다. 그 자리에 있던 사람들도 어이가 없어 비웃고 조롱했지만, 저는 화부터 치밀어 올랐습니다. 심지어 부왕께서 단칼에 거절하지 않고 고민하시는 모습을 보고 더 분통이 터졌습니다. 부왕께 반대해 봤지만 소용없는 일이었지요. 아버지는 저에게 말을 직접 타 보면 생각이 달라질 거라고만 말씀하셨습니다.

저는 아버지의 비위를 맞춰 드리려고 말에 올라탔습니다. 인도인이 알려 주는 조작법은 듣고 싶지도 않아서 그가 보여 준 대로 나사를 돌렸습니다. 화살보다 더 빠른 속도로 하늘을 향해 치솟더군요. 얼마나 빠르게 올라가던지 하늘의 궁륭*에 가까이 다가가 부딪힐 것만 같았습니다! 아래를 보니 까마득했고, 얼마간은 정신이 없어서 제가 어느 방향으로 가고 있는지조차 알 수 없었습니다. 저는 마침내 다른 나사를 찾아서 돌렸고 그 덕에 다행히 땅으로 천천히 내려왔습니다. 어디로 내려올지 알 수 없어 모든 운명을 하늘에 맡기기로 했지요.

그렇게 자정이 넘어서야 이 궁전의 옥상에 도착한 것입니다. 좁은 계단을 살금살금 내려왔는데 문틈으로 빛이 새어 나오고 있었습니다. 문을 열고 들어가자 흑인 내관들이 잠들어 있는 게 보

---

* 활이나 무지개같이 한가운데가 높고 길게 굽은 천장.

였고요. 그들을 깨우면 위험할 거라는 생각에 용기를 내 공주님이 계신 곳의 커튼을 젖혔습니다.

그다음 이야기는 공주님이 아시는 바와 같습니다. 이제 남은 것은 저에게 베풀어 주신 공주님의 아량에 보답하는 일뿐입니다. 법에 따라 저는 이미 공주님의 노예가 되어 버린 셈이지만, 제가 드릴 것은 제 마음밖에 없습니다. 아, 제가 지금 무슨 말을 한 거죠? 공주님, 제 마음은 당신을 처음 본 순간부터 당신 것이었습니다!"

왕자의 고백을 들은 공주는 자신의 매력이 효과를 발휘했다고 확신했습니다. 공주의 얼굴에 떠오른 홍조는 아름다움을 더할 뿐이었지요. 그녀는 부끄러운 마음에 얼른 입을 열었습니다.

"왕자님의 이야기는 정말 놀랍고 신기하네요. 지금 앉아서 듣고 있지만 너무 실감 나서 마치 제가 하늘 위로 날아올라간 듯 몸이 다 떨렸어요! 운명의 신이 왕자님을 저의 집으로 인도했다고 말하고 싶어요. 왕자님이 들어오시지 않았다면 따뜻하게 맞아 주지도 못했을 거잖아요? 노예가 되었다는 말은 농담이시겠지요. 페르시아 왕궁에 계셨던 것처럼 이곳에서도 자유롭게 지내실 수 있게 제가 잘 모실게요. 그리고 왕자님의 마음은……."

공주는 목소리에 좀 더 힘을 줘서 말했습니다.

"전 왕자님이 오래전에 다른 공주에게 마음을 줬을 거라고 믿고 있어요. 왕자님이 그분을 배신하는 원인은 되고 싶지 않아요."

피루즈 샤 왕자는 이전에 마음을 준 여인이 없다고 말하려 했습니다. 그런데 바로 이때 공주의 시녀 하나가 들어와 식사가 준비되었다고 알렸습니다.

호화로운 방에는 어제보다 더 풍성한 식탁이 마련되어 있었습니다. 식사하는 동안 예쁘게 차려입은 여인들이 현악기를 은은하게 연주하며 노래를 불렀지요. 왕자와 공주는 식사를 마치고 푸른색과 금색이 어우러지게 치장한 작은 방으로 들어가 꽃과 관목으로 꾸며 놓은 아름다운 정원을 내다봤습니다. 페르시아에서 보던 정원과는 사뭇 다른 풍경이었습니다.

"공주님, 저는 지금까지 훌륭한 궁전과 아름다운 정원은 페르시아에만 있다고 생각했습니다. 하지만 여기에 와서 위대한 군주가 계신 곳에는 그에 걸맞은 훌륭한 건축물이 세워져 있다는 사실을 새삼 깨닫게 되었습니다!"

"왕자님, 제가 페르시아 궁전을 직접 본 적이 없어 뭐라고 비교할 수가 없네요. 그런데 제 궁전을 과소평가하고 싶진 않지만, 이곳은 부왕의 왕궁에 비하면 확실히 보잘것없답니다. 왕자님께서 괜찮으시면 말이 나온 김에 왕궁을 찾아가 아버지께 인사를 드리는 건 어떠세요?"

공주가 왕자와 아버지를 만나게 하려는 이유는 따로 있었습니다. 벵골 왕이 페르시아 왕자의 남다른 풍모에 반해 딸을 그의 아내로 주기를 바랐던 것입니다. 하지만 페르시아 왕자의 대답은 그녀의 예상과 달랐습니다.

"공주님의 제안을 따른다면 저는 벵골 왕국의 훌륭한 왕궁을 구경할 수 있을 뿐 아니라 벵골 왕국의 군주께 존경의 마음도 표할 수 있을 것입니다. 하지만 공주님, 왕자의 신분인 제가 거느릴 수행원도 하나 없는데 어떻게 위대한 군주를 만나 뵈러 갈 수 있단 말입니까?"

"그게 문제라면 걱정하실 필요 없어요. 왕자님이 원하시는 만큼 여기 있는 수행원들을 보내 드릴 수 있으니까요. 돈도 제가 얼마든지 드릴 수 있고요."

피루즈 샤 왕자는 공주가 이렇게 큰 친절을 베푸는 이유를 알 수 있었고, 그래서 더욱 감동했습니다. 매 순간 공주에 대한 애정이 커져 갔지만 자신의 의무도 잊지 않았던 그는 망설이지 않고 대답했습니다.

"공주님께서 제게 베풀어 주시는 친절에 어떻게 감사의 마음을 표현해야 할지 모르겠습니다. 저를 밤낮으로 걱정하고 계실 아버지만 아니라면 공주님의 제안을 당장이라도 받아들이고 싶습니다. 먼저 아버지께 돌아가지 않으면 그동안 제게 아낌없는 사랑을 주신 아버지에 대한 도리가 아니라고 생각합니다. 저는 이곳에서 공주님 덕분에 잘 지내고 있지만, 제 소식을 모르시는 아버지는 아들을 다시 볼 수 없다는 절망감에 빠져 지내실 것입니다. 공주님은 제 처지를 이해하실 거라 믿습니다. 아버지는 저를 보지 못하면 평생 마음이 무너진 채 살아가실 겁니다. 그러니 제가 필요 이상으로 이곳에 머문다면 아버지께 더없는 불효자이자 죄인이 되고 말 것입니다."

페르시아 왕자는 이어서 말했습니다.

"물론, 방랑자인 저를 환대하고 친절을 베풀어 주신 공주님의 은혜를 생각해 벵골 국왕께 인사는 드려야겠지요. 저의 부왕께서는 항상 평생의 반려자는 제 손으로 선택하라고 말씀하셨습니다. 공주님이 곤경에 빠진 제게 어떤 은혜와 아량을 베풀었는지 말씀드리면 아버지의 마음도 제 마음과 같아지실 겁니다."

피루즈 샤 왕자의 말이 틀리지 않아, 벵골 공주는 그의 말을 순순히 받아들일 수밖에 없었습니다. 하지만 금방이라도 떠나겠다는 말에 너무 불안했습니다. 눈에서 멀어지면 마음에서도 멀어지기 때문이지요. 공주는 그를 한 번 더 붙잡아 보려고 노력했습니다. 아버지를 걱정하는 왕자의 마음은 이해하지만 하루 이틀만이라도 함께 있어 달라고 간청했습니다.

왕자는 차마 이 제안까지 거절할 수 없었고, 공주는 왕자에게 온갖 즐거운 시간을 만들어 주려고 최선을 다했습니다. 무도회와 축제, 사냥 대회를 즐기느라 눈 깜짝할 새에 두 달이 지나고 말았습니다. 결국 하루는 왕자가 더 이상 자신의 의무를 저버릴 수 없다고 진지하게 말했습니다. 어떤 일이 있어도 공주에게 돌아올 테니 가는 길을 막지 말아 달라고 부탁했지요.

"공주님은 저를 눈앞에서 멀어지면 마음도 멀어지는 그런 부류의 사람으로 보실지 모르겠습니다. 만약 그렇다면 저를 잘못 보신 겁니다. 공주님만 괜찮다면 저와 함께 페르시아로 가자고 말씀드리고 싶습니다. 이제는 공주님과 함께해야만 제가 행복해질 수 있으니까요. 공주님이 저를 따뜻하게 맞이했듯이, 페르시아 왕실도 공주님을 환대할 것입니다. 벵골 국왕께서 따님의 행복과 안녕을 기원하는 분이라면 우리의 결혼을 반대하실 이유가 없지 않을까요?"

벵골 공주는 페르시아 왕자의 말에 어떻게 대답해야 할지 몰랐습니다. 다소곳이 고개를 숙이고 있을 뿐이었지요. 말은 없었지만 왕자와 함께 페르시아로 떠나는 것에 전혀 반대하지 않는다는 의미였습니다.

그런데 한 가지 문제가 있었습니다. 피루즈 샤 왕자가 말을 조종하는 방법을 잘 모른다는 것이었습니다. 두 달 전처럼 사고가 일어나지 말란 법은 없으니까요. 하지만 왕자는 이제 경험이 있어서 말을 잘 다룰 수 있다며 공주를 안심시켰습니다. 그녀는 생각을 그만두고 궁전에서 아무도 모르게 비행을 준비하기로 했습니다.

다음 날 새벽, 온 궁전이 아직 잠에 빠져 있을 때, 공주는 옥상으로 올라갔습니다. 옥상에서는 왕자가 말을 페르시아 방향으로 세워 놓고 기다리고 있었습니다. 왕자가 먼저 말에 올랐고 그 뒤에 공주가 탔습니다. 공주가 왕자의 허리를 꼭 붙잡고 앉자, 왕자는 나사를 돌렸습니다. 두 사람을 태운 말이 순식간에 하늘로 치솟아 올랐습니다.

이번엔 왕자가 말을 능숙하게 다루어 출발한 지 두 시간 반 만에 페르시아의 수도에 도착했습니다. 예전에 말을 탔던 광장이나 술탄의 왕궁에 말을 세우고 싶었지만, 도시에서 조금 떨어진 어느 별궁에 내렸습니다. 왕자는 공주를 가장 좋은 방에서 쉬게 했습니다. 한편으로는 사람을 보내 아버지에게 자신이 돌아온 사실을 알렸고, 공주를 신분에 맞게 정식으로 맞이할 준비를 시켰습니다. 그리고 하인이 끌고 온 말에 올라 술탄의 왕궁으로 향했습니다.

그가 지나가는 길거리에는 환영 인파가 넘쳐 났습니다. 오랫동안 다시는 볼 수 없다고 생각한 왕자가 나타나자 사람들은 기쁨의 환호성을 질렀습니다. 왕자가 왕궁에 도착해 보니, 페르시아 왕은 대신들과 함께 상복을 입고 깊은 시름에 빠져 있었습니다. 하지만 살아 돌아온 아들의 목소리를 듣자마자 놀라움과 기쁨으로 정신이 번쩍 들었습니다. 마음이 어느 정도 안정되자 그는 아들에게 그동안 무슨 일이 있었는지 물었습니다.

왕자는 아버지에게 처음부터 끝까지 이야기했습니다. 벵골 공주와 사랑에 빠진 이야기도 빼놓지 않았지요. 마지막에는 이렇게 말했습니다.

마법의 말을 타고 페르시아 수도에 도착한 왕자와 공주

"아바마마께서 저희의 결혼을 반대하시지 않을 것이라고 엄중히 약속한 다음, 공주를 인도인의 말에 태워 돌아왔습니다. 지금 공주는 별궁에서 아바마마의 허락을 애타게 기다리고 있습니다."

왕자는 왕 앞에 엎드렸습니다. 왕은 왕자에게 일어나라고 하면서 꼭 끌어안아 줬습니다.

"아들아, 나는 두 사람의 결혼을 허락하는 것은 물론, 너에게 친절을 베푼 벵골 공주에게 하루빨리 감사 인사를 하고 싶구나. 오늘 당장 공주를 데려와 결혼식을 올리게 해 주겠다."

왕은 신하들에게 상복을 모두 벗고 작은북, 나팔, 심벌즈 등으로 풍악을 울리라고 명했습니다. 또 감옥에 갇혀 있던 인도인을 불러오라고 했습니다.

인도인은 왕의 명령에 따라 옥좌 앞에 끌려 나왔습니다. 그가 경비병에 둘러싸인 채 엎드리자 왕이 입을 열었습니다.

"내 아들에게 무슨 일이 생기면 네놈의 목숨을 죗값으로 치르게 하려고 감옥에 가두었지만, 내 아들이 살아서 돌아왔으니 네놈은 그 말을 가지고 내 눈앞에서 썩 꺼져 버려라!"

왕 앞에서 서둘러 물러나 밖으로 나온 인도인은 자신을 감옥에서 꺼내 준 사람에게 벵갈 공주가 어디에 있고 무엇을 하고 있는지 물었습니다. 그는 공주가 별궁에 혼자 있고 왕이 공주를 데려갈 준비를 하고 있다고 알려 줬습니다. 자신을 천대한 왕에게 복수할 좋은 기회라고 생각한 인도인은 곧장 별궁으로 가서 문지기를 속였습니다. 자신은 왕이 보낸 사람이며, 공주를 마법의 말에 태워 데려오라는 명을 받았다고 말한 것이지요.

문지기는 인도인이 석 달 동안 감옥에 갇혀 있던 사람이라는 걸 알고 있었습니다. 하지만 왕이 석방했으니 그의 말을 믿지 않을 수 없었습니다. 인도인은 어렵지 않게 벵골 공주에게 접근할 수 있었습니다. 왕자가 보낸 사람이라고 하자 공주도 그의 말을 순순히 따랐습니다.

인도인은 계획이 생각대로 착착 진행되자 기쁨을 감출 수 없었습니다. 그는 말에 먼저 오른 다음 공주를 뒤에 태웠습니다. 말의 나사를 돌렸고 두 사람은 하늘 높이 올라갔습니다. 그때 왕자는 시라즈에 있는 왕궁을 나서고 있었습니다. 왕과 신하들도 그 뒤를 따랐습니다. 이를 본 인도인은 일부러 말을 타고 도성 바로 위를 날았습니다. 부당하게 감옥 생활을 한 것에 대한 가장 빠르고 완벽한 복수였지요.

페르시아 왕은 인도인이 공주를 납치하는 광경을 보자마자 충격에 휩싸였습니다. 그가 욕설과 저주를 퍼부었지만 인도인은 아랑곳하지 않았지요. 왕이 느낀 굴욕과 분노가 아무리 크다 한들, 피루즈 샤 왕자에 비하면 아무것도 아니었습니다. 그는 사랑하는 사람이 눈앞에서 빠르게 사라지는 모습을 우두커니 바라보고 있어야만 했습니다. 이제 어떻게 해야 하나? 아버지를 따라 왕궁으로 돌아가 그저 절망에 빠져 지내야 하나? 공주를 향한 사랑과 용기는 왕자를 그냥 내버려 두지 않았습니다. 그는 계속 별궁으로 발걸음을 옮겼습니다.

왕자가 나타나자 별궁의 문지기는 어리석게 속은 자신이 죄인이라며 그의 앞에 무릎을 꿇었습니다. 그러자 왕자가 말했습니다.

"일어나라. 네가 아니라 내가 이 불행의 씨앗이다. 너는 가서 수도승 옷을 하나 구해 오너라. 내가 입을 옷이라는 말은 아무에게도 하지 말고."

별궁 근처에는 수도원이 있었습니다. 때마침 그곳 수도원장이 별궁

문지기와 잘 아는 사이였지요. 문지기는 이야기를 꾸며 내 손쉽게 수도승 옷 하나를 구할 수 있었습니다. 왕자는 수도승 옷으로 갈아입고 공주에게 선물하려고 가져왔던 진주와 다이아몬드가 든 상자를 여비로 챙겼습니다. 그리고 해 질 녘에 정처 없이 길을 나섰습니다. 공주를 찾지 못하면 결코 돌아오지 않겠다고 굳게 다짐하면서 말이지요.

한편 인도인은 몇 시간 동안 말을 몰아 카슈미르 왕국의 수도 근처에 있는 어느 숲에 도착했습니다. 시장기를 느낀 그는 공주도 그럴 거라 생각하고 땅 위에 말을 내렸습니다. 맑은 개울 근처 그늘 가에 공주를 두고 먹을 것을 구하러 떠났습니다.

혼자 남게 된 공주는 당장 도망쳐서 어디로든 숨을까 생각했습니다. 하지만 벵골 왕국을 떠난 뒤로 아무것도 먹지 못해 멀리 도망갈 기력이 없었고 결국 계획을 포기했습니다. 그 대신 인도인이 구해 온 이런저런 먹거리를 게걸스럽게 먹어 치웠습니다. 어느 정도 기력이 회복되니 인도인의 무례한 언사에도 당당히 맞설 용기가 생겼지요. 그가 공주를 못 살게 굴려고 할 때, 공주는 자리를 박차고 일어나 살려 달라고 고래고래 소리를 질렀습니다. 다행히 지나가던 기사 일행이 이 소리를 듣고 무슨 일인지 알아보려고 다가왔지요.

기사 일행의 우두머리는 바로 카슈미르의 술탄이었습니다. 마침 사냥을 끝내고 돌아가는 길이었습니다. 술탄은 인도인에게 당신은 누구이고 함께 있는 여인은 누구인지 물었습니다. 인도인은 공주가 자기 아내이니 남의 부부 일에 간섭하지 말라고 퉁명스럽게 대답했습니다.

공주는 때마침 나타난 기사의 신분은 몰랐지만 인도인의 말이 거짓이라며 이렇게 소리쳤습니다.

"귀공께서 뉘신지는 모르겠지만, 이 사기꾼의 말을 믿어서는 안 됩니다! 이자는 가증스러운 마법사예요. 오늘 제 약혼자인 페르시아 왕자 앞에서 저를 납치했다고요. 저 마법의 말에 태워서 여기까지 데려온 거고요."

그녀는 계속 말을 하려 했지만 감정이 복받쳐 올라 목이 메었습니다. 카슈미르의 술탄은 여인의 아름다운 외모와 남다른 기품을 보고는 공주의 말이 진실이라고 믿었습니다. 그는 인도인의 목을 베라고 명령했고, 함께 있던 무리는 즉시 명령에 복종했습니다.

그렇게 위험에서 구출되었지만, 공주는 곧 또 다른 위기에 처한 꼴이 되었습니다. 술탄이 그녀를 말에 태우더니 자신의 궁전으로 데려간 것입니다. 궁전에 있는 아름다운 방에 머물게 하면서 엄선된 시녀들이 시중들게 하고 내관들이 철저히 지키게 했습니다. 공주에게 감사하다는 말 한마디 할 시간조차 주지 않고, 오늘은 푹 쉬고 내일 만나 기이한 모험담을 들려달라고 했습니다.

공주는 내일 술탄의 동정심에 호소해 페르시아 왕자에게 돌려보내 달라고 간청할 생각이었습니다. 하지만 다음 날이 되자 이 모든 생각이 헛된 소망임을 깨닫게 됩니다.

카슈미르의 술탄은 다음 날 해가 지기 전까지 공주를 자신의 아내로 삼겠다고 혼자 마음먹었습니다. 그래서 날이 밝자마자 작은북과 나팔 등 온갖 악기를 연주하면서 한껏 결혼식 축제 분위기를 냈습니다. 벵골 공주도 시끄러운 악기 소리에 잠에서 깨어났지요. 그러나 요란한 음악 소리가 나는 이유는 상상도 하지 못했습니다. 공주가 옷을 갈아입자 갑자기 술탄이 나타났습니다. 그러더니 이 나팔 소리는 우리의 결혼식 행사를 알리는 것이라고 말해 줬습니다. 공주는 생각지도 못한 소식에 너무 놀라 그만 기절하고 말았지요.

옆에서 시중들던 시녀들이 공주에게 달려들었고, 술탄도 공주를 깨워 보려고 최선을 다했습니다. 하지만 오랫동안 의식을 되찾지 못했습니다. 마침내 서서히 의식이 돌아온 공주는 문득 카슈미르의 술탄과 결혼해 페르시아 왕자와 한 약속을 깨느니 차라리 미친 척하는 게 낫다고 생각했습니다. 그래서 말도 안 되는 소리를 지껄이고 온갖 이상한 행동을 하기 시작했지요. 술탄은 비탄과 충격에 사로잡혀 공주를 그저 바라만 봤습니다. 별로 나아질 기색이 보이지 않자 시녀들에게 극진히 돌보라는 말만 하고 그 자리를 떠났지요. 날이 저물자 공주의 병세는 더 심각해졌고 밤이 되어서는 극에 달했습니다.

며칠이 지나도 공주가 나아지지 않자 결국 술탄은 궁중 의사들을 불러 의견을 물었습니다. 의사들은 정신병에도 아주 많은 종류가 있어서 공주를 직접 보지 않고는 정확히 의견을 낼 수 없다고 대답했습니다. 그래서 술탄은 의사들에게 지위에 따라 한 사람씩 공주의 방에 들어가라고 했습니다.

공주는 이런 일이 일어날 것을 예상하고 있었습니다. 의사들이 맥을 짚어 본다면 자신에게 아무 이상이 없다는 사실을 알아채겠지요. 미친 척을 하고 있다는 게 들통나는 건 시간문제였습니다. 그래서 그녀는 의사가 한 명씩 들어올 때마다 성난 야수처럼 발작을 일으켰고, 아무도 감히 공주에게 손가락 하나 대지 못했습니다. 좀 더 똑똑한 척하는 의사들은 환자의 증상만 보고도 진단을 내릴 수 있다고 했습니다. 공주는 그들이 처방한 약을 거부하지 않고 다 받아서 먹었습니다. 그 약을 먹어도 탈이 없으리라는 걸 잘 알고 있었기 때문이지요.

궁중 의사들의 처방으로는 공주의 증세가 나아지지 않자, 술탄은 도성 안에 있는 의사들을 불렀습니다. 하지만 이들도 별 도리가 없었습니다. 다른 큰 도시의 유명한 의사들을 불렀으나 이들의 의술도 효험을 발휘하지 못했습니다. 마침내 이웃 나라에 사신을 보내 공주의 증세를 적은 진단서를 전달했습니다. 그리고 공주의 병을 고치는 사람에게는 그에 걸맞은 보상을 하겠다고 선언했습니다. 이 선언이 전해지자 외국의 의사들이 구름 떼처럼 카슈미르로 몰려들었습니다. 당연히 그 누구도, 어떤 의술로도 공주를 고치지 못했습니다. 공주를 고칠 수 있는 건 오로지 공주 자신뿐이었으니까요.

이즈음 별 희망 없이 이리저리 떠돌던 피루즈 샤 왕자는 인도의 어느 큰 도시에 이르렀습니다. 거기서 그는 벵골 공주가 정신이 나갔다는 이야기를 여러 사람에게서 듣게 됩니다. 바로 그날이 공주가 카슈미르의 술탄과 결혼할 뻔한 날이었습니다. 피루즈 샤 왕자는 곧장 카슈미르로 떠났습니다. 카슈미르에 도착해 처음으로 머문 여관에서도 같은 이야기를 들었습니다. 이야기 속의 벵골 공주가 곧 자기가 그토록 찾던 그녀임을 확신한 왕자는 공주를 구할 계획을 세웠습니다.

우선 의사 옷을 구해서 입고 여행하는 동안 기른 수염을 늘어뜨렸습니다. 그가 의사임을 의심하는 사람은 아무도 없었습니다. 왕자는 곧장 술탄의 궁전으로 가서 시종장을 만나 공주를 고칠 수 있다고 장담했습니다. 다른 사람들은 실패했지만 자기에게는 효능이 검증된 비법이 있다고 말했지요.

시종장은 가짜 의사를 진심으로 환영했고 술탄도 기뻐하실 거라고 말했습니다. 치료에 성공만 한다면 술탄께서 큰 선물을 하사하실 것이라고 격려하면서 말이지요.

의사로 변장한 페르시아 왕자는 카슈미르의 술탄 앞에 나아갔습니다. 술탄은 여러 말 않고 곧장 본론으로 들어갔습니다. 공주가 의사만 보면 갑자기 심한 발작을 일으킨다고 이야기했지요. 그러고는 왕자를 다락방으로 안내했습니다. 다락방에서는 공주가 있는 방 안을 관찰할 수 있었습니다.

페르시아 왕자가 본 것은 소파에 기대 하염없이 눈물을 흘리는 공주의 모습이었습니다. 공주는 사랑하는 사람을 빼앗긴 자신의 슬픈 운명을 한탄하며 노래를 불렀습니다. 젊은 왕자의 심장이 왕자 자신의 귀에 들릴 정도로 쿵쾅거리며 뛰기 시작했습니다. 그녀의 정신병은 연기라는 걸 대번에 알 수 있었지요. 이렇게 힘들게 연기하는 이유는 다름 아닌 왕자를 향한 사랑 때문이었습니다. 조용히 다락방에서 나온 왕자는 술탄에게 가서, 공주의 병을 관찰해 보니 충분히 치료할 수 있겠다고 말했습니다. 다만 공주와 단둘이 만나 면담을 해야 한다고 했습니다.

술탄은 기꺼이 허락했고, 왕자는 공주의 방에 들어갈 수 있었습니다. 공주는 의사 옷을 입은 사람이 보이자 자리에서 일어나 미친 듯이 욕설을 퍼부었습니다. 하지만 왕자는 아랑곳하지 않고 공주에게 자신의 목소리가 들릴 만큼 가까이 다가갔습니다. 그러고는 이렇게 속삭였지요.

"공주님, 저를 보세요. 저는 의사가 아니라 페르시아의 왕자입니다. 공주님을 구하러 왔어요."

목소리의 주인이 누구인지 알아챈 뱅골 공주는 마음이 진정되어 행복한 표정을 지었습니다. 가장 바라던 일이 뜻밖에 일어날 때 떠오르는 표정이었습니다. 이 상황이 믿기지 않아 한동안 아무 말도 하지 못하는 공주 대신 피루즈 샤 왕자가 그동안 있었던 일을 들려줬습니다. 눈앞에서 공주가 사라지는 걸 지켜만 봐야 했던 절망감부터, 그녀를 찾아낼 때까지 온 세상을 돌아다니겠다고 맹세한 것, 그리고 마침내 카슈미르 궁전에서 그녀를 찾게 된 것까지 모든 이야기를 전했습니다. 그렇게 이야기를 마친 왕자는 공주에게 여기까지 오게 된 사연을 말해 달라고 했습니다. 술탄에게서 공주를 구출할 좋은 방안을 찾기 위해서였지요.

공주가 왕자에게 자신의 상황을 짤막하게 설명했습니다. 술탄과의 결혼을 피하고자 어쩔 수 없이 미친 사람을 연기하고 있다는 것도 이야기했지요. 자신의 동의조차 얻지 않은 강제 구혼이었다고 전하며 이 말을 덧붙였습니다. 혹시라도 술탄이 잠자리를 강요해 사랑하는 왕자와의 신의가 깨지면 자결할 생각도 했다고요.

페르시아 왕자는 인도인이 죽은 뒤 마법의 말이 어떻게 되었는지 아느냐고 물었습니다. 공주는 그에 관해 아무 소식도 듣지 못했다고 했습니다. 다만 술탄도 대단히 귀한 말이라는 걸 알아서 소홀히 하지는 않았을 것 같다고 말했습니다.

페르시아 왕자도 그 말에 동의하며 함께 이곳을 빠져나가 페르시아로 돌아갈 계획을 세웠습니다. 첫 번째 단계는 다음 날 아침 술탄이 공주를 찾아오면 옷을 잘 차려입고 그를 정중히 맞아 주는 것이었습니다.

술탄은 공주가 가짜 의사를 만난 다음 상태가 꽤 호전되었다는 보고를 듣고 매우 기뻐했습니다. 이제 가짜 의사의 의술을 인정하지 않을 수 없었습니다. 다음 날 자신을 맞이하는 공주의 태도를 보면서, 머지않아 병이 완치되리라는 희망을 품게 되었습니다. 그는 공주에게 건강이 많이 좋아져 기쁘다며 훌륭한 의사와 잘 협조해 얼른 회복하라고 당부했습니다. 그러면서도 공주의 대답은 전혀 들을 생각 없이 그대로 방을 나왔지요.

페르시아 왕자는 술탄과 함께 방을 나오면서 벵골 공주가 어떻게 혼자 이토록 먼 카슈미르까지 오게 되었는지 물었습니다. 술탄은 별 의심 없이 벵골 공주가 했던 이야기와 같은 이야기를 들려줬습니다. 그리고 마법의 말은 어떻게 사용하는지 모르겠지만 꽤 기이한 물건 같아 보물 창고에 보관했다고 했습니다.

"폐하의 말씀을 듣고 보니 공주님의 병을 완치할 방법이 생각났습니다. 공주님은 마법의 말을 타고 여기까지 오는 동안 어떤 식으로든 마법의 영향을 받았을 게 분명합니다. 그 마법은 제가 알고 있는 어떤 향료로 충분히 풀 수 있습니다. 폐하께서 괜찮으시다면 백성들과 함께 놀라운 광경을 구경하시지 않겠습니까? 궁전 앞 중앙 광장에 마법의 말을 가져다 놓아 주시면 나머지는 제가 알아서 하겠습니다. 모든 사람이 보는 앞에서 공주님의 몸과 마음을 건강한 상태로 되돌려 놓겠습니다. 최대한 인상 깊은 장면을 연출하려면 공주님을 세상에서 가장 아름다운 의상과 보석 장식으로 꾸며 주셔야 합니다."

술탄은 왕자의 요구를 기꺼이 따르겠다고 했습니다. 다음 날 아침, 보물창고에 있던 마법의 말이 궁전 앞 중앙 광장에 놓였습니다. 평소 보기 힘든 구경거리가 생긴다는 소문이 삽시간에 도성 전체로 퍼졌습니다. 마법의 말 주변으로 백성들이 구름 떼처럼 몰려드는 바람에 경비병들이 나서서 막아야 했습니다.

모든 것이 준비되자 술탄이 궁전에서 나와 단상으로 올라갔습니다.

술탄 뒤로는 주요 귀족과 대신 들이 둘러섰지요. 이들이 자리에 앉자 뱅골 공주도 궁전에서 나왔고 술탄이 붙여 준 수많은 시녀들이 그 뒤를 따랐습니다. 공주는 천천히 마법의 말에 다가갔습니다. 시녀들의 도움을 받아 말 등에 올랐지요. 안장에 앉아 발을 등자 위에 올려놓고 손으로 고삐를 잡았습니다. 가짜 의사는 말 주위에 향로들을 가져다 놓고 불을 지폈습니다. 각 향로에는 온갖 향료를 넣어 두었습니다. 그는 두 손을 가슴에 포개고 눈을 내리깔더니 말 주위를 세 바퀴 돌며 중얼중얼 주문을 외우는 척했습니다. 곧 향로에서 짙은 연기가 피어올라 말과 공주가 거의 보이지 않을 지경이 되었습니다. 바로 가짜 의사가 기다리던 순간이었지요. 그는 말 위로 가볍게 뛰어올라 공주 뒤에 탔습니다. 나사를 돌리자 말이 하늘로 치솟았습니다. 그는 모든 사람이 듣게 큰 소리로 외쳤습니다.

"카슈미르 술탄, 앞으로 당신에게 보호를 요청하는 여인과 결혼하고 싶다면, 먼저 그녀의 동의를 얻는 법부터 배우시오!"

이렇게 뱅골 공주를 구해 낸 페르시아 왕자는 공주와 함께 페르시아로 돌아왔습니다. 이번에 그들이 내린 곳은 부왕이 있는 왕궁이었습니다. 두 사람의 결혼식은 성대하게 치러졌고, 결혼식 기간이 끝나자마자 페르시아 왕은 뱅골 국왕에게 대사大使를 보내 그동안 있었던 일을 알리며 두 나라의 동맹을 요청했습니다. 뱅골 국왕도 진심으로 기뻐하며 그 요청을 받아들였답니다.

막냇동생을 시기한
두 언니 이야기

옛날 옛적 코스루샤라는 술탄이 페르시아를 통치하던 시대의 이야기입니다. 술탄은 소년 시절부터 평민으로 변장하고 신하 한 명과 도성 여기 저기를 돌아다니는 걸 좋아했습니다. 선왕이 일찍 세상을 떠나는 바람에 젊었을 때부터 왕위를 이었지만, 술탄이 되어서도 대재상과 평민 복장으로 갈아입고 잘 알려지지 않은 도성의 골목골목을 돌아다녔지요.

술탄은 어느 한적한 골목을 지나다가 여인들이 크게 떠드는 소리를 들었습니다. 문틈으로 소리가 나는 집 안을 들여다보니 세 자매가 소파에 앉아 목에 핏대를 세우며 이야기를 나누고 있었습니다. 몇 마디만 듣고도 대화의 주제를 짐작할 수 있었습니다. 앞으로 어떤 남자와 결혼하고 싶은지 각자의 소원을 이야기하는 중이었지요.

나이가 가장 많은 맏이가 말했습니다.

"나는 술탄의 제빵사랑 결혼하고 싶어. 술탄을 위해 만든 맛있는 빵을 나도 마음껏 먹을 수 있잖아! 너희는 누구랑 결혼하고 싶니?"

둘째가 대답했습니다.

"나는 술탄의 주방장과 결혼하고 싶은데? 술탄을 위해 만든 스튜라면 맛이 끝내주겠지! 빵은 왕궁에서 흔하디흔한 음식일 테지만 주방장이 만든 스튜는 아무나 먹지 못할 거 아냐? 어때, 내 취향도 만만치 않지?"

이제 세 자매 중 가장 예쁘고 재치 넘치는 막내 차례였습니다.

"나라면 꿈을 훨씬 더 크게 갖겠어. 신랑감을 고르라면 술탄을 남편으로 맞이할 거야."

흥미진진하게 대화를 엿듣던 술탄은 세 자매의 소원을 모두 들어주기로 마음먹었습니다. 그래서 대재상에게 이 집을 기억해 놓고 내일 아침 세 자매를 왕궁으로 불러들이라고 명했지요.

대재상은 술탄의 명령을 그대로 수행했습니다. 다음 날 아침, 그는 세 자매의 집에 찾아가 술탄이 보고 싶어 한다며 옷 갈아입을 시간을 주고는 왕궁으로 데려왔습니다. 세 자매가 술탄 앞에 엎드려 절하자, 술탄이 다짜고짜 물었습니다.

"어젯밤에 너희가 누구와 결혼하고 싶다고 이야기한 것을 기억하느냐? 두려워하지 말고 솔직하게 말해 보거라."

세 자매는 생각지도 못한 말에 당황스러워하며 그저 고개만 숙이고 있었습니다. 막냇동생의 얼굴은 발그레해졌습니다. 술탄은 그런 그녀가 더욱 사랑스러웠습니다. 세 자매가 계속 아무 말도 하지 못하자 술탄이 재촉했습니다.

"두려워하지 말래도! 너희를 괴롭히려고 이 자리에 부른 것이 아니다. 사실 어제 우연히 너희의 소원을 듣게 되었다. 그대는 나를 남편으로 맞이하고 싶다고 했지? 오늘 바로 그렇게 될 것이다. 그리고 다른 두 사람도 각각 제빵사, 주방장과 결혼시켜 주겠다."

술탄이 이렇게 말하자 세 자매는 다시 그의 발 앞에 엎드렸습니다. 그중 막내가 떨면서 말했습니다.

"폐하께서도 아시겠지만 어제는 저희끼리 재미 삼아 한 말이었습니다. 저는 폐하의 성은을 감당할 만한 사람이 아닙니다. 부디 무례를 용서해 주십시오."

다른 언니들도 술탄에게 용서를 구했습니다. 하지만 그는 들으려 하지 않았지요.

"아니다, 아니야. 내 마음은 이미 정해졌다. 너희의 소원은 그대로 이루어질 것이다."

이리하여 그날 바로 세 자매의 결혼식이 치러졌습니다. 그런데 결혼식의 규모가 각각 달랐습니다. 술탄과 막냇동생의 결혼식은 대대로 내려오는 페르시아 군주와 왕비의 결혼식다웠습니다. 반면 두 언니의 결혼식은 제빵사와 주방장의 수준에 맞게 진행되었지요.

이런 차별에 기분이 나빠진 두 언니는 막냇동생에게 심한 질투심을 느꼈습니다. 이 질투심은 결국 여러 사람에게 고통을 안기는 씨앗이 되었지요. 두 언니는 결혼식을 치르고 며칠 뒤 공중목욕탕에서 만나 서로 이야기할 기회를 가졌습니다. 이때 각자의 마음을 숨김없이 털어놓았습니다.

"술탄이 그 계집애에게 반했다는 게 말이나 돼?"

맏이가 투덜거렸습니다.

"술탄이 눈이 먼 게 분명하지. 어떻게 우리보다 어리다고 개를 선택해? 그 계집애보다 언니가 훨씬 더 왕비에 어울린다고."

"오, 내 얘기는 하지 마. 술탄이 널 선택했다면 모든 게 좋았을 거야.

그런데 고 계집애처럼 못난 것을 택했다는 현실이 참 슬프더라. 어떻게든 복수할 테니 너도 도와주면 좋겠어. 괜찮은 생각 있으면 얼마든지 얘기해 줘."

두 언니는 사악한 음모를 꾸미기 위해 계속 만나서 아이디어를 공유했습니다. 하지만 겉으로는 왕비인 막냇동생을 정중히 대하며 잘 지내는 척했지요. 한동안 잠잠하던 두 언니는 마침내 왕비가 임신했다는 소식을 듣자 음모를 실행할 계획을 세웠습니다.

둘은 술탄에게 몇 주 동안 궁전에 머물며 동생의 출산을 돕겠다고 했고, 허락을 받았습니다. 그리고 밤낮으로 동생 곁에서 떠나지 않았지요. 마침내 태양처럼 밝은 사내아이가 태어나자, 두 언니는 갓난아기를 요람에 담아 궁전을 가로지르는 운하(인공 수로)에 떠내려 보냈습니다. 그러고는 왕비가 술탄이 그토록 바라던 아들이 아니라 강아지를 낳았다고 거짓 보고를 올렸지요. 술탄은 끔찍한 소식에 분노하며 비탄에 사로잡혔습니다. 하지만 대재상이 왕비를 술탄의 진노에서 간신히 구해 냈습니다.

한편, 아기가 담긴 요람은 계속 운하를 타고 떠내려가다 왕실 정원 감독관의 눈에 띄었습니다. 그는 페르시아 왕국에서 매우 존경받는 관리 중 한 명이었습니다.

정원 감독관은 근처에서 일하고 있던 정원사에게 말했습니다.

"가서 저 요람을 가져오게."

정원사는 감독관의 명령대로 요람을 가져와 건넸습니다.

감독관은 요람을 보고 깜짝 놀랐습니다. 당연히 비어 있을 거라고 생각했던 요람에 사랑스러운 갓난아기가 있었으니까요. 감독관은 결혼한

아기가 담긴 요람을 수로에 띄우는 두 언니

지 오래되었지만 아직 자녀가 없었던지라, 아기를 하늘이 주신 선물이라 여기며 집으로 데려가기로 했습니다. 그는 정원사에게 요람을 들고 자신을 따라오라고 분부했지요.

감독관은 집에 들어서면서 큰 소리로 말했습니다.

"여보, 하늘이 지금까지 우리에게 자녀를 허락하지 않았지만, 대신 선물을 보내셨소. 어서 유모를 불러오시오. 지금부터 나는 이 아이를 내 아들로 삼을 것이오."

아내도 기쁜 마음으로 아이를 받아 들었습니다. 요람이 왕궁 쪽에서 떠내려온 것 같았지만 정원 감독관은 어떻게 된 일인지 굳이 알아보려 하지 않았습니다.

이듬해 또 다른 왕자가 태어났지만 이번에도 운하에 버려졌습니다. 감독관이 저번처럼 운하 근처를 거닐다가 다행히 요람을 발견해 집으로 가져왔습니다.

술탄은 당연히 저번보다 더 크게 화를 냈습니다. 그다음 해 셋째인 공주를 낳을 때도 같은 일이 반복되자 술탄은 더 이상 참지 못하고 왕비를 사형에 처하라고 명령했습니다. 사악한 두 언니가 바라 마지않던 일이었지요. 하지만 궁중에서 신뢰와 사랑을 받아 온 왕비를 불쌍히 여긴 대재상과 다른 신하들은 술탄 앞에 엎드려 사형은 너무 잔인한 처사라며 만류했습니다.

"폐하, 왕비마마를 살려 두시되 왕궁에서 쫓아내십시오. 그것만으로도 충분히 큰 벌이 될 것입니다."

술탄은 간신히 흥분을 가라앉히고 이성을 되찾았습니다.

"경의 생각이 그렇다면 살려 두겠소. 하지만 한 가지 조건이 있소. 그

것 때문에 왕비는 매일 죽고 싶을 것이오. 모스크 입구에 상자를 하나 만들고 창문을 내시오. 왕비에게 거친 옷을 입혀 거기에 앉히고 모스크를 출입하는 모든 사람이 그녀의 얼굴에 침을 뱉게 하시오. 이를 거부하는 사람은 누구든 그녀와 똑같은 형벌을 받을 것이오. 대재상은 내 명령을 당장 실행하시오."

술탄의 엄명에 대재상은 더 이상 뭐라고 할 말이 없었습니다. 두 언니는 상자를 보면서 속으로 승리의 쾌재를 불렀지요. 왕비는 상자 속에 앉아 사람들의 온갖 조롱과 야유를 들어야 했습니다. 하지만 그녀는 모든 수모를 감수하며 의연하게 대처했고, 머지않아 의식 있는 사람들은 그녀를 동정하고 심지어 존경하게 되었습니다.

한편 셋째 아기, 즉 공주의 운명은 어떻게 되었을까요? 공주는 두 오빠와 마찬가지로 정원 감독관에게 발견되었고, 이들 부부가 입양해 키웠습니다. 세 남매는 따뜻한 보살핌 속에서 자라났지요.

아이들은 자라면서 용모와 기품이 남달라져 갔습니다. 고귀한 혈통에 어울리는 우아한 품위가 드러났지요. 수양아버지는 왕자들에게 각각 바흐만과 페르비즈라는 고대 페르시아 왕들의 이름을 붙여 줬고, 공주는 '정령의 아이'라는 뜻의 파리자드라고 불렀습니다.

두 왕자가 어느 정도 자라자 정원 감독관은 개인 교사를 불러 글을 읽고 쓰는 법을 가르쳤습니다. 공주도 함께 배우고 싶어 해서 옆에서 같이 공부하도록 허락했습니다. 공주는 오빠들 못지않게 훌륭하게 글을 읽고 쓰게 되었습니다.

이후로도 세 남매는 학문을 섭렵해 나갔습니다. 미술, 지리, 시, 역사, 과학은 물론이고 사람들이 잘 모르는 신비한 학문들까지 배웠습니다.

나날이 일취월장하는 모습에 가르치던 교사들도 혀를 내두를 정도였답니다. 공주는 특히 음악에 관심이 많아 손에 쥐는 모든 악기를 연주할 수 있었고, 오빠들처럼 말을 타고 활을 쏘고 창을 던질 줄도 알았습니다. 때로는 오빠들과 겨루어 이기기도 했지요.

정원 감독관은 수양 자녀들을 교육시키기에는 지금 살고 있는 곳이 너무 좁다고 생각했습니다. 그래서 근교에 드넓은 정원이 있는 시골 저택을 구했습니다. 정원에는 온갖 짐승을 풀어놓아 왕자들과 공주가 사냥을 즐길 수 있도록 했지요.

이렇게 이사할 준비가 되자 정원 감독관은 술탄을 찾아갔습니다. 그리고 술탄 앞에 엎드려 자신은 나이도 많고 오래 일했으니 사직을 허락해 달라고 간청했습니다. 술탄은 흔쾌히 허락했고, 충직한 신하로서 일해 온 보답으로 무엇을 받고 싶은지 물었습니다. 그러나 감독관은 폐하의 성은 말고는 바라는 것이 없다면서 자리에서 물러났습니다.

근교 저택으로 이사 온 지 대여섯 달 후, 정원 감독관은 갑작스럽게 죽음을 맞았습니다. 수양 자녀들에게 출생의 비밀을 알리지도 못한 채 숨을 거두었지요. 그의 아내도 이미 오래전에 세상을 떠나, 이제 세 남매는 자신들이 왕가의 혈통이라는 사실을 알 길이 전혀 없을 듯했습니다. 그들은 아버지를 잃은 슬픔이 컸지만 새로운 집을 떠날 생각은 하지 않고 조용히 만족하며 살았습니다.

그러던 어느 날 왕자들은 평소처럼 사냥하러 나가고 여동생 홀로 집에 남아 있는데, 독실한 이슬람교도 노파 하나가 문을 두드렸습니다. 기도 시간이라 집에서 기도를 좀 드리고 싶은데 그래도 되겠느냐고 물었지요. 공주는 들어오라 하고는 하녀에게 노파를 기도실로 안내해 주라고 일렀습니다. 노파의 기도가 끝나자 하녀는 손님에게 집 구경을 시켜 줬습니다.

노파는 하녀를 따라 으리으리하고 아름다운 저택을 구경하며 감탄을 금치 못했습니다. 구경을 마친 노파는 공주가 기다리고 있는 방으로 들어왔습니다. 그 방은 저택의 다른 어떤 방보다 웅장하고 화려했습니다.

공주는 상석인 소파를 가리키며 말했습니다.

"와서 제 옆에 앉으세요. 경건한 분과 잠시라도 이야기를 나눌 기회를 얻게 되어 참 기뻐요."

노파는 황송한 마음에 거절했지만 공주 역시 물러서지 않고 손님을 가장 좋은 자리에 앉히려 했습니다. 그리고 하녀들에게 손님이 시장할 테니 다과를 준비해 오라고 했지요.

노파가 다과를 먹는 동안, 공주는 그녀에게 수행 생활에 관한 여러 질문을 던졌습니다. 그러다가 자연스럽게 오늘 구경한 이 집이 어떤지 물었지요. 그러자 경건한 손님이 이렇게 대답했습니다.

"아가씨, 이 집의 결점은 누구라도 찾기 힘들 겁니다. 모든 게 아름답고, 편안하고, 잘 정돈되어 있어요. 특히 이보다 예쁜 정원은 상상하기 어려울 정도지요. 다만 세 가지만 채워진다면 이 세상에서 가장 완벽한 저택이 될 거라고 생각합니다."

"그 세 가지가 뭐죠? 어서 알려 주세요."

"그 세 가지란, 첫 번째, 말하는 새랍니다. 그 새가 지저귀면 주변에 있는 새들이 모여들어 합창을 하지요. 두 번째는 노래하는 나무입니다. 모든 잎사귀가 흔들리며 노래를 부른답니다. 마지막은 황금빛 물이에요. 이 물을 분수에 한 방울 떨어뜨리면 분수가 퐁퐁 솟구쳐 오르지만 절대 넘치는 법은 없지요."

"그런 보물이 있다니, 알려 주셔서 정말 고마워요! 혹시 어디서 그 보물을 찾을 수 있는지도 가르쳐 주실 수 있나요?"

"아가씨께서 친절을 베푸셨는데 답을 드리지 않으면 제가 배은망덕한 사람이겠지요. 그 세 가지 보물은 모두 한 장소에 있답니다. 이 페르시아 왕국과 인도가 맞닿아 있는 지역이랍니다. 그곳으로 가는 길이 이 집 앞을 지나고 있어요. 그 길을 따라가다가 스무 번째 되는 날, 첫 번째로 만나는 사람에게 말하는 새와 노래하는 나무, 황금빛 물이 어디에 있는지 물어보시면 됩니다."

말을 마치자 노파는 자리에서 일어나 작별을 고하고 떠났습니다.

파리자드 공주는 노파가 갑자기 떠나는 바람에 길을 찾아가는 방법을 좀 더 자세히 물어보지 못했습니다. 공주가 세 가지 보물을 손에 넣으면 얼마나 좋을지 상상하고 있는 사이, 두 오빠가 사냥에서 돌아왔습니다. 오빠들이 집에 왔는데도 멍하니 딴생각에 빠져 있는 여동생을 보고 바흐만 왕자가 물었습니다.

"무슨 일 있어? 표정이 좋지 않은데, 어디 아픈 건 아니지?"

파리자드 공주는 한동안 대답이 없다가 고개를 들어 오빠들을 보면서 아무것도 아니라고 말했습니다. 하지만 바흐만 왕자는 금세 이상한 낌새를 알아챘습니다.

"아니, 뭔가 있는데? 우리가 없는 그 짧은 사이에 뭔가 많이 달라졌어. 제발 숨기지 말고 말해 주렴. 그렇지 않으면 우리 남매의 우애는 여기서 끝나는 걸로 생각하겠다."

오빠가 이렇게까지 말하자 공주는 어쩔 수 없이 사실대로 토로했습니다.

"내가 아무것도 아니라고 말한 건 오빠들에게는 별일 아니라는 뜻이야. 하지만 나한테는 중요한 일이지. 오빠들도 나처럼 아버지가 물려주신 이 집이 모든 면에서 훌륭하다고 생각할 거야. 하지만 오늘 이 집이 정말 완벽해지려면 세 가지가 필요하다는 사실을 알게 되었어. 그 세 가지는 바로 말하는 새와 노래하는 나무, 황금빛 물이야."

공주는 각 보물의 특징을 설명한 뒤 계속 말을 이었습니다.

"어느 경건한 이슬람교도 노파가 이야기해 줬어. 오빠들은 그런 것 없이도 우리 집은 충분히 훌륭하다고 생각할지 몰라. 그런데 난 그렇지 않아. 세 가지 보물을 얻지 못하면 계속 불만스러울 것 같아. 그러니 오빠들, 보물을 구하기 위해 누굴 보내면 좋을지 조언 좀 해 줘."

사연을 들은 바흐만 왕자가 말했습니다.

"동생아, 네가 충분히 고민할 수 있는 문제라고 생각해. 페르비즈도 나처럼 세 가지 보물에 흥미가 생길 것 같은데? 내가 맏이니까 먼저 시도해 볼게. 보물이 어디에 있는지, 어떻게 가면 되는지 말해 줘."

페르비즈 왕자는 집안의 가장이 위험한 길을 떠나면 안 된다며 본인이 가겠다고 나섰습니다. 하지만 바흐만 왕자는 동생의 말을 들으려 하지 않았습니다. 곧장 여행에 필요한 준비를 시작했지요.

바흐만 왕자는 다음 날 아침 일찍 일어나 두 동생과 작별 인사를 하고 말에 올랐습니다. 막 출발하려고 하는데 갑자기 파리자드 공주가 길을 막았습니다.

"아, 생각해 보니 오빠가 다시 돌아오지 못할 수도 있을 것 같아. 무슨 일이 일어날지는 아무도 모르잖아. 오빠, 제발 여기서 그만두자. 오빠를 위험하게 만드느니 말하는 새와 노래하는 나무, 황금빛 물을 백 번이고 천 번이고 포기하겠어."

"위험한 일은 운이 나쁜 사람들에게나 일어나잖아. 나는 그렇게 운이 나쁜 사람이 아니야. 물론 앞날은 아무도 모르는 법이니까, 조심하도록 할게. 이 단검을 받아."

바흐만 왕자는 허리에 차고 있던 단검을 공주에게 건네며 말했습니다.

"가끔씩 칼집에서 칼을 빼서 확인해 봐. 지금처럼 칼이 깨끗하면 내가 살아 있는 거야. 피로 얼룩져 있으면 내가 죽었다는 신호고. 물론 그런 일은 없겠지만."

바흐만 왕자는 다시 한 번 작별 인사를 하고 충분히 무장한 채 길을 나섰습니다. 스무 날 동안 오른편이나 왼편으로 벗어나지 않고 똑바로 직진해 어느덧 페르시아 국경 근처에 이르렀습니다. 그렇게 스무 번째 되는 날, 길가 나무 아래 흉측하게 생긴 노인이 흰 수염을 땅바닥까지 늘어뜨린 채 앉아 있는 걸 보게 되었습니다. 손톱은 엄청나게 길었고 머리에는 우산처럼 생긴 큰 모자를 쓰고 있었지요.

경건한 노파의 당부를 기억하고 있던 왕자는 스무 날째에 해가 뜬 이후로 누구를 만날지 주위를 살피던 중 이 늙은 수도자와 마주치게 된 것입니다. 말에서 내린 바흐만 왕자는 노인에게 머리 숙여 인사하며 말했습니다.

"어르신, 이 땅에서 장수하시고 바라시는 모든 일이 이루어지길 바랍니다."

수도자도 뭐라고 대답했지만 콧수염이 너무 두껍게 덮여 있어 웅얼웅얼 무슨 말인지 도통 알아들을 수 없었습니다. 왕자는 말안장에 달린 주머니에서 가위를 꺼낸 뒤 그에게 콧수염을 조금 잘라도 되냐고 물었습니다. 보물이 있는 곳을 물어봐야 하는 왕자에게는 중요한 문제였지요. 수도자가 허락하자 왕자는 그의 수염과 머리를 잘랐습니다. 그는 몰라보게 깔끔해졌고 훨씬 젊어 보였습니다. 늙은 수도자는 왕자에게 미소를 지으며 고마워했습니다.

"이 늙은이에게 신경 써 주셔서 어떻게 감사해야 할지 모르겠소. 내가 무엇을 도와주길 바라는지 말씀해 보시오."

"어르신, 저는 말하는 새와 노래하는 나무, 황금빛 물을 찾아 먼 곳에서 왔습니다. 이 부근에 있다는 건 아는데, 정확한 위치는 모릅니다. 혹시 어르신이 알고 계시다면 말씀해 주세요. 그럼 먼 길을 온 것이 헛사가 되지 않을 듯합니다."

바흐만 왕자는 말하는 동안 늙은 수도자의 안색이 변하는 걸 목격했습니다. 수도자는 잠시 주저하다가 겨우 입을 열었습니다.

"그대가 묻는 장소를 알고는 있소만, 나에게 극진히 친절을 베푼 그대에게 과연 그곳을 알려 주는 게 맞는지 망설여지는구려."

"어째서 망설이시는지요? 위험한 곳이라도 됩니까?"

"아주 위험하오. 그대처럼 용감한 다른 사람들도 나에게 그곳으로 가는 길을 물었소. 나는 그들의 뜻을 돌려 보려 했지만 소용없었소. 아무도 내 말을 들으려 하지 않았고, 아무도 결국 다시 돌아오지 못했소. 그러니 더 이상 찾아가지 마시오."

"어르신의 걱정과 조언에 감사할 따름입니다. 다만 그 조언은 따를 수 없습니다. 도대체 무엇이 그토록 위험하다는 말씀입니까?"

"그대를 공격할 자들은 보이지 않는 존재들이오. 그러니 어떻게 그

수도자의 수염을 다듬는 바흐만 왕자

들을 피하겠소?"

"그 무엇도 저를 막을 수 없습니다. 어르신, 마지막으로 부탁드립니다. 제가 어디로 가야 하는지 말씀해 주세요."

수도자는 이미 결심이 선 왕자의 마음을 돌이키기 어렵다는 걸 확인하고, 가방 안에서 공 하나를 꺼내 건넸습니다.

"그대의 뜻이 정 그렇다면 어쩔 수 없구려. 이 공을 받으시오. 말에 올라타 공을 앞으로 던지시오. 공이 저절로 굴러가다 산기슭에서 멈출 것이오. 그러면 그대도 말에서 내려 고삐를 말 모가지 위에 올려놓으시오. 말은 어디로도 도망가지 않고 그 자리에 있을 것이오. 산을 올라가다 보면 길 양쪽에 검은 바위들이 많이 있을 것이고, 그대를 모욕하는 수많은 목소리가 들릴 것이오. 하지만 신경 쓰지 말고 앞만 보고 걸어가시오. 특히 절대 뒤를 돌아봐서는 안 되오. 돌아보는 순간 검은 바위로 변할 테니까. 다른 검은 바위들도 원래는 그대처럼 나를 찾아왔던 사람들이었는데 뒤를 돌아봐서 그렇게 된 것이오. 이 위험을 피해 산 정상에 이르면 화려한 새장 안에 있는 말하는 새를 보게 될 것이오. 그 새에게 노래하는 나무와 황금빛 물이 어디 있는지 물어보면 되오. 여기까지가 내가 들려줄 수 있는 말이라오. 이제 그대가 무엇을 해야 하고 무엇을 피해야 하는지 알았을 것이오. 하지만 지금이라도 늦지 않았으니 마음을 돌이켜 집으로 돌아가도록 하시오."

왕자는 웃으며 고개를 가로저었습니다. 그리고 다시 한 번 늙은 수도자에게 감사를 표하고는 말에 올라 공을 앞으로 던졌습니다.

공이 길을 따라 아주 빠르게 굴러가는 바람에 쫓아가기가 쉽지 않았습니다. 공은 속도를 잃지 않고 계속 굴러 어느 산기슭에서 멈췄고, 왕자도 곧장 말에서 내려 고삐를 말 모가지 위에 올려 두었습니다. 산을 올려 다보니 여기저기 검은 바위가 수없이 흩어져 있었지요. 왕자는 뚜벅뚜 벅 산을 오르기 시작했습니다. 몇 걸음도 채 떼지 않았는데 주변에서 목 소리들이 들려왔습니다. 아무것도 보이지 않았는데도 말이지요.

“저 얼빠진 인간은 누구야?”

“저 녀석이 못 올라가게 막아!”

“당장 죽여 버리자.”

“도둑놈이다! 살인마다!”

“그냥 가게 내버려 둬! 잘생기고 젊은 놈이잖아. 새와 새장은 바로 저 런 녀석을 위한 거라고.”

바흐만 왕자는 이 모든 떠들썩한 소리에 신경 쓰지 않고 앞만 보고 전진했습니다. 그런데 목소리들은 잦아들기는커녕 갈수록 요란해졌습 니다. 결국 두려움에 사로잡힌 왕자는 다리가 후들거리기 시작했습니 다. 늙은 수도자의 충고도 어느새 잊고 말았지요. 다시 산 아래로 내려 가려고 몸을 돌린 순간, 왕자는 검은 바위로 변해 버렸습니다. 산 아래 에 있던 그의 말도 검은 바위로 변했습니다.

한편 바흐만 왕자가 떠난 뒤 페르비즈 왕자와 파리자드 공주는 늘 마 음속으로 그를 걱정하면서 하루에도 몇 번씩 마법의 단검을 꺼내 확인 했습니다. 그러다 왕자가 검은 바위로 변한 그 시각, 단검 표면에 생긴 큰 핏자국을 보게 되었지요. 공주는 두려움에 몸서리치며 단검을 집어 던져 버렸습니다.

“아! 사랑하는 나의 오빠를 이제 다시 볼 수 없구나. 내가 오빠를 죽 인 거야. 어리석게도 유혹과 거짓에 속아 넘어간 거야. 말하는 새와 노래하는 나무가 도대체 뭐라고 내가 그런 것 따위에 사로잡혀 있었던 거냐고!"

페르비즈 왕자도 공주 못지않게 형을 잃은 슬픔이 컸습니다. 하지만 그는 한탄만 하며 시간을 허비하지 않았습니다.

"동생아, 왜 노파가 너를 속였다고 생각하는 거야? 너에게 그렇게 말한 이유가 있지 않았을까? 형은 그 노파 때문이 아니라 우연한 사고로 세상을 떠났을 거야. 그러니 내일 내가 보물을 찾으러 떠나야겠어."

유일하게 남은 피붙이를 잃을까 두려워진 공주는 둘째 오빠가 떠나지 못하도록 막았습니다. 그러나 페르비즈 왕자는 단호했습니다. 집을 떠나기 전 오빠는 동생에게 진주 백 개를 꿰어 만든 묵주를 건네며 말했습니다.

"내가 없을 때 매일 이 묵주를 돌리면서 나를 위해 기도해 줘. 그런데 이 묵주의 진주알이 서로 달라붙어 한 알 한 알 넘어가지 않으면, 내가 형과 같은 운명에 처했다고 생각하면 될 거야. 물론 그런 일은 절대 일어나지 않겠지만."

페르비즈 왕자는 바흐만 왕자처럼 스무 날 동안 여행한 끝에 같은 장소에서 늙은 수도자를 만났습니다. 그 역시 수도자에게 말하는 새와 노래하는 나무, 황금빛 물을 어디서 찾을 수 있는지 물었지요. 수도자는 형에게 그랬듯 동생을 단념시키려고 노력했습니다. 몇 주 전에 페르비즈 왕자를 많이 닮은 한 젊은이도 그곳을 찾아갔다가 다시는 돌아오지 못했다는 말도 전했습니다.

"어르신, 그 사람이 바로 제 형입니다. 저는 형이 죽었다는 사실을 알고 있어요. 어떻게 죽었는지는 모르지만요."

"그대의 형은 검은 바위로 변했소. 똑같은 일을 하러 갔던 다른 사람들처럼 말이오. 나의 충고를 잘 따르지 않으면 그대도 같은 운명이 될 것이오."

그는 산을 오를 때 따라오는 시끄러운 목소리들에 신경 쓰지 말라고 하면서, 가방에서 공을 꺼내 건네줬습니다. 페르비즈 왕자도 굴러가는 공을 쫓아갔습니다.

산기슭에 이르러 말에서 뛰어내린 왕자는 잠시 늙은 수도자가 말해 준 충고를 되새긴 다음 용감하게 산을 오르기 시작했습니다. 그런데 대여섯 발자국을 걸으니 그때부터 귓가에 사람들의 목소리가 들려오는 것이었습니다.

"멈춰라, 이 건방진 놈아! 감히 어디서 까불고 있어. 당장 혼쭐을 내주마."

이 목소리에 화가 난 페르비즈 왕자는 늙은 수도자의 충고를 까맣게 잊고 말았습니다. 그는 칼을 꺼내고 목소리가 들리는 쪽으로 몸을 휙 돌렸습니다. 하지만 그곳에는 아무도 없었고, 결국 그와 그의 말도 검은 바위로 변하고 말았습니다.

파리자드 공주는 페르비즈 왕자가 떠난 뒤로 하루도 빠짐없이 묵주를 돌리며 기도를 올렸습니다. 심지어 밤에도 묵주를 목에 건 채로 자고, 아침에는 일어나자마자 오빠가 안전한지부터 확인했습니다. 왕자가 검은 바위로 변한 후, 평소처럼 손가락으로 묵주 알을 돌리던 공주는 진주알이 뻑뻑해지면서 한 알씩 돌아가지 않자 가슴이 철렁 내려앉았습니다. 하지만 이런 상황이 오면 어떻게 해야 할지 오래전부터 생각하고 있었습니다. 다음 날 아침 공주는 남자로 변장하고 그 문제의 산을 찾아갔습니다.

어릴 때부터 말타기에 익숙했던 공주는 오빠들처럼 매일 장거리를 여행할 수 있었고, 마침내 스무 번째 되는 날에 늙은 수도자가 앉아 있는 곳에 도착했습니다. 공주가 그에게 공손하게 말했습니다.

"어르신, 잠시 옆에서 쉬어 가도 되겠습니까?"

늙은 수도자가 허락하자 공주는 옆에 앉아 이렇게 물었습니다.

"사실은 여쭤보고 싶은 것이 있는데, 이 근처에 말하는 새와 노래하는 나무, 황금빛 물이 어디에 있는지 알려 주실 수 있나요?"

"그대는 남자로 변장했지만 목소리를 들으니 여자인 걸 알겠소. 내가 그대를 도울 수 있어 영광이오. 한데 질문의 목적이 무엇인지 물어봐도 되겠소?"

"어르신, 저는 누군가에게서 이 세 가지 보물에 대해 듣게 되었습니다. 그 이후로 보물을 너무도 갖고 싶어졌고요."

"맞소. 그대가 듣던 것보다 훨씬 더 아름답고 놀라운 보물이라오. 그런데 보물을 얻기 위해 겪어야 할 어려움은 듣지 못한 것 같소. 바라건대, 제발 포기하고 집으로 돌아가시오. 그대가 잔인하게 죽는 꼴은 보고 싶지 않소."

"어르신, 저는 멀리서 왔습니다. 목적을 이루지 못하고 돌아간다면 절망스러울 거예요. 겪어야 할 어려움을 말씀하셨죠? 제발 그게 뭔지 말씀해 주세요. 그래야 제가 극복할 수 있는지, 아니면 제 힘으로 감당할 수 없는지 판단할 수 있을 테니까요."

결국 이번에도 늙은 수도자는 끔찍한 목소리들, 검은 바위로 변한 사람들 이야기를 하면서 산에 오르는 게 쉽지 않다고 충고했습니다. 그리고 새장을 손에 넣을 때까지 절대 뒤를 돌아보면 안 된다고 강조했지요. 수도자의 충고를 듣고 공주는 이렇게 말했습니다.

"그렇다면 두 가지가 중요하네요. 첫째, 시끄러운 목소리에 마음이 동요되어서는 안 되고, 둘째로는 절대 뒤를 돌아봐서는 안 되겠군요. 저는 제가 앞만 보고 걸을 수 있는 자제력이 있다고 생각하지만 용감한 남자들조차 그 목소리들을 듣고 두려움에 사로잡힌다고 하셨으니, 솜으로 귀를 틀어막아야겠어요. 아무리 크게 소리를 질러도 들리지 않을 거예요."

"수많은 사람이 나에게 산으로 가는 길을 물었지만, 위험에서 벗어날 방안을 제시한 사람은 그대가 처음이오! 성공할 수도 있겠지만 위험한 건 마찬가지라오."

"저는 이 방법이 성공할 것이라고 확신해요. 이제 제게 남은 일은 어르신에게 그곳으로 어떻게 갈 수 있는지 듣는 것뿐이에요."

늙은 수도자는 더 이상 말해 봐야 입만 아플 뿐이라고 생각하고는 공주에게 공을 건넸습니다. 공주는 공을 자기 앞쪽에 던졌지요.

산기슭에 도착한 공주는 가장 먼저 솜으로 귀를 틀어막았습니다. 그런 다음 산을 오르기 시작했습니다. 솜으로 귀를 막았지만 어떤 목소리는 들리기도 했습니다. 하지만 별로 문제가 되지는 않았습니다. 산에 오를수록 공주를 조롱하는 목소리는 더 커졌지만 그녀는 코웃음 칠 뿐 아무리 거친 말도 무시해 버렸습니다. 드디어 새장과 새가 보이기 시작했습니다. 새는 천둥같이 큰 목소리로 소리쳤습니다.

"야 이년아, 돌아가, 돌아가라고! 어딜 감히 다가와!"

새를 본 공주는 발걸음이 빨라졌습니다. 새의 목소리가 귀청이 터질

검은 바위를 타고 올라가는 파리자드 공주

듯 커졌지만 공주는 아랑곳하지 않고 곧장 걸어가 새장을 움켜잡았습니다.

"요놈, 잡았다! 이제 넌 못 도망가!"

공주는 귀에서 솜을 빼냈습니다. 더 이상 필요 없어진 거지요.

"저의 자유를 지켜 주려고 욕설을 퍼부었던 다른 목소리들처럼 당신을 욕한 것을 괘씸하게 생각하지 말아 주세요. 비록 새장 안에 갇혀 있지만 제 몫에 나름대로 만족했거든요. 그런데 제가 노예가 되어야 한다면, 누구보다도 용감했던 당신이 나의 주인이 되었으면 좋겠습니다. 저는 당신에게 충성을 맹세합니다. 언젠가는 제가 진실을 알려 드릴 날이 올 거예요. 제가 당신보다 당신의 정체를 더 잘 알고 있으니까요. 그나저나 제가 무엇을 해야 하는지 알려 주세요. 무슨 명령이든 따르겠습니다."

공주는 감개무량했습니다. 이 말하는 새가 바로 사랑하는 두 오빠의 목숨을 대가로 얻은 소중한 보물이었으니까요.

"새야, 나의 노예가 되겠다니 고맙구나. 그럼 황금빛 물이 어디 있는지 말해 주렴."

새가 알려 준 위치는 멀지 않았습니다. 공주는 가져온 작은 은병에 황금빛 물을 채워 넣었습니다. 그런 다음 새에게 말했습니다.

"새야, 또 물어볼 게 있단다. 노래하는 나무는 어디 있지?"

"주인님 뒤쪽에 있는 숲에 있어요."

공주는 숲을 돌아다니며 노래하는 나무를 찾았습니다. 어디선가 아름다운 노랫소리가 들려와 다가가 보니 과연 노래하는 나무가 있었습니다. 하지만 나무가 너무 높고 굵어서 뿌리째 가져가기는 힘들어 보였지요. 공주가 고민하자 새가 말했습니다.

"뿌리째 뽑을 필요 없습니다. 가지 하나만 꺾어서 정원에 심으세요. 그러면 금방 뿌리를 내리고 큰 나무가 될 거예요."

경건한 노파가 말해 준 세 가지 보물을 모두 얻은 공주는 새에게 이렇게 말했습니다.

"새야, 이걸로는 충분하지 않단다. 너를 찾다가 검은 바위로 변한 두 오빠들을 집으로 데려가고 싶구나."

무슨 영문인지 새는 곤란한 표정을 지으며 아무 대답도 하지 않았습니다. 공주는 자못 엄한 어조로 말했습니다.

"새야, 방금 전에 네가 내 노예가 되겠다고 맹세했지? 네 목숨은 나에게 달렸다고 했잖아?"

"네, 잊지 않았어요. 그런데 주인님의 명령은 너무 어려운 일이에요. 그렇지만 최선을 다해 볼게요. 주위를 둘러보면 주전자가 하나 보일 거예요. 그 주전자를 가지고 산을 내려오면서 모든 검은 바위에 물을 조금씩 부으세요. 그럼 두 오빠를 찾을 수 있을 거예요."

파리자드 공주는 한 손에 주전자를, 다른 손엔 나뭇가지와 은병을 들고 산을 내려가며 검은 바위마다 물을 조금씩 부었습니다. 그러자 바위는 바로 사람으로 변했습니다. 마침내 두 오빠를 찾은 공주는 기뻐서 소리쳤습니다.

"오빠들, 대체 여기서 뭐하고 있었어?"

"우린 잠들어 있었지."

"그래. 내가 아니었으면 오빠들은 최후의 심판 날까지 잠만 자고 있었을 거야. 오빠들이 말하는 새와 노래하는 나무, 황금빛 물을 찾으려고 여기까지 왔다는 건 기억해? 주변을 돌아봐. 오빠들과 이 사람들, 그리고 말들이 모두 검은 바위로 변했었어. 그런데 내가 이 주전자의 물을 부어서 원래대로 돌려놓았지. 바라던 보물을 얻었지만 오빠들만 남겨두고 집으로 돌아갈 수는 없었거든. 그래서 말하는 새에게 마법을 풀 수 있는 방법을 물었지."

이 말을 들은 바흐만 왕자와 페르비즈 왕자는 자신들이 공주에게 큰 은혜를 입었다는 사실을 깨달았습니다. 주변에 있던 다른 남자들은 공주의 노예가 되겠다고 선언하면서 무슨 일이든 복종할 준비가 되어 있다고 말했습니다. 그러나 공주는 마음은 고맙지만 자기에게 필요한 사람은 두 오빠라면서 각자 고향으로 돌아가라고 했습니다.

공주도 말에 올라 떠날 준비를 했습니다. 말하는 새가 들어 있는 새장은 자신이 들고, 바흐만 왕자에게는 노래하는 나무의 가지를 맡겼습니다. 페르비즈 왕자는 황금빛 물이 들어 있는 은병을 챙겼지요.

사람들은 세 남매를 호위해 주고 싶다며 동행했습니다.

돌아가는 길에 그들은 늙은 수도자를 만나서 진심 어린 충고에 감사를 표하려 했습니다. 그런데 안타깝게도 수도자는 이미 저세상으로 떠난 뒤였습니다. 나이가 너무 많아서일 수도 있고, 더 이상 자신이 해야 할 일이 없어서 그랬는지도 모릅니다.

공주 일행은 계속 길을 걸었고, 날이 갈수록 숫자가 줄어들었습니다. 가는 길에 하나둘 자기 고향으로 돌아갔기 때문이지요. 마침내 세 남매만 남아 시골 저택 입구에 도착했습니다.

공주는 곧바로 새장을 정원으로 가져갔습니다. 말하는 새가 노래를 부르자 종달새, 방울새, 꾀꼬리, 박새 등 온갖 종류의 새들이 몰려와 합창을 했습니다. 노래하는 나무의 가지는 집 근처 한쪽 구석에 심었는데, 며칠이 지나자 큰 나무로 자라 있었습니다. 커다란 대리석 분수대에 부은 황금빛 물은 곧바로 거대한 물기둥이 되어 솟구치며 멋진 분수를 이루었지요.

이 놀라운 보물들의 명성은 삽시간에 퍼졌고, 여기저기서 구경꾼들이 몰려들었습니다.

며칠이 지나 바흐만 왕자와 페르비즈 왕자의 일상은 다시 예전으로 돌아왔습니다. 대부분의 시간을 사냥하면서 보냈지요. 그러던 어느 날, 사냥을 나온 페르시아의 술탄이 두 왕자가 사냥하는 쪽으로 다가왔습니다. 두 왕자는 술탄을 방해하지 않기 위해 잠시 사냥을 중단하고 물러나기로 했지요. 하지만 우연히도 물러나는 길에 술탄과 딱 마주쳤습니다. 두 왕자는 얼른 말에서 내려 왕 앞에 엎드렸습니다. 술탄은 두 왕자의 기품 있는 용모에 관심을 보이며 일어나라고 명했습니다.

두 왕자는 정중하게 자리에서 일어났습니다. 술탄은 한동안 말없이 둘을 살펴보더니 누구이며 어디서 사는지 물었습니다. 그러자 바흐만 왕자가 대답했습니다.

"폐하, 저희는 예전에 폐하의 정원 감독관으로 일하던 자의 자식들입니다. 아버지가 돌아가시기 얼마 전에 지어 주신 집에서 살고 있습니다. 아버지는 저희가 폐하를 섬길 수 있는 나이가 되어 관직에 오를 때까지 그 집에서 살기를 원하셨습니다."

"보아하니 사냥을 좋아하는 것 같은데?"

"네, 폐하. 평상시 운동처럼 하고 있습니다. 누구든 왕국의 오랜 관습을 따르고 무기를 다루려는 사람이라면 결코 소홀히 해서는 안 되는 활동이라고 생각합니다."

왕자의 대답에 흡족해진 술탄은 곧바로 이렇게 말했습니다.

"그렇다면 자네들의 실력을 한번 보고 싶네. 와서 사냥감을 골라 보게나."

왕자들은 말에 올라 가까운 거리에서 술탄을 따랐습니다. 얼마 가지 않아 눈앞에 수많은 짐승이 나타났지요. 바흐만 왕자는 사자를 사냥하기 시작했고, 페르비즈 왕자는 곰을 쫓았습니다. 사냥감이 사정거리에 들어오자 각자의 창으로 사자와 곰의 심장을 꿰뚫은 두 사람은 또다시 순식간에 사자와 곰을 한 마리씩 더 잡았습니다. 그들이 세 번째 목표물을 향해 나아가려 하자 술탄이 두 왕자를 불러 웃으면서 말했습니다.

"자네들을 그대로 두었다간 사냥감이 한 마리도 남지 않겠어. 용기와 솜씨는 충분히 확인했으니 이만 하면 됐네. 자네들은 언젠가 나의 유용한 보물이 될 걸세."

그러면서 그들을 왕궁에 초청했습니다. 하지만 두 왕자는 술탄의 호의에 감사하지만 그럴 수 없는 처지라며 양해를 구했습니다. 의외의 대답에 놀란 술탄이 그 이유를 묻자, 바흐만 왕자는 지금까지 한 가족으로 살아온 여동생과 말없이 갑자기 떨어지는 건 어렵다고 설명했지요. 그러자 술탄이 말했습니다.

"여동생에게 의견을 구하고 내일 다시 사냥터로 나오게나. 그때 답을 듣겠네."

하지만 집으로 돌아온 두 왕자는 낮에 술탄과 있었던 일을 까맣게 잊고 여동생에게 의견을 묻지 않았습니다. 다음 날 아침, 그들은 여느 때처럼 사냥하러 나갔다가 같은 장소에서 또 술탄을 만나게 되었습니다.

술탄은 두 왕자에게 여동생의 답변에 대해 물었습니다. 둘은 얼굴이 새빨개진 채 서로의 얼굴만 쳐다볼 뿐이었습니다. 마침내 바흐만 왕자가 입을 열었습니다.

"폐하, 저희의 불찰을 용서해 주십시오. 저와 제 동생이 폐하의 명을 잊고 있었습니다."

"그럼 오늘은 잊지 말고 꼭 물어보게. 내일 답변을 듣겠네."

하지만 어이없게 이번에도 두 왕자는 술탄과의 약속을 잊어버렸습니다. 자신들의 부주의에 술탄이 노할까 봐 두려웠습니다. 그러나 술탄은 화를 내기는커녕 두 왕자에게 작은 황금 구슬 세 개를 건네주며 말했습니다.

"이 구슬들을 품에 넣어 두게. 그럼 밤에 옷을 벗을 때 구슬들이 바닥에 떨어지는 소리에 약속이 생각날 거야."

과연 술탄의 예상대로였습니다. 두 왕자는 여동생의 침실을 찾아가 그동안 있었던 일을 이야기했습니다.

소식을 들은 파리자드 공주는 불행한 기분을 숨기지 않았습니다.

"오빠들이 술탄과 만난 건 대단히 영광스러운 일이야. 앞으로 오빠들 미래에 좋은 일이 생길 거고. 하지만 내 입장은 곤란해졌네. 솔직히 오빠들이 술탄의 제안을 곧장 받아들이지 않아서 고마웠어. 하지만 군주는 자신의 명을 거역하는 사람에게 언젠가 복수할 테고, 그때 나는 더 불행해질 거야. 미래를 멀리 내다볼 수 있는 말하는 새에게 지혜로운 조언을 달라고 해 보자."

공주는 하인들에게 새장을 가져오게 했습니다. 새는 이렇게 말했습니다.

"두 오빠는 술탄의 제안을 거절해서는 안 됩니다. 아니, 오히려 이 집에 술탄을 초대해야 합니다."

"하지만 새야, 우리는 서로를 깊이 사랑하고 있단다. 네 말대로 하면 우리의 우애에 금이 가지 않을까?"

"전혀요. 오히려 우애가 더 깊어질 겁니다."

"그러면 술탄이 나를 보자고 하실 텐데."

새는 술탄이 공주를 봐야 하고, 그러면 앞으로 모든 일이 잘될 거라고 대답했습니다.

그다음 날 아침, 술탄은 두 왕자를 만나 여동생에게 물어봤는지, 어떤 대답을 들었는지 물었습니다. 바흐만 왕자는 폐하의 뜻에 따를 준비가 되었다고 대답했습니다. 오히려 여동생이 이 문제를 가지고 망설이는 오빠들을 꾸짖었다는 말도 덧붙였습니다. 기쁜 마음으로 두 왕자의 답변을 들은 술탄은 여동생에게 그러하듯 자신에게도 충심을 갖길 바랐습니다. 그러면서 두 왕자를 옆에 끼고 다녔습니다. 대재상을 비롯한 다른 대신들이 시샘할 정도였지요.

술탄의 행렬이 도성 입구에 들어서자 이를 구경하러 온 백성들의 시선이 낯선 두 왕자에게 꽂혔습니다. 그러면서 이렇게 수군거렸습니다.

"아, 술탄께 아들이 있었다면, 아마 저 잘생긴 젊은이들 또래 정도 되었을 거야."

술탄은 두 왕자를 위해 궁에 훌륭한 방을 마련해 놓으라고 명령했습니다. 심지어 두 왕자와 한 탁자에 같이 앉기도 했습니다. 저녁 식사 시간에는 다양한 분야의 학문을 주제로 대화를 나눴는데, 술탄은 특히 역사 분야에 관심이 많았습니다. 그런데 어떤 주제를 던지든 두 왕자가 자신의 견해를 술술 이야기하는 것이었습니다. 그는 속으로 두 젊은이가 자신의 자식이면 좋겠다고 생각했고, 그들의 대단한 학식에 칭찬을 아끼지 않았습니다.

밤이 깊어지자 두 왕자는 술탄의 옥좌 앞에 엎드려 이제는 물러갈 수 있도록 허락해 달라고 했습니다. 술탄이 기꺼이 작별을 고하자 바흐만 왕자가 용기를 내 이렇게 말했습니다.

"폐하, 감히 간청하고 싶은 것이 있습니다. 언제 저희 집 주변에 사냥하러 오시면 저희 집에 들르셔서 잠시 쉬었다 가십시오. 저희 세 남매에게는 무한한 영광이 될 것입니다."

"물론 들르고말고! 나도 자네들의 여동생이 어떤 사람인지 보고 싶었던 참이네. 오래 미룰 것 없이 모레 찾아가도록 하겠네."

파리자드 공주는 술탄을 어떻게 대접해야 할지 몰라 고민이 많았습니다. 궁중 예식에 문외한인 공주는 이번에도 말하는 새에게 어떤 요리를 준비하면 좋을지 조언을 구했습니다.

"주인님은 음식 솜씨가 좋으니 걱정하실 필요 없습니다. 다만 진주를 채워 넣은 오이 요리를 다른 음식보다 먼저 내놓으셔야 합니다."

"진주를 채워 넣은 오이 요리라고! 처음 듣는 요리인걸? 술탄께서 먹을 수 있는 음식을 바라시지 감상만 할 수 있는 음식을 바라실까? 게다가 내가 가진 진주를 모두 사용한다고 해도 오이의 반도 채우지 못할 거야."

"주인님, 제가 말씀드린 대로 하시면 좋은 일이 생길 거예요. 내일 동트기 전에 정원으로 나가 오른쪽 첫 번째 나무 아래를 파 보세요. 필요한 만큼 진주를 얻을 수 있을 거예요."

공주는 일단 새의 말을 믿기로 하고, 다음 날 새벽 동트기 전 정원사를 데리고 가서 새가 시키는 대로 했습니다. 얼마간 땅을 파자 놀랍게도 작은 자물쇠로 잠겨 있는 황금 상자가 나타났지요.

자물쇠는 쉽게 열렸습니다. 상자 안에는 알이 굵지는 않지만 빛깔과 모양이 고운 진주가 가득했습니다. 정원사가 황금 상자를 파낸 자리를 다시 흙으로 메웠고, 공주는 상자를 들고 집으로 돌아왔습니다.

공주가 꼭두새벽부터 어디를 가는지 궁금했던 두 왕자는 잠자리에서 일어나 옷을 입고 정원으로 나왔습니다. 그러고는 어디선가 황금 상자를 들고 나타난 공주에게 물었습니다.

"새벽부터 어딜 갔다 오는 거야? 정원사가 보물을 찾아 준 거니?"

"아니, 그 반대야. 보물을 찾은 사람은 바로 나야."

공주는 이렇게 말하더니 상자를 열어 안에 든 진주를 오빠들에게 보여 줬습니다. 그리고 저택으로 돌아오는 길에 자초지종을 설명했습니다. 세 남매는 말하는 새의 독특한 조언이 무슨 의미인지 추측해 봤지만 결국 아무것도 알 수 없었고, 그저 조언을 정확히 따라야겠다는 생각만 했습니다. 저택에 들어선 공주는 제일 먼저 주방장에게 술탄께 대접할 요리를 준비하라고 분부하고서 이렇게 덧붙였습니다.

"내가 말한 요리들 말고도 한 가지 더 준비해야 할 게 있네. 진주를 채워 넣은 오이 요리를 자네가 직접 준비해 주게."

주방장은 난생처음 듣는 요리에 깜짝 놀라 한 걸음 뒤로 물러섰습니다. 주방장이 무슨 생각을 하는지 짐작한 공주는 이렇게 말했습니다.

"내가 지금 미쳤다고 생각하겠지. 하지만 나는 내가 무엇을 하고 있는지 잘 알고 있네. 가서 진주를 가지고 최선을 다해 요리를 만들어 주게."

다음 날 아침 두 왕자는 숲으로 나갔고, 곧 술탄 일행과 만났습니다. 왕자들과 술탄은 함께 사냥을 즐겼는데, 정오가 되면서 햇볕이 너무 뜨거워져 더 이상 사냥을 할 수 없었습니다. 그래서 예정대로 세 남매의 저택으로 말 머리를 돌렸습니다. 바흐만 왕자는 술탄 옆에 섰고 페르비즈 왕자는 먼저 집에 도착해 여동생에게 술탄이 오고 있다고 알렸습니다.

술탄이 저택의 안뜰에 들어서자 공주는 그의 앞에 엎드렸습니다. 술탄은 몸소 그녀를 일으키며 한동안 공주의 얼굴을 바라봤습니다. 공주의 우아함과 아름다움, 기품 있는 자태에 술탄은 적잖이 놀랐습니다. 도저히 궁벽한 시골에 사는 처녀로 보이지 않았습니다.

"과연 그 오빠들에 그 동생이로구나. 왜 오빠들이 동생에게 의견을 구했는지 이제야 알 것 같네."

술탄을 처음 만나 긴장했던 공주도 마음이 조금 진정되어 입을 열었습니다.

"폐하, 이곳은 저희처럼 조용히 살아가는 사람들에게나 어울리는 누추한 시골집일 뿐입니다. 큰 도시에 있는 저택들과는 비교도 할 수 없지요. 폐하의 궁전에 있는 가장 작은 누각보다도 못할 것입니다."

"그렇지 않네. 지금 내 앞에 보이는 것만으로도 훌륭한걸! 이 집을 모두 구경한 다음에 판단을 내리도록 하겠네."

공주는 방 하나하나를 소개했습니다. 집을 자세히 구경한 술탄이 이렇게 말했습니다.

"그대는 이런 훌륭한 저택을 시골집이라고 부른 건가? 시골집이 다 이렇다면 도시에서 살 사람은 아무도 없을 거네. 왜 이곳을 떠나기 싫어하는지 이제야 알 것 같군. 자, 이제 정원도 보여 주게. 집만큼이나 아름답겠지?"

공주는 정원으로 곧장 통하는 문을 열었습니다. 술탄의 눈을 처음으로 사로잡은 건 바로 황금빛 물기둥이 솟구쳐 오르는 분수였습니다.

"정말 황홀한 분수로구나! 그런데 도대체 물은 어디서 나오고, 어떻게 이렇게 높이 솟아오를 수 있는 거지? 세상에 이처럼 신기한 분수는 없을 것 같네."

술탄이 좀 더 자세히 살펴보기 위해 분수 쪽으로 다가가자, 공주는 그를 노래하는 나무가 있는 곳으로 인도했습니다.

나무 근처에 이른 술탄은 지금까지 들어 보지 못한 노랫소리에 깜짝 놀랐습니다. 물론 주위에는 노래를 부르거나 악기를 연주하는 사람들이 보이지 않았습니다. 술탄이 공주에게 물었습니다.

"악사들을 어디에 숨겨 두었지? 땅속에 있는 것도 아니고 공중에 있는 것도 아닐 테고. 이처럼 매력적인 목소리를 가지고 있다면 굳이 숨지 않아도 될 텐데 말이야."

"폐하, 이 노랫소리는 앞에 있는 저 나무에서 흘러나오는 것입니다. 몇 발자국 더 앞으로 가시면 나무의 노래를 좀 더 선명하게 들으실 수 있습니다."

술탄은 공주의 말대로 앞으로 나아갔고 잠시 감미로운 노랫소리를 감상했습니다.

"어떻게 이런 놀라운 나무가 정원에 있게 되었는가? 어디 먼 나라에서 가져온 듯하군. 잊을 수가 없을 것 같은 노랫소리일세! 나무 이름이 뭐라고?"

"이름은 말 그대로 '노래하는 나무'입니다, 폐하. 이 나무는 폐하의 말

쏨대로 페르시아에서 난 것이 아닙니다. 방금 전에 보신 황금빛 물과 아직 보시지 못한 말하는 새와도 관련이 있지요. 폐하께서 원하시면 제가 그 모든 이야기를 들려드리겠습니다. 하지만 지금은 피곤하실 테니 잠시 휴식을 취하시는 게 어떠신지요?"

"그대가 온갖 기이한 보물을 보여 주니 피곤한지 모르겠네. 다시 한 번 황금빛 물을 보러 가세나. 또 말하는 새도 빨리 보고 싶네."

술탄은 황금빛 물이 솟구치는 분수에서 한동안 눈을 떼지 못했습니다. 그러더니 고개를 갸웃거리며 공주에게 말했습니다.

"그대의 말로는 이 물이 나오는 곳이 없다 하지 않았나? 그렇다면 노래하는 나무처럼 외국에서 온 것인가?"

"폐하, 보시다시피 이 분수에는 수원水源이 없습니다. 신기하게도 제가 떨어뜨린 물 한 방울이 지금처럼 많은 물로 불어난 것입니다."

"그래, 오늘만 날이 아니니 다음에 와서 또 구경해야겠네. 이제 말하는 새도 보여 주게나."

저택에 가까이 이르자 수많은 종류의 새들이 모여 노래하는 소리가 들려왔습니다. 술탄은 공주에게 새들이 왜 정원의 다른 곳이 아니라 이곳에 몰려 있는지 물었지요.

"폐하, 응접실 창문에 걸려 있는 새장이 보이십니까? 저 새장 안에 있는 녀석이 바로 '말하는 새'입니다. 저 녀석의 노랫소리는 그 어떤 새보다 청아합니다. 다른 새들은 말하는 새의 노래에 맞춰 합창을 하는 것이고요."

술탄이 응접실에 들어섰지만, 말하는 새는 이를 알아채지 못하고 계속 노래를 불렀습니다. 그러자 공주가 말했습니다.

"새야, 이분이 술탄이시다. 인사드리도록 해라."

말하는 새가 노래를 멈추자 다른 새들도 지저귐을 멈췄습니다.

"폐하, 진심으로 환영합니다. 영원토록 장수와 번영을 누리시길 기원합니다."

술탄이 차려진 식탁 앞에 앉으면서 대답했습니다.

"그래, 고맙다. 새들의 술탄인 너를 만나니 참으로 반갑구나."

술탄은 자신이 좋아하는 오이 요리가 놓여 있는 것을 봤습니다. 무심코 오이를 먹으려고 했는데, 그 안에는 진주알이 가득 채워져 있었지요.

"참 기이하구나. 왜 진주를 오이에 넣었지? 진주는 먹을 수 없지 않느냐?"

왕자와 공주 대신 말하는 새가 술탄의 물음에 대답했습니다.

"폐하께서는 분명히 진주알을 품고 있는 오이 요리를 보고 놀라셨습니다. 그런데 왕비님께서 사람 아이가 아니라 강아지를 낳았다는 말은 왜 한 치의 의심도 없이 믿으셨습니까?"

"산파들이 그렇게 말해서 믿었지."

"그 산파들은 다름 아닌 왕비님의 언니들이었습니다. 그들은 폐하의 성은을 입은 동생을 질투해 거짓으로 이야기를 지어냈습니다. 그들을 심문하면 자신들의 죄를 실토할 것입니다. 그리고 여기 있는 세 남매가 바로 폐하의 자녀들입니다. 이모들이 내다 버린 아이들을 정원 감독관이 데려다 자기 자식처럼 키웠습니다."

이제야 모든 진실을 깨닫게 된 술탄이 이렇게 외쳤습니다.

"새야, 내 마음이 나에게 너의 말이 진실임을 말하고 있구나!"

그리고 이렇게 덧붙였습니다.

"내 아이들아, 한번 안아 보자. 너희는 형제자매이기도 하지만 페르시아 왕가의 혈통을 이어받은 내 아들딸들이기도 하단다."

술탄은 자녀들과 함께 서둘러 식사를 마치고는 이렇게 말했습니다.

"오늘은 이 아비를 만났으니, 내일은 너희 어머니를 만나야겠지. 어머니를 맞을 준비를 하거라."

말에 올라 급히 도성으로 돌아간 술탄은 왕궁에 도착하자마자 대재상에게 왕비의 언니들을 즉각 체포해 심문하라고 명했습니다. 명령은 당일에 이루어졌고, 심문 결과 언니들은 유죄를 선고받고 한 시간 만에 처형되었습니다.

곧이어 술탄은 대ㅅ모스크로 걸어갔습니다. 그곳에서 오랫동안 좁은 감옥에 갇혀 있던 왕비를 직접 풀어 주고 울면서 왕비를 끌어안았습니다.

"내가 당신에게 행한 못된 짓을 용서해 주시오. 사악한 범죄를 저지른 두 언니는 이미 처형했소. 그리고 당신의 아들딸들이 이 세상 누구보다 아름답고 멋지게 성장했소. 자, 나와 함께 갑시다. 이제 왕비로서 지위를 회복하고 명예를 누려야 하지 않겠소!"

왕비는 많은 백성이 보는 앞에서 권위를 회복했습니다. 이 소식은 입에서 입으로 빠르게 퍼져 나갔습니다.

다음 날 아침, 술탄과 왕비는 신하들을 거느리고 자녀들이 살고 있는 시골 저택으로 향했습니다. 술탄은 아들딸들에게 어머니를 소개했습니다. 어머니와 세 남매는 말없이 부둥켜안고 그저 눈물만 흘릴 뿐이었지요.

술탄과 왕비는 아들딸들이 잘 차려 놓은 진수성찬을 즐겼습니다. 식사 후 왕비는 술탄의 안내에 따라 정원으로 나가 황금빛 물과 노래하는 나무를 구경하고 말하는 새도 만났습니다.

이날 저녁 술탄 가족은 함께 도성으로 향했습니다. 술탄 좌우편에는 왕자들이 섰고, 공주는 왕비와 함께 술탄 뒤에 섰습니다. 그들의 행렬이 도착하기 훨씬 전부터 도성 입구에서 술탄을 기다리던 백성들은 술탄 가족이 보이자 환호성을 올렸습니다. 공주의 무릎 위 새장 속에 있던 말하는 새가 노래를 부르자 온갖 새들이 따라오며 아름다운 합창을 했습니다.

세 남매는 이처럼 성대한 환영 속에 마침내 아버지의 왕궁으로 돌아오게 되었답니다.